이탈리아 구두

ITALIENSKA SKOR

Copyright ⓒ 2006 by Henning Mankell
Korean translation copyright ⓒ 2010 by Mujintree

Korean edition is published by arrangement with Henning Mankell c/o Leonhardt & Høier
Literary Agency through Duran Kim Agency

이 책의 한국어판 저작권은 듀란킴 에이전시를 통해
Leonhardt & Høier Literary Agency와 독점 계약한 뮤진트리에 있습니다.
저작권법에 의해 한국 내에서 보호를 받는 저작물이므로 무단 전재와 복제를 금합니다.

이탈리아 구두

Italian Shoes

헤닝 만켈
전은경 옮김

mujintree
뮤진트리

사람들은 신발이 발에 꼭 맞으면 발의 존재를 잊는다.

—장자—

세상에는 두 종류의 진실이 있다.
하나는 통속적인 진실로, 이것의 반대는 불합리이다.
다른 하나는 심오한 진실인데, 그 반대 또한 심오한 진실이다.

—닐스 보어(Niels Henrik David Bohr, 덴마크 물리학자)—

사랑은 운명을 가볍게 옆으로 밀어내는 부드러운 손이다.

—시그프리드 시베르츠(Sigfrid Siwertz, 스웨덴 작가)—

차례

얼음 6

숲 136

바다 241

동지 350

옮긴이의 말 410

얼음

천지가 온통 하얀 풍경 속에 서있는 검은 물체.
태양은 수평선 바로 위에 놓여 있었다.
누구인지 보려고 눈을 한 번 감았다 떴다.
여자였다. 자전거에 기대어 서 있는 듯했으나,
자세히 보니 보행 보조기였다.

1

추우면 외로움도 깊어진다.

창밖의 냉기가 내 몸의 냉기마저 일깨운다. 양쪽에서 공격을 받지만, 나는 추위와 외로움에 맞서 계속 싸운다. 매일 아침 얼음장에 구멍을 뚫는다. 얼어붙은 만灣에서 누군가 망원경으로 이런 나를 본다면 미쳤다고, 죽음을 준비하는 모양이라고 생각할 것이다. 벌거벗은 남자가 살을 에는 듯한 추위 속에서 도끼를 들고 얼음장에 구멍을 내고있다니?

어쩌면 나는 속으로 누군가 — 온통 하얀 색깔뿐인 이곳에서 어떤 검은 그림자 — 가 어느 날 나를 보고, 너무 늦기 전에 끼어들까 어쩔까 망설이기를 바라는지도 모른다. 그러나 아무도 나를 구해줄 필요는 없다. 자살할 생각은 없으니까.

예전에는 그 엄청난 재난으로 인한 절망과 분노가 너무 고통스러워 이제 그만 끝낼까 고민한 적도 있었다. 하지만 시도한 적은 단 한 번도 없다. 비겁은 나를 따르는 충직한 동반자다. 나는 그때나 지금이나, 놓아버리지 않는 것이 인생에서 가장 중요하다고 생각한다. 인생은 심연 위에 걸쳐진 가느다란 나뭇가지다. 힘이 있는 한 나뭇가지에 매달려 있고, 힘이 다하면 떨어지는 것이다. 무슨 일이 닥칠지는 알 수 없다. 아래서 누군가 나를 받아줄까? 아니면 다가오는 것은 차갑고 딱딱한 어둠뿐일까?

얼음장이 점점 넓어진다.

새천년이 시작되는 올해 겨울은 혹독하다. 오늘 아침 12월의 어둠 속에서 눈을 떴을 때 얼음이 노래하는 소리가 들린 듯했다. 얼음이 노래할 수 있다는 상상을 어떻게 하게 되었을까. 어쩌면 여기 핀란드와 스웨덴 사이의 다도해 지역에서 태어난 우리 할아버지가 내가 어릴 때 해준 말인지도 모르겠다.

나는 어둠 속에서 들려오는 소음에 잠에서 깼다. 고양이도, 개도 아니었다. 고양이는 늙어 다리가 뻣뻣했으며, 개는 오른쪽 귀가 완전히 멀고 왼쪽 귀는 희미하게만 들을 수 있다. 내가 살그머니 옆을 지나가면 알아채지 못한다.

그런데 이 소음은?

나는 어둠 속에서 소리의 방향을 잡으려고 애를 썼다. 시간이 한참 흐른 뒤에야 얼음이 움직이는 소리라는 것을 깨달았다. 이곳 만의 얼음은 두께가 적어도 10센티미터는 되었다. 다른 때보다 더 불안했던 지난주 어느 날, 나는 얼음이 얼지 않은 쪽 바다 가장자리까지 갔다. 얼음장은 1킬로미터 이상 펼쳐져 있었다. 그러니 이곳 만에서 얼음이 움직일 가능성은 거의 없었다. 그런데도 얼음은 오르락내리락 했고, 딱 소리를 내고 갈라지며 노래를 불렀다.

그 소리를 들으며, 내 인생이 얼마나 빨리 흘러갔는지 또 한 번 생각했다. 나는 이제 이곳에 있다. 예순여섯 살, 경제적인 어려움은 없으나 괴로운 기억을 품고 살아가는 남자. 나는 오늘날 이 나라에서는 전혀 상상하지도 못할 가난 속에서 자랐다. 우리 아버지는 사람들에게 자주 괴롭힘을 당하는 뚱뚱한 웨이터였다. 어머니는 아버지가 벌어오는 돈으로 살림을 꾸려나가느라 늘 힘겨워했다. 나는 그런 빈곤의 구덩이에서 기어 올라왔다. 이곳에서 놀던 어린 시절에는 점점 줄어드는 시간에 대해 알지 못했다. 할아버지와 할머니는 아무것도 못하고 그저 갈 날만 기다리는 노인들과는 달리 무척 활동적이었다. 할아버지에게서는 생선 냄새가 났다. 할머니는 늘 자애로우셨지만, 치아가 하나도 없어서 미소를 지을 때면 검은 구멍으로 변하는 할머니의 입을 보며 경악하기도 했다.

방금 1장에 있었는데, 벌써 에필로그가 시작되었군…….

바깥 어둠 속에서 얼음이 노래했다. 나는 금방이라도 심근경색이 일어나는 게 아닐까 생각했다. 자리에서 일어나 혈압을 쟀다. 아무 이상도 없었다. 혈압은 155에 90이었고 맥박도 64회로 정상이었다. 어디 아픈 곳은 없는지 만져보았다. 왼쪽 다리가 약간 아팠지만 그 정도 통증이야 늘 있으니 걱정스럽지 않았다. 하지만 바깥의 얼음 때문에 불안했다. 그 소음은 불분명한 목소리들이 내는 독특한 합창처럼 들렸다. 부엌에 앉아 동이 트기를 기다렸다. 목재 대들보에서 딱, 하는 소리가 났다. 나무가 추위 때문에 수축하는 소리거나 비밀스러운 통로 어딘가에서 쥐가 움직이며 내는 소리겠지.

집 앞 온도계가 영하 19도를 가리켰다.

오늘도 나는 여느 겨울날과 똑같이 움직일 것이다. 목욕 가운을 걸치고 찢어진 장화를 신은 다음, 도끼를 들고 선착장으로 내려간다. 그곳은 얼음이 두껍게 얼지 않아 구멍을 뚫기 쉽다. 가운을 벗고 얼음 알갱이가 가득한 물속으로 들어간다. 몸이 아프다. 그러나 얼음장 위로 다시 나오면 냉기는 강렬한 온기로 바뀔 것이다.

나는 아직 살아있음을 느끼기 위해 검은 구멍으로 들어간다. 나중에는 서서히 고독이 사라지는 느낌이 든다. 어쩌면 어느 날 구멍 속으로 들어갔다가 그대로 죽을지도 모른다. 발이 바닥에 닿으니, 내가 얼음장 아래로 사라지는 일은 없을 것이다. 구멍 속에 그대로 서 있으면 내 주위로 다시 얼음이 얼겠지. 이곳 섬들에 우편물을 배달하는 얀손이 나를 발견할 것이다.

그는 무슨 일이 벌어졌는지 평생 이해하지 못할 테지.

그러나저러나 나와는 상관없다. 나는 여기 외딴 곳에, 물려받은 섬 위에 난공불락의 성채를 지었다. 집 뒤의 바위로 올라가면 바다가 한 눈에 들어온다. 그곳에는 작은 섬과 편평한 암벽뿐이다. 검고 매끄러운 암벽이 해수면이나 얼음장 위로 촘촘하게 솟아 있다. 다른 방향으로는 육지 쪽의 섬들이 많이 모여 있다. 그러나 그 어디에도 집은 보이지 않는다. 내 집만 빼고는.

내가 상상하던 모습은 물론 이렇지 않았다.
이 집은 원래 여름 별장으로 쓸 생각이었다. 방어해야 할 최후의 성채가 아니었다. 얼음을 깨야 하는 겨울이든 수온이 따뜻한 여름이든, 내 인생의 변화에 대한 놀라움은 아침에 물에 들어갈 때마다 되살아났다.
무슨 일이 벌어졌는지 알고 있다. 나는 실수를 했고, 그 결과를 받아들이기를 거부했다. 지금 아는 것을 그때도 알았더라면 다르게 행동했을까? 모르겠다. 그러나 여기 외딴 바다에 죄수처럼 갇혀 있지 않으리라는 사실만은 확실하다.

내 인생은 아마 정해진 계획대로 흘러갔을 것이다.
나는 일찌감치 의사가 되기로 마음먹었다. 열다섯 살 생일에 내린 결정이었다. 놀랍게도 그날 아버지는 나를 레스토랑에 데리고 갔다. 웨이터였던 아버지는 자신의 존엄을 위해 끈질기게 싸운 결과, 낮에만 일하고 저녁에는 하지 않았다. 어쩌다 저녁에 배치되면 사표를 내곤 했는데 언젠가 아버지가 집에 돌아와 사표를 냈다고 말했을 때, 걱정스럽게 울던 어머니 모습이 떠오른다. 아버지가 나를 레스토랑에 데리고 가겠다고 했다. 그게 옳은 일인지 다투는 어머니와 아버지의 목소리가 들렸다. 싸움은 어머니가 침실로 들어가 문을 잠그면서 끝났다. 뭔가 마음에 들지 않으면 어머니는 늘 그렇게 했다. 심하게 다툰 뒤에는 하루 종일 방에서 나오지 않았다. 방에서는 라벤더와 눈물 냄새가 났다. 그럴 때면 나는 부엌의 긴 의자에서 잤고, 아버지는 깊은 한숨을 내쉬며 부엌 바닥에 매트리스를 깔았다.

살아오면서 눈물을 흘리는 사람을 많이 보았다. 의사로 일할 때는 죽어가는 사람들을 많이 보았고, 가족이 불치병에 걸린 모습을 옆에서 지켜보아야 하는 사람들도 보았다. 그러나 그들의 눈물에는 우리 어머니의 눈물을 기억나게 하는 향기가 없었다. 아버지는 네 엄마가 너무 예민하다고 말했다. 나는 지금도 가끔 그때 내가 뭐라고 대답했는지 기억하려 애쓰곤 한다. 도대체 무슨 말을 할 수 있었을까? 내 인생에서 가장 이른 기억들은, 부족한 돈과 빈곤 때문에 몇 시간씩이나 우는 어머니의 울음소리였다. 우리 인생의 모든 것을 갉아먹던 빈곤. 아버지는 어머니의 울음소리를 듣지 못하는 듯했다. 아버지가 집에 돌아왔을 때 어머니 기분이 밝으면 만사가 좋았다. 어머니가 라벤더 향기를 풍기며 침대에 누워 있어도 상관없었다. 아버지는 주석으로 만든 군인 인형 수집품을 정리하고, 역사적인 전투들을 그대로 복원하여 배치하며 저녁 시간을 보내는 날이 많았다. 잠들기 전에 아버지가 내 침대 모서리에 털썩 주저앉아 머리를 쓰다듬으면서, 슬프게도 동생을 낳아줄 수 없다고 비탄에 잠긴 목소리로 말할 때도 있었다.

나는 눈물과 군인 인형들 사이의 무인지대에서 성장했다. 웨이터와 오페라 가수의 공통점은 둘 다 일할 때 반드시 점잖은 구두를 신는 것이라고 고집스럽게 우기는 아버지 밑에서.

아버지 결정대로 우리는 레스토랑에 갔다. 웨이터가 다가오자 아버지는 송아지 구이에 대해 장황하고도 유식한 질문을 한 뒤 주문을 했다. 나는 청어로 결정했다. 외딴 섬에서 보낸 여름들 덕분에 나는 생선을 좋아했다.

그때 나는 생전 처음 포도주를 마셨다. 금방 취했다. 식사를 마친 뒤에 아버지가 웃으며 나를 바라보더니, 앞으로 어떻게 살 생각인지 물었다.

내가 어떻게 알랴. 아버지는 열심히 일해서 나를 중등실업학교로 보냈다. 편협한 교사들과 퀴퀴한 냄새를 풍기는 복도들이 있는 음산한 학교는 미래에 대해 곰곰이 생각할 여유를 주지 않았다. 가장 중요한 것은 다음날 살아남기, 숙제를 하지 않은 것을 들키지 않기였다. 다음날은 언제나 너무 가까이 있었으므로, 반년 이후의 수평선 너머를 상상하기란 불가능했다. 학우들과 미래에 대해 이야기해본 기억도 없다.

"넌 이제 열다섯 살이야."

아버지가 말문을 열었다.

"앞으로 뭘 할지 생각할 시간이 되었구나. 레스토랑 분야에 관심이 있어? 졸업하고 미국으로 가서 접시닦이를 할 생각은 없냐? 견문을 넓히는 게 좋지. 점잖은 구두를 신어야 한다는 것만 명심하렴."

"웨이터가 될 생각 없어요."

나는 단호하게 대답했다. 아버지가 실망했는지 안심했는지 알아볼 수 없었다. 아버지는 포도주로 입술을 축이고 손가락으로 콧등을 문지르더니, 앞날에 대한 계획이 정말 없는지 물었다.

"예."

"뭔가 생각하는 게 있어야지. 어떤 과목이 제일 좋아?"

"음악."

"노래 잘하냐? 내가 전혀 모르던 사실이구나."

"못 해요."

"나 모르게 악기 배운 거라도 있어?"

"아니요."

"그런데 왜 음악을 제일 좋아하지?"

"람베리 선생님이 저한테 신경을 쓰지 않거든요."

"무슨 뜻이지?"

"그 선생님은 노래를 잘하는 아이들에게만 관심이 있어요. 다른 아이들은 전혀 안봐요."

"그러니까 넌 정신을 딴 데 팔 수 있는 과목을 제일 좋아한다는 거냐?"

"화학도 괜찮은 과목이에요."

아버지는 놀란 기색이 역력했다. 잠깐 동안 아버지는 빈곤했던 자신의 학창시절에 화학이라는 과목이 있었는지 먼 기억을 더듬는 것처럼 보였다. 나는 마술에라도 걸린 듯 꼼짝도 하지 못하고 아버지를 바라보았다. 예상치 못한 일이 일어났다. 갑작스런 절망감이 아버지를 덮친 듯했다. 처음으로 아버지가 내 눈에 들어온 느낌이었다. 아버지는 내 침대 가장자리에 자주 앉아있었고 함께 수영도 했지만, 우리 사이에는 엄청난 거리가 있었다. 그러나 이제 절망감에 휩싸인 아버지가 무척 가깝게 느껴졌다. 나는 건너편에 앉아있는 남자보다 강했다. 흰 식탁보가 깔려있던 레스토랑, 악단이 아무도 듣지 않는 음악을 연주하고 담배 연기가 독한 향수 냄새와 섞이며, 아버지 잔의 포도주가 줄어들던 그곳에서.

나는 대답을 정했다. 그때 내 미래를 발견했거나, 그 순간에 만들어낸 것이다. 아버지가 회색이 섞인 푸른 눈동자로 나를 바라보았다. 엄습했던 절망감에서 회복한 듯했다. 그러나 나는 이미 아버지의 절망감을 보았다. 내 머릿속을 절대 떠날 것 같지 않은 그 절망감을.

"화학이 좋다고 했지? 왜?"

"의사가 되고 싶거든요. 의사가 되려면 화학물질을 잘 알아야 해요. 저는 수술을 할 거예요."

아버지가 갑자기 역겹다는 표정으로 나를 바라보았다.

"사람을 여기저기 가위질하겠다고?"

"예."

"중등교육만 받고서는 의사가 될 수 없다."

"대학입학 자격시험을 보고, 대학교에 가서 공부할 거예요."

"손가락으로 사람의 창자를 이리저리 찌르려고 공부를 한다는 거냐?"

"외과의사가 될 거예요."

내 인생의 계획은 바로 그 순간 세워졌다. 의사가 되겠다고 생각한 적은 단 한 번도 없었다. 피를 보거나 주사를 맞으면 기절을 하지는 않았지만, 그렇다고 병원 복도나 수술실로 가득한 인생을 상상한 적도 없었다. 4월의 어느 저녁, 아버지는 약간 취했고 열다섯인 나도 포도주 한 잔에 몽롱해졌다. 집으로 돌아가면서 내가 아버지에게만 대답을 한 게 아니라는 사실을 깨달았다. 나 스스로에게도 약속을 한 것이다.

의사가 되겠어. 사람 몸을 여기저기 가위질하면서 인생을 보내야지.

2

 오늘은 우편물이 오지 않는다.

 어제도 오지 않았다. 그러나 여기 외딴 섬 지역의 우편집배원인 얀손은 온다. 그가 나에게 전할 우편물은 없다. 광고물만 가지고 오려면 내 선착장에 오지 말라는 말을 이미 12년 전에 했다. 컴퓨터나 돼지족발 특가판매 광고는 필요 없다고, 특가판매로 내 인생을 좌지우지하려는 사람들의 말을 따르고 싶은 생각이 없다고 말했다. 인생은 특가판매에 관한 문제가 아니라고, 좀 더 본질적인 것이라고 그에게 설명하려 했다. 어떻게 본질적인지는 알 수 없지만 어쨌든 본질적이고, 할인 쿠폰이나 즉석 복권보다 더 높은 차원의 뜻이 숨어 있다고 가정해야 하지 않을까.

 우린 말다툼을 했다. 그때가 처음이 아니었다. 우리 관계를 유지하는 것은 분노라는 생각이 들 때도 가끔 있다. 그때 이후로 얀손은 더 이상 광고물을 가지고 오지 않는다. 그가 마지막으로 가지고 온 편지는 관청의 공문이었다. 벌써 7년 반 전의 일이다. 북동쪽에서 건조한 바람이 약하게 불어오고, 해수면이 낮은 어느 가을날 받은 그 공문에는 공동묘지에 내 자리를 하나 준다는 내용이 적혀 있었다. 얀손은 누구나 한 자리씩 받는다고, 새로운 서비스라고 주장했다. 이렇게 외진 곳에 살면서 세금을 낸 사람은 자기 무덤이 어디인지 알아야 한다는 것이었다.

공동묘지에 가서 누가 자기 이웃이 될지 확인하고 싶다면.

삭막한 연금과 세금 통보, 은행 입출금 내역을 제외하면 그 공문이 내가 지난 10년 동안 받은 유일한 편지였다. 얀손은 언제나 2시 무렵에 나타난다. 내 생각에, 얀손이 활주부가 달려 있어 물과 얼음 위에서 모두 이동이 가능한 하이드로콥터 또는 배에 드는 경비를 우체국에서 받아내려면 나에게 들러야 하는 것 같다. 비용 처리 문제가 어떻게 되는지 물어보기도 했지만 얀손은 대답하지 않았다. 어쩌면 그에게 실제로 일자리를 주는 사람은 나인지도 모른다. 이 구간이 폐쇄되지 않은 이유는 그가 겨울 6개월 동안 1주일에 세 번, 여름에는 다섯 번이나 내 선착장을 찾아오기 때문이다.

15년 전까지는 이곳 외딴 섬들에 쉰 명의 주민이 1년 내내 살았다. 아이들 네 명을 마을 학교로 등하교시키는 배도 한 척 있었다. 지금은 주민이 네 명뿐이고, 그 중 한 명만 예순 살 아래다. 그가 바로 얀손이다. 그는 우리 중에서 가장 젊으므로 다른 사람들이 목숨을 유지하고 이곳 섬들에 계속 거주하도록 신경을 쓴다. 그러지 않으면 자기 일자리가 없어질 테니까.

그 일자리가 없어져도 나와는 아무 상관이 없다. 나는 얀손을 좋아하지 않는다. 그는 내가 보았던 환자 중에 가장 골치 아픈 경우로, 지극히 다루기 힘든 '건강염려증' 환자 그룹에 속한다. 몇 년 전 얀손의 목구멍을 들여다보고 혈압을 체크하는데, 그가 불쑥 뇌종양 때문에 시력이 나빠지는 것 같다고 말했다. 나는 상상의 질병에 대해 들어줄 시간이 없다고 대꾸했으나 그는 말을 멈추지 않고, 뭔가 자기 뇌 속에 뿌리를 내리려 한다고 주장했다. 나는 왜 그런 생각을 하는지 물었다. 두통이나 어지럼증이 있는지? 아니면 다른 증상이라도? 그가 주장을 굽히지 않았으므로 나는 그를 약간 어두운 보트 창고로 끌고 들어가 동공을 검사하고, 모두 정상이라고 설명했다.

나는 얀손이 완벽하게 건강하다고 확신한다. 97세인 그의 아버지는 지금 요양원에 사는데, 아직 정신이 온전하다. 얀손과 그의 아버지는 1970년에 다툰 이후 서로 원수가 되었다. 당시 얀손은 아버지를 도와 뱀장어를 잡을 생각은 하지 않고, 스몰란드에 있는 어느 제재소에서 일을 하기 시작했다. 왜 제재소를 선택했는지 도무지 이해할 수 없었다. 독재자 같은 아버지를 견디지 못하는 거야 물론 이해하지만 왜 제재소를? 얀손에 대해 아는 바가 너무 적으니 내가 그를 이해하기란 불가능하다. 얀손은 아버지가 늙어 요양원에 들어간 뒤에야 스몰란드에서 돌아왔다. 지금도 둘은 서로 대화를 나누지 않는다.

얀손에게는 육지에 사는 린네아라는 누나가 있는데 그녀는 결혼한 후부터 여름이면 카페를 운영했다. 그러나 남편이 언덕에서 굴러 숨진 뒤에는 카페를 닫고 종교적으로 변했다. 린네아는 아버지와 아들 사이의 전령이다. 나는 그들이 무슨 말을 하는지 궁금하다. 어쩌면 두 사람 사이의 무거운 침묵만 전달하는 게 아닐까.

얀손의 어머니는 이미 오래 전에 사망했다. 나는 그녀를 꼭 한 번 만났는데, 그때 이미 끔찍한 치매의 안개 속으로 들어가는 중이었고, 나를 20년대에 죽은 자기 아버지라고 생각했다. 충격적인 경험이었다.

지금이라면 그렇게 격렬하게 반응하지 않았을 테지만, 당시의 나는 지금과는 달랐다.

난 사실 얀손에 대해 아는 게 거의 없다. 이름이 투레이고 집배원이라는 것밖에는. 나는 그를 모르고 그도 나를 모르지만, 그가 곶#을 돌면, 나는 거의 언제나 선착장에서 그를 기다린다. 그곳에 서 있는 동안 왜 그를 기다리는지 스스로에게 묻기도 하지만 아무 대답도 얻지 못하리라는 사실 또한 이미 알고 있다.

신神이나 고도를 기다리는 것과 비슷하다. 그러나 그들 대신 얀손이 온다.

부엌 식탁에 앉아 항해일지를 편다. 여기 살면서부터 적기 시작한 일지다. 쓸 만한 내용도 없고, 누군가 일지 내용에 관심을 보일 거라고 생각하지도 않는다. 그런데도 계속 쓴다. 매일, 매년 몇 줄씩. 날씨, 창가로 날아온 새들의 수, 나의 건강 상태. 그뿐이다. 원한다면 10년 전의 어느 날짜를 펴서, 얀손을 기다리려고 내려갔더니 곤줄박이나 검은머리물떼새가 선착장에 앉아 있더라는 내용도 읽을 수 있다.

나는 방향 감각을 모두 상실한 어떤 삶에 대한 연대기를 쓴다.

오전이 지나갔다.

귀가 덮이게 모자를 눌러쓰고, 혹독한 추위 속으로 나가 얀손을 기다려야 할 시간이었다. 이런 날씨면 얀손은 하이드로콥터에서 몸이 꽁꽁 얼어 있었다. 선착장에 배를 댄 그에게서 가끔 술 냄새가 풍길 때도 있었다. 충분히 이해할 수 있는 일이다.

내가 식탁에서 몸을 일으키자 개와 고양이가 잠에서 깨어났다. 고양이가 먼저 문간으로 갔다. 개는 훨씬 느렸다. 둘을 바깥으로 내보낸 다음, 할아버지가 입던 좀이 잔뜩 슨 모피를 걸쳤다. 목에 머플러를 두르고, 제2차 세계대전 때 사용된 두꺼운 군인용 모자를 쓰고는 선착장으로 내려갔다. 살을 에는 듯한 추위였다. 걸음을 멈추고 귀를 기울였지만 아직 아무 소리도 들리지 않았다. 새소리도, 얀손의 하이드로콥터 소리도.

나는 얀손의 모습을 눈앞에 그릴 수 있었다. 그가 입은 겨울옷을 어떻게 표현해야 할까. 외투와 재킷과 모피는 물론이고, 오늘처럼 추운 날에는 낡은 목욕가운까지 둘렀을 것이다. 나는 육지 가게에서 본 적이 있는 최신식 방한복을 왜 사 입지 않느냐고 그에게 몇 번이나 물어보았지만 얀손은 그런 옷들은 믿을 수 없다고 했다. 하지만 진짜 이유는 물론 그가 구두쇠이기 때문이다. 머리에는 내 것과 똑같은 모피 모자를 썼고 얼굴에는 눈코입 부분만 뚫린, 은행 강도나 쓸 법한 모자 위로 낡은 오토바이 안경을 덮어썼다.

나는 옷을 따뜻하게 입히는 게 우체국의 의무가 아닌지 그에게 물었지만 잘 알아들을 수 없는 우물거림만 돌아왔다. 우체국이 자신의 고용주임에도 불구하고, 얀손은 되도록 우체국과 상관없이 지내려 했다.

선착장 옆 얼음장 위에 꽁꽁 언 갈매기가 놓여 있었다. 양 날개는 접혀 있고, 뻣뻣한 두 다리는 수직으로 하늘을 향해 있었다. 눈은 반짝이는 수정 같았다. 갈매기를 들어 해안의 돌 위에 올려놓았을 때 모터 소리가 들려왔다. 시계를 안 봐도 그가 정확한 시간에 왔음을 알 수 있었다. 얀손은 베셀쇠 섬에서 바로 왔다. 그곳에는 아스타 카롤리나 오셰르블롬이라는 노인이 살고 있는데 여든여덟 살인 이 노인은 팔의 통증이 심했지만, 자기가 태어난 섬을 떠나 살기를 완강하게 거부하고 있다. 얀손은 이 노인이 시력을 거의 잃었는데도 육지에 흩어져 사는 수많은 손자손녀들을 위해 계속 스웨터와 양말을 뜬다고 했다. 그 스웨터가 어떤 모습일지 보고 싶다. 시력을 거의 잃고서도 정말 뜨개질을 하고 다양한 무늬들을 집어넣을 수 있을까?

하이드로콥터 소리가 가까워지더니, 린스홀멘 방향의 곶에 모습을 드러냈다. 곤충처럼 생긴 배가 나타나고, 옷을 잔뜩 껴

입은 남자가 핸들을 잡고 있는 모습은 상당히 기이한 광경이다. 얀손이 모터를 끄자 커다란 프로펠러가 멈추었다. 얀손은 선착장으로 미끄러져 들어와 안경과 마스크를 벗었다. 벌건 얼굴에 땀이 번져 있었다.

"이가 아파요."

힘겹게 선착장으로 올라온 그가 입을 열었다.

"내가 자네를 치료해줄 수 있다고 생각하나?"

"의사잖아요."

"치과의사는 아니지."

"여기 아래 왼쪽이 아파요"

얀손은 내 등 뒤에 갑자기 뭔가 끔찍한 것이 나타났다는 듯이 입을 쩍 벌렸다. 내 치아 상태는 괜찮은 편이다. 보통 1년에 한 번만 치과에 가면 된다.

"난 치료할 수 없네. 치과에 가게."

"그래도 한 번 들여다봐 줄 수는 있잖아요."

얀손은 절대 물러서지 않을 것이다.

나는 보트 창고에 가서 손전등과 혀 누르개를 가지고 나왔다.

"입을 벌리게!"

"벌리고 있잖아요."

"더 크게."

"더 크게는 못 벌려요."

"그럼 아무것도 안 보이네. 얼굴을 내 쪽으로 돌리게."

나는 전등으로 얀손의 입 속을 비추며 혀를 옆으로 밀었다. 치아는 누렇고 치석도 잔뜩 끼어 있고 봉한 곳이 많았다. 그러나 잇몸은 건강해보였고, 구멍이 난 곳도 없었다.

"별일 없군."

"하지만 아픈걸요."

"치과에 가야 하네. 진통제를 한 알 먹게."

"다 떨어졌어요."

약장에서 진통제를 한 통 꺼내주자, 주머니에 넣으면서도 늘 그렇듯이 얀손은 값이 얼마냐고 물어볼 생각도 하지 않았다. 진료비도, 진통제도. 내 아량을 당연하다고 생각하는 인간이다. 내가 그를 싫어하는 이유는 바로 이런 것인지도 모른다. 좋아하지 않는 사람을 가장 친한 친구로 두기란 힘든 일이다.

"소포를 하나 가져왔어요. 우체국에서 드리는 선물이에요."

"언제부터 우체국이 선물을 하나?"

"성탄절 선물이에요. 모두에게 하는 거예요."

"왜?"

"그거야 저도 모르지요."

"난 받지 않겠네."

얀손이 자루를 풀더니, 작고 납작한 상자를 꺼내서 나에게 건넸다. 겉봉에 즐거운 성탄을 기원한다는 체신청장의 인사가 적혀 있었다.

"공짜예요. 싫으면 버리세요."

"우체국이 공짜로 뭔가 선물한다는 거짓말을 나더러 믿으라는 소린가?"

"거짓말이 아니에요. 모두 똑같은 소포를 받아요. 공짜라니까요."

얀손은 가끔 나를 피곤하게 만든다. 나는 추위에 떨며 얀손과 싸울 기력이 없었다. 상자 안에는 빛을 반사하는 띠 두 개와 권고문이 들어 있었다. "교통안전! 우체국에서 드리는 인사."

"반사 띠로 내가 뭘 해야 하지? 이곳에 자동차라고는 한 대도 없고, 유일한 보행자는 나뿐인데 말일세."

"나중에 혹시 더 이상 이곳에서 살기 싫을지도 모르지요. 그러면 그걸 쓸 데가 있을 거예요. 물 좀 있나요? 약 먹게요."

나는 얀손을 한 번도 집 안에 들여놓은 적이 없다. 이번에도 그럴 마음은 없었다.

"컵에 눈을 담아 모터에 녹여 먹게."

나는 보트 창고로 들어가, 낡은 보온병 뚜껑을 벗겨 눈을 집어넣었다. 녹여먹는 알약을 얀손이 그 안에 넣었다. 뜨거운 모터가 눈을 녹이는 동안 우리는 말없이 서서 기다렸다.

얀손이 컵을 비웠다.

"금요일에 다시 올게요. 그러면 성탄절이 지났겠군요."

"나도 아네."

"성탄절을 어떻게 즐기며 보내실 건가요?"

"즐기지 않을 걸세."

얀손이 붉은색 내 집을 가리켰다. 나는 이것저것 잔뜩 걸쳐 입은 얀손이 너무 무거운 갑옷을 입고 전투에서 패한 기사처럼 쓰러질까봐 걱정스러웠다.

"집에 작은 전구들을 감으세요. 생기가 돌 거예요."

"아니, 됐네. 난 어두운 게 더 좋아."

"왜 좀 더 안락하게 살지 않으시죠?"

"난 내가 원하는 대로 잘 살고 있네."

나는 등을 돌리고 집을 향해 걷기 시작했다. 반사 띠는 던져버렸다. 헛간 부근까지 오자, 하이드로콥터가 출발하느라 내는 모터 소리가 절체절명의 위기에 처한 동물이 내는 소리처럼 들렸다. 개가 계단에 앉아 뭔가를 기다리고 있었다. 개는 아무것도 듣지 못하는 걸 감사해야 한다. 고양이는 사과나무 옆에 숨어 비계 조각을 쪼아대는 황여새를 노려보고 있었다.

가끔 이야기를 나눌 사람이 아쉬울 때가 있다. 사실 얀손과의 대화는 그냥 허튼 소리일 뿐 대화가 아니다. 선착장에서의 즉흥적인 잡담. 그는 내가 전혀 관심이 없는 일에 대해 수다를 떨고 자기가 상상한 질병을 진단하라고 요구한다. 내 선착장과 보트 창고는 단 한 명의 환자를 위한 일종의 사설 병원으로 변했다. 세월이 흐르면서 나는 혈압계와 깁스를 제거하는 기구를 보트 창고의 낡은 그물 옆에 보관해두었다. 청진기는 할아버지가 만든 유인용 가짜 새와 함께 나무 옷걸이에 걸려 있다. 혹시 얀손에게 필요할지도 모르는 약들은 서랍에 따로 보관되어 있다. 할아버지가 가자미 그물을 손질하고 나서 자주 파이프를 피우던 선착장의 벤치는 이제 얀손이 누워야 할 때 사용하는 진찰대가 되었다. 흩날리는 눈보라 속에서 위암에 걸렸다고 상상하는 그의 배를 진찰했고, 진행성 근위축증에 걸렸다고 확신할 때는 다리를 진찰했다. 한때 복잡한 수술을 해내던 내 손이, 이제는 누구보다 건강한 몸을 유지하고 있는 얀손을 간단하게 진찰하는 데만 사용되고 있다.

그러나 대화는? 우리가 서로 나누는 잡담은 대화라고 부를 수 없다.

가끔 얀손의 견해를 묻고 싶다는 유혹을 느끼기도 했다. 인생과 우리를 기다리는 심연에 대한 견해. 하지만 그는 내 말을 이해하지 못할 것이다. 그의 인생에서 중요한 것은 편지와 우표, 등기와 귀중품 배송, 입금과 출금, 그리고 엄청난 양의 광고물이다. 또 배와 하이드로콥터 문제도 있다. 얀손은 바다가 얼지 않았을 때는 베스테르비크에서 구입하여 개조한 어선을 사용한다. 어선에는 아주 오래된 제플레 산産 모터가 달려 있는데, 8노트까지 밖에는 속도를 내지 못한다. 노르웨이에서 산 하이드로콥터는 완전히 바가지를 썼다고 했다. 얀손은 이런 온갖 문제들 때문에 심연에 대해서는 아마 아무런 생각도 없을 것이다.

나는 섬에 올라와 있는 내 배를 매일 둘러본다. 고치려고 3년 전에 섬으로 끌어올렸지만 아직도 수리를 하지 못했다. 널판을 꼼꼼하게 겹쳐 만든 나무배인데, 이제 날씨와 내 무심함 때문에 망가져가고 있다. 그래서는 안 되지. 봄에는 정말 손을 봐야겠다.

정말 그렇게 할 건지 스스로에게 묻곤 한다.

안으로 들어가 퍼즐을 계속했다. 렘브란트의 '야경꾼'을 소재로 한 이 퍼즐은 오래 전 룰레오 병원에서 열린 추첨에서 뽑은 것이다. 당시 나는 그곳의 외과의사였고, 허풍스러운 오만함 뒤에 약간의 불안감을 감추고 있었다. 배경이 어두워 맞추기 힘든 퍼즐이다. 이날 제자리에 끼워 넣은 퍼즐 조각은 단 한 개뿐이었다. 요리를 조금 해서 먹으며 라디오를 들었다. 바깥 온도는 영하 21도였고 별이 총총한 맑은 밤이었다. 아침 여명 전에는 더욱 추워질 것이다. 최저 기온으로 기록이 세워질 것 같았다. 이 정도로 추웠던 적이 있던가? 전쟁이 나던 해의 겨울이 이렇게 추웠을까? 얀손에게 물어보기로 마음먹었다. 그는 이런 일에 대한 대답을 잘 알고 있었다.

뭔가 불안했다.

침대에 누워 책을 읽으려고 애를 썼다. 우리나라에 감자가 들어온 경위에 관한 책으로, 이미 몇 번이나 읽었다. 아마 책 속에 아무런 위험도 숨어 있지 않기 때문일 것이다. 불편하거나 예상하지 못한 뭔가에 놀라는 일 없이 책장을 넘길 수 있었다. 자정에 전등을 껐다. 개와 고양이는 이미 잠들었다. 나무 벽에서 딱, 하는 소리와 삐걱거리는 소리가 났다.

결정을 내려야 했다. 계속 내 성채를 지켜야 하나? 아니면 패배를 인정하고, 어쩌면 아직 남아 있을지도 모르는 내 삶 속에서 뭔가를 다시 시도해보아야 할까?

결정할 수 없었다. 나는 자리에 누워 바깥 어둠을 내다보며, 내 인생은 그저 지금 같은 모습으로 계속될 것이라고 생각했다. 결정적인 일은 전혀 일어나지 않겠지.

동지였다. 한 해 중 밤이 가장 길고 낮이 가장 짧은 날. 나중에 나는 여기에 의미가 있었다고 생각하게 될 터였다. 내가 미처 인식하지 못한 의미.

지극히 평범하고 추운 날이었다. 얼어붙은 갈매기와 우체국에서 보낸 반사 띠 두 개가 바깥 선착장의 눈 위에 놓여 있었다.

3

 성탄절이 지나고 12월 31일도 지나갔다.

 1월 3일, 핀란드 만에서 다도해로 눈보라가 불어왔다. 나는 집 뒤 바위 위에 서서, 수평선에 탑처럼 쌓인 검은 구름을 건너다보았다. 11시간 동안 40센티미터의 눈이 내렸다. 문을 막을 정도로 눈이 쌓여서 부엌 창문으로 기어 나와야 했다.

 눈보라가 지나간 뒤, 항해일지에 "황여새 사라짐. 비계 남음. 영하 6도."라고 기록했다.

 단어 몇 개와 마침표 세 개. 나는 왜 이런 일을 할까?

 얼음 구멍에 들어갈 시간이었다. 선착장으로 내딛는데, 살을 에는 듯한 바람이 불어왔다. 구멍을 뚫고 물속으로 들어갔다. 냉기 때문에 몸에 불이 붙는 듯했다.

 집에 돌아가려고 다시 나왔을 때는, 바람이 지나가고 다음 바람은 아직 오지 않아 고요했다. 이유를 알 수 없는 불안이 몰려와 숨을 멈추었다. 나는 몸을 돌렸다.

 저편 얼음장 위에 사람이 서 있었다.

 천지가 온통 하얀 풍경 속에 서있는 검은 물체. 태양은 수평선 바로 위에 놓여 있었다. 누구인지 보려고 눈을 한 번 감았다 떴다. 여자였다. 자전거에 기대어 서 있는 듯했으나, 자세히 보니 보행 보조기였다. 몸이 얼어붙을 정도로 추웠다. 저 사람이 누구든 간에, 얼음 구멍 옆에서 이렇게 벌거벗은 채로 있을 수는 없었다. 집으로 뛰어 올라가면서, 내가 혹시 유령을 본 건 아닌지 생각했다. 옷을 입은 뒤 망원경을 들고 바위에 서서 건너편을 바라보았다.

유령이 아니었다.

그 여자는 여전히 얼음장 위에 서 있었다. 한쪽 어깨에는 핸드백을 메고, 보행 보조기 손잡이에 양손을 올려놓고 있었다. 끝이 뾰족한 모자를 이마까지 내려오게 쓰고, 머플러를 둘둘 감고 있었다. 망원경으로는 얼굴을 알아보기 힘들었다. 어디서 온 여자일까? 누굴까?

논리적으로 생각하려고 애를 썼다. 그녀가 제대로 찾아왔다면 나를 보러 온 것이다. 이곳에 나 말고는 없으니까.

잘못 찾아왔기를 바랐다. 손님을 맞고 싶지 않았다.

그녀는 여전히 미동도 없이 서 있었다. 불편한 감정이 점점 커졌다. 저편 얼음장 위에 서 있는 여자에게서 뭔가 낯익은 감이 느껴졌다.

보행 보조기에 의지하고 어떻게 눈보라를 뚫으며 얼음장 위를 걸어왔을까? 육지까지는 3해리가 넘는 거리인데 몸이 얼지 않고 그렇게 멀리 온다는 건 불가능했다.

10분이 넘도록 그 자리에 선 채 망원경으로 그녀를 관찰했다. 망원경을 막 내리려는데, 그녀가 천천히 고개를 돌려 내 쪽을 바라보았다.

 살다 보면 시간이 멈추는 정도가 아니라, 더 이상 존재하지 않는 순간들이 있다. 바로 이때처럼.

 망원경 렌즈 속에서 그녀가 나에게 다가왔다. 하리에트였다.

 거의 40년 전 봄에 마지막으로 보았지만 알아볼 수 있었다. 하리에트 회른펠트, 내가 그 누구보다도 사랑했던 여자.

 의사가 되고 몇 년 지나지 않은 때였다. 웨이터였던 아버지는 이루 말할 수 없이 감격했고, 어머니는 거의 광적으로 자랑스러워했다. 나는 빈곤에서 벗어나는 데 성공했고, 스톡홀름에 살고 있었다. 1966년 봄은 너무나 아름다웠다. 도시는 끓어 넘칠 듯했다. 뭔가 일이 벌어지기 직전이었다. 우리 세대는 거대한 둑을 허물어 사회의 문을 열어젖혔으며, 변화를 요구했다. 그 무렵 하리에트와 나는 해질녘에 시내를 쏘다니기 좋아했다.

 나보다 몇 살 위였던 하리에트는 공부를 계속할 마음이 전혀 없었다. 그녀는 구두가게에서 점원으로 일하고 있었다. 그녀는 나에게, 나는 그녀에게 사랑한다고 말했다. 호른스가탄에 있던 하리에트의 작은 셋방에 갈 때면, 우리는 금방이라도 부서질 것 같은 침대 겸용 소파에서 함께 잤다.

 우리 사랑은 격렬하게 불타올랐다고 표현할 만하다. 그런데도 나는 그녀를 배반했다. 나는 카롤린스카 연구소에서 장학금을 받아 미국으로 유학을 가게 되었다. 5월 23일에 아칸소로 가서 1년 동안 머물기로 했다. 어쨌든 하리에트에게는 그렇게 말했다. 그러나 암스테르담을 거쳐 뉴욕으로 가는 비행기는 5월 22일에 떠났다.

나는 그녀에게 작별인사조차 하지 않고 그냥 사라졌다.

미국에 있는 동안 아무 연락도 하지 않았다. 그녀의 생활에 대해서도 물론 알지 못했다. 알고 싶지 않았다. 그녀가 자살하는 꿈을 꾸다가 깨는 날도 있었다. 양심에 가책을 느꼈지만, 나는 언제나 양심을 마비시켰다.

그녀의 모습이 기억에서 서서히 사라져갔다.

스웨덴으로 돌아와 룰레오 병원에서 일을 시작했고, 다른 여자들이 내 인생에 등장했다. 가끔, 특히 혼자 있을 때나 술을 많이 마셨을 때면 하리에트가 어떻게 되었는지 알아봐야 한다는 생각이 들기도 했다. 그럴 때면 전화번호 안내에 전화를 걸어 하리에트 크리스티나 회른펠트의 번호를 물었다. 그러나 교환수가 번호를 찾는 동안 나는 언제나 수화기를 내려놓았다. 그녀를 만날 용기가, 진실을 마주할 용기가 없었다.

그런데 이제 그녀가 보행 보조기를 잡고 얼음장 위에 서 있는 것이다.

내가 이유도 없이 사라진 지 정확하게 37년 만이다. 내가 예순여섯이니 그녀는 예순아홉, 이제 곧 칠순일 터였다. 나는 집으로 돌아가 문을 닫고 싶었다. 다시 계단으로 나오면 그녀가 사라졌기를 바랐다. 없었던 것처럼. 여기에 온 이유가 무엇이든 간에, 그녀는 신기루에 불과하게 되리라. 내가 본 것을 안 본 셈 치면 된다. 그녀가 저편 얼음장 위에 절대 없었던 것처럼.

 몇 분이 흘러갔다.
 심장이 마구 뛰었다. 창가 나무에 달린 비계 조각은 여전히 그대로 있었다. 폭풍이 지났지만 작은 새는 아직 돌아오지 않았다.
 망원경을 눈에 대자, 그녀가 얼음장에 등을 대고 길게 누워있는 모습이 보였다. 팔을 쭉 뻗고 있었다. 나는 망원경을 내던지고 얼음장 위로 달려갔다. 깊은 눈 속에서 몇 번이나 넘어졌다. 하리에트가 있는 곳에 도착해 우선 맥박이 뛰는지 만져보았다. 그녀의 얼굴 위로 몸을 숙이자 호흡이 느껴졌다.
 도구들을 두는 헛간 뒤편에 세워둔 손수레를 가지고 왔다. 하리에트를 손수레에 싣기도 전에 내 몸은 땀으로 흠뻑 젖었다. 우리가 만나던 시절 그녀는 이렇게 무겁지 않았다. 아니면 내가 힘을 잃은 걸까? 하리에트는 여전히 눈을 뜨지 못하고 몸을 구부린 채 손수레에 앉아 있었다. 기괴한 형상이었다.
 손수레가 무엇엔가 걸렸다. 나는 그녀를 줄에 묶어 끌어올려야 할지 잠깐 생각했다. 그러나 바로 마음을 돌렸다. 너무 비인간적인 방법이었다. 보트 창고에서 삽을 가지고 나와 길을 텄다. 셔츠 속에서 땀이 흘러내렸다. 그녀는 아직도 의식이 없는 상태였다. 나는 다시 한 번 맥박을 체크했다. 맥박이 빨랐다. 나는 온 힘을 다해 눈을 치웠다.

드디어 하리에트를 집까지 데리고 오는 데 성공했다. 고양이가 창틀에 앉아 이 모든 과정을 지켜보았다. 계단 위에 널빤지를 걸치고 문을 연 다음 손수레를 밀었다. 세 번 시도한 끝에 하리에트와 손수레를 현관까지 끌어올렸다. 부엌 식탁 아래 앉아 우리를 지켜보는 개를 바깥으로 쫓아 버리고 문을 닫은 다음, 하리에트를 부엌의 장의자로 끌어올렸다. 너무 땀이 나고 숨이 차서, 그녀를 진찰하기 전에 나도 일단 자리에 앉아 쉬어야 했다.

하리에트의 혈압을 쟀다. 낮기는 하지만 걱정할 정도는 아니었다. 신발을 벗기고 발을 만져보았다. 차가웠지만 뻣뻣하지는 않았다. 그러니까 동상에 걸린 건 아니었다. 입술도 건조해보이지 않았다. 맥박이 1분에 66회까지 서서히 내려갔다.

머리에 막 베개를 받쳐주려고 하는데 하리에트가 눈을 떴다.

"당신 입에서 냄새가 나네."

그녀가 말했다.

"안 좋은 냄새."

그 긴 세월이 흐른 뒤 그녀가 뱉은 첫 마디였다. 얼음장 위에서 그녀를 발견하고 집으로 끌고 오느라 미친 사람처럼 애를 썼는데, 그녀가 처음 한 말은 내 입에서 냄새가 난다는 것이었다.

그녀를 다시 내쫓고 싶었다. 내가 오라고 청한 것도 아니고 왜 왔는지 알지도 못했다. 양심에 가책이 느껴졌다. 나에게 따지기 위해서 온 걸까?

알 수 없었지만 그것 말고 다른 이유가 있을까?

불안했다. 덫이 탁 닫히는 느낌이었다.

4

하리에트가 천천히 방을 둘러보았다.

"여긴 어디지?"

"부엌이야. 얼음장 위에 서 있는 당신을 보았어. 쓰러져서 여기로 데리고 왔지. 좀 어때?"

"괜찮아. 그런데 피곤하네."

"물 마실래?"

하리에트가 고개를 끄덕였다. 컵을 가지고 왔다. 부축하려고 하자 그녀는 고개를 젓고 일어나 앉았다. 하리에트의 얼굴을 살펴보았다. 별로 변하지 않았군. 늙었을 뿐, 달라지지는 않았어.

"내가 의식을 잃었나봐."

"아픈 데는 없고? 자주 의식을 잃어?"

"그럴 때가 있어."

"의사는 뭐라고 그래?"

"아무 말도 안 하지. 내가 묻지 않으니까."

"혈압은 정상이네."

"혈압이 말썽을 부린 적은 한 번도 없어."

그녀는 창문 앞 비계에 매달린 까마귀를 바라보았다. 그러고는 무척 맑은 눈으로 나를 보며 말했다.

"방해해서 미안하다고 말하면 내가 잘못하는 거겠지?"

"당신은 방해가 되지 않아."

"당연히 방해가 되지. 연락도 없이 왔으니까. 하지만 그러거나 말거나."

그녀가 의자에서 몸을 일으켰다.

문득 짚이는 게 있었다. 하리에트가 통증을 느끼는구나.

"여기까지 뭘 타고 왔어?"

내 물음에 하리에트가 되물었다.

"당신을 어떻게 찾았는지는 왜 안 물어? 당신이 여름을 보내는 섬이 있다는 것, 그 섬이 동쪽 해안에 있다는 건 알고 있었어. 찾기가 쉽지 않더군. 그래도 결국은 찾았지. 프레드리크 벨린이라는 사람이 어디에 사는지 우체국에서 알더라고. 그곳으로 우편물을 배달하는 사람이 누구인지도 알려주더군."

서서히 기억이 되살아났다. 나는 지진이 일어나는 꿈을 꾸었다. 엄청난 소음이 나를 둘러싸더니, 갑자기 조용해졌다. 소음 때문에 깬 것이 아니라 오히려 다시 조용해졌을 때 눈을 떴다. 아마 몇 분 동안 깬 상태로 바깥 어둠에 귀를 기울였을 것이다. 고양이가 내 발치에서 가르릉거리고 있었다.

평상시와 다를 바 없이 다시 잠이 들었다.

꿈속에서 들은 소음이 얀손의 하이드로콥터였다는 사실을 이제야 깨달았다. 얀손이 하리에트를 여기까지 데리고 와서 얼음장 위에 내려놓은 것이다.

"아침 일찍 오려고 했어. 지옥으로 가는 차를 타는 기분이더라. 그 남자는 무척 싹싹하긴 했지만 비싸더군."

하리에트가 말했다.

"얼마 냈는데?"

"내가 300, 보행 보조기가 200."

"저런 뻔뻔한!"

"여기 하이드로콥터를 가지고 있는 사람이 그 남자 말고 또 있어?"

"금액의 반을 돌려받게 해줄게."

그녀가 컵을 가리켰다.

나는 컵에 물을 채웠다. 비계에 매달렸던 까마귀는 사라지고 없었다. 나는 자리에서 일어나, 보행 보조기를 가지고 오겠다고 말했다. 내 장화는 바닥에 커다란 물웅덩이를 남겼다. 집 뒤편에서 나타난 개가 나를 따라 해변으로 내려왔다.

나는 정신을 차리고 생각을 정리하려고 애를 썼다.

거의 40년이 흐른 뒤, 하리에트가 과거에서 깨어나 나타났다. 내가 여기 외딴 섬에 설치한 방어벽은 허상으로 드러났다. 얀손의 하이드로콥터로 변장한 트로이 목마는 내 성채의 벽을 들이받았고, 게다가 엄청난 돈까지 받아갔다.

나는 얼음장 위로 걸어갔다.

북동쪽에서 미풍이 불어왔다. 새들이 브이(v)자를 그리며 시야 너머로 멀어져 갔다. 다도해와 갈매기들은 온통 하얀색이다. 바다가 얼음으로 덮여 있을 때만 경험할 수 있는 특별한 정적에 휩싸인 날이었다. 태양이 하늘에 낮게 걸려 있었다. 보행 보조기는 얼음장에 붙은 채 꽁꽁 얼어 있었다. 보조기를 조심스럽게 떼어내 섬 쪽으로 밀었다. 개가 어슬렁거리며 뒤를 따라왔다. 이제 곧 안락사 시켜야 하겠지. 개도, 고양이도. 둘다 너무 늙어 질병으로 고통을 당하고 있었다.

해변 가까이 있는 보트 창고에 들어가 낡은 담요를 꺼내 할아버지의 장의자 위에 펼쳤다. 어떻게 해야 할지 모른 채 집으로 올라갈 수는 없었다. 하리에트가 이곳에 온 이유는 단 하나밖에 없었다. 나에게 해명을 요구하겠지. 왜 내가 자기를 떠났는지, 그 긴 세월이 지난 뒤에 알고 싶어진 것이다. 뭐라고 대답해야 할까? 삶은 지나갔다. 그저 그랬다. 나에게 벌어진 일을 생각한다면, 하리에트는 내가 자기 인생에서 사라진 것을 고마워해야 할 터였다.

의자에 있자니 추웠다. 막 일어나려고 하는데 멀리서 하이드로콥터 모터 소리가 들려왔다. 오늘은 우편물이 오는 날이 아닌데 얀손이 오는 것을 보니 아마 불법 영업을 하는 모양이었다. 나는 다시 집으로 올라갔다. 고양이가 계단에 앉아 기다리고 있었지만, 집 안으로 들여보내지 않았다.

부엌으로 들어서기 전에 현관에 걸린 거울에 얼핏 얼굴을 비춰 보았다. 텅 빈 눈, 면도하지 않은 얼굴. 빗질이 안 된 머리와 꽉 다문 입술, 움푹 들어간 눈. 아름다운 광경은 아니군. 거의 그대로인 하리에트와는 달리, 나는 세월이 흐르면서 많이 변했다. 젊었을 때는 괜찮은 외모였던 것 같다. 어쨌든 그때는 여자들에게 인기가 높았다. 의사로서의 내 인생을 끝장 낸 일이 벌어지기 전까지는. 나는 늘 외모와 옷차림에 맞게 행동했지만 여기 섬으로 이사 오면서부터는 그럴 이유가 없었다. 어느 날, 집에 있는 거울을 모두 떼어냈다. 내 자신을 보기 싫었다. 반년 만에 육지로 나가 이발을 할 때도 있었다.

손가락으로 머리카락을 반듯하게 쓸어내리고 부엌으로 들어갔다. 의자는 비어 있었다. 하리에트가 사라졌다. 거실 문이 약간 열려 있었고, 커다란 개미집만 있을 뿐 방도 비어 있었다. 그때 화장실 물 내리는 소리가 들려왔다. 하리에트가 부엌으로 돌아와 장의자에 다시 앉았다.

그녀의 움직임에서 다시 통증이 느껴졌지만 몸 어디에 통증이 숨어 있는지는 눈치챌 수 없었다.

하리에트는 창문에서 들어오는 빛을 마주하며 앉아 있었다. 우리가 스톡홀름을 돌아다니던 시절, 밝은 봄날 저녁의 그녀 모습을 보는 듯했다. 그때 나는 어떻게 하면 말도 하지 않고 도망칠 수 있을지 내내 머리를 짜내고 있었다. 떠날 시간이 가까워 올수록 더 자주 그녀에게 사랑을 맹세했다. 그녀가 내 생각을 읽을까봐, 치밀하게 계획한 배신을 알아챌까봐 두려웠다. 그러나 그녀는 나를 굳게 믿었다.

하리에트가 창문으로 바깥을 내다보았다.

"까마귀가 고깃덩어리 위에 앉아 있네."

"고깃덩어리가 아니라 비계야. 건조한 바람이 폭풍우와 눈보라로 바뀌자 작은 새들이 사라졌어. 폭풍이 불면 어디에 숨어 있는지 모르겠어."

그녀가 내 쪽으로 고개를 돌리고 물었다.

"당신 무척 안 좋아 보이네. 어디 아파?"

"다른 때도 그래. 당신이 내일 오후에 왔더라면 깨끗하게 면도하고 있었을 거야."

"알아보지 못할 정도야."

"당신은 옛날 그대로군."

"거실에 왜 개미집이 있지?"

질문은 빠르고 명확했다.

"당신이 문을 열지 않았더라면 들키지 않았을 텐데."

"집을 뒤지고 다닐 생각은 없었어. 화장실을 찾았을 뿐이야."

하리에트는 맑은 눈으로 나를 바라보았다.

"당신에게 물어볼 게 있어. 물론 오기 전에 연락을 하는 게 옳았겠지. 하지만 당신이 또 사라질까봐 그러지 않았어."

"난 어디에도 갈 수 없어."

"누구나 어디론가 갈 수 있지. 당신이 여기 있기를 바랐어. 할 이야기가 있으니까."

"알아."

"아니, 당신은 전혀 알지 못해. 그런데 나 여기 며칠 있어야 할 것 같아. 계단을 오르기 힘든데, 이 의자에서 자도 될까?"

하리에트가 당장은 나를 비난하지 않으리라는 것을 알게 되자, 나는 무엇이든 할 용의가 있었다. 그녀가 원한다면 물론 의자에서 자도 된다. 개미집이 있는 방에서 자는 데 별 문제가 없다면 접이식 야전침대를 거실에 펼 수도 있었다. 그녀는 그러겠다고 했다. 나는 침대를 꺼내와, 개미집에서 되도록 멀리 놓았다. 방 중간에는 흰 식탁보가 덮인 탁자가 놓여 있었다. 개미집은 바로 그 옆에 있는데 꼭대기가 탁자 모서리에 거의 닿을 정도였다. 늘어진 식탁보의 한쪽은 개미집에 묻혀서 보이지 않았다.

침대를 펴고 베개를 하나 더 놓았다. 하리에트가 잘 때면 언제나 베개를 높게 베던 기억이 떠올랐기 때문이다.

그뿐이 아니라 사랑할 때도 그랬다. 나는 그녀가 목덜미 아래에 베개를 몇 개씩이나 받치기 좋아한다는 것을 금방 알아챘다. 그게 왜 그렇게 중요한지 그녀에게 물어봤던가? 기억이 나지 않았다.

침대 위에 이불을 펴놓은 뒤, 반쯤 열린 문틈으로 바깥을 살폈다. 하리에트가 나를 보고 있었다. 나는 라디에이터 두 개를 모두 돌리고 따뜻해지는지 손을 대본 후에 부엌으로 나갔다. 하리에트는 조금 나아지는 모양이었지만, 눈은 텅 비어 있었다. 통증을 느끼는구나. 그녀의 얼굴에는 언제 다시 나타날지 모르는 통증에 순응하려는 표정이 계속 드러났다.

"잠깐 누워서 쉬어야겠어."

하리에트가 그렇게 말하고 자리에서 일어났다.

나는 문을 잡아주고, 그녀가 침대에 눕기 전에 다시 닫았다. 갑자기 문을 잠그고 열쇠를 내던지고 싶다는 욕구가 솟구쳤다. 세월이 지나면 하리에트도 개미집의 일부가 되겠지.

재킷을 입고 바깥으로 나갔다.

맑은 날이었다. 바람도 잦아들었다. 얀손의 하이드로콥터 소리에 귀를 기울였다. 멀리서 들려오는 전동 톱 소리 같기도 했다. 여름에 휴가를 오려고 주현절 전에 며칠 동안 미리 섬을 손보는 사람일 수도 있겠군.

선착장으로 내려가 보트 창고로 들어갔다. 밧줄과 권양기에 묶여 있는 배는 해변에 떠밀려온 거대한 물고기처럼 보였다. 창고에서 타르 냄새가 났다. 이곳 섬들에서는 이미 오래 전부터 어로 기구와 배에 더 이상 타르를 사용하지 않지만, 나는 창고에 타르를 보관해두고 냄새를 맡으려고 가끔 깡통의 뚜껑을 연다. 타르 냄새는 그 무엇과도 비교할 수 없는 평온함을 준다.

나는 37년 전 봄날 저녁에 이루어진 우리의 작별이 ― 사실 작별이라고 할 수는 없었다 ― 어떤 모습이었는지 기억하려고 했다. 우리는 스트룀브론 다리를 건너고 셰프스브로카옌 다리를 지나 슬루센까지 갔다. 하리에트는 구두가게에서 있었던 일을 이야기했다. 그녀는 손님들에 대해 말하기를 좋아했다. 낡은 실내화와 구두약 한 통도 모험으로 가득한 이야기로 바꿀 수 있었다. 함께한 일과 대화의 기억들이 다시 떠올랐다. 오랫동안 닫혀 있던 기록보관소의 문이 내 안에서 열린 듯한 느낌이었다.

한동안 의자에 앉아 있다가 집으로 올라갔다. 발끝으로 서서 조심스럽게 거실을 살펴보았다. 하리에트는 어린 아이처럼 몸을 둥글게 말고 잠이 들어 있었다. 나는 천천히 집 뒤편의 바위에 올라가, 하얀 만을 내려다보았다. 내가 오래 전에 저질렀던 일이 이제야 처음으로 명확해지는 듯했다. 나는 하리에트가 어떤 심정이었을지 스스로에게 물어볼 생각을 감히 하지 못했다.

내가 다시 돌아오지 않으리라는 사실을 그녀는 언제 깨달았을까? 내가 떠났다는 것을 알았을 때 그녀가 느꼈을 고통은 온갖 힘을 다해야 겨우 상상할 수 있었다.

다시 집으로 돌아왔을 때, 하리에트는 부엌 장의자에 앉아 나를 기다리고 있었다. 고양이가 그녀의 무릎에 앉아 있었다.

"잤어? 개미들이 방해하지는 않았고?"

"개미집 냄새가 좋네."

"고양이가 귀찮게 굴면 내보낼게."

"내가 귀찮아하는 것처럼 보여?"

나는 그녀에게 배고프냐고 묻고, 먹을거리를 만들기 시작했다. 얀손이 총으로 사냥한 토끼고기가 냉동고에 들어 있었다. 하지만 녹이고 준비하자면 시간이 너무 오래 걸릴 터였다. 하리에트는 의자에 앉아, 시선으로 나를 좇았다. 커틀릿을 굽고 감자를 삶는 동안 우리는 거의 아무 말도 하지 않았다. 나는 너무 긴장해서 프라이팬에 손을 데었다. 하리에트는 왜 말이 없을까? 도대체 왜 온 걸까?

서로 말없이 음식을 먹은 후 나는 그릇을 치우고 커피를 끓였다. 할아버지와 할머니는 커피를 언제나 끓여 마셨다. 당시에는 필터에 뜨거운 물을 붓는 커피가 없었다. 나도 끓여 마시는데, 물이 끓기 시작한 뒤 17까지 세면 내가 원하는 바로 그 맛이 난다. 커피 잔을 식탁에 놓고 고양이 사료를 먹이통에 담아준 뒤 의자에 앉았다. 벌써 날이 어두워졌다. 나는 하리에트가 여기에 온 이유를 설명해주기를 계속 기다렸다. 하리에트에게 잔을 더 채워줄지 묻자, 그녀가 커피잔을 내 앞으로 밀었다. 개가 문을 긁었다. 나는 개를 들어오게 해 사료를 주고는, 보행 보조기가 있는 현관 복도에 가두었다.

"우리가 다시 만나리라고 생각했어?"

"모르겠어."

"생각했는지 묻는 거야."

"내가 무슨 생각을 했는지 모르겠다고."

"그때나 지금이나 회피하는 건 여전하네."

하리에트는 자기 세계에 잠겼다. 감정이 상하면 늘 그랬던 기억이 났다. 손을 뻗어 그녀를 어루만지고 싶었다. 그녀도 나를 만지고 싶을까? 40년 동안의 침묵이 우리 사이를 오가는 느낌이었다. 개미 한 마리가 방수포로 만든 식탁보 위를 기어 다녔다. 거실의 개미집에서 나온 걸까? 아니면 내가 걱정하듯이 남쪽 벽의 대들보 속에 개미집이 또 있고, 그곳에서 나와 길을 잃은 개미일까?

나는 자리에서 일어나, 개를 내보내야겠다고 말했다. 하리에트 얼굴은 그늘에 가려 있었다. 바깥은 별이 총총 보이게 맑고 조용했다. 그런 하늘을 볼 때면 작곡을 할 줄 알면 좋겠다는 생각이 들 때가 가끔 있다. 선착장으로 내려갔다. 이날 벌써 몇 번째던가? 보트 창고의 불빛을 따라 개가 얼음장 위를 달려가더니 하리에트가 쓰러져 있던 자리에 멈추어 섰다. 비현실적인 상황이었다. 거의 끝났다고 생각했던 인생의 문이 갑자기 열리고, 내가 한때 사랑하고 배신도 했던 아름다운 여자가 돌아왔다. 그녀는 함가탄에 있던 구두가게에서 일을 끝내고 나를 만날 때면 거의 언제나 자전거를 타고 왔다. 이제는 보행 보조기를 민다. 나는 길을 잃은 기분이었다. 개가 돌아왔고 우리는 다시 집으로 돌아갔다.

집 뒤에 서서 부엌 창문으로 안쪽을 살폈다.

하리에트가 식탁에 앉아 있었다. 한참 지나서야 나는 그녀가 울고 있다는 것을 알았다. 눈물을 닦을 때까지 기다렸다가 안으로 들어갔다. 개는 현관 복도에 남겨두었다.

"자야겠어."

하리에트가 말했다.

"피곤해. 내가 왜 왔는지 내일 이야기할게."

그녀는 내 대답을 기다리지 않고 자리에서 일어나, 잘 자라고 말하고는 잠깐 동안 뭔가 묻는 듯한 얼굴로 나를 바라보더니 문을 닫았다. 나는 텔레비전이 있는 방으로 들어갔지만 켜지는 않았다. 하리에트와의 만남으로 무척 피곤했다. 피할 수 없이 대면하게 될 비난이 두려웠다. 무슨 말을 해야 할까? 아무 말도 할 수 없겠지.

의자에 앉은 채 잠이 들었다.

목이 뻣뻣해서 잠에서 깼을 때는 이미 자정이었다. 부엌으로 나가 하리에트가 자는 방 앞에 서서 귀를 기울였지만 조용했다. 문틈으로 빛이 새어나오지 않았다. 나는 부엌을 정리하고 냉동고에서 빵 한 덩이와 꽈배기 빵을 꺼낸 다음, 개와 고양이를 들어오게 하고 침대로 갔다. 그러나 잠이 오지 않았다. 굳게 닫았다고 믿었던 과거의 문이 열려 이리저리 움직이고 있었다. 하리에트, 그리고 그녀와 함께했던 시간이 세찬 돌풍처럼 나를 휩쓸어가는 느낌이었다.

잠옷 위에 가운을 걸치고 부엌으로 내려갔다. 개와 고양이는 잠들어 있었고, 바깥 온도계는 영하 7도를 가리켰다. 부엌 의자에 놓여 있는 하리에트의 핸드백을 식탁에 올려놓고 열어 보았다. 빗과 헤어브러시, 지갑과 장갑, 열쇠 뭉치와 휴대전화, 서로 다른 약 두 통이 들어 있었다. 내가 모르는 약 이름이었다. 무슨 약인지 알아보려고 성분을 읽었다. 진통제와 항우울제였다. 스톡홀름의 아르비손이라는 의사가 처방한 약이었다. 마음이 불편했지만 핸드백을 계속 뒤졌다. 제일 밑에 들어있는 오래되고 낡은 수첩에는 전화번호들이 가득했다. 더블유(W)가 적힌 면을 펼치자, 놀랍게도 1960년대 중반 스톡홀름에서 살 때의 내 전화번호가 눈에 들어왔다. 줄을 그어 지우지도 않은 채 그대로 있었다.

하리에트는 이 수첩을 내내 가지고 있었던 걸까? 핸드백에 다시 넣으려는데, 수첩 표지 안에 조그맣게 접어 넣은 종이가 눈에 띄어 펴서 내용을 읽었다.

그런 다음 바깥으로 나가, 현관 계단 앞에 섰다. 개가 내 옆에 와서 앉았다. 하리에트가 왜 섬으로 왔는지는 여전히 알 수 없었다.

그러나 내가 그녀의 핸드백에서 찾은 종이에는 그녀가 얼마 안 있어 죽을 거라는 내용이 적혀 있었다.

5

밤새 바람이 오갔다.

나는 얕은 잠을 자면서 바람 소리에 귀를 기울였다. 동쪽 창문보다 북쪽 벽에 달린 창문에서 바람이 더 세차게 들어왔으므로 바람의 방향을 알 수 있었다. 북동쪽에서 불어오는 돌풍이었다. 내일 항해일지에 적어야겠군. 그러나 하리에트의 방문은 적어야 할지 어쩔지 망설여졌다.

내 방 아래, 하리에트가 야전침대에 누워 있었다. 그녀의 가방에서 찾아낸 종이의 내용이 머리를 떠나지 않았다. 하리에트는 위에 종양이 있었다. 이미 전이된 종양. 화학요법은 단기적으로만 도움이 되고, 수술은 가망이 없다. 그녀는 의사와 면담하기 위해 2월 12일에 병원에 가야 한다.

나는 여전히 의사였고, 종이에 적힌 말이 무슨 뜻인지 충분히 알 수 있었다. 취해진 조처들은 하리에트를 치료하지 못했을 뿐 아니라 수명도 연장하지 못했다. 그저 통증만 완화했을 뿐이다. 의사들의 언어로 표현하자면 그녀는 고식적인 말기 단계였다.

치료가 불가능하지만 쓸데없는 고통도 없는 단계.

어둠 속에 누워 있는데, 한 가지 생각이 계속 맴돌았다. 죽는 사람은 하리에트다. 내가 아니야. 내가 죄를 지었고 내가 그녀를 배반했음에도, 당하는 사람은 그녀다. 나는 신을 믿지 않는다. 의학 공부를 하던 첫 해의 아주 짧은 시기만 제외하면 종교적 회의 때문에 괴로웠던 적은 없었다. 외계인의 대리인과 대화를 나눈 적도, 무릎을 꿇으라는 내적인 목소리도 듣지 못했다. 잠을 이루지 못한 채 자리에 누워, 내가 당사자가 아니라서 다행이라는 생각을 했다. 소변을 보려고 두 번 일어났고, 두 번 모두 하리에트의 문 앞에 서서 귀를 기울였다. 그녀도, 개미들도 자는 듯했다.

여섯 시에 자리에서 일어나 부엌으로 내려갔다. 놀랍게도 하리에트는 이미 아침을 먹은 뒤였다. 어쨌든 그녀는 적어도 커피는 마셨다. 전날 저녁에 남은 커피를 데워 마신 것이다. 개와 고양이도 보이지 않았다. 현관문을 열어보았다. 밤새 다시 내린 눈이 먼저 내린 눈 위에 얇게 덮여 있었다. 개와 고양이 발자국이 보였다. 사람 발자국도. 하리에트가 나간 것이다.

나는 어둠 속에서 물체를 확인하려고 애를 썼다. 날이 밝으려면 아직 멀었다. 밤사이에 불던 바람이 약한 돌풍으로 바뀌었다가 잦아들었다. 셋의 발자국은 모두 한 방향으로, 집 뒤편으로 이어져 있었다. 멀리까지 찾으러 갈 필요가 없었다. 사과나무 아래에는 오래된 나무 벤치가 하나 있다. 할머니가 자주 앉아 있던 벤치다. 할머니는 지독한 근시였지만 그 의자에 앉아 뜨개질을 했고, 손을 무릎에 올린 채 그저 가만히 앉아 바다 소리에 귀를 기울이기도 했다. 얼지 않은 바다는 언제나 쇄아 소리를 낸다. 의자에 앉아 있는 것은 할머니의 유령이 아니라 하리에트였다. 그녀는 촛불을 켜서 바닥에 세우고는 돌로 바람을 막아두었다. 개가 그녀의 발치에 엎드려 있었다. 하리에트는 전날 얼음장 위에서 보았을 때와 같은 모습이었다. 모자를 귀까지 덮고, 머플러를 얼굴에 감고 있었다. 영하의 날씨이긴 했지만 밤새 불던 바람이 잦아들어 매서운 추위라고 느껴지지는 않았다.

"여기 참 아름답다."

그녀가 입을 열었다.

"아직 어두워. 아무것도 볼 수 없어. 얼음으로 덮였으니 바다 소리조차 들리지 않고."

"개미집이 내 주변을 둘러싸고 점점 커지는 꿈을 꾸었어."

"당신이 원한다면 침대를 부엌에 놓아줄게."

슬그머니 일어나 자리를 뜨는 개의 움직임이 조심스러웠다. 듣지 못하는 개는 겁이 많다. 개가 귀 먹은 걸 알아챘느냐고 하리에트에게 묻자 몰랐다고 했다. 고양이가 느릿느릿 다가와 우리를 바라보고는 어둠 속으로 다시 사라졌다. 몇 번이나 했던 생각이지만, 고양이의 길은 아무도 모른다는 생각이 들었다. 나는 내 길을 알고 있나? 하리에트는 자신의 길을 알까?

"내가 왜 여기 왔는지 당연히 알고 싶겠지."

그녀가 말했다.

촛불이 흔들렸지만 꺼지지는 않았다.

"당신이 오리라고는 생각지도 못했어."

"나를 다시 볼 거라고는 생각했어? 재회하기를 바랐어?"

나는 대답하지 않았다. 이유를 말하지 않고 누군가를 떠난 사람은 원래 할 말이 없다. 용서받을 수 없는 배신, 설명할 수조차 없는 배신도 있는 법이다. 나는 하리에트에게 그런 배신을 저질렀다. 그래서 대답하지 않았다. 앉아서 촛불을 바라보며 그냥 기다리기만 했다.

"비난하려는 게 아니야. 약속을 지키라고 부탁하러 왔어."

나는 그게 무슨 뜻인지 금방 알아차렸다.

숲 속 연못.

어릴 때, 그러니까 열 살이 되던 해 여름 그곳에서 수영을 했다. 아버지 고향인 노를란드 내륙으로 여행할 때였다. 나는 하리에트에게 미국에서 돌아오면 그 숲 속 연못으로 함께 가겠다고 약속했다. 환한 밤하늘, 어두운 물속에서 함께 수영을 하자고. 아름다운 예식이 되리라 상상했다. 검은 물, 환한 여름밤 하늘, 멀리서 들려오는 잠수부의 고함, 바닥이 없을 만큼 깊다고들 하는 숲 속 연못. 우리는 그곳에서 수영을 하려고 했다. 그 뒤에는 그 무엇도 우리를 갈라놓을 수 없으리라고 생각했다.

"혹시 약속 잊었어?"

"내가 뭐라고 말했는지 정확하게 기억하고 있어."

"나를 그곳에 데려다줘."

"지금 겨울이야. 연못은 얼었어."

나는 아침마다 뚫는 얼음 구멍을 생각했다. 노를란드에 있는 연못의 얼음을 모두 깰 수 있을까? 화강암 같은 얼음을?

"연못을 보고 싶어. 눈과 얼음으로 덮였더라도 상관없어. 연못이 정말 있는지 알고 싶어."

"사실이야. 그 연못은 정말 있어."

"이름이 뭔지 한 번도 말한 적이 없잖아."

"너무 작은 연못이라 이름도 없지. 이 나라에는 이름 없는 작은 연못들이 수없이 많아. 도시든 시골이든 이름이 없는 거리는 거의 없지. 하지만 숲 속에는 이름 없는 호수나 연못이 곳곳에 숨어 있어."

"당신이 약속을 지켜주면 좋겠어."

하리에트가 의자에서 힘겹게 몸을 일으켰다. 초가 넘어지며 쉿 소리를 내고 꺼졌다. 주변이 완전히 어두워졌다. 부엌 창문에서 흘러나오는 빛은 우리가 있는 자리까지 미치지 못했다. 그래도 그녀가 가져온 보행 보조기는 눈에 띄었다.

도와주려고 손을 뻗자, 하리에트가 내 손길을 피했다.

"도움을 원하는 게 아니야. 약속을 지키길 바랄 뿐이지."

초록색 보행 보조기를 잡고 눈 위를 비추는 빛 속으로 들어가자, 하리에트는 마치 달빛이 쏟아지는 거리에 있는 듯이 보였다. 거의 40년 전 둘이 함께였을 때, 우리는 아이들처럼 순진하게 달을 보고 소원을 빌었다. 그녀도 기억하고 있을까? 나는 하리에트가 보행 보조기로 눈 속에 숨어 있는 돌을 더듬는 모습을 옆에서 지켜보았다. 그녀가 불치병에 걸렸다는 사실을 믿기 어려웠다. 다른 세상 또는 다른 어둠이 시작하는 경계에 아주 가까이 다가간 사람. 하리에트는 보행 보조기를 계단 앞에 세워두고, 난간을 꽉 붙잡고 계단 세 개를 올라갔다. 그리고서 문을 열자, 고양이가 그녀의 다리 사이를 지나 안으로 들어갔다. 하리에트가 자기 방으로 들어갔다. 나는 닫힌 문에 귀를 바짝 대고 안에서 흘러나오는 소리를 들었다. 쨍그랑거리는 병소리가 흐릿하게 들렸다. 진통제 종류를 다양하게 가지고 왔구나. 불치의 종양에 늘 따라다니는 통증. 고양이가 불평하듯 울며 내 다리를 스쳤다. 고양이에게 먹이를 주고, 부엌 의자에 앉았다.

바깥은 여전히 어두웠다.

기온을 확인하려 했지만 수은 온도계 유리에는 부옇게 김이 서려 있었다. 문이 열리더니 머리를 빗고 새 스웨터로 갈아입은 하리에트가 나왔다. 푸른 라벤더색 스웨터였다. 어머니와 라벤더 향기가 나던 어머니의 눈물이 얼핏 기억을 스치고 지나갔다.

그러나 하리에트는 운 게 아니었다. 부엌 의자에 앉으면서 그녀는 미소를 지었다.

"당신이 개와 고양이, 개미집과 같이 사는 사람이 되었으리라고는 상상도 하지 못했어."

"계획대로 되는 삶이란 지극히 드문 법이지."

"당신 삶이 어땠는지 물어볼 생각은 없어. 약속만 지켜주길 바라지."

"그 연못을 찾을 수 있을지 모르겠네."

"찾고 말고. 당신만큼 거리와 방향 감각이 뛰어난 사람은 없잖아."

하리에트 말이 옳았으므로 반박할 수 없었다. 나는 가야 할 길을 언제나 찾아냈다. 뒤죽박죽으로 엉킨 도로에서도, 자연 속에서도 길을 잃지 않았다.

"잘 생각해보면 아마 찾을 수도 있겠지. 그런데 왜 그래야 하는지 모르겠군."

"내가 왜 그 숲 속 연못을 보려고 하는지 알고 싶어?"

갑자기 그녀의 음색이 달라진 것 같았다.

"그래, 알고 싶어."

"내가 살면서 들은 것 중에 가장 아름다운 약속이었어."

"가장 아름다운?"

"정말 유일하게 아름다운."

그렇게 말했다. 정말 유일하게 아름다운 약속. 내 머릿속에서 거대한 오케스트라가 연주를 시작한 느낌이었다. 나는 악기들 한가운데 앉아 있었고 내 옆에는 현악기들이, 바로 뒤에는 관악기들이 있었다.

"사람들은 늘 약속을 받지."

하리에트가 말을 이어갔다.

"자기가 하기도 하고. 또 다른 사람들이 하는 약속에 귀를 기울이기도 해. 노인들에게 더 나은 삶, 아무도 고통받지 않는 의료보험을 약속하는 정치가, 높은 이자를 약속하는 은행, 체중 감량을 약속하는 식료품, 주름 방지를 보장하는 화장품. 인생이란 변하기는 하지만 절대 마르지 않는 약속의 강을 작은 배로 횡단하는 것과 마찬가지야. 사람들은 이런 약속 중에 몇 가지나 기억하고 있을까? 기억하고 싶은 것은 잊고, 정말 잊어버리고 싶은 것은 기억하지. 지켜지지 않은 약속은 황혼 무렵 이리저리 흔들리는 그늘과도 같아. 나이 들수록 더 확실하게 느껴. 내 인생에서 가장 아름다운 약속은 당신이 했던 숲 속 연못이었어. 그 연못을 보고, 그 속에서 수영하는 꿈을 꾸고 싶어. 더 늦기 전에."

나는 도리 없이 그녀를 숲 속 연못으로 데리고 갈 수밖에 없음을 깨달았다. 어쩌면 우리가 한겨울에 떠나는 것은 늦출 수 있을지도 모른다. 아니, 그녀가 불치병 때문에 봄까지 기다리지 못하는 건 아닐까?

그녀의 병에 대해 알고 있다고 말해야 한다고 생각했지만 그러지 못했다.

"내가 지금 말하는 약속들, 살면서 주고받는 온갖 약속들이 무슨 뜻인지 이해하겠어?"

"난 약속에게 미혹되지 않으려고 노력해왔어. 약속이란 늘 속기 쉬우니까."

하리에트가 손을 뻗어 내 손 위에 얹었다.

"당신을 알았던 적이 있지. 스톡홀름 거리를 쏘다녔던 내 기억 속의 그때는 언제나 봄날이야. 어둠이나 비 같은 건 생각나지 않아. 내 옆에 있던 사람은 지금의 당신과 같은 사람이 아니야. 무엇이든 될 수 있는 사람이었어. 드넓은 바다 가운데 외딴 섬에서 외롭게 살 사람은 절대 아니었지."

그녀의 손이 내 손 위에 놓여 있었다. 나는 그 손을 치우지 않았다.

"어두웠던 기억이 있어?"

"아니, 당신 말대로 언제나 환했지."

"도대체 무슨 일이 벌어진 거야?"

"나도 몰라."

"거짓말 하지 마. 당신은 당연히 알고 있어. 당신 때문에 걱정을 너무 많이 했지. 아직도 극복하지 못한 것 같아. 그게 어떤 느낌인지 알고 싶어?"

나는 대답하지 않았다. 하리에트는 손을 거두어들이고 의자에 몸을 기댔다.

"난 그저 당신이 약속을 지키길 바랄 뿐이야. 당신은 며칠 동안 이 섬을 떠나야 하겠지. 그러나 돌아올 수 있어. 다시는 당신을 귀찮게 하지 않을 거야."

"안돼. 여행이 오래 걸릴텐데, 내 차는 너무 낡았어."

"길만 가르쳐주면 돼."

하리에트가 절대 포기하지 않겠구나. 긴 세월이 흐른 뒤, 그녀를 숲 속 연못으로 데리고 가겠다는 약속이 나를 낚아챘다.

창문 바깥이 서서히 밝아왔다.

"나 결혼했었어."

그녀가 갑자기 말문을 열었다.

"당신은?"

"이혼했어."

"그러니까 당신도 결혼했었구나. 누구랑?"

"당신이 모르는 여자들이랑."

"여자들?"

"두 번 했지. 첫 아내 이름은 비르기트, 간호사였어. 2년이 지나니 둘이 더 이상 나눌 이야기가 없더군. 비르기트는 또 광산 기술자가 되는 재교육을 받으려고 했어. 내가 돌이나 석탄, 광산에 대해 뭘 알겠어? 재혼한 아내 이름은 로제 마리였는데, 골동품을 취급했지. 병원에서 하루 종일 수술한 뒤에, 그녀를 따라 경매장에 가서 낡은 농가의 옷장들을 집으로 끌고 온 적이 얼마나 많았던지 당신은 아마 상상도 못 할 거야. 내가 탁자와 의자를 몇 개나 욕조 양잿물에 담갔는지 잘 기억나지도 않아. 결국 4년 만에 끝났어."

"아이는 있어?"

고개를 저었다. 나이 들어 아이가 있으면 좋겠다는 상상을 한 적은 있었다. 하지만 이제는 너무 늦었다.

나는 방수포를 씌워 섬으로 끌어 올려놓은 내 배와도 같았다.

하리에트에게 아이가 있는지 물었다. 하리에트는 나를 한참 동안 바라보다가 대답했다.

"딸이 하나 있어."

내 딸일 수도 있을 텐데. 그때 하리에트에게서 도망쳐 소식을 끊어버리지 않았더라면.

"루이제야."

"예쁜 이름이군."

나는 자리에서 일어나 커피를 준비했다. 이제 날이 환하게 밝았다. 물이 끓기를 기다려 17까지 세고 커피에 부었다. 커피 잔을 식탁에 놓고 얼었다 녹은 밀 빵을 썰었다. 우리는 1월의 어느 날 오전에 커피 브레이크를 하는 두 늙은이 같았다. 다른 사람들도 커피를 마시기 전에 지금 이곳 부엌에서처럼 기이한 이야기들을 나누는지 궁금했다.

커피를 마신 뒤에 하리에트는 개미집이 있는 방으로 들어가 문을 닫았다.

한참 동안 망설이다 몇 년 만에 처음으로 얼음 목욕을 중단했다. 옷을 벗고 도끼를 가져오려다가 생각을 바꾸었다. 하리에트를 숲 속 연못으로 데려다주기 전까지는 더 이상 얼음 목욕을 하지 못할 터였다.

목욕 가운 대신 재킷을 걸치고 선착장으로 내려갔다. 날씨가 갑자기 풀려 장화 밑에 눈이 달라붙었다.

몇 시간 동안 선착장에 혼자 있었다. 햇빛이 구름층을 뚫고 쏟아졌다. 보트 창고 지붕에서 물방울이 떨어졌다. 창고로 들어가 타르 깡통을 하나 꺼내 뚜껑을 열었다. 냄새 덕분에 마음이 가라앉았다. 나는 흐릿한 햇빛을 받으며 설핏 잠이 들었다.

우리가 함께했던 시간을 떠올렸다. 이제 더 이상 존재하지 않는 시대에 발을 들여놓은 느낌이었다. 나는 남은 자들의 특이한 적막함 속에서 살았다. 자기 시대의 발판은 이미 상실했고 새로운 것에는 적응하지 못한 사람들. 하리에트와 내가 사랑하던 때는 누구나 담배를 피웠다. 언제든, 어디서든. 내 젊은 날은 재떨이로 가득했다. 내가 흰 가운을 걸칠 권리를 얻도록 교육한 의사선생님과 교수님들이 줄담배를 피우던 모습이 지금도 기억난다. 그때 이곳 다도해를 담당한 집배원 이름은 얄마르 헤델리우스였다. 겨울에 그는 스키를 신고 섬들 사이를 돌아다녔다. 그때는 지금처럼 엄청난 양의 광고물은 없었지만, 그의 배낭은 분명 무거웠을 것이다.

다가오는 하이드로콥터 소음 때문에 생각이 끊겼다.

얀손은 과부 오세르블롬에게 들렀다가, 통풍 때문에 나를 찾아오느라 속도를 내고 있었다. 성탄절 전에 그를 괴롭혔던 치통은 그 사이에 사라졌지만, 지난번에 내 선착장에 왔을 때는 그의 왼쪽 손등에 있는 갈색 점 몇 개를 들여다보아야 했다. 나는 일반적인 노화현상이라고, 여기 섬 지역에서 자네가 우리 가운데 가장 오래 살아남을 거라고 그를 안심시켰다. 우리 늙은이들이 사라져도 일자리만 남아 있다면 얀손은 개조한 어선을 타고 계속 통통 소리를 내며 다니거나 하이드로콥터로 전속력을 내며 달릴 것이다. 일자리가 사라질 확률이 상당히 높긴 하지만.

얀손이 선착장으로 휘어 들어와 모터를 끄고, 몇 겹으로 껴입은 외투와 모자를 벗기 시작했다.

얼굴은 붉었고 머리카락은 삐쭉하게 서 있었다.

"새해 복 많이 받으세요!"

선착장으로 올라온 얀손이 말했다.

"고맙네."

"겨울이 오래 가네요."

"그래, 그렇군."

"장에 문제가 생겼어요. 화장실에 가기가 어려운데 변비겠지요?"

"말린 자두를 먹게."

"혹시 다른 병의 증상일 수도 있나요?"

"아닐세."

얀손은 호기심을 감추지 못하고 몇 번이나 집 쪽으로 눈길을 주었다.

"연말 파티는 어땠나요?"

"난 그런 파티 하지 않네."

"이번에는 정말 몇 년 만에 폭죽을 샀는데 한 개는 불발탄이었어요."

"자정이면 나는 보통 잠을 자네. 한 해의 마지막 날이라고 해서 습관을 바꿀 이유가 어디 있나."

그러는 내내 나는 얀손이 하리에트에 대해 묻고 싶어 혀끝이 간질거린다는 것을 알 수 있었다. 그녀는 나에게 간다는 말만 했을 뿐 자신이 누군지 당연히 밝히지 않았을 것이다.

"나에게 온 우편물 있나?"

얀손이 놀란 표정으로 나를 바라보았다. 내가 이렇게 물은 적은 지금까지 한 번도 없었다.

"없어요. 연초에는 늘 조금밖에 없잖아요."

대화와 상담이 끝났다. 얀손은 마지막으로 집 쪽으로 시선을 한 번 더 던지고 하이드로콥터에 올랐다. 나는 몸을 돌려 선착장을 떠났다. 얀손이 모터에 시동을 거는 소리가 들려와서 귀를 막았다. 돌아보니 그가 눈구름 속에서 곶을 돌아나가고 있었다.

집에 들어갔더니 하리에트가 부엌 식탁에 앉아 있었.

화장을 했는지 약간 덜 창백해 보였다. 여전히 아름다웠다. 그녀를 떠나다니, 얼마나 바보 같은 짓이었나.

식탁에 앉아 하리에트에게 말했다.

"당신을 숲 속 연못으로 데리고 갈게. 약속을 지키겠어. 낡은 내 자동차로 거기까지 가려면 아마 이틀은 걸릴 거야. 하룻밤은 호텔에서 묵어야 해. 내가 연못을 금방 찾을지 모르겠어. 벌채가 어디서 이루어지는가에 따라 숲의 길들이 바뀌기도 해. 또 그곳에 길이 나 있는지도 확실하지 않아. 어쩌면 길을 내줄 사람을 찾아야 할지도 몰라. 그러면 최소한 나흘은 걸리겠지. 여행이 끝나면 당신을 어디로 데려다줘야 하지?"

"도로에 내려주면 돼."

"보행 보조기도 있는데 도로에?"

"난 여기까지도 왔어. 안 그래?"

그녀의 목소리에서 날카로움이 느껴져 더 이상 고집을 부리지 않기로 했다. 도로에 내리는 게 좋다면 반대하지 말아야겠군.

"내일 얀손에게 당신과 보행 보조기를 육지로 데려다주라고 할게."

"당신은?"

"난 얼음장 위로 걸어서 갈 거야."

갑자기 할 일이 많이 생겨 자리에서 일어났다. 무엇보다도 고양이가 드나들 장치를 현관문에 달아야 하고, 개가 몇 년 동안이나 사용하지 않고 방치해둔 개집을 쓸 수 있게 준비해야 했다. 사료는 1주일 치를 주어야겠군. 물론 둘은 먹을 수 있는 만큼 잔뜩 먹겠지. 동물은 미래를 위해 절약할 줄 모르니까. 하지만 며칠 동안은 사료 없이도 견딜 수 있을 거야.

나는 현관문에 톱질을 하고 스프링을 달아 벼락닫이를 만들고, 고양이가 그것을 사용하게 훈련시켰다. 고양이는 놀랍게도 금방 익숙해졌다. 개집 상태는 예상보다 나빴다. 비가 새지 않게 지붕에 루핑을 박고 바닥에는 작은 담요 두 장을 깔았다. 개는 내가 일을 끝내기 무섭게 집에 들어가 누웠다.

저녁에 얀손에게 전화를 걸었다. 지금까지 한 번도 없던 일이었다.

"집배원 투레 얀손입니다."

그는 고위 관직을 발음하는 듯한 목소리로 말했다.

"프레드리크일세. 혹시 방해가 되는 건 아닌가?"

"별 말씀을. 전화하시는 일이 드물잖아요."

"한 번도 걸지 않았지. 내일 사람을 좀 날라줄 수 있는지 물어보려고 전화했네."

"보행 보조기를 사용하는 여자분?"

"그 사람을 여기로 데려올 때 요금을 엄청나게 받았으니 내일은 공짜로 운송해주리라 믿네. 안 그런다면 자네가 여기 다도해에서 불법 영업을 한다고 고발하겠어."

수화기에서 잠깐 씩씩거리는 숨소리가 들려왔다.

"몇 시에요?"

"자네 내일 쉬지? 10시까지 여기로 올 수 있나?"

하리에트는 내가 여행 준비를 하는 동안 거의 침대에 누워 있었다. 나는 그녀가 여행의 피로를 견뎌낼 수 있을지 걱정스러웠지만 사실 그건 내 문제가 아니었다. 나는 그저 약속만 지키면 되지 다른 건 내 책임이 아니었다. 토끼고기를 녹여 오븐에 넣었다. 할머니는 손으로 쓴 토끼구이 요리법을 요리책에 끼워 두었다. 예전에도 그 요리법대로 해서 성공했고, 이번에도 괜찮았다. 우리가 식탁에 앉았을 때, 하리에트의 눈빛은 다시 무표정하고 투명했다. 나는 방에서 이따금 들리는 쨍그랑거리는 소리가 약병이 아니라 술병 소리임을 알아챘다. 하리에트는 방에서 몰래 술을 마셨던 것이다. 나는 토끼고기를 이로 물어뜯으며, 얼어붙은 숲 속 연못으로 향하는 여행이 예상보다 어렵겠다고 생각했다.

토끼구이는 맛있었다. 그러나 하리에트는 포크로 그저 뒤적이기만 했다. 나는 암환자들이 만성 식욕부진에 시달리는 일이 잦다는 것을 알고 있었다.

식사 뒤에 커피를 마셨다. 남은 고기는 개와 고양이 먹이로 문 앞에 내놓았다. 둘은 보통 때도 서로 할퀴거나 물어뜯는 일 없이 먹이를 잘 나눠먹었다. 할아버지와 할머니처럼 오랜 세월을 함께한 부부같이 보일 때도 있었다.

나는 하리에트에게 얀손이 다음날 올 거라고 말하고, 자동차 열쇠를 건네주며 내 차 모양이 어떻고 어디에 주차되어 있는지 설명했다. 내가 얼음장 위로 건너갈 때까지 차에서 기다리면 된다고 덧붙였다.

하리에트는 열쇠를 받아 핸드백에 집어넣었다. 그러고는 갑자기, 그 긴 세월 동안 자기가 한 번도 보고 싶지 않았는지 물었다.

"보고 싶었지. 하지만 그리움은 나를 나약하게 만들 뿐이야. 난 그리움이 두려워."

하리에트는 더 이상 묻지 않고 방으로 사라졌다. 다시 나왔을 때는 눈빛이 더 투명해져 있었다. 그날 밤 우리는 별로 이야기를 나누지 않았다. 함께하는 이 여행을 망칠까봐 우리 둘다 두려웠던 것 같다. 사실 예전에도 우리는 같이 있을 때면 늘 편안하게 침묵할 수 있었다.

등장인물들이 죽을 만큼 음식을 꾸역꾸역 먹는 영화를 한 편 보았다. 보고 나서도 영화가 어땠는지에 대해 서로 말을 하지 않았다. 하지만 그녀도 분명 나와 같은 생각을 했으리라.

그저 그런 영화였다.

그날 밤 나는 얕은 잠을 잤다.

우리 여행에서 일어날 수 있는 나쁜 일들이 무엇일지 생각해보려고 애를 썼다. 또 하리에트가 정말 나에게 진실을 모두 이야기했는지 의심스러웠다. 그녀가 뭔가 다른 걸 원한다는 생각, 긴 세월이 흐른 뒤에 나를 찾아온 특별한 이유가 있을 것 같다는 생각이 점점 더 강하게 들었다.

조심해야겠다는 생각을 하며 잠이 들었다. 무슨 일이 일어날지는 물론 예측할 수 없지만 준비하고 싶었다.

경고의 메시지가 담긴 불안이 내 안에 둥지를 틀었다.

6

우리가 떠나던 날 아침은 맑고 바람이 없는 날씨였다.

얀손은 하이드로콥터를 타고 제시간에 나타났다. 그가 보행 보조기를 먼저 선체로 끌어올렸다. 그런 다음 우리는 하리에트가 보조기 뒤로 비집고 들어가게 도와주었다. 나도 같이 간다는 말은 얀손에게 하지 않았다. 다음에 왔을 때 내가 선착장에서 기다리지 않으면 얀손은 아마 집으로 올라올 것이다. 혹시 내가 죽어있으리라고 생각하지 않을까? 그래서 쪽지를 써서 현관문에 붙였다. "나 안 죽었네."

하이드로콥터가 곶 뒤로 사라지자, 나는 얼음장에서 미끄러지지 않게 장화에 낡은 아이젠을 부착했다.

할머니가 쓰던 오래된 욕실용 저울에 배낭 무게를 달았더니 9킬로그램이었다. 빨리 걷기는 했지만 땀은 흘리지 않으려고 조심했다. 얼어붙은 깊은 바다를 건널 때면 늘 두렵다. 이곳 바다 동쪽 곶 바로 앞에 있는 레르셍칸이라 불리는 심연은 가장 깊은 곳의 수심이 56미터이다. 끝모를 낭떠러지 위에 걸쳐진, 금방이라도 무너질 듯한 지붕 위를 걷는 기분이다.

나는 눈을 질끈 감았다. 얼음에 반사되는 햇빛이 눈을 찔렀다. 저 멀리 크로스컨트리 스키를 타는 사람들이 보였다. 다도해의 최북단으로 가는 사람들이었다. 그들만 제외하면 얼음장은 텅 비어 있었다. 다도해는 겨울이면 사막과도 같다. 스케이트를 타는 몇몇 대상隊商, 나와 같은 유목민 한두 명만 드문드문 있는 빈 세상, 그것 말고는 없다.

육지에 도착하니 하리에트가 내 자동차에 앉아 기다리고 있었다. 나는 보행 보조기를 화물칸에 넣고 운전석에 앉았다.

"고마워. 약속을 지켜줘서."

하리에트가 내 팔을 살짝 쓰다듬었다. 나는 시동을 걸고 북쪽으로 향하는 긴 여행을 시작했다.

시작은 좋지 않았다.

겨우 2킬로미터 쯤 갔을 때, 고라니 한 마리가 마치 무대 뒤에서 자기 출연 순서를 기다리기라도 했다는 듯이 도로로 튀어나왔다. 브레이크를 세차게 밟아 그 무거운 물체와 충돌하는 것을 가까스로 피할 수 있었지만, 차는 얼어붙은 도로에서 미끄러지면서 도로 가장자리에 쌓인 눈 더미에 박혀버렸다. 순식간에 일어난 일이었다. 나는 고함을 질렀지만 하리에트는 아무 말도 하지 않았다. 고라니는 성큼성큼 걸어 나무가 우거진 숲 속으로 사라졌다.

"빨리 달리지도 않았는데……."

나는 무기력하고 불필요한 변명을 했다. 고라니가 숲 가장자리에서 우리를 기다리고 있던 게 마치 내 잘못이라는 듯이.

"아무 일도 없었잖아."

하리에트가 말했다.

그녀를 바라보았다. 죽는 날이 얼마 남지 않은 사람은 갑자기 고라니가 나타나도 걱정이 없는 걸까?

자동차는 꼼짝도 하지 않았다. 삽을 꺼내 앞바퀴가 드러나게 눈을 쳐내고, 가문비나무 가지를 꺾어 도로에 깔았다. 세차게 시동을 걸어 차를 뺀 후 다시 출발했다. 내 맥박이 빨리 뛰었다. 죽을병에 걸리지 않은 사람은 고라니에게도 공포 반응을 보이는 법이다.

10킬로미터쯤 달렸을 때, 이번엔 차가 왼쪽으로 밀리는 게 느껴졌다. 앞바퀴가 고장이었다. 여행 시작이 이보다 더 나쁠 수는 없겠군. 무릎을 꿇고 볼트를 이리저리 돌리며 더러운 바퀴를 만지는 것이 혐오스러웠다. 수술할 때 외과의사가 갖춰야 할 청결함이 아직 내 몸에 배어 있었다.

드디어 바퀴를 갈고 나자 온 몸이 땀으로 흠뻑 젖었다. 화도 났다. 숲 속 연못은 결코 찾지 못할 거야. 하리에트는 쓰러질 테고, 그녀의 배후에 있던 누군가가 나타나서 중환자와 함께 여행을 떠나다니 정말 경솔했다며 나를 비난하겠지.

우리는 다시 길을 떠났다.

도로는 미끄럽고 양편에는 눈 더미가 높게 쌓여 있었다. 우리는 화물차 몇 대와 마주쳤고, 도로변에 주차된 구형 볼보 아마존을 지나쳤다. 한 남자가 그 자동차에서 개를 데리고 내리는 중이었다. 하리에트는 아무 말없이 옆 창으로 바깥을 내다보고 있었다.

아버지와 함께한 여행이 떠올랐다. 아버지는 저녁 일을 거부한다는 이유로 일하던 레스토랑에서 해고되었다. 우리는 스톡홀름 북쪽 방향으로 차를 몰고 가, 예블레 교외의 어느 소박한 호텔에서 묵었다. 호텔 이름은 푸루비크였던 것 같은데, 어쩌면 내 기억이 틀릴지도 모른다. 우리는 한 방에서 잤는데, 7월이라 무척 후덥지근했다. 1940년대 말의 어느 더운 여름이었다.

아버지는 스톡홀름에서 몇 손 안에 꼽히는 우아한 레스토랑에서 일했으므로 벌이가 좋았다. 어머니가 거의 울지 않던 시절이었다. 어느 날 아버지가 어머니 모자를 사오자, 어머니는 기쁨의 눈물을 흘렸다. 그날 아버지는 어느 대형 은행의 은행장 시중을 들었는데 은행장은 점심 식사 때부터 벌써 술에 취했고, 아버지에게 너무 많은 팁을 주었던 것이다.

나는 너무 많은 팁도 우리 아버지에게는 너무 적은 팁이나 전혀 없는 팁만큼 굴욕적이라는 사실을 그때 깨달았다. 그래도 아버지는 어쨌든 그 팁을 어머니의 빨간 모자로 변신시켰다.

일을 다시 시작하기 전에 북쪽으로 가서 며칠 쉬자는 아버지의 제안에 어머니는 함께 가지 않겠다고 대답했다.

우리 자동차는 낡고 오래된 차였지만 아버지는 그 차를 사기 위해 분명히 젊었을 때부터 돈을 저축했을 것이다. 우리는 아침 일찍 스톡홀름을 떠나 웁살라로 향하는 도로를 달렸다.

그러고는 이름이 푸루비크였던 것 같은 호텔에서 묵었다. 날이 밝기 전 잠에서 깨었을 때, 아버지가 벌거벗은 채 창가에 서서 얇은 커튼을 통해 바깥을 내다보던 기억이 난다. 아버지는 생각에 잠겨 얼어붙은 듯이 보였다. 나는 한없이 길게 느껴지던, 그러나 사실은 분명히 아주 짧은 시간이었을 그 순간 엄청난 공포를 느꼈다. 아버지가 나를 버리려 한다고 생각했다. 그곳에 있던 것은 아버지의 껍질이었다. 그것 말고는 아무것도 없었다. 아버지가 창가에서 미동도 없이 얼마나 오래 서있었는지는 기억나지 않지만, 숨도 쉴 수 없었던 그때의 공포는 아직도 기억하고 있다.

갑자기 아버지가 몸을 돌려, 턱까지 이불을 덮고 반쯤 눈을 감고 있는 나를 바라보더니 침대로 돌아왔다. 나는 아버지의 고른 숨소리를 듣고서야 벽에 붙였던 얼굴을 똑바로 돌리고 다시 잠이 들었다.

우리는 다음날 그곳에 도착했다.

숲 속 연못은 그다지 크지 않았다. 물 색깔은 완전히 어두웠다. 건너편에 커다란 암석이 몇 개 솟아 있을 뿐 사방에 나무들만 빼곡하게 들어서 있었다. 연못물과 숲 사이에 강둑이라고 부를 만한 곳도 없이 연못과 나무들이 서로 부둥켜안고 있는 듯이 보였다.

아버지가 내 어깨를 두드렸다.

"이제 헤엄치자."

"수영복 안 가지고 왔어요."

아버지가 놀리는 표정으로 나를 바라보았다.

"누군 가지고 왔겠니? 누가 우릴 본다고 그래? 나무 사이에 숨어 있는 위험한 숲 속 도깨비가?"

아버지가 옷을 벗기 시작했다. 덩치 큰 아버지를 훔쳐보고 있자니 당황스러웠다. 아버지 배는 엄청나게 불룩했다. 나는 누군가 보고 있는 것같아 조심스럽게 옷을 벗었다. 아버지는 텀벙텀벙 연못으로 들어가 물속으로 몸을 던졌다. 아버지의 몸이 고래처럼 앞으로 움직이자 거울처럼 잔잔하던 수면이 부서지고, 물결이 건너편 바위에 가서 부딪쳤다. 물속으로 들어간 나는 그 냉기에 깜짝 놀랐다. 무슨 이유에서인지 나는 물도 날씨처럼 따뜻하리라고 생각했다. 서둘러 잠수했다가 곧장 다시 나왔다.

아버지는 연못 구석구석을 다니며 팔과 다리를 힘차게 저어 연못물을 요동치게 만들었다. 그리고 노래도 불렀다. 무슨 노래였는지는 잊어버렸지만 사실 노래라기보다는 유쾌함을 표현하는 고함이었고, 아버지의 기이한 노래로 변한 검은 물이 내는 콧소리였다.

 하리에트와 함께 자동차에 앉아 생각해보니, 그때 일은 내 인생에서 선명하게 기억나는 유일한 추억이었다. 55년이라는 세월이 흘렀지만, 그때 그 장면에 내 삶을 요약해 넣을 수 있었다. '아버지가 혼자 숲 속 연못에서 헤엄을 친다. 나는 벌거벗은 채 나무들 사이에 서서 아버지를 바라보고 있다.' 우리는 서로에게 속해 있긴 하지만 사실은 이미 헤어진 사람들이었다.

 숲 속 연못과 다시 만날 기대감이 솟기 시작했다. 이제 하리에트와 했던 약속을 지키는 일만이 문제가 아니었다. 나도 즐거워지겠구나…….

 차는 겨울 풍경 속을 지나갔다.

 눈에서 솟아나는 뿌연 김과 얼어붙은 안개가 하얀 들판 위에 서려 있었다. 멀리 굴뚝에서는 연기가 솟았다. 유리를 닦을 워셔액도 채우고, 또 뭔가 좀 먹어야 했기 때문에 주유소에서 정차했다. 하리에트는 주유소와 맞닿아 있는 그릴 바 방향으로 걸어갔다. 통증 때문에 한 걸음 한 걸음 조심스럽게 움직이는 그녀의 뒷모습을 지켜보았다. 내가 그릴 바로 들어갔을 때 하리에트는 이미 자리에 앉아 음식을 먹고 있었다. 그날의 지정 메뉴는 검은 소시지였다. 나는 생선 튀김을 골랐다. 구석 식탁에 화물차 운전사가 커피 잔을 앞에 두고 반쯤 잠든 얼굴로 앉아 있었다. 그의 재킷에 '스웨덴을 움직이기'라고 쓰여 있었다. 그는 스웨덴을 움직이는데, 우린 뭘 하고 있을까? 하리에트와 나는 자동차로 북쪽으로 가고 있을 뿐이었다. 우리는 아무런 영향력도 행사할 수 없는, 인생의 가장자리에 선 피조물인가?

하리에트가 검은 소시지를 천천히 씹었다. 그녀의 늙은 손을 바라보았다. 그 손이 한 때는 내 몸을 쓰다듬었고, 살면서 다시는 느껴본 적이 없는 안락함을 나에게 주었다는 생각을 했다.

화물차 운전사가 자리에서 일어나 식당을 나갔다.

화장을 진하게 하고 더러운 앞치마를 두른 젊은 여자가 나에게 생선을 가져다주었다. 어디선가 희미하게 라디오 소리가 들렸다. 뉴스라는 것은 알 수 있었지만 내용은 알아들을 수 없었다. 예전에는 언제나 뉴스에 매달렸다. 뉴스를 읽고, 듣고, 보았다. 세상은 나의 참여를 원했다. 어떤 날은 예타 운하에서 어린 소녀 둘이 익사했고, 또 어떤 날은 대통령이 저격당했다. 나는 이 모든 것을 알아야 했다. 하지만 할아버지와 할머니의 섬에서 점점 더 고립되어 사는 동안 이 습관은 서서히 사라졌다. 신문도 읽지 않았고, 텔레비전 뉴스도 이틀에 한 번 정도만 보았다.

하리에트는 음식을 거의 그대로 남겼다. 나는 커피를 가져다주었다. 창문 바깥에서 눈송이가 가볍게 날리기 시작했다. 판매대 뒤에는 여전히 아무도 없었다. 하리에트는 보행 보조기를 잡고 화장실로 사라졌다. 돌아온 그녀의 눈이 또 투명한 유리 같았다. 이유를 알 수 없는 화가 치밀어 올랐지만 고통을 마비시키려는 그녀를 비난하기는 어려웠다. 또 그녀가 몰래 술을 마시는 건 내 책임도 아니었다.

하리에트가 내 마음을 읽은 모양이었다. 무슨 생각을 하는지 불쑥 물었다.

"로마."

나는 대답을 회피하며 말했다.

"왜 생각났는지는 모르겠어. 언젠가 로마에서 열린 외과의사 국제회의에 참석한 적이 있어. 잘못 조직된 피곤한 회의였지. 난 마지막 이틀은 회의를 팽개치고 보르게세 미술관과 공원을 쏘다녔어. 회의 참가자들이 묵던 비싼 호텔에서 나와, 덴마크 작가 카렌 블릭센이 자주 머물던 디네센 펜션으로 옮겼지. 그리고 다시는 오지 않으리라는 생각으로 로마를 떠났어."

"그게 다야?"

"다야. 다른 생각을 한 게 아니야."

그러나 나는 2년 뒤에 다시 로마로 갔다. 내게 발생한 대재난에 분노한 나는 시달리지 않으려고 스톡홀름을 떠났다. 비행기 표도 예약하지 않은 채 스톡홀름 알란다 공항으로 갔던 기억이 난다. 남유럽으로 향하는 비행기는 로마행과 마드리드행이 있었고, 나는 더 짧게 걸리는 로마행을 택했다.

나에게 일어난 부당한 사건 때문에 무거워진 마음으로 1주일

동안 거리를 방황했다. 술을 너무 많이 마셨다. 몇 번 불량배들과 부딪쳤고, 마지막 날에는 코가 뭉개질 정도로 엄청난 구타와 도난까지 당했다. 그 뒤로 로마는 세상에서 가장 가기 싫은 장소가 되었다.

"나도 로마에 간 적이 있어."
하리에트가 말했다.
"내 삶이 구두를 다루는 일이었기 때문에 갔지. 젊었을 때는 내가 구두가게에서 일하는 게 그저 우연이라고 생각했어. 우리 아버지가 외레브로의 오스카리아 구두공장에서 장인으로 일했기 때문이라고 생각했는데, 그게 아니고 계속 나를 따라오는 필연이더군. 아침에 잠에서 깨면 바로 구두만 생각했어. 그러다가 로마로 가서, 세계에서 가장 부유한 발에 맞는 구두를 만드는 나이 많은 장인의 도제로 한 달 동안 일했어. 그가 완성하는 구두는 모두 스트라디바리우스였지. 그는 발을 다양한 인물과 비교하기를 좋아했어. 어떤 오페라 여자 가수의 발은 음흉했어. 구두를 가볍게 생각하고 존경하지도 않았는데, 가수 이름은 잊어버렸어. 또 어떤 헝가리 금융가의 발은 구두를 아주 섬세하게 대했대. 나이 많은 그 장인에게서 나는 마치 예술에 대해 공부하듯 구두를 배웠어. 그 뒤로는 구두를 판매하는 게 예전과는 완전히 달라졌어."

"사람이 살아가면서 계획하는 여행들 대부분은 실행에 옮겨지지 않아. 아니면 마음속에서만 여행을 하거나. 그런 경우, 자기 내부의 직선거리를 따라가면 다리가 쉴 공간이 충분하다는 장점이 있어."

우리는 여행을 계속했다.

나는 우리가 어디서 묵어야 할지 생각하기 시작했다. 아직 해가 떨어지지는 않았지만, 날이 어두워지기 전에 차를 세우고 싶었다. 야맹증이 지난 몇 년 동안 더 심해졌다. 겨울 풍경은 그 단조로움에 특별한 아름다움이 있다. 우리는 거의 아무 일도 일어나지 않는 풍경 속을 달렸다.

그러나 그것은 물론 착각이었다. 늘 무슨 일인가 벌어져 단조로움이 깨진다. 언덕을 막 넘어섰을 때, 우리 둘은 도로변에 있는 개 한 마리를 동시에 발견했다. 나는 개가 갑자기 차 앞으로 뛰어나올까봐 브레이크를 밟았다. 개 옆을 지나자 하리에트가 개의 목에 띠가 있었다고 말했다. 뒷거울로 개가 자동차를 따라오는 모습이 보였다.

"개가 우리를 따라와."

내 말을 하리에트가 받았다.

"버려진 개인 모양이네."

"왜 그렇게 생각해?"

"개들은 보통 자동차 뒤를 따라 달리면서 짖는데 이 개는 짖지 않잖아."

하리에트 말이 옳았다. 나는 도로변 쪽으로 가서 차를 세웠다. 개가 자리에 앉아 혀를 빼물었다. 내가 손을 뻗어도 꼼짝하지 않았다. 목의 띠를 쥐고 살펴보니 전화번호가 적혀 있었다. 하리에트가 핸드백을 뒤적여 휴대전화를 꺼내 그 번호를 누르고, 신호음이 들리자 전화기를 나에게 넘겨주었다. 아무도 전화를 받지 않았다.

"우리가 그냥 계속 가면 개는 쓰러질 때까지 쫓아올 거야."

하리에트가 어딘가로 전화를 걸었다. 누군가 대답하는 소리가 들리자, 나는 그녀가 전화번호 안내로 전화를 걸었다는 것을 알아챘다.

"전화번호 주인은 뢰예뷘의 획투네트 농장에 사는 사라 라르손이래. 지도 있어?"

"그렇게 자세한 지도는 없는데."

"개를 길에 둘 수는 없어."

나는 차에서 내려 뒷좌석 문을 열었다. 개는 곧장 뛰어올라 몸을 둥글게 말았다. 외로운 개구나. 무척 고독한 사람처럼.

1마일쯤 더 가자 상점이 있는 작은 마을이 나타났다. 상점으로 들어가 획투네트 농장이 어디인지 물었다. 야구 모자챙이 뒤로 돌아가게 쓴 젊은 판매원이 약도를 그려주었다.

얼음 79

"개를 발견했거든요."

"사라 라르손 부인의 개는 스패니얼이에요. 아마 도망친 모양이군요."

차로 돌아와 하리에트에게 약도를 주고, 우리가 왔던 길로 차를 다시 돌렸다. 개는 달리는 내내 몸을 둥글게 만 채 뒷좌석에 엎드려 있었다. 몸을 사리는 모양이었다. 하리에트는 눈 더미 사이에 숨어 있어 거의 눈에 띄지 않는 샛길을 가리켰다. 동서남북이 없는 세계로 들어선 느낌이었다. 길은 눈을 잔뜩 인 가문비나무들 사이로 구불구불 이어졌다. 길이 나 있기는 했지만 눈이 온 이후로 아무도 지나가지 않은 듯했다.

"눈에 동물 발자국이 있어."

하리에트가 말했다.

"뒤쪽으로, 도로 쪽으로 나 있네."

개가 뒷좌석에서 몸을 일으켰다. 긴장하여 킁킁 냄새를 맡더니 창밖을 내다보았다. 추운지 몸을 떨었다. 길가에 쓰러진 울타리 말뚝들이 보이고 숲에 공터가 나타났다. 오랫동안 칠을 하지 않은 듯한 집 한 채가 언덕 위에 서 있었고, 헛간과 반쯤 허물어진 가축우리도 눈에 띄었다. 차를 세우고 개를 내리게 했다. 개는 얼른 달려가 현관문을 긁더니, 우리를 기다리듯 그 자리에 앉았다. 굴뚝에서 연기가 올라오지 않았다. 창문들은 성에로 가득했고, 현관 앞의 바깥 전등은 꺼져 있었다. 꺼림칙

한 광경이었다.

"그림 같은 풍경이네."

하리에트가 말했다.

"여기 숲 속, 자연이라는 이젤 위에 세워진 그림만 있을 뿐 화가는 떠나버렸어."

나는 차에서 내려 보행 보조기를 꺼냈다. 하리에트는 고개를 저으며 차에 있겠다고 했다. 나는 마당에 서서 귀를 기울였다. 개는 꼼짝도 하지 않고 문을 바라보며 앉아 있었다. 녹슨 쟁기가 난파선의 일부처럼 눈 속에서 바깥으로 모습을 드러내고 있는 것이 마치 폐허처럼 보였다. 개의 흔적 말고는 발자국이 전혀 없었다. 마음이 점점 더 불편해졌다.

집으로 올라가 문을 두드렸다. 개가 일어났다.

"누가 문을 열까?"

나는 개에게 속삭였다.

"너 누구를 기다리는 거지? 왜 도로변에 앉아 있었니?"

다시 한 번 문을 두드리고 손잡이를 내렸다. 문은 잠겨 있지 않았다. 개가 내 다리 사이를 지나 안으로 달려갔다. 집에서 곰팡이 냄새가 났는데, 환기를 하지 않아서가 아니라 시간이 멈추어 서고 몰락의 냄새를 분비하기 때문인 듯했다. 개는 부엌이라고 짐작되는 장소로 달려가더니 돌아오지 않았다. 불러 보았지만 대답이 없었다. 왼쪽에 구식 가구들과 시계가 있는 방이 보였다. 시계추가 유리 뒤에서 소리 없이 움직였다. 오른쪽에는 위층으로 올라가는 계단이 있었다. 개를 따라간 나는 부엌 문간에 멈추어 섰다.

부엌에 한 노인이 얼굴을 바닥에 대고 엎드려 있었다. 나는 그녀가 죽었다는 것을 금방 알아챘다. 이럴 때 해야 할 일은 무릎을 꿇고 앉아 목과 손목, 관자놀이의 맥박을 짚어보는 것이다. 이미 몸은 차고 뻣뻣했으므로 사실 불필요한 일이었다. 이렇게 누워있는 사람은 사라 라르손일테지. 부엌은 추웠다. 창문 하나가 반쯤 열려 있었다. 개는 도움을 요청하러 그곳으로 달려 나갔을 것이다. 나는 다시 일어나 깨끗하게 정리된 부엌을 둘러보았다. 사라 라르손은 아마 자연사했을 것이다. 어쩌면 뇌에서 혈관이 하나 터지고, 심장이 멎었을지도 모르겠군……. 여든 살에서 아흔 살 정도 되어 보이는 노인은 숱이 많은 백발을 하나로 말아 목덜미에 올려놓고 있었다. 나는 뻣뻣한 그녀의 몸을 조심스럽게 돌렸다. 개가 잔뜩 긴장한 표정으로 내가 하는 일을 바라보았다. 똑바로 등을 대고 눕히자 개가 그녀의 얼굴로 다가가 냄새를 맡았다. 하리에트가 발견한 것과는 전혀 다르게, 나는 여기서 말로 표현할 수 없는 고독한 그림을 보고 있었다. 죽은 노인은 아름다웠다. 세상에는 특별한 아름다움이 있다. 아주 나이 많은 노인들의 얼굴에서만 볼 수 있는 아름다움. 주름 잡힌 피부에는 지나간 삶의 상흔과 추억들이 모두 새겨져있다. 저

승이 이미 손짓하는 노인들. 돌아가시기 얼마 전의 아버지가 떠올랐다. 아버지는 몸 전체로 암이 전이된 상태였다. 임종을 기다리는 아버지 침대 밑에는 완벽하게 닦인 구두가 놓여 있었다. 아버지는 죽음에 대한 공포가 너무 커 말을 잃었고, 알아보지 못할 정도로 말라갔다. 저승은 아버지를 부르고 있었다.

나는 바깥으로 나와 보행 보조기에 기대고 있는 하리에트에게 다가갔다. 그녀는 나를 따라 집으로 들어왔고, 계단을 오를 때는 내 팔을 꽉 잡았다. 개는 여전히 부엌에 있었다.

"노인이 바닥에 누워 있어. 죽어서 이미 몸이 뻣뻣해. 얼굴은 노랗고. 당신은 볼 필요가 없는데."

"죽음은 두렵지 않아. 죽은 채 너무 오래 있어야 한다는 게 끔찍할 뿐이지."

'죽은 채 너무 오래 있다.'

어두운 복도를 지나 죽은 노인이 누워 있는 부엌으로 막 들어가려는 순간, 하리에트가 한 말이 다시 생각났다.

한동안 아무 말 없이 서 있다가, 집을 이리저리 살펴보면서 소식을 전할 유족이 있는지 알려줄 흔적을 찾았다. 벽에 붙은 사진으로 판단할 때 예전에는 남자가 한 명 있었다. 그러다가 그녀는 개와 홀로 지냈다. 위층에서 내려왔을 때, 하리에트는 힘겹게 몸을 굽히고 사라 라르손의 얼굴에 수건을 덮는 중이었다.

경찰에 전화를 했다. 우리가 어디에 있는지 설명하느라 시간이 한참이나 걸렸다.

우리는 바깥 계단으로 나가 경찰을 기다렸다. 둘 다 약간 침울해진 탓에 아무 말도 나누지는 않았지만, 나는 우리가 서로에게 의지하려 한다는 것을 깨달았다. 숲을 뚫고 오는 전조등이 보이더니 경찰차가 가까이 왔다. 차에서 내린 경찰 두 명은 무척 어렸다. 긴 금발을 하나로 묶고 경찰 모자를 쓴 여경은 많아야 스무 살이나 스물한 살 정도로 보였다. 나는 그들과 함께 부엌으로 들어가고, 하리에트는 계단에 남았다.

"개는 어떻게 됩니까?"

내가 물었다.

"우리가 데리고 갑니다."

"그 다음은요?"

"개를 데리고 갈 권리가 있는 유족이 있는지 찾을 동안, 주정꾼들이 술이 깰 때까지 수감되는 감방에 있어야 할 겁니다. 유족이 없다면 동물 수용시설에 가겠지요. 최악의 경우에는 죽을 수도 있습니다."

두 사람의 허리띠에 달린 무전기에서 호출음이 쉴 새 없이 들려왔다. 여경이 내 이름과 전화번호를 적었다.

그녀가 우리에게 가도 좋다고 말했다. 나는 바구니 앞에 쪼그리고 앉아 스패니얼의 머리를 쓰다듬었다. 이 암컷 개는 이름이 있을까? 앞으로 개에게 무슨 일이 일어날까?

우리는 점점 더 어두워지는 길을 달렸다. 한 번도 들어본 적이 없는 지명들이 적힌 표지판이 전조등 불빛에 드러났다.

자동차로 겨울 풍경을 지나는 일은 음속의 장벽을 뚫는 듯한 느낌이었다. 내 주위도, 내 내면도 모두 침묵했다. 봄이나 여름은 절대 고요하지 않다. 언제나 소리가 들린다. 그러나 겨울은 침묵한다.

길이 갈라지는 지점에서 차를 세웠다. 표지판에 9킬로미터 더 가면 레브휘탄이라는 이름의 식당 겸 호텔이 있다고 적혀 있었다. 어떤 종류의 호텔인지는 알 수 없었지만, 어디가 되었든 하리에트와 나는 차를 세우고 밤을 보내야 했다.

호텔은 드넓은 정원 위에 놓인 영주의 저택과 비슷한 모습이었다. 석조건물이 양쪽에 곁채로 딸려 있고, 본채 앞에는 자동차들이 많이 주차되어 있었다.

하리에트를 남겨두고 불이 켜진 로비로 들어섰다. 중년남자가 정신을 다른 곳에 둔 표정으로 낡은 피아노를 서투르게 퉁탕거리고 있다가, 내가 들어오는 소리를 듣고 일어섰다. 하룻밤 묵을 방이 있는지 물었다.

"거의 다 찼습니다. 미국에서 돌아온 친척을 환영하는 대규모 모임이 있거든요."

"빈 방이 전혀 없습니까?"

그가 숙박부를 살펴보았다.

"하나 있군요."

"두 개가 필요한데요."

"호수가 보이는 2인용 침실입니다. 1층이고 무척 조용하지요. 원래 예약된 방이었는데 모임에서 누군가 병이 나는 바람에 취소됐습니다."

"더블베드입니까? 아니면 트윈인가요?"

"아주 안락한 더블베드입니다. 잠을 푹 잘 수 없다고 불평한 사람은 아무도 없었지요. 지금은 고인이 된 왕족 노인이 여러 번 그 침대에서 주무셨는데 한 번도 불평하지 않았어요. 저는 군주주의를 지지하기는 하지만 우리 왕실 손님들이 굉장히 까다롭다는 거야 부정할 수 없는 사실이지요. 나이든 귀족이든 젊은 귀족이든 모두 마찬가지예요."

"침대를 둘로 나눌 수 있습니까?"

"톱질을 하면 가능하지요."

바깥으로 나가서 하리에트에게 더블베드가 있는 방 하나뿐이라고 이야기했다. 다른 곳으로 가서 더 찾아볼 수 있을 거라고.

"먹을 건 있어?"

하리에트가 물었다.

"잠은 어디서든 잘 수 있어."

나는 다시 로비로 돌아갔다. 남자가 피아노에 앉아 두드리는 멜로디는 내가 젊은 시절에 유행하던 곡 같았다. 하리에트는 분명히 알 텐데.

그에게 저녁을 먹을 수 있는지 물었다.

"포도주가 곁들여 나오는 만찬이 있습니다. 적극 추천할 만하지요."

"그게 전부입니까?"

"부족한가요?"

그의 목소리에서 진한 비난이 배어 나왔다.

"그 방으로 하지요. 그리고 포도주가 곁들여 나오는 만찬도 기대되는군요."

다시 바깥으로 나가, 하리에트가 좌석에서 일어나게 도와주었다. 그녀가 여전히 통증을 느낀다는 것을 알 수 있었다. 우리는 천천히 눈길을 걸어, 휠체어가 오르내리게 만들어진 경사면을 올라가 따뜻한 실내로 들어갔다. 그 남자는 또 피아노 앞에 앉아 있었다.

"노노레타네."

하리에트가 말했다.

"우리 저 곡에 맞추어 춤춘 적이 있어. 누가 불렀는지 기억나? 질리올라 칭케티. 1963년인가 1964년에 유러비전 송 콘테스트에서 우승했지."

나도 기억이 났다. 아니면 기억한다고 착각하는 건지도 몰랐다. 할아버지와 할머니의 외딴 섬에서 오랫동안 외롭게 산 이래로 나는 더 이상 내 기억력을 믿지 않았다.

"숙박부는 나중에 쓰고 일단 방에 가고 싶군요."

그는 열쇠를 들고 육중한 문마다 번호가 하나씩 새겨져 있는 방들이 죽 이어진 긴 복도로 우리를 데리고 갔다. 우리가 묵을 방은 3호실로, 방은 크고 아름다웠지만 더블베드는 내가 생각한 것보다 작았다.

"식당은 한 시간 뒤에 문을 닫습니다."

그가 방에서 나가자 하리에트는 힘겹게 침대 가장자리에 주저앉았다. 갑자기 이 모든 상황이 무척 비현실적으로 느껴졌다. 내가 도대체 무슨 일에 발을 들여놓은 건가? 그 긴 세월이 흐른 뒤, 이제와서 하리에트와 한 침대에서 자게 되다니? 하리에트는 왜 동의했을까?

"잘 만한 소파를 어디선가 찾을 수 있을 거야."

내 말에 하리에트가 대꾸했다.

"나는 상관없어. 당신을 두려워한 적은 한 번도 없으니까. 당신은? 잠든 사이에 내가 당신 머리를 도끼로 찍을까봐 걱정돼? 일단 혼자 좀 쉬어야겠어. 식사는 30분 뒤에 하고 싶어. 그리고 걱정할 필요 없어. 내 건 내가 계산할 테니까."

나는 피아노를 두드리는 남자에게 가서 숙박부에 이름을 적어 넣었다. 미국에서 돌아온 친척을 환영하는 사람들의 목소리가 미닫이문으로 분리되어 있는 식당 쪽에서 들려왔다. 나는 하리에트를 기다리려고 휴게실로 들어가 앉았다. 긴 하루였다. 불안했다. 뭔가 방어할 수 없는 힘이 나를 엄습하는 느낌이었다.

열린 문을 통해 하리에트가 보행 보조기를 잡고 복도에서 오는 모습이 보였다. 독특하게 생긴 배에서 노를 젓듯이 비틀거리며 앞으로 움직였다. 또 술을 마신 건가? 식당은 대부분 비어 있었다. 부은 다리에 붕대를 감은 싹싹한 여종업원이 우리를 구석 자리로 안내했다. 나는 웨이터나 웨이트리스가 제대로 된 구두를 신고 있는지 항상 살펴보라는 아버지의 가르침을 실행에 옮겼다. 종업원은 구두를 신었으나 닦여 있지 않은 구두였다. 나와는 달리 하리에트는 배가 고프다고 했다. 나는 마르고 얼굴에 여드름이 난 웨이터가 내놓은 포도주를 식사 대신 급하게 들이켰다. 하리에트는 포도주에 대해 이런저런 질문을 했지만 나는 따라준 것을 아무 말없이 그냥 마셨다. 오스트레일리아 포도주와 남아프리카공화국 포도주 몇 종류가 있었다. 하지만 그게 무슨 의미가 있으랴? 이 순간에는 그저 취하는 게 중요했다.

우리는 서로 건배했다. 하리에트는 바로 취했다. 내가 마지막으로 몸을 가누지 못할 정도로 마신 게 언제였던가? 외딴 섬에서 가끔 우울한 감정이 심해질 때면 부엌 식탁에 앉아 술을 마셨다. 술판은 늘 개와 고양이를 걷어차서 내쫓고, 옷을 입은 채 침대에 쓰러지는 것으로 끝났다. 겨울 6개월 동안은 한 번도 그런 일이 없었다. 환한 봄날 저녁 또는 초가을에 두려움이 찾아와, 내가 늘 가지고 있는 술을 몇 병 꺼내올 때면 일어나는 일이었다. 얀손에게 부탁하여 독주 상점에 술을 주문할 수도 있었지만, 그에게 내 음주벽을 엿보게 할 마음은 추호도 없었으므로 직접 사들였다.

우리는 식당이 문을 닫을 때까지 남은 마지막 손님이었다. 하리에트와 나는 먹고 마시기만 했을 뿐, 암묵적으로 약속이라도 한 것처럼 우리의 삶이나 앞으로 가야 할 행로는 건드리지 않았다. 사라 라르손이나 그녀의 개에 대해서조차 말하지 않았다. 하리에트의 반대에도 불구하고 식사비용을 우리 방 앞으로 달아놓았다. 우리 두 사람 다 비틀거리며 걸었다. 하리에트는 보행 보조기를 붙잡고 걷다가 발을 헛디뎠는데, 어쩌다가 그랬는지 나는 제대로 보지 못했다. 그녀에게 문을 열어주고, 저녁 산책을 다녀오겠다고 말했다. 물론 거짓말이었다. 잘 준비를 할 때 내가 같이 있으면 그녀가 불편하리라고 생각해서였다. 나 역시 불편해지고 싶지 않았는지도 모른다.

독서를 할 수 있는 공간에 앉았다. 책장에 오래된 책과 잡지들이 있었다. 그곳은 텅 비어 있었다. 피아노를 치던 남자는 사라졌고, 모임에 참석했던 사람들은 어디에 있는지 귀를 기울여 보았지만 아무 소리도 들리지 않았다. 갑자기 잠이 쏟아졌다. 잠에서 깨었을 때, 순간 어딘지 분간할 수 없었다. 시계를 보니 거의 1시간이나 잠을 잤다. 자리에서 일어나, 마신 포도주 때문에 비틀거리며 방으로 돌아갔다. 하리에트는 잠이 들었고 내 침대 쪽에 작은 스탠드가 켜져 있었다. 조심스럽게 옷을 벗고 욕실에서 씻은 뒤, 살그머니 침대로 들어갔다. 그러고는 하리에트가 정말 잠들었는지, 자는 척만 하는지 들으려 했다. 그녀는 하늘색 잠옷을 입은 채 옆으로 누워 있었다. 하리에트의 등을 쓰다듬고 싶다는 유혹을 느꼈다. 전등을 끄고 어둠 속에서 그녀의 숨소리에 귀를 기울였다. 내 안에서 뭔가 심하게 동요하고 있었다. 그러나 그것과는 다른 뭔가도 있었다. 내가 오랫동안 그리워하던 감정, 혼자가 아니라는 느낌이었다. 나는 혼자가 아니야. 잠깐이나마 외로움이 사라졌다.

그러다가 깜박 잠이 든 모양이었다. 나를 깨운 것은 하리에트의 비명이었다. 나는 반쯤 잠에 취한 채 침대 옆의 스탠드를 켰다. 그녀가 침대에 꼿꼿하게 앉아, 통증과 깊은 절망으로 비명을 지르고 있었다. 어깨를 만지려고 하자 하리에트가 내 얼굴을 후려쳤다.

코피가 터졌다.

그날 밤, 우리는 더 이상 잠을 잘 수 없었다.

7

 눈 덮인 호수 위로 여명이 잿빛 연기처럼 퍼졌다.

 창가에 서서, 이렇게 서 있는 아버지를 본 적이 있다는 생각을 했다. 나도 배가 늘어지기 시작했지만 아버지처럼 뚱뚱하지는 않다. 하지만 누가 나를 보랴? 등에 쿠션을 받친 하리에트만 있을 뿐 아무도 없었다.

 겨울 풍경 속에서 반쯤 옷을 벗고 있는 남자라고 할 만하군.

 눈 덮인 호수로 내려가 얼음장에 구멍을 낼까 생각했다. 차가운 물에 몸을 담글 때 느끼는 통증이 필요했지만, 그러지 않으리라는 것을 나 스스로 알고 있었다. 하리에트와 방에 있을 것이다. 옷을 입고, 아침을 먹고, 여행을 계속하겠지.

 나는 그녀가 그토록 비명을 지르게 한 꿈을 생각했다. 하리에트가 들려준 이야기는 처음에는 지극히 혼란스럽게 들렸다. 꿈을 기억하려고 했지만 조각들만 발견한 게 아닐까. 몸을 내주길 거부하자 누군가 그녀의 몸에 못을 박았다고 했다. 그 누군가는 그녀의 가슴팍을 가르겠다고 고집을 부렸다. 하리에트는 그에게 대항해 싸웠다. 그녀는 방인지 바깥인지 알 수 없는 어떤 장소에 있었는데, 얼굴을 알아볼 수 없는 사람들이 그녀를 에워쌌다. 사람들의 목소리가 위협적인 새소리처럼 울렸다.

 그러다가 하리에트가 소리를 질렀고, 그 소리에 내가 깼던 것이다. 그녀를 안심시키려고 — 아니, 아마 나 스스로를 안심시키려고 했다는 게 더 옳을 것이다 — 쓰다듬으려 했을 때, 그녀는 꿈과 현실 사이 알 수 없는 경계에서 나를 때렸다. 하리에트는 그녀의 가슴팍을 가르려는 윤곽없는 형체들과 싸우고 있었다. 나는 굉장히 세게 맞았다. 로마에서 구타를 당하고 도둑맞았을 때와 비슷했다.

하지만 이번에는 그저 코피만 났을 뿐이다.

화장지로 양쪽 콧구멍을 막고 찬물에 적신 수건을 목덜미에 올려놓고 있는데, 하리에트가 욕실 문을 두드리며 혹시 뭐 도울 일은 없는지 물었다. 혼자 있고 싶어 없다고 대답했다. 콧구멍을 화장지로 막은 채 바깥으로 나오자, 하리에트는 잠옷을 벗어 발치에 놓아둔 채 다시 침대로 돌아가 있었다.

그녀가 나를 바라보며 말했다.

"때릴 생각은 없었어."

"그래, 꿈을 꾼 거잖아."

"누군가 나를 끌어당겨 토막 내려고 했어. 침대가 흠뻑 젖어서 잠옷을 벗었어."

나는 호수 쪽으로 난 커다란 창가 의자에 앉았다. 바깥은 아직 어두웠고, 멀리서 개짖는 소리가 들려왔다.

끊기는 문장처럼 산발적인 소리, 또는 아무도 듣지 않는데 혼자 말하는 듯한 소리였다.

하리에트가 꿈 이야기를 했다.

나는 그녀를 바라보며, 그녀가 많이 달라지긴 했지만 내가 사랑했던 예전 모습과 똑같다고 생각했다. 왜 그런 생각이 들었을까. 문득 그녀의 목소리가 세월이 흘렀음에도 불구하고 전혀 달라지지 않았다는 사실을 깨달았다. 예전에 그녀에게 급하면 전화 교환수로 일해도 되겠다고 여러 번 이야기했다. 하리에트의 전화 목소리는 내가 들어본 목소리 가운데 최고였다.

"적의 기병대가 숲에서 기다리고 있다가 갑자기 나타나서는, 내가 어떻게 방어할 사이도 없이 공격을 했지. 하지만 이제 다 지나갔어. 그리고 특정한 악몽들은 두 번 다시 꾸지 않는다는 거 알고 있어. 한 번만 꾸면 힘을 잃어서 더 이상 존재하지 않게 된대."

"당신이 중병에 걸린 거 알고 있어."

나는 이 말을 할 의도가 전혀 없었는데 저절로 나왔다. 하리에트가 따지는 듯한 눈초리로 나를 바라보았다.

"당신 핸드백에 편지가 들어 있었어. 당신이 왜 얼음장에서 쓰러졌는지 그 이유를 찾던 중이었지. 그래서 그 편지를 읽었어."

"알고 있다고 왜 말하지 않았지?"

"당신 핸드백을 뒤진 게 창피해서. 누군가 내 가방을 뒤진다면 난 정말 격렬하게 화를 낼 거야."

"당신은 늘 그렇게 뒤졌어. 언제나 그런 사람이었지."

"그건 사실이 아니야."

"사실이야. 우리 둘 다 거짓말을 할 힘도 남아 있지 않아. 안 그래?"

나는 얼굴이 붉어졌다. 그녀 말이 옳았다. 나는 언제나 다른 사람들의 자질구레한 소지품을 뒤졌다. 편지를 열어보고 다시 붙이기도 했다. 어머니는 친구에게 마음을 털어놓는 내용이 담긴 젊은 시절의 편지들을 모아두고 있었다. 사망하기 전에 어머니는 끈으로 묶어둔 그 편지들을 태우라고 부탁했다. 나는 어머니의 부탁을 이행하기는 했지만 그 전에 편지를 모두 읽었다. 여자 친구들의 일기장과 책상 서랍, 동료 의사들의 책상도 뒤졌다. 환자들의 지갑을 철저하게 뒤지기도 했지만 돈을 훔치지는 않았다. 내가 관심을 보인 것은 비밀들이었다. 사람들의 약점. 내가 안다는 사실을 다른 사람들은 모르는 가운데 뭔가 아는 것.

내가 유일하게 들킨 사람은 하리에트였다. 그녀 어머니 집에서 잠깐 혼자 있게 되자 나는 책꽂이가 달린 작은 책상을 뒤지기 시작했다. 하리에트가 소리없이 방으로 들어와, 무슨 짓이냐고 물었다. 그 전에도 그녀의 핸드백을 뒤지다가 들킨 적이 있었다. 내가 뭐라고 대답했는지는 기억나지 않지만 내 인생에서 가장 고통스럽던 순간 중 하나였다. 우리는 더 이상 그 이야기를 하지 않았다. 그 후로 나는 그녀의 물품에 손을 대지 않았다. 그러나 친구와 동료들의 인생은 계속 뒤졌다. 이제 하리에트는 내가 어떤 사람이었는지를 상기시키고 있었다.

그녀가 시트를 반듯하게 펴더니, 나에게 옆에 와서 앉으라고 손짓했다. 시트 아래 그녀가 나체로 있다고 생각하자 나는 갑자기 성적인 흥분을 느꼈다. 침대에 앉아 그녀의 팔에 손을 얹었다. 하리에트의 팔 위쪽에는 점이 있었다. 나는 그 점을 알아보았다. 그 긴 세월이 흐른 뒤에도 우리는 출발점에 서 있을 때와 똑같았다.

"이런 말을 하려던 게 아닌데."

하리에트가 입을 열었다.

"도움을 청하려고 당신을 찾았다고 생각할 수도 있을 테니까. 그런 도움은 있지도 않은데 말이야."

"희망이 없는 경우란 없어."

"당신도, 나도 기적을 믿지 않아. 기적이야 일어나면 일어나는 거지만 그걸 믿거나 기다린다는 건 이미 정해진 시간을 낭비하는 일이야. 난 어쩌면 1년, 아니면 6개월쯤 살 수 있겠지. 어쨌든 보행 보조기와 진통제로 몇 달은 더 버틸 거라고 생각해. 그렇지만 희망이 없는 경우란 없다는 말은 하지 마."

"의학 발전이 놀랄 만큼 빠를 때도 가끔 있어."

하리에트가 몸을 더 세우고 베개에 기댔다.

"당신이 말하는 걸 스스로 믿어?"

나는 대답하지 않았다. 그녀가 인생이란 구두를 대하는 특정한 사람의 태도와 비슷하다고 했던 말이 생각났다. 구두가 발에 맞기를 기대하거나 맞는다고 상상할 수는 없다. 꽉 끼는 신발은 현실이다.

"부탁 하나 할게."

그녀가 웃음을 터뜨리며 말했다.

"콧구멍에서 화장지 좀 뺄 수 없어?"

"부탁하려던 게 그거야?"

"아니야."

나는 욕실로 가서 푹 젖은 화장지를 꺼냈다. 코피는 오래 전에 멎었지만 코가 계속 아팠다. 멍이 들고 붓겠지. 바깥에서 외로운 개가 짖는 소리가 계속 들려왔다.

욕실에서 나와 다시 침대에 앉았다.

"당신이 내 옆에 누웠으면 좋겠어. 그게 다야."

부탁대로 했다. 하리에트는 강한 체취를 풍겼다. 시트를 통해 그녀 몸의 윤곽이 느껴졌다. 나는 왼쪽에 누웠다. 예전에도 늘 그랬다. 하리에트가 손을 뻗어 스탠드를 껐다. 네 시에서 다섯 시 사이였다. 마당 분수의 전등 빛이 커튼으로 흐릿하게 스며들었다.

"당신이 나에게 선물한 그 숲 속 연못을 정말 보고 싶어. 난 당신에게서 반지를 받은 적이 없어. 아마 받고 싶지도 않았던 것 같아. 하지만 숲 속 연못을 받았지. 죽기 전에 그 연못을 보고 싶어."

"당신은 죽지 않아."

"당연히 죽어. 무엇이 다가오는지 더 이상 부인할 수 없는 순간이 있어. 인간의 삶에서 유일하게 확실한 동반자는 죽음이야. 정신이 나간 사람도 가야할 시간이 언제인지는 알아."

통증이 오고가는 듯, 그녀가 입을 다물었다.

"당신이 왜 아무 말도 하지 않았는지 자주 생각했어."

잠시 뒤에 그녀가 다시 말을 이었다.

"다른 여자가 생겼다거나 그냥 내가 싫어졌다거나 그랬다면 이해할 수 있어. 그런데 왜 아무 말도 하지 않았지?"

"나도 몰라."

"아니, 당연히 알아. 당신은 모른다고 우길 때도 늘 자기가 뭘 하는지 아는 사람이었어. 왜 숨었지? 내가 공항에 서서 기다릴 때 어디 있었어? 난 몇 시간이나 기다렸어. 출발이 늦어진 테네리페 행 전세기 한 대만 남았을 때도 여전히 기다렸지. 나중에는 당신이 기둥 뒤에 숨어서 나를 지켜보며 웃고 있을 거라고 생각했어."

"웃다니? 난 그때 이미 떠나고 없었어."

하리에트는 잠깐 생각하다가 말을 이었다.

"이미 떠났다고?"

"같은 시각, 같은 비행기로 하루 전에."

"그렇게 계획했던 거야?"

"그 비행기를 탈 수 있을지는 몰랐어. 그냥 공항으로 갔지. 승객 한 명이 오지 않아서 표를 변경할 수 있었어."

"믿지 못하겠군."

"정말이야."

"아니, 그럴 리가 없어. 당신은 그런 사람이 아니었어. 철저하게 준비하기 전에는 아무것도 하지 않았지. 외과의사는 절대 요행을 바라면 안 된다고, 당신은 뼛속까지 철두철미한 외과의사라고 나에게 말한 적이 있어. 당신은 미리 계획했던 거야. 날더러 어떻게 거짓말을 믿으라고 할 수 있지? 당신은 그때나 지금이나 똑같군. 평생 거짓말을 한 거야. 난 너무 늦게 깨달았어."

하리에트가 새된 목소리로 소리를 지르기 시작했다. 나는 그녀를 진정시키려고 애를 쓰며, 옆방에서 잠자는 사람들을 생각하라고 말했다.

"그 사람들이 나랑 무슨 상관이야! 인간이 어떻게 그런 행동을 하는지, 당신이 나에게 한 그런 행동을 어떻게 할 수 있는지 어서 말해봐!"

"모른다고 했잖아."

"다른 여자들에게도 그랬어? 그물로 잡아놓고는 어떻게 헤쳐나가나 지켜봤어?"

"무슨 말인지 모르겠군."

얼음 99

"다른 말은 전혀 못 해?"

"난 솔직하게 말하려고 애쓰고 있어."

"거짓말이야. 사실은 하나도 없어. 당신은 스스로를 어떻게 견디지?"

"더 이상 할 말이 없군."

"당신이 무슨 생각을 하는지 알고 싶어."

그녀는 손가락으로 내 이마를 톡톡 두드렸다.

"여기 뭐가 들었지? 어둠뿐인가?"

그녀는 자리에 누워 나에게 등을 돌렸다. 나는 이제 다 지나갔기를 바랐다.

"정말 할 말이 아무것도 없어? 사과조차도?"

"미안해."

"내가 이렇게 아프지만 않다면 당신을 때릴거야. 절대 가만두지 않을 거라고. 당신 때문에 내 인생은 정말 완전히 망가질 뻔했어. 내가 이해할 만한 말을 당신이 해주길 바랐는데."

나는 대답하지 않았다. 뭔가 가벼워졌다. 거짓말은 중량과도 같다. 처음에는 전혀 무게가 없는 듯이 느껴지기는 하지만. 하리에트는 시트를 턱까지 끌어올렸다.

"추워?"

나는 조심스럽게 물었다.

대답하는 그녀의 목소리는 무척 차분했다.

"평생 추웠어. 온기를 찾아 사막과 열대지방으로 가기도 했지. 하지만 내 안에는 늘 작은 고드름이 매달려 있었어. 사람들은 언제나 뭔가를 끌고 다니지. 어떤 사람들은 슬픔을, 또 어떤 사람들은 불안을. 내가 끌고 다닌 것은 고드름이었어. 당신은 낡은 어부의 집, 안락한 방에 있는 개미집을 끌고 다니고."

"난 그 방을 사용하지 않아. 겨울에는 난방도 하지 않지. 우리 할아버지와 할머니가 그 방에서 돌아가셨어. 그 방에 들어가면 두 분의 숨소리를 듣고 체취를 맡는 듯한 기분이 들어. 어느 날 그 방에 개미들이 돌아다니는 걸 보았어. 몇 달 뒤에 문을 열어 보니까 개미들이 집을 짓기 시작하기에 그냥 짓게 내버려두었지."

하리에트가 몸을 돌렸다.

"무슨 일이 일어난 거지? 나 지금 괜히 요란 떠는 거 아니야. 당신 삶에 무슨 일이 일어났는지 모르겠어. 왜 외딴 섬으로 가게 됐어? 나를 데려다 준 남자 말로는 당신이 거기서 거의 20년을 살았다고 하더군."

"얀손은 사기꾼이야. 늘 과장해서 말해. 난 12년째 다도해에서 살고 있어."

"의사가 쉰네 살에 은퇴했다고?"

"그 이야기는 하고 싶지 않아. 그럴 일이 있었어."

"나한테는 해도 되잖아."

"하기 싫어."

"나 곧 죽을 거야."

나는 등을 돌리고, 하리에트에게 굴복한 것을 후회했다. 그녀의 목표는 숲 속 연못이 아니라 나였다.

내 생각은 거기서 멎었다.

하리에트가 다가와 나에게 몸을 바짝 붙였다. 그녀 몸의 온기가 나를 감싸고, 오랫동안 의미없는 껍데기로만 생각했던 내 몸을 채워주었다. 예전에 함께 잘 때면 우리는 늘 그렇게 누웠다. 나는 그녀를 등에 태우고 잠이 들었다. 얼핏 우리가 오랫동안 이렇게 누워 있었다는 생각이 들었다. 거의 40년 동안 특별한 잠을 자다가, 이제 막 함께 깼다는 생각.

"무슨 일이 있었어? 이야기해 봐."

하리에트가 말했다.

"수술을 하다가 엄청난 실수를 했어. 나는 그 사건에 책임이 없다고 생각했지만 유죄 판결을 받았어. 법원이 아니라 사회복지부에서. 경고를 받은 건데, 난 그걸 견딜 수 없었지. 내가 지금 하고 싶은 말은 그게 다야. 그러니 더 이상 묻지 마."

"그래, 그보다는 숲 속 연못 이야기를 해 봐."

하리에트가 속삭였다.

"연못은 검은색이야. 바닥이 없을 만큼 깊다는 말이 있지. 강변이라고 할 만한 것도 없어. 맑은 물이 가득한 아름다운 다른 연못들에 비하면 그 연못은 작고 볼품없는 그저 그런 정도라고나 할까. 거기에 연못이 있다는 건 믿기 어려울 정도야. 자연이 잉크를 약간 흔들어 쏟은 게 아니라 정말 연못이라는 게 말이지. 어릴 때 그 연못에서 아버지가 수영을 하는 걸 본 적이 있어. 언젠가 당신에게 이야기했지. 하지만 내가 그때 인생이 무엇인지 깨달았다는 말은 하지 않았어. 사람들이 서로 가까이 있는 이유는 헤어지기 위해서야. 그 이유 말고는 없어."

"연못에 물고기도 있어?"

"몰라. 하지만 있다면 틀림없이 새까만 색일 거야. 어쩌면 눈에 보이지 않을지도 모르지. 어두운 물속에서 알아볼 수 없으니까. 검은 물고기, 검은 개구리, 검은 물거미. 그리고 바닥이 있다면 그 바닥에는 외로운 뱀장어가 진흙 속에서 천천히 움직일 테고."

하리에트가 나에게 바짝 붙었다. 그녀가 지금 죽는 게 아닐까? 온기가 이제 서서히 냉기로 바뀌겠지. 그녀가 뭐라고 했던가? 자기 안에 고드름이 있다고? 그러니까 그녀에게 죽음이란 얼음과 같은 거로군. 얼음일 뿐이야. 죽음은 누구에게나 다른 모습이다. 우리 뒤에 있는 그림자는 다양한 변장을 하고 나타난다. 몸을 돌려 그녀를 힘껏 껴안고 싶었지만 뭔가가 나를 막았다. 혹시 나는 그녀를 떠난 이유가 된 그 감정을 여전히 두려워하는 건가? 너무 가까운 친밀함과 너무 큰 감정, 내가 다룰 수 없는 그 느낌을?

잠깐 잠이 들었던 모양이다. 나는 하리에트가 침대 모서리에 앉아 있다는 느낌에 잠에서 깼다. 그녀가 무릎을 꿇고 앉아 있다가 욕실 문 쪽으로 기어가는 모습을 보고 깜짝 놀랐다. 완전히 알몸이었다. 젖가슴이 무겁게 늘어져 있었고, 몸도 내가 생각했던 것보다 늙어 보였다. 기어간 이유가 걷기 어려울 만큼 힘이 들어서였는지, 보행 보조기의 삐걱거리는 소리로 나를 깨우기 싫어서였는지 알 수 없었다. 갑자기 눈물이 났다. 그녀가 욕실 문을 닫자 눈앞이 흐려졌다. 하리에트는 욕실에서 나와서는 똑바로 걸었지만 다리를 떨고 있었다. 그녀가 다시 내 옆에 바짝 붙어 누웠다.

"나 깼어. 무슨 일 있었어?"

내 말을 그녀가 받았다.

"예상치 못한 방문객이 섬으로 당신을 찾아갔어. 당신 과거에 있던 어떤 늙어빠진 여자가 얼음장 위로 왔지. 이제 당신은 약속을 지키려고 갑자기 여행을 하게 됐어."

하리에트에게서 술 냄새가 풍겼다. 세면도구 아래 술병을 감추어두었나?

"술과 함께 먹으면 좋지 않은 약이 많아."

내 말에 그녀가 대답했다.

"둘 중 하나를 골라야 한다면 독주로 하겠어."

"술 마시는 걸 감추고 있잖아."

"당신이 냄새를 맡았다는 거 알고 있었어. 하지만 몰래 마시는 척 하는 게 더 마음에 들어."

"어떤 술을 마셔?"

"평범한 스웨덴 브랜디. 내일 독주 상점 앞에서 차를 세워야해. 가지고 있던 게 거의 바닥이 났으니까."

우리는 자리에 그대로 누워 아침을 기다렸다.

하리에트는 잠깐씩 잠이 들었다. 바깥에서 짖던 개도 조용해졌다. 나는 다시 일어나 창가로 가서 섰다. 내가 아버지로 변했다는 생각이 들었다. 55년이라는 시차를 두고 우리는 용해되어 동일한 사람이 되었다.

숲 속 연못에서 나는 아버지의 외로움을 발견했다. 이제 그 외로움은 나에게도 해당되었다.

그 사실이 두려웠다. 두려움은 싫은데······.

살아 있음을 느끼기 위해 얼음 구멍에 들어가는 사람이 되고 싶지 않았다.

8

 우리는 9시 조금 전에 호텔을 나왔다.

 안개가 베일처럼 낀 아침, 영하의 날씨에 약한 바람까지 불었다. 피아노를 치던 남자 대신 접수대에 서 있던 젊은 여자는 우리에게 잘 잤는지, 만족스러운지 물었다.

 보행 보조기에 의지한 채 몇 발자국 떨어진 곳에 서 있던 하리에트가 대답했다.

 "예, 아주 잘 잤어요. 침대가 넓고 편하더군요."

 나는 계산을 하고 혹시 지도가 있는지 물었다.

 그녀가 사무실로 들어가더니, 한참 뒤에 지도책을 한 권 들고 돌아왔다.

 "공짜예요. 몇 주 전에 룬드에서 온 손님이 두고 갔어요."

 길이 없는 듯한 느낌이었다. 안개가 짙어 서서히 달렸다. 섬에 안개가 짙게 끼었을 때 얼마나 자주 노를 저었던가. 그러다가 먼 바다에서 안개가 구름처럼 몰려오면 노를 내려놓은 채 온통 하얀 풍경에 둘러싸여 쉬었다. 알 수 없는 위안과 두려움의 감정이 기이하게 혼합되는 상황이었다. 할머니는 사과나무 아래 벤치에 앉아 안개 속에서 길을 잃은 사람들 이야기를 해주었다. 할머니는 안개에는 사람이 빨려 들어가는 엄청난 구멍이 있어서, 다시는 돌아오지 못한다고 했다.

이따금 전조등을 켠 자동차나 화물차가 흐릿하게 모습을 드러냈다가 금방 사라졌고, 다시 우리뿐이었다.

지나는 길에 독주 상점에 들러 하리에트가 요구한 것들을 샀다. 반 리터짜리 보드카와 브랜디, 코냑이었다. 그녀는 자기가 계산하겠다고 고집을 부렸다.

안개가 서서히 걷히더니 눈송이가 흩날렸다.

하리에트는 내가 차에 시동을 걸기도 전에 술을 한 모금 마셨다. 나는 아무 말도 하지 않았다. 할 말이 없었으므로.

그때 갑자기 한 이름이 떠올랐다.

아프톤뢰텐. 우리 아버지가 행복한 고래처럼 수영하던 숲 속 연못 근처의 산 이름이었다.

아프톤뢰텐.

나는 그게 무슨 뜻인지 물었고, 아버지는 알지 못했다. 어쨌든 대답을 하지 않았다.

아프톤뢰텐.

그 옛날 목동들이 부르던 노래에나 나오는 단어처럼 들렸다. 위테르혹달과 린셴과 엘브로스 사이에 있는, 작고 별 의미도 없는 600미터 정도의 산.

아프톤뢰텐. 연못을 발견할 수 있을지 여전히 확신이 없었으므로, 하리에트에게 산 이름이 생각났다는 말을 하지 않았다.

몸은 어떤지 물었으나 하리에트는 반 마일쯤 지나서야 내 질문에 반응했다. 과묵과 거리는 상관 관계가 있다. 먼 거리를 갈 때는 침묵하는 게 편하다.

하리에트는 아프지 않다고 대답했다. 나는 사실이 아니라고 생각했지만, 다시 한 번 물어보는 수고는 하지 않았다. 식사를 하려고 헤리에달렌 근처에서 차를 세웠다. 주차장에는 차가 한 대뿐이었다. 이유는 알 수 없었지만 음식점과 그 장소는 왠지 나를 혼란스럽게 했다. 낡은 목조건물 안에서는 장작이 타고 있었다. 월귤 주스 냄새가 풍겼다. 어린 시절에 알던 냄새였다. 이제 월귤 주스는 더 이상 만날 수 없을 거라고 생각했는데, 이곳에서 팔고 있었다.

우리는 고라니 뿔과 박제된 새가 내려다보는 벽 쪽에 앉았다. 책장에 놓여있는 머리뼈가 무슨 뼈인지 알고 싶은 마음을 누를 수 없었다. 곰의 뼈라는 사실을 깨닫기까지는 한참이나 걸렸.

메뉴판을 들고온 여자가 머리뼈를 손에 들고 있는 나를 보더니 말했다.

"자연사했어요. 남편은 손님들에게 내가 곰을 죽였다고 말하기를 바랐어요. 하지만 이제 남편이 죽었으니 사실을 말해야지요. 곰은 저 혼자 죽었답니다. 근처 숲 속에 누워 있었어요. 늙은 곰이 죽을 때가 되자, 쓰러진 가문비나무 뿌리 옆에 누운 거지요."

불현듯 예전에 여기 한 번 왔었다는 생각이 들었다. 아버지와 함께 여행할 때다. 월귤 주스 향기가 기억을 되살린 걸까.

박제된 새는 그때도 벽에 걸린 채 멍한 눈으로 손님을 바라보았을까? 기억나지 않았다. 그러나 내가 여기 한 번 온 적이 있다는 것만은 확실했다. 냅킨으로 입술을 닦는 아버지 모습이 눈앞에 선했다. 아버지는 시계를 보고 나에게 얼른 먹으라고 말했다. 아직 갈 길이 멀다면서.

장작이 타는 벽난로 옆 벽에 지도가 걸려 있었다. 지도에는 아프톤뢰텐과 린셴, 그리고 이름을 알 수 없었던 산이 적혀 있었다.

그 산 이름은 프누셴이었다.

이해할 수 없는 농담처럼 들리는 이름이었다. 진지하고도 아름다운 아프톤뢰텐과는 달리, 나무들이 가득한 500미터 높이의 농담 같은 이름.

우리는 굴라쉬를 먹었다. 나는 하리에트보다 빨리 먹고 불 앞에 앉아 기다렸다.

하리에트는 식사를 끝낸 뒤 보행 보조기로 문턱을 넘다가 넘어질 뻔했다. 나는 그녀를 도우려고 일어났다.

"혼자 할 수 있어."

그 목소리는 갑작스러운 고함처럼 들렸다.

우리는 천천히 눈길을 지나 자동차로 걸어갔다. 우린 한 번도 함께 산 적이 없는데, 지금 우리를 보는 사람들은 우리가 노부부인줄 알겠군. 서로에게 한없는 인내심을 보여주는 노부부.

"오늘은 더 이상 못 가겠어."

자동차에 들어와 앉자 하리에트가 입을 열었다.

힘이 들어 이마에 땀방울이 맺혔고 금방이라도 잠들 것처럼 눈도 반쯤 감겨 있었다. 그녀가 죽는구나. 여기 차 안에서 죽을 모양이다. 나는 내가 어디에서 죽게 될지 늘 생각했다. 침대나 거리 또는 상점에서, 또는 선착장에서 안손을 기다리다가. 하지만 자동차 안에서 죽는다는 생각은 한 번도 하지 않았다.

"나 쉬어야 해. 안 그러면 무슨 일이 벌어질지 모르겠어."

"당신이 얼마나 버틸 수 있는지 나에게 말해줘야 해."

"지금 말하고 있잖아. 숲 속 연못을 만나는 날은 내일이야. 오늘은 안 되겠어."

나는 다음 번 마을에서 작은 펜션을 발견했다. 교회 뒤에 있는 노란 집이었다. 친절한 안내인이 보행 보조기를 보더니 1층에 있는 넓은 방을 주었다. 사실 나는 방을 따로 쓰고 싶었지만 뭐라고 말할 엄두를 내지 못했다. 하리에트가 쉬려고 누웠다. 나는 탁자에 놓인 오래된 잡지들을 들춰보다가 바깥으로 나가, 어떤 노인이 발치에 스피츠를 앉히고 혼잣말을 중얼거리는 쓸쓸한 식당에 가서 피자를 사왔다.

우리는 침대에 앉아 피자를 먹었다. 하리에트는 피곤한지 식사를 하고는 곧장 다시 누웠다. 말하고 싶은게 있는지 물었지만 그녀는 고개만 저었다.

황혼 무렵에 바깥으로 나가 작은 마을을 거닐었다. 멍하니 도로를 내다보는 빈 상점들이 많았다. 세 들고 싶은 사람이 연락할 수 있는 이름과 전화번호가 적힌 종이가 진열창에 붙어 있었다. 지극히 위험한 풍랑을 만난 스웨덴의 작은 마을이 보내는 조난 신호처럼 보였다. 할아버지와 할머니의 섬은 거대하고 외딴, 거의 사용되지 않는 스웨덴 다도해의 일부였다. 다도해는 긴 해변을 따라 있는 섬들뿐만 아니라 숲과 내륙의 자그마한 장소들로도 이루어져 있다. 하지만 이곳 마을에는 육지로 올라오는 선착장도 없었고, 우편물과 광고물을 싣고 눈보라를 일으키며 다가오는 하이드로콥터도 없었다. 인적이 없는 마을을 거닐다보니, 가장 외딴 섬을 걷고 있는 듯한 느낌이 들었다. 텔레비전의 푸른빛이 창문으로 새어나와, 쌓인 눈 위를 비추었다. 창문마다 서로 다른 프로그램에서 내보내는 누더기 소음이 이따금 들려왔다. 외로움이란 사람들이 같은 방송을 시청하는 일이 드물다는 것과 비슷하지 않을까. 세대나 가족은 저녁마다 각각 다른 위성이 보내는 서로 다른 세계에 몰두한다.

예전에는 그래도 함께 이야기를 나눌 수 있는 같은 방송을 보았다. 지금은 무엇에 대해 이야기할까?

나는 오래된 역앞에 멈추어 서서 머플러를 목에 더 단단하게 감았다. 찬바람이 불기 시작했다. 황량한 플랫폼으로 나가자, 바깥쪽에 외로운 황소 한 마리가 그려진 화물차가 선로에 서 있었다. 역 건물 벽의 깨진 유리 뒤에 붙어있는 옛날 기차 시간표를 전신주 불빛 아래서 힘겹게 읽었다. 손목시계를 내려다보니 몇 분 뒤면 남쪽으로 가는 기차가 지날 시간이었다. 나는 기이한 일이 일어나리라고 기대하며 기다렸다. 어둠 속에서 기차가 유령처럼 나타나, 다리 방향으로 가서 얼어붙은 강을 지나 사라지리라고.

기차는 오지 않았다. 아무것도 나타나지 않았다. 건초라도 조금 있다면 외로운 화물차 앞에 놓아줄 수 있을텐데……. 다시 발걸음을 옮겼다. 하늘은 별이 총총하게 맑았다. 나는 차가운 하늘 위에서 일어나는 움직임을 읽으려 했다. 별똥별이나 인공위성, 아니면 그곳에 살고 있다는 신들의 속삭임. 그러나 아무 일도 일어나지 않은 채 밤하늘은 침묵하고 있었다. 나는 얼어붙은 강 위에 걸려있는 조그만 다리로 내려갔다. 강 이름이 갑자기 생각나지 않았다. 유스난 강일 거라고 짐작했지만 확실하지는 않았다.

다리 위에 한참 동안 서 있었다. 높은 철교 아치 아래 있는 사람이 나 혼자가 아니라는 생각이 문득 들었다. 다른 사람들도 있었다. 그러다가 내가 보는 사람이 나 자신임을 깨달았다. 할아버지와 할머니의 섬에서 뛰놀던 아이 때부터 오래 전 하리에트를 떠나던 시기를 거쳐 지금의 나에 이르기까지, 여러 나이대의 나. 잠깐 동안 나 스스로를 바라볼 용기가 생겼다. 내가 어땠는지, 그리고 어떤 사람이 되었는지.

나를 둘러싸고 있는 형체들 가운데서 다른 어떤 사람, 어쩌면 내가 될 수도 있었던 사람을 찾았지만 눈에 띄지 않았다. 아버지처럼 이런저런 레스토랑에서 웨이터로 일하는 사람조차 보이지 않았다.

다리 위에 얼마 동안이나 서 있었는지 기억나지 않는다. 펜션으로 돌아갈 때는 나를 둘러싸고 있던 형체들이 모두 사라지고 없었다.

나는 침대에 누워 하리에트의 팔을 쓰다듬다가 잠이 들었다.

밤에 철교를 기어오르는 꿈을 꾸었다. 거대한 아치 꼭대기에 오른 나는 이제 곧 얼음장을 향해 곤두박질치리라는 것을 알고 있었다.

다음날 숲길을 찾으러 나섰을 때, 가볍게 눈이 내리기 시작했다. 그 길이 어떤 모습이었는지 전혀 떠오르지 않았다. 단조로운 풍경 속에는 내 기억 속의 이정표가 될 만한 게 없었다. 유일하게 아는 것은 우리가 목적지에 아주 가까이 있다는 사실뿐이었다. 아프톤뢰텐과 위테르혹달, 프누셴 사이 삼각형의 중간 어딘가에 우리가 찾는 숲 속 연못이 있었다.

하리에트는 상태가 조금 나아진 듯, 내가 잠에서 깨었을 때는 이미 옷을 입은 상태였다. 작은 식당에서 아침을 먹었다. 손님은 우리뿐이었다. 하리에트도 꿈을 꾸었다고 했다. 우리가 멜라렌 호수로 소풍 갔을 때의 추억에 관한 꿈이었다. 나에게 그 추억의 장면들은 이미 지워지고 없었다.

그러나 하리에트가 기억하느냐고 물었을 때 나는 고개를 끄덕였다. 물론 기억하지. 우리 일은 뭐든지 기억하고 있어.

길 양쪽으로 눈 더미가 높이 쌓여 있었다. 샛길은 많지 않았다. 갑자기 옛날 기억 하나가 떠올랐다. 숲길, 아니 숲길의 느낌에 대한 기억.

언젠가 나는 아버지 친척 집이 있던 엠틀란드에서 여름을 보낸 적이 있다. 할머니가 편찮으셔서 그 해 여름은 섬에서 보낼 수 없었다. 그곳에서 나는 또래 아이를 한 명 알게 되었는데 그 아이 아버지는 부장판사였다. 우리 둘은 법원으로 가서 오래된 소송 기록과 경찰 수사 기록 묶음을 풀었다. 그리고는 친자확인 소송, 토요일 밤 자동차 뒷좌석에서 벌어지는 일에 대한 세부사항들을 찾아냈다. 놀랍고도 유혹적인 기록들이었다. 모든 사람이 자동차 뒷좌석에서 잉태되는 것처럼 보였다. 우리는 해당 숲길에서 무슨 일이 벌어졌는지, 그리고 벌어지지 않았는지 법정에서 마지못해 짤막하게 진술하는 젊은 남자들의 증인 심문 내용을 게걸스럽게 먹어치우듯 읽었다. 이런 증인 진술에는 언제나 눈이 내렸다고 적혀 있었다. 간결하고 직선적인 진실은 없었다. 진술에는 언제나 망설임이 넘쳐났고 젊은 남자들은 자기가 아니라고 우겼다. 젊은 여자들은 바로 그 남자이며 다른 사람은 절대 아니라고, 바로 그 자동차 뒷좌석이지 다른 곳이 아니라고 주장했다. 우리는 비밀스러운 세부사항에 탐닉했고, 자동차 뒷좌석에 있는 여자들에게 다가가는 꿈을 꾸었던 것 같다. 진실을 알기 전까지는 그랬다.

우리가 동경하던 일은 언제나 눈 내린 숲길에서 일어났다.

왜 그랬는지 모르지만 나는 하리에트에게 그 이야기를 꺼냈다. 눈에 보이는 모든 샛길을 차례로 들어가 보던 중이었다.

"내가 겪은 자동차 뒷좌석 경험을 당신에게 이야기할 생각은 없어."

하리에트가 말했다.

"예전에도 아니었고 지금도 아니야. 모든 여성의 삶에는 일련의 굴욕이 있는 법이지. 우리 여성들에게 가장 안 좋은 경험은 대부분 무척 젊을 때 일어나."

"현직 의사였을 때, 친부가 누구인지 모르는 사람들이 많다는 이야기를 동료들과 가끔 나눈 적이 있어. 친부임을 부정하는 사람도 많았고, 또 어떤 사람들은 자발적으로 책임을 지기도 했지. 아이 엄마도 아이 친부가 누구인지 정확하게 모르는 경우도 있었고."

"그저 연애라는 걸 해보고 싶었던 사춘기 시절에 겪은 그런 절망적인 실험에 대한 유일한 기억은, 언제나 이상한 냄새가 났다는 것뿐이야. 나에게 덤벼들었던 남자아이도 생각나. 그게 다야. 혼란스러운 흥분과 이상한 냄새."

숲길 맞은편에서 벌목차 한 대가 커다란 괴물처럼 불쑥 나타났다. 나는 급하게 브레이크를 밟다가 눈 더미를 들이받았다. 괴물을 운전하던 남자가 운전석에서 내려와, 내가 차를 후진하는 걸 밀어주었다. 차는 얼마간 애를 쓴 뒤에 눈 더미에서 벗어났다. 그 남자는 떡 벌어진 체격이었고 씹는 담배를 질겅거리고 있었다. 어딘지 모르게 그는 자신이 운전하는 거대한 벌목차, 집게 팔과 크레인이 달린 그 차를 닮은 모습이었다.

"길을 잘못 들었어요?"

"숲 속 연못을 찾는 중입니다."

그가 눈을 질끈 감았다 떴다.

"숲 속 연못요?"

"예, 숲 속 연못."

"연못 이름이 뭐요?"

"모릅니다."

"그런데도 찾아요? 여기 숲에 연못이 얼마나 많은데. 그냥 하나 고르면 되겠네. 근데 찾아서 뭐 하시게?"

나는 겨울 숲 속에서 이름 없는 연못을 찾는다는 게 얼마나

멍청한 짓인지 잘 알고 있었다. 그래서 사실대로 말했다. 그렇더라도 너무 이상해 정말이라고 믿기는 어렵겠지만.

"아니, 55년 전에 아버지랑 이 근처 연못에서 수영을 했단 말이오? 내가 바로 알아들었소?"

"차 안에 앉아 있는 여자에게 연못을 보여주겠다고 약속했습니다. 저 사람은 지금 아파요."

그는 약간 망설이다가 내 말을 믿기로 마음먹은 모양이었다.

"연못을 보면 다시 건강해질라나?"

"그럴지도 모르지요."

그가 고개를 끄덕이더니 곰곰이 생각에 잠겼다.

"길 끝에 연못이 하나 있긴 한데, 그거일지 모르겠네."

"연못이 아주 동그란 모양이었던 게 기억납니다. 크지는 않았고 연못물과 숲이 바로 맞닿아 있었어요."

"맞는 거 같구만. 그거 아니면 모르겠소. 이 숲에 연못이 워낙 많아서 말이오."

그는 나에게 악수를 청하고 자기소개를 했다.

"나는 하랄드 스반벡이오. 겨울에 길에서 사람을 만나기란 정말 힘든데. 아주 드문 일이지요. 어쨌거나 행운을 빌어요. 그리고 차 안에 있는 어머니 잘 돌봐드리시고."

"저희 어머니 아닙니다."

"어쨌든 누군가의 어머니일 거 아니오."

얼음 117

그는 차에 올라가 시동을 걸고, 조심스럽게 숲길을 지나갔다.
"저 사람이 한 말이 어디 사투리지?"
하리에트가 물었다.
"숲의 언어겠지. 이 지역에서 아마 둘 중 한 명은 각각 다른 사투리를 쓸 거야. 각자 고유한 언어를 사용하지만 그래도 서로 의사소통은 분명히 될 거야. 이렇게 외진 지역에서는 각 사람이 모두 각각 다른 인종이라고 생각될 때가 있어. 유일무이한 역사를 지닌 고유한 민족, 고유한 부족이지. 이 사람들이 홀로 남았다가 떠난다 해도 이들과 함께 사라지는 언어를 아쉬워할 사람은 아무도 없을 거야."

우리는 나무들이 빽빽하게 우거진 숲길을 계속 달렸다. 길이 약간 경사져 올라갔다. 이곳에 내가 아버지와 함께 왔던가? 아버지가 늘 세심하게 손질하던 푸른 비둘기 색 시보레를 타고? 제대로 가는 중이라는 느낌이 들었다. 자른 지 얼마 되지 않은 나무들이 쌓여 있는 장소를 지났다. 숲은 하랄드 스반벡이 운전하는 거대한 벌목차 때문에 길이 나 있었다. 갑자기 길이 끝없이 느껴졌다. 나는 혹시 우리가 지나온 길이 다시 숲으로 뒤덮이는 게 아닌지 뒷거울을 살폈다. 시간을 되돌려 과거로 가는 기분이었다. 어제 저녁의 산책, 다리, 내 과거의 그림자를 떠올렸다. 지금 우리는 아버지와 내가 우리의 도착을 기다리는 여름 연못으로 제대로 가고 있는 걸까?

좁은 커브 길을 도니 길의 끝이 보였다.

눈앞에 온통 백색의 숲 속 연못이 놓여 있었다. 차를 세우고 시동을 껐다. 도착했다. 할 말은 그것뿐이었다. 의심할 여지 없이 바로 그 연못이었다. 55년이 지난 뒤, 나는 다시 돌아왔다.

흰 수건처럼 펼쳐진 눈이 우리를 환영했다. 섬에 있는 나를 발견한 하리에트에게 일종의 경외심이 느껴졌다. 하리에트는 사신使臣이었다. 누구의 명령이 아니라 그녀 스스로 오긴 했지만. 혹시 내가 하리에트를 부른 걸까? 오랜 세월 내내 나는 그녀가 어느 날엔가 돌아오리라고 기대한 걸까?

알 수 없었다. 어쨌든 우리는 도착했다.

9

나는 하리에트에게, 우리 앞에 있는 게 바로 숲 속 연못이라고 말했다.

그녀는 새하얀 풍경을 오랫동안 바라보았다.

"그러니까 여기 눈 아래 물이 있다는 말이지?"

"검은 물. 모든 것이 잠들어 있어. 물속에 사는 벌레들도. 하지만 이게 우리가 찾던 그 연못이야."

우리는 차에서 내렸다. 보행 보조기가 푹 빠질 만큼 눈이 쌓여 있었다.

화물칸에서 삽을 꺼냈다.

"시동을 걸어둘 테니 따뜻한 데 앉아 있어. 당신이 걸을 수 있게 길을 내줄게. 어디로 가고 싶어? 연못 가장자리로?"

"호수 중간까지 갈래."

"호수가 아니야. 숲 속 연못이지."

나는 시동을 걸고 하리에트가 차 안으로 들어가게 도와준 다음 길을 내기 시작했다. 20센티미터 두께의 눈 아래 언 땅이 있었다. 삽질하기가 무척 힘들었다. 여기서 쓰러져 죽을 수도 있겠구나.

그 생각을 하자 두려움이 밀려왔다. 속도를 늦추고, 심장 소리에 귀를 기울였다. 지난번 건강검진 때 글리코헤모글로빈 수치가 약간 높게 나왔다. 다른 신진대사 수치들은 모두 좋았다. 그러나 심근경색은 심방에서 미지의 자살 폭탄이 터지듯이 예상치 못하게 발생한다.

내 나이 남자들이 삽질을 하다가 사망하는 것은 드문 일도 아니다. 뻣뻣하게 굳은 손가락으로 삽을 그러쥔 채 고통스럽게 돌연사한다.

연못 중간까지 눈을 치우는 데 시간이 꽤 오래 걸렸다. 드디어 목표 지점까지 갔을 때는 온 몸이 땀에 젖고 허리와 팔도 아팠다. 배기가스가 차 뒤에 구름처럼 퍼져 있었지만 연못 한가운데 있으니 모터 소리는 거의 들리지 않았다. 새 소리도, 나무 사이의 움직임도 없었다.

멀리 떨어진 곳에서 나 자신을 보고 싶었다. 나무들 사이에 깊숙이 숨어 스스로를 바라보는 관찰자……

이제 곧 모든 것이 끝나겠구나. 나는 차로 돌아가면서 생각에 잠겼다. 스톡홀름 어딘가에 산다는 것밖에 모르는데, 하리에트가 내리겠다고 하는 곳에 내려줘야지. 이제 곧 섬으로 돌아갈 수 있겠군. 얀손에게 카드를 한 장 쓰기로 마음먹었다. 그에게 카드를 쓰게 되리라고는 상상도 하지 못했지만, 이제 그가 필요했다. 숲이 끝없이 펼쳐진 그림엽서를 사야겠어. 눈으로 뒤덮인 나무들이 늘어선 풍경이 좋겠군. 나무 한복판에 십자 표시를 하고 '나 여기 있네. 곧 돌아갈 걸세. 내 개와 고양이에게 먹이를 주게'라고 써야지.

하리에트는 이미 차에서 내려 보행 보조기를 잡고 서 있었다. 우리는 내가 낸 좁은 길을 따라 함께 걸었다. 제단으로 올라가는 행렬의 일부라는 느낌이 들었다.

그녀는 무슨 생각을 하고 있을까. 나지막한 자동차 모터 소리 말고는 아무 소리도 들리지 않았다.

"나는 늘 얼음이 무서웠어."

그녀가 불쑥 입을 열었다.

"그런데도 얼음장을 건너 내가 사는 섬까지 왔어?"

"무서워한다는 게 그걸 할 용기를 내지 못한다는 뜻은 아니지."

"여긴 바닥까지 얼지는 않았지만 거의 얼었다고 봐야지. 얼음 두께가 1미터도 넘을 거야. 필요한 경우에는 코끼리도 건널 수 있겠지."

하리에트가 웃음을 터뜨렸다.

"정말 우습지 않아? 얼음장 위에 서있는 코끼리라……. 얼음을 두려워하는 여자를 구원해주는 성스러운 코끼리인가?"

우리는 연못 한가운데에 도착했다.

"수영을 하는 어린 당신의 모습이 눈앞에 보일 것 같아. 얼음이 녹으면 말이야."

"비올 때가 가장 아름다워. 조용히 내리는 스웨덴의 여름비보다 더 아름다운 건 없어. 다른 나라에는 멋진 건물 또는 현기증을 일으키는 산과 계곡이 있지만, 우리에게는 여름비가 있지."

"고요함도."

우리는 한참 동안 아무 말도 하지 않았다. 나는 우리가 여기로 온 의미가 무엇인지 알아내려고 애를 썼다. 너무 늦긴 했지만 약속을 지켰다. 그게 다였다. 여행은 여기서 끝났다. 이제 에필로그만, 얼어붙은 길을 따라 남쪽으로 향하는 주행거리만 남았다.

"당신이 나를 왜 여기로, 왜 하필 여기로 데려오겠다고 했는지 이해할 수 없었어."

하리에트가 입을 열었다.

"이제는 알겠어?"

"아마도. 여름이면 아름다울 것 같아."

그녀가 나를 바라보았다.

"나를 떠난 뒤에 다른 여자와 여기 온 적 있어?"

"그런 일은 생각조차 하지 않았어."

"왜 나를 떠났지?"

그 질문에는 돌발적인 힘이 실려 있었다. 하리에트는 다시 흥분한 상태였다.

그녀가 양 주먹을 보행 보조기 손잡이에 올려놓았다.

"당신 때문에 난 지옥 같은 고통을 겪었어. 당신을 잊으려고 안간힘을 썼지만 잊지 못했어. 당신이 약속한 연못에 드디어 서고 보니, 당신을 찾은 게 후회가 되네. 도대체 내가 무슨 마음을 먹은 건지 기억나지도 않아. 난 이제 곧 죽어. 왜 이렇게 오래된 상처를 쑤시는 데 시간을 낭비하지? 내가 도대체 왜 여기 있는 거야?"

우리는 1분 정도 아무 말없이 서 있었다. 그보다 길지는 않았다. 침묵, 그리고 서로 피하는 눈길. 하리에트가 보행 보조기를 돌리더니 왔던 길을 돌아나가기 시작했다. 나는 잠깐 망설이다가 그녀의 발자국을 따라갔다. 이제 곧 지나가겠구나. 소풍의 끝이 다가오고 있었다.

눈 속에 뭔가 있었다. 눈을 치우며 길을 낼 때는 보지 못한 검은 물체였다. 눈을 감았다가 떠봐도 무엇인지 알아볼 수 없었다. 죽은 동물인가? 아니면 돌? 하리에트는 내가 걸음을 멈춘 것을 몰랐다. 나는 오던 길을 벗어나 어두운 물체로 다가갔다.

위험을 알아챘어야 했다. 얼음의 변덕스러움 때문에 겪은 그동안의 경험과 본능은 나에게 경고를 보냈어야 했다. 나는 어두운 물체가 얼음이라는 사실을 너무 늦게 알아챘다. 주변의 얼음장이 아무리 두꺼워도, 얼음의 일부가 다양한 이유로 아주 얇아질 수도 있다는 것을 알고 있었다. 나는 발을 멈추고 한 발 뒤로 물러서는 데 거의 성공하는 듯했지만, 때는 이미 늦었다. 얼음이 갈라지며 나를 삼켰다. 물이 턱까지 올라왔다. 그동안 해온 얼음 목욕 덕분에 갑작스러운 충격에 익숙해져 있을 법도 했지만 이곳 상황은 달랐다. 나는 준비가 되어 있지 않았다. 이곳의 얼음 구멍은 내가 직접 뚫은 게 아니었다. 고함을 질렀다. 하리에트는 내가 두 번째 고함을 지르고서야 몸을 돌려 얼음 구멍 속에 있는 나를 발견했다. 내 몸은 냉기 때문에 이미 뻣뻣해지기 시작했다. 가슴에 불이 붙은 듯했다. 안간힘을 쓰며 얼음처럼 차가운 공기를 폐로 빨아들이고, 발로 연못 바닥을 필사적으로 디디려고 애썼다. 얼음 모서리를 잡으려 했지만, 이미 손가락들은 너무 뻣뻣하게 굳어버렸다.

나는 단말마적인 비명을 질렀다. 나중에 하리에트는 동물의 비명을 듣는 느낌이었다고 이야기했다.

하리에트는 나를 끌어올리기에 가장 부적당한 사람이었다. 거의 자기 자신도 가눌 수 없는 사람이니.

하지만 하리에트는 보행 보조기를 붙잡고 자기가 낼 수 있는 최대 속도로 나에게 달려왔다. 그러고는 보조기를 내던지고 얼음장 위에 엎드리더니, 보조기를 얼음 모서리로 밀어 내가 바퀴 하나를 잡을 수 있게 했다. 내가 어떻게 바깥으로 나왔는지는 기억나지 않는다. 하리에트는 팔로 잡아당기는 동시에 눈 위에서 뒤로 천천히 움직였을 것이다. 나는 얼음장 속에서 나와 비틀거리며 자동차로 기어들어갔다. 등 뒤에서 하리에트가 뭐라고 말했지만 알아들을 수 없었다. 그 자리에서 쓰러진다면 다시는 몸을 일으킬 수 없다는 것은 알고 있었다. 물속에 있던 시간은 몇 분밖에 되지 않았지만 그 몇 분은 나를 죽이기에 충분한 시간이었다. 얼음 구멍에서 자동차까지 어떻게 왔는지, 아무것도 보이지 않았다. 어쩌면 자동차까지 얼마나 먼지 보지 않으려고 눈을 감고 있었는지도 모른다. 얼굴이 자동차 화물칸에 부딪혔을 때, 내 머릿속에는 오로지 젖은 옷을 벗고 뒷좌석에 있는 담요를 몸에 덮어야 한다는 한 가지 생각뿐이었다. 마지막 옷을 벗고 자동차 문을 열자, 진한 배기가스 냄새가 나를 에워쌌다. 담요를 몸에 덮었다. 그 다음부터는 생각나지 않는다.

정신을 차리고 보니 하리에트가 나를 안고 있었다. 그녀도 나처럼 알몸이었다.

냉기는 내 의식의 깊은 곳에서 불붙는 느낌으로 바뀌었다. 눈을 떴을 때 처음 보인 것은 하리에트의 머리카락과 목덜미였다. 서서히 기억이 돌아왔다.

나는 살아 있었다. 하리에트는 내 몸을 데워주기 위해 옷을 모두 벗고 담요 속에서 나를 안고 있었다.

의식을 찾은 것을 보자 그녀가 물었다.

"추워? 당신 죽을 뻔했어."

"갑자기 얼음이 갈라지더군."

"난 동물 소리라고 생각했어. 당신이 그렇게 소리 지르는 걸 들은 적이 없어."

"시간이 얼마나 지났지?"

"한 시간."

"그렇게 많이 지났나?"

눈을 감았다. 불이 붙은 듯 몸이 뜨거웠다.

"당신을 죽이려고 연못을 보러 오자고 한 게 아니야."

이제 위험은 지났다. 낡은 자동차 뒷좌석에 알몸으로 누워 있는 노인 두 명. 우리는 예전에, 그리고 아마 지금도 적막한 숲길에 세워진 낡은 자동차 뒷좌석에서 일어날 수 있는 모든 일에 대해 이야기했다. 사랑을 하고서, 나중에는 자기 아이가 아니라고 주장한다. 그러나 나이를 합치면 135세인 우리 둘은 그저 한 명은 살아남았기 때문에, 그리고 다른 한 명은 숲에 혼자 버려지지 않았기 때문에 서로 끌어안고 있었다.

한 시간쯤 더 지나자 하리에트가 조수석에 앉아 옷을 입으며 말했다.

"젊을 때는 쉬웠어. 나처럼 늙고 굼뜬 노인은 차 안에서 옷을 입기 힘들지."

하리에트가 화물칸에서 내 옷을 꺼내왔다. 그녀는 모터 온기가 몰려나오는 핸들 위에 널어 따뜻하게 데운 옷을 나에게 입으라고 건네주었다. 눈이 내리기 시작했다. 눈보라로 변해 국도로 나가지 못할까봐 걱정스러웠다.

최대한 빨리 옷을 입었지만 내 움직임은 여전히 술 취한 사람 같았다.

연못을 떠날 때 눈발이 거세어지긴 했어도 숲길은 아직 막히지 않은 상태였다.

우리는 펜션으로 돌아왔다. 이번에는 하리에트가 보행 보조기에 의지하고 바깥으로 나가 저녁으로 먹을 피자를 사와야 했다.

하리에트가 가지고 있던 코냑 한 병을 둘이 나눠 마셨다.

내가 잠들기 전에 마지막으로 본 것은 그녀의 얼굴이었다.

무척 가까이 있던 그 얼굴은 웃는 듯했다. 나는 그녀가 웃었기를 바랐다.

10

 다음날 아침 내가 눈을 떴을 때, 하리에트는 지도책을 펴 놓고 앉아 있었다. 누구와 주먹다짐이라도 한 듯 몸이 아팠다. 몸 상태가 어떤지 묻는 그녀에게 괜찮다고 대답했다.

 "이자."

 그녀가 미소를 지으며 말했다.

 "이자라니?"

 "이제야 약속을 지켰으니 이자를 줘."

 "뭘 바라는데?"

 "에움길."

 하리에트가 지도에서 우리가 있는 지점을 짚었다. 손가락이 남쪽 대신 동쪽 해안 헬싱란드 방향으로 가더니 후딕스발에서 멈추었다.

 "여기로."

 "거기 뭐가 있는데?"

 "내 딸. 당신이 그 애를 만나면 좋겠어. 그러면 아마 하루나 이틀 더 걸리겠지."

 "딸이 왜 거기 살지?"

 "당신은 왜 섬에 살아?"

 하리에트의 부탁은 당연히 들어줘야 했다. 우리는 해안으로 차를 몰았다. 안테나가 달리고 마당이 텅 빈 집들이 어디에나 흩어져 있는 풍경은 계속 똑같았다.

늦은 오후가 되자, 하리에트가 힘이 없다고 해서 넬스보에 있는 어느 호텔에 차를 세웠다. 객실은 작고 지저분했다. 하리에트는 약과 진통제를 먹고 잠이 들었다. 어쩌면 내가 못 보는 사이에 술도 마셨는지 모른다. 나는 약국을 찾아가 모든 약품의 이름이 적힌 책을 샀다. 그런 다음 빵집에 앉아 하리에트가 먹는 약품 이름을 살펴보았다.

아이들 엄마는 잡지에 열중해 있고 아이들은 서로 엄마의 관심을 받으려고 소리를 지르는 빵집에서 커피 한 잔과 아몬드 과자를 앞에 두고 앉아, 하리에트가 얼마나 아픈지 진지하게 이해하려는 상황은 비현실적이었다. 할아버지와 할머니의 섬에 사는 동안 내가 잃어버린 세상, 그 세상에 내가 손님으로 와 있다는 느낌이 점점 더 강해졌다. 12년 동안 나는 주변에 해안과 절벽 이외에 다른 존재, 나와 관계가 있는 세계가 있음을 애써 부인하며 살았다. 숨어 있는 동굴 바깥에서 일어나는 일은 전혀 모르는 은자로 변했다.

그러나 더 이상 이런 삶을 살 수 없다는 것을 넬스보 빵집에서 깨달았다. 물론 섬으로 돌아갈 거야. 다른 곳은 없잖아. 하지만 그 무엇도 예전 같지는 않겠지. 얼음장 위의 검은 그림자를 발견한 그 순간, 내 등 뒤에서 문 하나가 닫혔다. 그 문은 이제 다시는 열리지 않을 터였다.

눈이 내린 나무 울타리가 있는 그림엽서 한 장을 사서 얀손에게 보냈다.

개와 고양이에게 먹이를 주라고 부탁했다. 다른 말은 하지 않았다.

내가 돌아왔을 때, 하리에트는 깨어 있었다. 그녀는 내가 손에 들고 있는 약품 목록 책을 보더니 고개를 저었다.

"오늘은 내 불행에 대해 이야기하고 싶지 않아."

식사를 하러 호텔과 맞닿아 있는 그릴 바로 갔다. 혼탁한 공기로 가득 찬 식당에 들어서자, 우리가 인스턴트식품과 기름진 음식으로 가득찬 시대에 살고 있다는 생각이 들었다. 하리에트는 접시를 금방 밀어놓으며 더 이상 넘기지 못하겠다고 말했다. 나는 그래도 조금만 더 먹어보라고 말하고 싶었다. 그런데 왜 그래야 할까? 죽어가는 사람은 얼마 남지 않은 삶을 위해 필요한 양 이상은 먹지 않는다. 우리는 곧장 객실로 돌아왔다. 벽이 얇아 옆방에서 누군가 이야기를 나누는 소리가 들려왔다. 목소리는 커지다가 작아지다가 했다. 하리에트와 나는 귀를 기울였지만 대화 내용을 알아들을 수는 없었다.

"당신 여전히 몰래 엿들어?"

하리에트가 물었다.

"섬에는 엿들을 대화가 없어."

"내가 전화를 할 때면 당신은 언제나 엿들었어. 아무렇지도 않은 척하며 책이나 신문을 넘기기는 했지만 말이야. 그렇게 행동하며 안 듣는 척 하려고 했지. 기억나?"

화가 났지만 그녀 말이 옳았다. 어머니와 아버지가 불안하게 속삭이는 소리를 들은 이래로 나는 언제나 사람들의 말을 엿들었다. 닫힌 문에 기대서서 동료나 환자들의 대화를 엿들었고, 카페나 기차에서 사람들의 말에 귀를 기울였다. 그러면서 대화들 대부분이 거의 눈치 채지 못할 만큼 사소한 거짓말을 포함하고 있음을 알게 되었다. 원래 그런 건가? 나는 스스로에게 물어보았다. 이야기를 이어가기 위해서는 거의 알아채지 못할 만큼의 허위적인 이탈이 반드시 필요한 걸까?

옆방의 대화가 멎었다. 하리에트는 피곤하다며 자리에 누워 눈을 감았다.

나는 재킷을 입고 인적이 없는 거리로 나섰다. 네모 칸으로 나뉜 유리창 곳곳에서 파란색 빛이 흘러나왔다. 모페드(모터와 페달을 갖춘 자전거의 일종-옮긴이) 몇 대가 산발적으로 지나가고 자동차 한 대가 과속으로 달려간 뒤에 거리는 다시 고요해졌다. 하리에트는 내가 그녀의 딸을 만나기를 원한다. 왜 그럴까. 나 없이 잘 지내왔다는 것, 나에게는 없는 아이가 자기에게는 있다는 것을 보여주려는 걸까. 겨울 저녁, 그렇게 거리를 걷노라니 슬픔이 몰려왔다.

불이 켜진 빙상 경기장에서 발걸음을 멈추었다. 밴디 스틱을 든 아이들 몇 명이 붉은 공을 놓고 질주하고 있었다. 내 어린 시절이 아주 가까이 다가왔다. 얼음을 가르는 스케이트의 건조한 소음, 공을 때리는 스틱 소리, 산발적인 고함, 넘어졌다가 금방 다시 일어나는 아이들. 내 기억은 그랬다. 그러나 나는 밴디 스틱을 잡아본 적은 한 번도 없었다. 내가 겪은 일은 지금 눈앞에서 벌어지는 경기보다 훨씬 더 많은 통증을 가져다 준 아이스하키장에서 일어났다.

"넘어지면 얼른 일어나라." 어린 시절, 얼어붙은 아이스하키장에서 얻은 간결한 교훈이었다.

절대 누워 있지 말 것. 그러나 나는 교훈을 따르지 못했다. 큰 실수를 저지른 뒤에 그대로 누워 있었다.

경기를 지켜보던 나는 아주 작은 남자아이를 발견했다. 아이들 가운데 유난히 작은데다가 뚱뚱했다. 아니면 그저 옷을 잔뜩 껴입은 건가? 그러나 그 아이는 최고였다. 다른 아이들보다 빨리 움직였고 보지도 않고 공을 다루었으며, 번개처럼 빠르게 상대방을 속였고 패스할 준비도 늘 갖추고 있었다. 그 아이가 최고라는 사실은 얼음장 위에 있는 아이들 모두에게도 확실한 듯했다. 작고 뚱뚱하지만 스케이트를 신으면 그 누구보다도 빠른 남자아이. 나는 내가 선수 중의 한 명이 되어 저기 얼음장 위에 있다고 상상해보았다. 무거운 하키 스틱을 든 나는 누구일까?

빠르고 아주 탁월하게 공을 다루는 그 남자아이는 분명히 아니었다. 나는 다른 아이들 중의 한 명이었다. 언제든 따 버리고 다른 것으로 대체될 수 있는 월귤…….

"절대 누워 있지 말 것."

나는 하지 말라는 것을 했다.

호텔로 돌아갔다. 야간 경비원은 없었고, 건물 문은 객실 열쇠로 열렸다. 하리에트는 이불을 덮고 누워 있었다. 침대 옆의 작은 탁자에 브랜디 병이 놓여 있었다.

"도망친 줄 알았어."

하리에트가 말했다.

"이제 자야겠다. 술을 한 모금 마시고 수면제도 먹었어."

그녀가 옆으로 돌아눕더니 얼마 지나지 않아 잠들었다. 나는 조심스럽게 그녀의 손목을 잡고 맥박을 쟀다. 분당 78번. 그런 다음 의자에 앉아 텔레비전을 켜고 뉴스를 보았다. 소리를 너무 낮추었더니 엿듣기 잘하는 내 귀에조차 뉴스 내용이 들리지 않았다. 화면은 늘 보던 그대로였다. 피 흘리는 사람들, 기아와 고통에 시달리는 사람들, 완벽하게 차려 입고 한없이 길게 이야기하는 남자들도 잔뜩 등장했다. 언제나 미소를 지으며 오만하게 말하는 사람들……. 나는 텔레비전을 끄고 침대에 누웠다. 잠들기 전에 금발 머리의 젊은 여경을 생각했다.

낮 1시 무렵, 우리는 후딕스발 근처까지 갔다. 눈이 그쳤고, 차도는 얼지 않은 상태였다. 하리에트가 롱에발렌이라고 쓰여 있는 표지판을 가리켰다. 벌목차들이 고랑을 파며 지나다녀서 도로 사정이 좋지 않았다. 이번에는 측면도로로 차를 다시 한 번 꺾었다. 숲에 나무들이 빽빽하게 우거져 있었다. 이렇게 깊은 숲 속에 혼자 살다니, 하리에트의 딸은 도대체 어떤 사람일까. 여행을 하면서 내가 하리에트에게 했던 유일한 질문은 루이제에게 남편이나 아이가 있는지였다. 없다고 했다. 야영지 곳곳에 나무들이 층층이 쌓여 있어, 사라 라르손의 집으로 나 있던 길이 연상되었다. 숲에 공터가 나타나고, 쓰러진 건물 몇 채와 나무 울타리가 눈에 들어왔다. 그곳에 커다란 캠핑카가 서 있었다. 캠핑카에 붙여 세운 텐트도 보였다.

"도착했어."

하리에트가 입을 열었다.

"여기 내 딸이 살아."

"캠핑카에?"

"여기 지붕이 내려앉지 않은 집이 그것 말고 또 있어?"

나는 하리에트가 차에서 내리게 도와주고 보행 보조기를 꺼냈다. 예전에 아마 개집이었을 법한 물건에서 모터 소리가 들려왔다. 틀림없이 발전기일 터였다. 캠핑카 지붕에 안테나가 달려 있었다. 캠핑카 건너편은 무척 아름다웠다. 우리는 한동안 그대로 서 있었다. 아무 일도 일어나지 않았지만 섬으로 돌아가고 싶다는 생각이 강렬하게 들었다.

캠핑카 문이 열리고, 한 여자가 바깥으로 나왔다.

그녀는 분홍색 목욕가운에 굽이 높은 구두를 신고 손에는 카드를 들고 있었다. 나이를 짐작하기 어려웠다.

"내 딸이야."

하리에트가 이렇게 말하고는, 굽 높은 구두를 신고 눈 속에서 균형을 잡고 있는 여자를 향해 보행 보조기를 밀며 다가갔다.

나는 서 있던 자리에 그대로 있었다.

"네 아버지야."

하리에트가 그 여자에게 말했다.

눈이 공중에서 흩날렸다. 나는 얀손을 생각했다. 그가 하이드로콥터로 나를 데리러 와주기를.

숲

내 딸이 나에게 부탁한 첫 번째 일이었다.
물 두 양동이를 길어오라고 했다.
다른 말은 하지 않았으니 얼마나 다행인가.
썩 꺼지라고 소리를 지르거나
드디어 아버지를 만났다며
미친 듯이 기뻐할 수도 있었을 텐데,
루이제는 그저 물만 길어오라고 했다.

1

　내 딸이 사는 곳에는 우물이 없었다.
　캠핑카에는 수도관도 설치되어 있지 않았고 공터에 펌프가 있는 것도 아니었다. 나는 물을 긷기 위해 비탈을 따라 난 오솔길을 내려와 숲을 지나고, 폐허가 된 또 다른 집의 마당까지 가야 했다. 깨진 유리창이 달려있고, 까마귀들이 나를 경계하며 굴뚝 가장자리에서 균형을 잡고 있었다. 그곳에 물을 끌어올리는 아주 오래된 펌프가 있었다. 손잡이를 올렸다 내리자 녹슨 쇳덩이 안에서 삐걱거리는 소리가 들렸다.
　까마귀들은 여전히 움직이지 않았다.
　내 딸이 나에게 부탁한 첫 번째 일이었다. 물 두 양동이를 길어오라고 했다. 다른 말은 하지 않았으니 얼마나 다행인가. 썩 꺼지라고 소리를 지르거나 드디어 아버지를 만났다며 미친 듯이 기뻐할 수도 있었을 텐데, 루이제는 그저 물만 길어오라고 했다. 나는 양동이를 들고 눈 쌓인 오솔길을 따라 걸었다. 루이제가 굽 높은 구두를 신고 목욕가운을 입은 채 물을 길으러 오는지 궁금했다. 무엇보다도 그 옛날 무슨 일이 있었는지, 그리고 내가 왜 아무것도 듣지 못했는지 알고 싶었다.
　폐허가 된 공터까지는 200미터쯤 되었다. 하리에트가 캠핑카 앞에 있는 여자가 내 딸이라고 말했을 때, 나는 그 말이 사실임

숲 137

을 금방 알 수 있었다. 하리에트는 거짓말을 하지 못했다. 나는 눈을 세게 디디고 걸으며 루이제가 잉태된 순간을 머릿속으로 계산하기 시작했다. 납득할 만한 설명은 하나밖에 없다는 생각이 들었다. 하리에트는 내가 사라진 뒤에야 임신이라는 것을 깨달았을 것이다. 그러니 잉태는 우리가 헤어지기 약 한 달 전에 이루어졌을 것이다.

기억을 떠올리려 애를 썼다.

숲은 고요했다. 나는 옛날 동화에서 튀어나온 난쟁이가 되어 살금살금 눈길을 걷는 느낌이었다. 우리가 함께 잔 곳은 침대 겸용 소파밖에 없었다. 내 딸은 그곳에서 잉태되었다. 이미 떠난 나를 헛되이 기다릴 때 하리에트는 아직 임신 사실을 몰랐다. 나중에 알게 되었을 때 나는 이미 떠나고 없었다.

펌프에서 물을 길어 올린 다음 양동이를 세워놓고 폐가로 들어갔다. 현관문은 부서져 있었다. 발로 밀자 경첩이 떨어져 나갔다.

집안에서 곰팡이 냄새와 썩은 나무 냄새가 풍겼다. 남아 있는 것은 모두 난파선의 잔해처럼 보였다. 뜯어진 벽지 아래로 신문들이 너덜너덜 삐져나와 있었다. 유스난 신문 1969년 3월 12일. "자동차 충돌 사고가……에서 발생했다." 나머지 부분은 읽을 수 없었다. "이 사진에서 마트손 부인은 정성스럽게 짠 태피스트리를 내보이고 있다……." 사진이 찢어져서 마트손 부인의 얼굴과 손만 보일 뿐 태피스트리는 보이지 않았다. 침실에는 망가진 더블베드가 놓여 있었다. 두 동강이 난 것으로 보아, 아마 도끼로 쪼갠 듯했다. 누군가 분노로 다시는 사용하지 못할 정도로 침대를 망가뜨렸다.

이 집에서 살다가 어느 날 떠난 후 다시는 돌아오지 않은 사람들을 떠올려 보려고 했다. 그러나 이들은 얼굴을 돌리고 있었다. 폐가는 내용물을 분실한 박물관의 유리 진열장과도 같다. 나는 다시 바깥으로 나가 상상도 하지 못했던 딸이 생겼다는 생각을 했다. 후딕스발 남쪽 숲 속에서 얻은 딸. 서른일곱 살일 테고 캠핑카에서 사는 딸. 분홍색 목욕가운에 굽이 높은 구두를 신고 눈길로 나오던 여자.

한 가지는 확실했다.

하리에트는 딸에게 미리 말하지 않았다. 루이제는 내가 아버지라는 사실을 몰랐다. 놀란 사람은 나뿐이 아니었다. 하리에트는 우리 둘을 모두 경악하게 했다.

나는 양동이를 들고 돌아서서 발걸음을 옮겼다. 내 딸은 왜 숲 한복판의 캠핑카에서 살고 있을까? 루이제는 어떤 사람일까? 아까 악수를 하기는 했지만 루이제의 눈을 바라볼 용기는 나지 않았다. 진한 향수 냄새가 풍기는 루이제의 손은 땀에 젖어있었다.

팔이 뻐근해져서 양동이를 내려놓고 쉬었다.

"루이제."

나는 스스로에게 큰소리로 말을 건넸다.

"나는 루이제라는 딸이 있어."

그 말은 나를 당황하게 하고 약간 두렵게도 했지만 들뜨게 하기도 했다. 하리에트는 양손의 하이드로콥터를 타고 얼음장을 건너와, 그녀에게 곧 닥칠 죽음뿐만 아니라 삶에 대한 새로운 소식을 전해주었다.

양동이를 캠핑카로 가지고 올라가 문을 두드리자 루이제가 문을 열었다. 굽이 높은 구두는 여전히 신고 있었지만 목욕가운은 바지와 스웨터로 갈아입은 모습이었다. 무척 아름다운 몸매였다. 몸매를 보고 있자니 조금 당황스러웠다.

캠핑카는 좁았다. 하리에트는 창가에 놓인 작은 탁자 뒤에 끼어 앉아 있다가 나를 보고 미소 지었다. 나도 미소로 화답했다. 캠핑카 안은 따뜻했다. 루이제가 커피를 끓였다.

루이제는 제 엄마처럼 목소리가 아름다웠다.

나는 캠핑카 안을 둘러보았다. 말린 장미가 천장에 매달려 있고, 종이와 편지들이 놓인 책장도 있었다. 등받이 없는 보조의자 위에 낡은 타자기가 놓여 있었고, 라디오는 있지만 텔레비전은 없었다. 루이제가 도대체 어떤 삶을 사는지 점점 걱정스러워졌다. 나와 비슷해 보였다.

너는 이렇게 나에게로 왔구나. 내가 겪은 경험 중에 가장 큰 놀라움으로……

루이제가 보온병과 플라스틱 컵을 탁자 위에 올려놓았다. 나는 하리에트 옆에 자리를 잡고 앉았다.

루이제는 그대로 서서 나를 바라보다가 입을 열었다.

"내가 울지 않아서 참 다행이에요. 하지만 아버지가 흥분하지 않는 게 더 다행이군요. 예상치 못한 새로운 소식에 정말 기쁘다고, 너무 기쁘다고 하지 않아서요."

"이 상황이 정말 현실인지 잠시 혼란스러웠다. 그리고 난 감정을 잘 통제하는 편이야."

"혹시 사실이 아닐 거라고 생각하세요?"

먼지로 덮인 두꺼운 서류 뭉치들이 떠올랐다. 하나같이 친자 관계를 부정하던 젊은 남자들에 관한 조서.

"사실이라고 확신해."

"나를 좀 더 일찍 만나지 못해 슬프신가요? 아버지 인생에 내가 너무 늦게 등장해서?"

"난 슬픔에 대해 상당히 단련이 되어 있어. 지금 감정은 무엇보다도 놀라움이야. 한 시간 전까지만 해도 나는 아이가 없었어. 이런 일이 있으리라고는 상상한 적도 없다."

"직업이 뭐예요?"

나는 하리에트를 바라보았다. 그러니까 루이제에게 아버지

이야기를 전혀 하지 않았군. 의사라는 사실조차도. 갑자기 화가 났다. 나에 대해 무슨 말을 했을까? 네 아버지는 우연히 날아든 남자였다고?

"의사야. 어쨌든 의사였지."

루이제는 손에 커피 잔을 든 채 나를 꼼꼼하게 뜯어보았다. 손가락마다, 심지어 엄지에도 반지를 끼고 있었다.

"어느 과 의사?"

"외과의사였어."

루이제가 얼굴을 찡그렸다. 내가 열다섯 살 때 직업 선택에 대해 이야기하자 아버지가 보였던 반응이 떠올랐다.

"처방전을 쓸 수 있나요?"

"이제는 안돼. 은퇴했으니까."

"유감이네요."

루이제는 커피 잔을 내려놓고 머리에 손뜨개 모자를 썼다.

"소변은 캠핑카 뒤에서 보고 그 위에 눈을 덮어요. 큰 걸 볼 때는 나무 헛간 옆의 간이 화장실을 사용하고요."

루이제가 굽 높은 구두로 균형을 잡으며 문 밖으로 사라졌다. 나는 하리에트에게로 몸을 돌렸다.

"왜 나에게 아무 말도 하지 않았지? 파렴치한 짓이야!"

"파렴치하다는 말은 입에 담지도 마! 당신이 어떻게 나올지 몰랐을 뿐이야."

"나에게 미리 말을 했더라면 좀 더 편했을텐데."

"말할 용기가 없었어. 당신이 나를 도로변에 내려놓고 여행을 중단할까봐 겁이 났어. 당신이 아이를 원하는지 아닌지 알 수가 있어야지."

하리에트가 옳았다. 그녀는 내가 어떻게 반응할지 알지 못했다. 나를 믿지 못할 이유는 충분히 많았다.

"루이제가 왜 여기 살지? 뭘 해서 먹고 살아?"

"스스로 선택한 일이야. 무슨 일을 하는지는 나도 몰라."

"그래도 좀 아는 게 있을 거 아냐."

"루이제는 편지를 써."

"편지 쓰기로 먹고 살 수는 없어."

"살 수 있는 모양이야."

캠핑카의 벽이 얇고, 내 딸이 어쩌면 바깥에 서서 차가운 차에 귀를 대고 있을지도 모른다는 생각이 불현듯 들었다. 엿듣기 좋아하는 내 갈망을 물려받은 건 아닐까?

나는 거의 속삭이듯이 목소리를 낮추었다.

"왜 저런 모습이야? 눈 속에서 왜 굽 높은 구두를 신고 돌아다니지?"

"내 딸은……"

"우리 딸!"

"우리 딸은 항상 고집 센 아이였어. 나는 루이제가 다섯 살 때 이미 자기가 어떤 삶을 살게 될지 알고 있다는 느낌을 받았어. 도무지 아이를 이해할 수 없더라."

"무슨 뜻이지?"

"루이제는 다른 사람들이 자기를 어떻게 생각하는지 별로 신경 쓰지 않고 살려고 했어. 구두도 그 중 한 예지. 무척 비싸 보이는 구두야. 밀라노의 아젤로에서 만든 구두지. 이렇게 살아갈 용기를 가진 사람은 무척 드물어."

문이 열리더니 우리 딸이 들어왔다.

"나 쉬어야 해. 피곤하다."

하리에트 말에 루이제가 대꾸했다.

"엄마는 늘 피곤했잖아요."

"하지만 늘 죽을병에 걸려 있던 건 아니지."

둘은 잠시 고양이들처럼 아옹다옹했다. 친근한 건 아니지만, 그렇다고 심각하게 사이가 나쁜 으르렁거림도 아니었다. 어쨌든 둘 다 불편해 보이지는 않았다. 루이제는 하리에트가 곧 죽으리라는 것을 알고 있구나.

나는 하리에트가 좁은 침대에서 다리를 뻗을 수 있게 자리에서 일어났다.

루이제가 장화를 신고 나에게 말했다.

"바깥으로 나갈까요? 좀 움직여야겠어요. 우리 둘 다 약간 혼란스러운 것 같아요."

폐허가 된 집 반대편에 사람들의 발길로 저절로 난 오솔길이 있었다. 그 길은 오래된 지하 저장고를 지나 아담한 가문비나무 숲으로 이어졌다. 루이제가 너무 빨리 걸어 따라가기 힘들었다.

루이제가 갑자기 몸을 돌렸다.

"아버지가 미국에 가서 실종되었다고 생각했어요. 이름은 헨리, 벌을 사랑해서 벌의 일생을 연구하던 사람이라고요. 지나간 그 긴 세월 동안 아버지는 나에게 벌꿀을 보낸 적이 단 한 번도 없어요. 돌아가셨다고 생각했는데 살아계시네요. 다행히 아버지를 만났으니 캠핑카로 돌아가면 아버지와 엄마의 사진을 찍어야겠어요. 엄마 독사진이나 엄마와 내가 둘이 찍은 사진은 엄청나게 많아요. 이제 부모님이 함께 있는 사진을 찍어야겠어요. 더 늦기 전에."

우리는 잘 다져진 오솔길을 계속 걸었다.

하리에트가 어느 정도 이야기하기는 했구나. 적어도 거짓말이라고 말할 만큼은 아닐 정도로. 나는 실제로 미국으로 갔고, 젊었을 때 벌에 관심이 많았다. 내가 아직 죽지 않았다는 것도 명백한 사실이고.

그래, 루이제가 부모의 사진을 소유하는 게 옳지. 없는 사진을 찍기에 아직 늦지 않은 시간이었다.

2

 태양이 지평선으로 떨어졌다.

 들판에 눈 덮인 복싱 링이 있었다. 하얀 풍경 속에서 툭 튀어나온 것처럼 보이는 복싱 링이었다. 한때 교회나 극장에 놓였던 듯한 망가진 장의자 두 개가 눈 속에 반쯤 묻혀 있었다.

 "봄과 여름에 여기서 복싱을 해요."

 루이제가 말했다.

 "보통 5월 중순에 시즌이 시작돼요. 그러면 우린 낙농업용 저울에 체중을 재요."

 "우리라니? 너도 복싱을 한다는 말이니?"

 "그럼요."

 "누구랑?"

 "이 부근에 사는 친구들이랑요. 자기 마음에 드는 대로 살기로 작정한 사람들이에요. 노모와 함께 사는 라이프도 그 중 한 명이에요. 그 친구 어머니는 예전에 몰래 독주를 빚었는데 이 지방에서는 가장 유명했어요. 연주자인 아만두스와도 복싱을 하는데, 그는 주먹이 굉장히 세요."

 "하루는 복싱을 하고 그 다음날에는 연주를 한다고? 손가락이 어떻게 그럴 수 있지?"

 "아만두스에게 물어보세요. 다른 사람들에게도."

다른 사람들이 누구인지는 알 수 없었다. 루이제는 다져진 오솔길을 걸어 복싱 링 건너편에 있는 헛간 쪽으로 갔다. 뒷모습이 하리에트를 연상케 했다. 루이제가 어린 소녀였을 때는 어떤 모습이었을까? 청소년일 때는? 나는 눈을 세게 디디며, 시간을 되돌려 보려고 했다. 루이제는 1969년에 태어났을 테고 그녀의 청소년기는 내가 직업상 가장 성공을 거두던 시기였다. 갑자기 마음속 깊은 곳에서 분노가 치밀어 올랐다. 하리에트는 왜 아무 말도 하지 않았을까?

루이제는 눈 위에 난 흔적을 가리키며 오소리 발자국이라고 말했다. 그러고는 헛간 바닥에 놓여 있던 석유램프에 불을 붙여 천장에 걸었다. 복싱 선수나 레슬링 선수의 낡은 연습장에 들어서는 듯한 기분이었다. 바닥에 역도기구가 놓여 있고 천장에는 샌드백도 매달려 있었다. 장의자 위에는 가지런히 감긴 줄넘기와 붉고 검은 복싱 글러브가 여러 켤레 놓여 있었다.

"봄이었다면 몇 라운드 뛰자고 말했을 거예요."

루이제가 입을 열었다.

"한 번도 만난 적이 없던 아버지를 알게 되는 방법으로 가장 좋은 것 같아요. 여러 가지 관점에서 말이에요."

"난 복싱 글러브를 껴본 적이 단 한 번도 없어."

"하지만 싸움은 해보았을 거 아니에요."

"열서너 살 때 운동장 자갈밭에서 주먹질을 한 적은 있지."

루이제가 어깨로 툭 치자 샌드백이 가볍게 움직였다. 석유램프가 루이제의 얼굴을 비추었다. 지금 눈앞에 보이는 사람이 하리에트라는 생각이 계속 들었다.

"어쩐지 긴장되네요. 다른 자녀들이 있나요?"

나는 고개를 저었다.

"한 명도?"

"없어. 너는?"

"없어요."

샌드백이 이리저리 흔들렸다.

"나도 아버지와 마찬가지로 혼란스러워요. 어쩌다 아버지가 있다는 생각을 할 때면 화가 치밀었어요. 그게 아마 복싱을 배운 이유일 거예요. 아버지가 죽음에서 부활하는 날, 바닥에 때려눕히고 열까지 세어 패배를 영원히 확정지으려 했어요. 나를 버렸으니까."

램프 불빛이 허물어가는 벽을 비추었다. 나는 하리에트가 갑자기 얼음장 위에 나타나서는 숲 속 연못과 에움길을 요구했다고 이야기했다.

"내 이야기는 전혀 없었어요?"

"숲 속 연못 이야기만 했어. 그런 다음에는 자기 딸을 만나 달라고 했지."

"엄마를 내쫓아야겠네요. 나와 아버지를 모두 속였어요. 하지만 아픈 사람을 내쫓으면 안 되겠지요?"

루이제는 한 손을 샌드백에 대서 움직이지 않게 했다.

"엄마가 곧 죽는다는 게 사실인가요? 아버지는 의사잖아요. 그게 정말인지 아시겠네요."

"무척 많이 아파. 언제 죽을지는 몰라. 아무도 알 수 없지."

"내 옆에서 죽는 건 싫어요."

루이제가 천장에서 램프를 떼어내 불을 껐다.

실내가 칠흑같이 어두워졌다. 루이제가 내 손을 잡았다. 강한 손이었다.

"아버지가 와서 기뻐요. 마음속 깊은 곳에서 나는 아버지가 그저 잠깐 동안만 사라졌다고 굳게 믿고 있었어요."

"아이가 생기리라고는 정말 생각도 못 해봤다."

"아이가 아니지요. 중년이 다 되어가는 성인 여자예요."

우리가 헛간에서 나오자, 루이제의 실루엣이 보였다. 별들로 가득한 밤하늘이 가까이 다가왔다.

"노를란드의 밤이 칠흑처럼 어두워지는 일은 절대 없어요. 도시에서는 이제 더 이상 별을 볼 수 없잖아요. 난 그래서 여기 살아요. 도시에서 살 때는 어둠과 적막함이 그리웠어요. 하지만 무엇보다도 별빛이 보고 싶었지요. 무한히 이용할 수 있는 환상적인 자연자원이 이렇게 있다는 생각은 왜 아무도 하지 않는지 모르겠어요. 적막함을 숲이나 광석처럼 파는 사람은 아무도 없잖아요."

 나는 루이제의 말이 무슨 뜻인지 금방 알아챘다. 적막함과 별이 반짝이는 밤하늘, 그리고 어쩌면 외로움도 이제 많은 사람들에게는 불가능해졌다. 루이제와 나는 만난 적도 없지만 서로 비슷한 모양이었다.

 "난 복싱 친구들과 사업을 하나 계획하고 있어요. 별들로 반짝이는 고요한 이 밤을 팔 거예요. 언젠가 우리는 아주 부자가 될 거예요. 분명해요."

 "친구들이 누구지?"

 "여기서 북쪽으로 몇 킬로미터 떨어진 곳에 폐허가 된 마을이 있어요. 1970년대 어느 날에 마지막 주민이 그 마을을 떠났어요. 집들은 텅 비었고, 여름 별장으로 사용하려는 사람들도 없었어요. 그러다가 이탈리아 출신 구두공 아저씨 자코넬리가 여행을 하던 중에 그곳의 적막함에 반해서 눌러앉게 되었대요. 지금은 빈 집 중 한 곳에 살면서, 일 년에 구두 두 켤레를 만들어요. 매년 5월 초가 되면 헬리콥터가 그의 집 뒤편 들판에 착륙해요. 파리에서 온 남자가 구두를 가져가면서 돈을 지불하고, 자코넬리가 다음 해에 만들어야 할 구두를 주문하지요. 오래 전에 문을 닫은 스파르만의 가게에는 늙은 록 가수가 살아요. 그 남자는 자신을 거의 언제나 '붉은 곰'이라고 불러요. 두개의 옐로우 싱글을 취입했고, 록 라예, 록 올가와 함께 스웨덴 록 제국의 왕좌를 두고 다투었어요. 머리카락이 아주 새빨개요. '페기수'를 아주 멋지게 취입했어요. 하지만 우리가 복싱 링에 탁자를 놓고 여름 축제를 벌일 때면, 우리는 모두 그에게 '더 그레이트 프리텐더'를 부르라고 해요."

나는 플래터스가 부른 오리지널 곡을 잘 기억하고 있었다. 하리에트와 나는 그 곡에 맞추어 춤을 추었다. 조금만 생각해본다면 모든 소절이 기억날 것 같았다.

하지만 붉은 곰과 그의 옐로우 싱글들은 내가 알지 못하는 내용이었다.

"이 인근에 독특한 사람들이 많이 사는가 보구나."

"독특한 사람들은 어디에나 있어요. 하지만 늙었기 때문에 보는 사람이 없지요. 우리는 노인들이 유리처럼 투명해야 하는 시대에 살고 있어요. 노인들은 사람들 눈에 띄지 않아야 하지요. 아버지도 점점 더 투명해질 거예요. 엄마는 이미 투명해졌고."

우리는 말없이 서 있었다. 멀리 캠핑카의 불빛이 보였다.

"가끔 눈밭에서 침낭에 들어가 눕고 싶다는 생각을 해요."

루이제가 다시 입을 열었다.

"보름달이 떴을 때의 푸른빛은 마치 사막에 있다는 느낌을 줘요. 그곳도 밤이면 춥잖아요."

"난 사막에 가 본 적이 없어. 모래가 날아다니는 스카엔도 사막으로 친다면 몰라도."

"언젠가는 바깥에서 잘 거예요. 다시는 깨지 않을 거라는 위험을 무릅써야겠지요. 여기 인근에 록 가수만 있는 건 아니고 재즈 음악가도 있어요. 내가 여기 바깥에 눕는다면, 그 사람들은 나를 둘러싸고 느린 애가를 연주할 거예요."

루이제를 따라 눈길을 걸었다. 멀리 어디선가 밤새가 노래했다. 별들이 꺼졌다가 다시 점등되는 것 같았다. 나는 루이제가 한 말을 이해하려고 애를 썼다.

이상한 저녁이었다.

캠핑카에 도착해서 루이제는 음식을 준비했다. 하리에트와 나는 좁은 침대에서 꼼짝하지 않고 있었다. 어디서 잘지 정해야 한다고 내가 말하자 루이제는 우리 셋 모두 침대에서 잘 수 있다고 대답했다. 아니라고 말하고 싶었지만 엄두가 나지 않았다. 루이제가 양철통에 든 포도주를 따랐다. 도수가 무척 높았고, 구스베리 맛이 났다. 그런 다음 고라니 고기가 들어 있다는 냄비요리를 내왔다. 친구가 온실에서 기른 채소도 넣었다고, 그 친구는 온실에서 산다고 했다. 올로프라는 그 남자는 오이들 사이에 누워 잠을 자는데 루이제가 봄에 복싱 링에서 만나는 친구들 가운데 한 명이라고 했다.

우리 셋은 금세 취했다. 가장 많이 취한 하리에트는 깜박깜박 졸았다. 루이제는 잔을 비우고 나서 우스꽝스럽게 이를 딱딱 마주쳤다. 나는 너무 취하지 않으려고 조심했지만 소용이 없었다.

점점 더 혼란스러워지는 이야기 속에서 나는 루이제와 하리에트가 함께 살아온 날들을 차츰 짐작할 수 있었다. 둘은 늘 연락을 하며 지냈지만 자주 싸웠고, 의견일치를 볼 때가 거의 없었다. 그러나 서로 사랑했다. 나는 분노하기도 하지만 강한 사랑으로 묶여 있는 가족을 얻었다.

우리는 오랫동안 개에 대해 이야기했다. 줄에 묶여 있는 개가 아니라 아프리카 평지에서 뛰어노는 야생 개들에 관한 이야기였다. 내 딸은 숲의 친구들, 그러니까 아프리카 개떼가 생각난다고 말했다. 그 개들은 노를란드 개떼를 만나자 꼬리를 흔들더라고 했다. 나는 어떤 품종들이 섞였는지 정확하게 모르는 개를 한 마리 기른다고 말했다. 루이제는 그 개가 할아버지와 할머니의 섬에서 자유롭게 돌아다니고 있다는 말을 듣자 그게 옳다는 듯이 고개를 끄덕였고, 고양이에게도 관심을 보였다.

루이제는 독주와 구스베리 포도주에 취해 잠이 든 하리에트에게 조심스럽게 이불을 덮어주었다.

"엄마는 항상 코를 골았어요. 어릴 때는 엄마가 코를 고는 게 아니라, 보이지 않는 아버지가 매일 밤 찾아와서 코를 곤다고 상상했어요. 코를 고나요?"

"그래."

"고맙습니다! 아버지에게 건배."

"딸에게 건배."

루이제는 잔을 채우다 술을 흘리자 탁자로 흘러내린 포도주를 손바닥으로 닦아냈다.

"자동차가 멎는 소리가 들려 바깥으로 나갔을 때, 엄마가 이번에는 어떤 늙은 놈을 물고 왔나 했어요."

"엄마가 이런저런 남자들을 데리고 오는 일이 잦아?"

"남자가 아니라 늙은 놈들요. 여기로 태워다주고 다시 데려다주는 누군가를 엄마는 언제나 찾아내요. 스톡홀름 쇠데르의 어느 빵집에 앉아 슬프고 지친 표정만 짓고 있으면 되지요. 그러면 누군가 나타나서는 혹시 도울 일이 없는지, 차로 집에까지 데려다줄지 물어요. 엄마는 보행 보조기를 화물칸에 싣고 자동차에 앉은 뒤에야 북쪽으로 약 300킬로미터 떨어진 곳에 산다고, 후딕스발 바로 아래라고 말하지요. 놀랍게도 거의 모든 놈들이 여기까지 데려다줘요. 하지만 엄마는 금방 자기 행동을 후회하고 새로운 놈으로 바꿔버려요. 인내심이 없는 거지요. 내가 아직 사춘기일 때, 일요일 아침마다 새로운 남자가 엄마 침대에 누워 있는 거예요. 난 둘이 누운 침대에 뛰어들어가, 나라는 존재가 있다는 불편한 사실을 알리며 두 사람을 깨우는 걸 좋아했어요."

나는 캠핑카 바깥으로 나가 소변을 보았다. 반짝이는 밤이었다. 루이제가 제 엄마 머리 밑에 베개를 받쳐주는 모습이 유리

창으로 보였다. 울고 싶었다. 도망치고도 싶었다. 차를 타고 그대로 사라지고 싶었다. 그러나 계속 유리창으로 안을 들여다보았다. 내가 거기 서서 몰래 보고 있다는 것을 루이제가 안다는 느낌이 들었다. 그녀가 갑자기 유리창 쪽으로 몸을 돌리더니 미소를 지었다.

차를 타는 대신 캠핑카 안으로 다시 들어갔다. 우리는 좁은 캠핑카에 앉아 상대방을 넌지시 알아보기 위한 대화를 이어갔다. 그러나 내 생각에 우리 둘 모두 원래 하고 싶던 말은 하지 않는 것 같았다. 루이제가 서랍에서 사진첩을 꺼냈다. 색이 바랜 흑백사진들도 있었지만 60년대의 질 나쁜 칼라사진들이 더 많았다. 사진마다 플래시가 눈에 반사되어 뱀파이어가 노려보는 것처럼 보였다. 거기 내가 떠난 여자, 그리고 늘 하나 있으면 좋겠다고 생각했던 딸의 사진들이 있었다. 성인 여자가 아니라 어린 소녀인 딸. 아이의 시선에는 사람들에게 자기를 드러내기 싫어하는 듯한 뭔가가 있었다.

내가 사진첩을 넘기는 동안 루이제는 묻는 말에 대답만 할 뿐 별로 말이 없었다. 이 사진 누가 찍었어? 여긴 어디지? 일곱 살이 되던 해 여름, 루이제는 하리에트와 릭카르드 문테르라는 남자와 함께 바르베리 외곽의 예테뢴에서 몇 주를 보냈다. 릭카르드 문테르는 튼튼한 체격에 대머리였고, 말아 피우는 담배를 늘 입에 물고 있었다. 나는 그가 내 딸이 어릴 때 함께 있었다는 사실

숲 155

에 약간 질투심을 느꼈다. 그는 몇 년 뒤에 죽었는데, 그때는 하리에트와의 관계가 이미 끝난 뒤였다. 굴삭기가 넘어져 치어죽었다고 했다. 이제 그는 담배와 붉게 반사된 눈동자로만 남았다.

사진첩을 덮었다. 양철통의 포도주가 거의 바닥났다. 하리에트는 여전히 자고 있었다. 나는 누구에게 편지를 쓰는지 루이제에게 물었다.

루이제는 고개를 저었다.

"지금은 말하고 싶지 않아요. 내일 일어나면, 취기가 모두 사라지면. 그때 말씀드릴게요. 이제 자야 해요. 평생 처음으로 부모님 사이에서 자게 되었네요."

"이 침대에서 모두 잘 수는 없어. 내가 바닥에서 자야겠다."

"잘 수 있어요."

루이제는 하리에트를 조심스럽게 옆으로 밀고, 컵과 유리잔을 치운 뒤 탁자를 접었다. 침대를 조금 더 넓힐 수는 있었지만 내가 보기에는 여전히 너무 좁았다.

"아버지 앞에서는 옷을 벗지 않을 거예요."

루이제가 말했다.

"나가세요. 이불 속에 들어간 뒤에 벽을 두드릴게요."

나는 루이제가 하라는 대로 했다.

별이 총총한 하늘이 빙 도는 것 같았다. 발을 헛디뎌 눈에 넘어졌다. 내가 딸을 하나 얻었구나. 어쩌면 그 딸은 시간이 지나면 예전에 한 번도 만난 적이 없기는 하지만 그래도 아버지를 좋아하게 될지도 모른다. 사랑하게 될지도.

내 인생이 보였다.

나는 이제 여기까지 왔다. 교차로가 몇 번 더 남아 있을 수도 있지만 아주 많지는 않을 것이다. 그리고 남은 날이 더 이상 길지도 않다.

루이제가 벽을 두드렸다. 램프들은 모두 꺼지고, 작은 냉장고 위에 촛불이 하나 켜져 있었다. 두 얼굴이 나란히 있었다. 안쪽 구석에는 하리에트, 그 옆에는 내 딸의 얼굴이었다. 저 좁은 침대 한 쪽이 내가 누울 자리군.

나는 겉옷만 벗고 러닝셔츠와 팬티는 그대로 입었다. 촛불을 끄고 이불 속으로 기어들었다. 루이제와 몸이 닿았다. 놀랍게도 루이제는 벌거벗은 채 누워 있었다.

"잠옷을 입으면 좋겠구나. 네가 벌거벗고 있으면 옆에서 잘 수 없어. 이해해줘."

루이제는 나를 타고 넘어 바닥에 내려서서 원피스처럼 보이는 옷을 입었다. 그러고는 다시 침대에 누웠다.

"우리 이제 자요. 드디어 아버지 코고는 소리를 듣게 되었네요. 아버지가 잠들 때까지 깨어 있을 거예요."

하리에트는 자면서 뭐라고 중얼거렸다. 그녀가 돌아눕자 우리 둘도 돌아누워야 했다. 루이제의 몸은 따뜻했다. 그녀가 아

숲 157

이라면, 잠옷을 입고 내 옆에서 평온하게 잠드는 어린 소녀라면 얼마나 좋을까. 내 인생에 갑자기 뛰어든 성인 여자가 아니라.

내가 언제 잠이 들었는지는 기억나지 않는다. 돌려 눕기가 끝날 때까지는 시간이 한참 더 걸렸다. 잠에서 깼을 때 침대에는 나밖에 없었다.

캠핑카는 비어 있었다. 자리에서 일어나 문을 열어보지 않아도, 내 차가 사라졌다는 사실을 알 수 있었다.

3

루이제가 차를 돌려 떠나는 모습이 눈에 들어왔다. 불현듯 이 모든 것이 처음부터 계획적이었으리라는 생각이 들었다. 하리에트가 날 찾아와 미지의 딸과 나를 만나게 해 놓고는 내 차를 타고 도망가 버렸다. 나는 이곳 숲 속에 버려졌다.

15분 전 10시였다. 날씨가 바뀌어 이제 영상의 날씨였다. 지저분한 캠핑카에서 물방울이 뚝뚝 떨어졌다. 나는 다시 안으로 들어갔다. 머리가 아프고 입술이 바짝 말라왔다. 떠나는 이유를 설명하는 쪽지는 없었다. 커피가 담긴 보온병이 탁자 위에 놓여 있었다. 금이 간 컵을 하나 꺼냈다. 유기농 제품을 파는 편의점 광고가 새겨진 컵이었다.

숲이 캠핑카로 점점 더 가까이 다가오는 듯했다.

커피는 진했다. 숙취도 심했다. 커피 잔을 들고 바깥으로 나갔다. 숲에 안개가 끼어 있었다. 멀리서 총 소리가 들렸다. 나는 숨을 멈추었다. 총 소리가 한 번 더 들리더니 조용해졌다. 모든 소리가 적막 속으로 들어오기 위해 줄을 서는 듯한 느낌이었다. 망설이며, 하나씩 차례로.

다시 안으로 들어가 체계적으로 캠핑카를 뒤지기 시작했다. 좁은 공간이었지만 짐을 쌓아둔 공간은 놀랍도록 많았다. 루이제는 질서있게 정리해두었다. 갈색 옷을 즐겨 입는군. 이따금 어두운 붉은색도 입지만 대부분은 황토색이네.

뚜껑에 1822라는 연도가 새겨진 작고 오래된 상자 속에 놀랍게도 꽤 큰돈이 들어 있었다. 1,000짜리와 500짜리 지폐들로 모두 47,500크로네였다. 그 다음에 서류와 편지들이 들어 있는 상자로 넘어갔다.

서명이 들어 있는 에리히 호네커의 사진이 가장 먼저 눈에 띄었다. 1986년에 찍은 사진으로, 발신 주소는 스톡홀름 주재 동독 대사관이었다. 상자에는 사진이 몇 장 더 있었는데 모두 서명된 사진들이었다. 고르바초프와 로널드 레이건, 그리고 정치가들이라고 짐작되는 몇몇 아프리카 사람들의 사진이었다. 오스트레일리아 총리의 사진도 있었지만 이름을 읽을 수 없었다.

두번째 상자 속에는 편지들이 가득 들어 있었다. 다섯번째 편지를 읽고 나자, 내 딸이 무슨 일을 하는지 어렴풋이 감이 잡혔다. 루이제는 전 세계의 정치 지도자들에게 편지를 써서, 그들이 자국민과 다른 나라 국민을 다루는 방식에 항의했다. 봉투마다 루이제가 휘갈겨 쓴 편지의 복사본과 나중에 받은 답장이 들어 있었다. 에리히 호네커에게는 베를린을 가르는 장벽은 치욕이라고 분노하는 편지를 영어로 써 보냈다. 답장으로 받은 것은 흐릿하게 보이는 군중에게 연단에서 손을 흔드는 호네커의 사진이었다. 마거릿 대처에게는 파업하는 광부들을 이성적으로 대하라고 썼는데 철의 여인에게서 온 답장은 발견할 수 없었다. 어쨌든 봉투에는 핸드백을 높이 든 대처의 사진밖에 없었다. 그런데 루이제가 어디서 돈을 받을까? 이 의문에 대한 대답은 찾지 못했다.

그 이상은 뒤지지 못했다. 자동차 소리가 들렸기 때문이다. 나는 상자들을 제자리에 넣어두고 바깥으로 나갔다. 차가 젖은 눈 속에서 미끄러졌다.

루이제가 화물칸에서 보행 보조기를 꺼냈다.

"아버지를 깨우고 싶지 않았어요. 아버지가 코골기의 예술을 다룰 줄 알아서 기뻐요."

그러고는 하리에트가 차에서 나오는 것을 도왔다.

"우리 쇼핑했어. 스타킹과 치마, 모자를 샀지."

하리에트가 즐거운 목소리로 말했다.

루이제가 옷이 든 봉투 몇 개를 뒷좌석에서 꺼내며 말했다.

"엄마는 언제나 옷을 아무렇게나 입었어요."

루이제가 하리에트를 잡고 미끄러운 경사 길을 오르는 동안 나는 봉투들을 캠핑카로 날랐다.

"우리는 식사했어요. 시장하세요?"

루이제가 물었다.

배가 고팠지만 고개를 저었다. 루이제가 묻지도 않고 내 차를 타고 나간 게 마음에 들지 않았다.

하리에트는 침대에 누워 쉬었다. 소풍이 즐거웠지만 무척 힘들었다는 것도 알 수 있었다. 그녀는 곧 잠이 들었다.

루이제는 하리에트가 산 붉은 모자 포장을 풀었다.

"엄마에게 잘 어울려요. 맞춘 것처럼."

"하리에트가 모자를 쓴 모습은 한 번도 못 봤다. 젊은 시절에 우린 아무것도 머리에 쓰지 않았어. 추워도 말이야."

루이제가 모자를 다시 상자에 넣고 캠핑카를 둘러보았다. 내가 혹시 무슨 흔적을 남긴 건 아닐까? 루이제는 내 쪽으로 몸을 돌려 출입문 옆의 신문 위에 놓인 내 구두를 한참 바라보았다. 오랫동안 신어 다 닳은 구두였다. 구두끈을 끼우는 구멍들도 너덜거렸다.

루이제가 자리에서 일어나 하리에트에게 조심스럽게 이불을 덮어주고는 재킷을 입었다.

"우리 나가요."

그거 좋지. 두통이 생길 것 같으니까.

우리는 캠핑카 앞에 서서 차가운 공기를 깊이 들이마셨다. 며칠 동안 항해일지를 쓰지 않았다는 생각이 들었다. 습관을 깨는 게 마음에 걸렸다.

"아버지 자동차는 정비가 잘 안되어 있어요. 브레이크 상태가 매번 다르더군요."

"나한테는 쓸 만해. 우리 어디로 가지?"

"좋은 친구에게 가요. 아버지에게 선물을 하고 싶어요."

나는 질퍽한 눈 속에서 차를 돌렸다. 간선도로로 나오자 루이제가 왼쪽으로 꺾으라고 했다. 나무를 실은 화물차들이 짙은 눈보라를 일으켰다. 몇 킬로미터 더 가서 루이제가 오른쪽을 가리켰다. 표지판을 보니 우리는 모셰르브스뷘으로 가는 중이었다. 대충 치워진 도로를 따라 가문비나무들이 촘촘하게 서 있었다. 루이제가 유리창으로 바깥을 내다보며 나지막하게 노래를 흥얼거렸다. 나도 아는 노래였지만 제목은 생각나지 않았다.

갈림길이 나타났을 때 루이제가 왼쪽을 가리켰다. 1킬로미터를 더 가자 숲에 공터가 나타났다. 마당들이 줄지어 있었지만 건물들은 텅 빈 폐허였다. 거리 끝의 2층 집만 마치 살아 있다는 신호를 보내듯 굴뚝에서 가느다란 연기가 났다.

"로마의 비아 살란드라."

루이제가 말을 꺼냈다.

"내가 살아 있는 동안 언젠가 한 번 가고 싶은 거리예요. 로마에 가본 적 있어요?"

"갈 기회가 여러 번 있었지. 하지만 네가 말하는 거리는 모르겠다."

루이제를 따라 차에서 내렸다. 100년은 분명히 넘어 보이는 목조 가옥에서 오페라 음악이 울려나왔다.

"여기 자코넬리 마테오티라는 천재가 살아요. 이제 늙었지요. 한창 때는 유명한 구두 제조업자 가족인 자토네서 일했어요. 아주 젊은 시절에는 20세기 초에 공장을 세운 안젤로 자토에게서 직접 배웠대요. 자코넬리는 구두에 관한 지식을 숲으로 가지고 왔지요. 시끄러운 자동차들과 참을성이 없는 잘난 고객들을 견딜 수 없었다고 해요. 좋은 구두를 만들려면 인내와 시간이 필요하다는 사실을 존중하지 않는 고객들 말이에요."

루이제는 내 눈을 바라보더니 미소를 지었다.

"선물을 하고 싶어요. 자코넬리에게 아버지 구두를 지으라고 하려고요. 아버지가 지금 신은 구두는 발에 대한 모독이에요. 자코넬리는 우리가 걷거나 달릴 때, 발가락 끝으로 서서 발레를 하거나 아니면 그저 높은 책장에 닿으려고 발끝으로 설 때 전제 조건이 되는 작고 아름다운 뼈들과 근육들에 대해 나에게 모두 설명해주었어요. 난 음악 감독이나 지휘자, 의상 또는 자기가 내야 할 높은 음에 전혀 신경을 쓰지 않는 오페라 여자 가수들을 알아요. 제대로 된 구두만 신고 노래할 수 있다면 말이지요."

나는 루이제를 뚫어지게 바라보았다. 우리 아버지가 이야기를 하는 듯한 느낌이었다. 괴롭힘을 당하던 웨이터, 이미 오래전부터 무덤에 누워 있는 아버지. 아버지도 오페라 가수에 대해 이야기했다.

내 아버지와 내 딸이 이야깃거리를 많이 공유할 수도 있었겠다고 생각하니 이상한 기분이 들었다.

그런데 나에게 선물하겠다는 구두는? 나는 반대하려고 했지만 루이제가 손을 들어 나를 제지하고는 계단을 올라가 고양이를 옆으로 밀고 현관문을 열었다. 오페라 음악이 우리를 향해 몰려나왔다. 뒤쪽에 있는 방에서 나오는 소리였다. 우리는 마테오티의 생활공간, 그가 구두에 쓸 가죽과 구두골(나무로 만든 구두 모형-옮긴이)을 보관하는 방을 지나갔다. 그가 손으로 직접 썼으리라고 짐작되는 경구가 벽에 걸려 있었다. 장자라는 사람이 한 말이었다. "사람들은 신발이 발에 꼭 맞으면 발의 존재를 잊는다."

한 방에는 방바닥에서 천장까지 목재 구두골로 가득했다. 구두골 한 쌍마다 이름표가 달려 있었다. 루이제가 여기저기서 구두골을 꺼냈다. 이름표를 본 나는 놀라움을 금치 못했다.

지금은 고인이 된 미국 대통령들의 이름이 적혀 있었다. 사람은 죽었지만 구두골은 여전히 남았다. 지휘자와 배우들, 나중에 유죄판결을 받거나 성인으로 추앙받은 사람들의 이름표도 보였다. 이렇게 유명한 발들에 둘러싸여 걷는다는 것은 현기증이 일어나는 기이한 경험이었다. 구두골 스스로 눈길을 지나고 젖은 바닥을 걸어와, 내가 아직 만나지 못한 장인이 아름다운 구두를 제작할 수 있게 하는 듯한 느낌이 들었다.

"구두 한 짝을 만들려면 200번의 작업 단계가 필요해요."

루이제 말에 내가 대답했다.

"구두가 보석이 된다니 굉장히 비싸겠구나."

루이제가 미소를 지었다.

"자코넬리는 나한테 신세를 졌어요. 보은하게 되었다고 기뻐할 거예요."

보은하다.

누군가 이렇게 고풍스러운 단어를 발음하는 것을 내가 마지막으로 들은 게 언제였던가? 기억나지 않았다. 대도시에서는 단어들이 권리를 박탈당하고 추방되는 반면, 깊은 숲 속의 언어는 다른 방식으로 살아남는 건가?

우리는 낡은 집을 계속 돌아보았다. 곳곳에 구두골과 도구들이 있었다. 무두질한 냄새가 나는 동물 가죽들이 여러 장으로 묶인 채 나무 탁자 위에 놓여 있는 방도 있었다.

음악이 그쳤다. 오페라가 끝났다. 우리가 움직일 때마다 낡은 널빤지가 삐걱거렸다.

"아버지가 발을 씻었기를 바라요."

문이 닫혀 있는 마지막 방 앞에 섰을 때 루이제가 말했다.

"안 씻었다면 무슨 일이 벌어지는데?"

"자코넬리는 아무 말도 하지 않아요. 하지만 겉으로 표현하지는 않더라도 슬퍼할 거예요."

루이제가 노크하고 문을 열었다.

도구들이 단정하게 줄지어 놓인 탁자에 한 노인이 구두골 위로 몸을 굽힌 채 일하고 있었다. 구두골의 일부에는 가죽이 덮여 있었다. 노인은 안경을 쓰고 있었고, 목덜미에 몇 올 남은 머리카락만 빼고는 대머리였다. 무척 마른 노인이었다. 체중이 거의 나가지 않는다는 인상을 풍기는 사람들 중의 한 명이었다. 그 방에는 탁자 하나만 있을 뿐, 벽에는 아무것도 걸려 있지 않았다. 구두골이 놓인 책장도 없고, 텅 빈 나무 벽뿐이었다. 창가에 놓인 라디오에서 음악이 흘러나왔다. 루이제는 몸을 숙여 노인의 이마에 입을 맞추었다. 노인은 루이제를 만나 기쁜 듯했다. 만들고 있던 갈색 구두를 조심스럽게 손에서 내려놓았다.

"우리 아버지예요."

내 딸이 말했다.

"긴긴 세월이 흐른 뒤에 돌아왔지요."

"선한 사람은 언제나 돌아오지."

자코넬리가 서툰 스웨덴 어 억양으로 대답했다.

그가 자리에서 일어나 내 손을 굳게 잡았다.

"딸이 참 아름다워요. 게다가 탁월한 복싱선수라오. 많이 웃고, 내가 도움이 필요하다고 하면 잘 도와주지요. 그동안 왜 오지 않았소?"

자코넬리가 내 손을 계속 잡고 있었다. 그의 손에 힘이 더 들어갔다.

"오지 않은 게 아니랍니다. 딸이 있다는 걸 몰랐어요."

"남자는 자기에게 자식이 있는지 없는지 마음속 깊은 곳에서 언제나 알고 있지요. 어쨌든 당신은 돌아왔어요. 루이제가 기뻐하는군요. 내가 알아야 할 것은 그 사실뿐이라오. 루이제는 당신이 숲을 지나서 와주기를 아주 오랫동안 기다렸어요. 어쩌면 당신은 스스로도 의식하지 못하는 사이에 그동안 내내 이곳으로 오는 중이었는지도 모르지요. 숲의 오솔길이나 도시에서와 마찬가지로, 자기 안에서도 길을 잃기 쉬운 법이라오."

우리는 자코넬리의 부엌으로 갔다. 금욕적인 작업실과는 반대로 부엌은 그릇들로 가득했다. 천장에는 말린 허브들과 마늘 묶음들이 매달려 있고, 아름답게 깎아 만든 선반에는 석유램프와 향신료 통들이 줄지어 늘어서 있었다. 부엌 중간에는 크고 무거운 식탁이 놓여 있었다.

자코넬리는 내 눈길을 좇다가, 매끄러운 식탁 표면을 손으로 훑었다.

"너도밤나무지요. 나는 이 멋진 나무로 구두골을 만든다오. 예전에는 프랑스에서 나무를 받았어요. 언덕에서 자라고, 그늘에서도 잘 견디고 예상치 못한 심한 기후 변화에도 영향을 받지 않는 너도밤나무만큼 좋은 구두골 재료는 없지요. 벨 나무들은 언제나 창고로 옮기기 이삼 년 전에 직접 골랐어요. 나무는 늘 겨울에 베었는데, 2미터 길이로 쪼갰지요. 그것보다 길면 안 되요. 그러고는 오랫동안 바깥에 보관하지요. 스웨덴으로 이사 와서는 나무를 공급해주는 사람을 스코네 주에서 한 명 찾았어요. 이제 매년 돌아다니며 나무를 고르기에는 내가 너무 늙었다오. 그래서 걱정이 많았지요. 하지만 구두골을 만드는 일은 점점 줄어들어요. 이 집을 거닐면서, 내가 구두를 더 이상 만들지 않는 날이 이제 곧 다가오겠구나 생각한다오. 이 식탁은 벨 나무를 고르는 그 남자가 내가 90세가 되던 해에 선물한 거랍니다."

늙은 장인은 우리에게 자리를 권하고, 식물 내피 끈으로 만든 주머니에 든 포도주 병을 가지고 왔다. 적포도주였다.

그의 손은 포도주를 따라줄 때도 떨리지 않았다.

"돌아온 아버지에게 건배."

그가 잔을 높이 들어 올리며 말했다.

포도주는 무척 훌륭했다. 나는 외로운 섬에 살면서 부지중에 뭔가 그리워한 것이 있었다는 사실을 깨달았다. 친구들과 포도주 한 잔 하는 것.

자코넬리는 그동안 그가 만든 구두들, 언제나 다시 찾아오던 손님들, 그리고 그들이 사망한 뒤에 어느 날 불쑥 그의 작업실 문 앞에 나타난 그 손님들의 자녀에 관한 독특한 이야기를 풀어놓기 시작했다. 그러나 딱 맞는 구두골을 만들기 위해 그가 보고 측정한 발들에 대해 가장 많이 이야기했다. 모든 것이 그 위에서 휴식을 취하는 발, 살아가는 동안 나를 벌써 15만 킬로미터나 싣고 다닌 신체의 일부에 대해. 그리고 목말뼈가 발의 힘에 미치는 영향을……. 나는 작고 별 의미 없어 보이는 뼈들에 대한 이야기에도 관심이 많이 갔다. 자코넬리는 발의 뼈와 근육들을 모두 알고 있는 듯했다. 그의 이야기 가운데 많은 내용은 내가 의학공부를 하면서 배웠던 것들이었다. 예를 들어 힘과 지속성과 유연성을 위해 모든 근육들이 짧다는, 믿을 수 없을 만큼 교묘한 해부학적인 구조에 관한 것도 그중 하나였다.

루이제는 자코넬리에게 내 구두를 한 켤레 만들어달라고 했다. 그는 생각에 잠긴 표정으로 고개를 끄덕이더니, 내 얼굴을 한참 바라보고 나서야 내 발에 관심을 보였다.

그는 땅콩과 아몬드가 들어 있는 도기 그릇을 옆으로 밀고 나에게 식탁 위로 올라가라고 말했다.

"신발과 양말을 벗어요. 요즘 제화공들 중에 양말을 신긴채 발을 재는 사람들이 있다는 거야 알고 있지만, 나는 구식 사람이라 아무것도 걸치지 않은 발을 보고 싶어요. 발만 말이오."

 구두를 만들려고 내 발을 재게 되리라고는 평생 단 한 번도 생각하지 못했다. 잠시 망설이다가 낡은 구두를 벗고 양말도 벗은 다음 식탁 위로 올라갔다. 자코넬리는 슬픈 표정으로 내 구두를 바라보았다. 루이제는 손님들 발을 잴 때 여러 번 옆에 있었던 듯 뒷방으로 가더니 종이 몇 장과 책받침, 연필을 들고 왔다.

 의식을 치르는 듯한 분위기였다. 내 발을 보던 자코넬리가 손가락으로 발을 쓰다듬으며 내 건강이 좋은지 물었다.

 "그럴 겁니다."

 "완벽하게?"

 "두통이 있어요."

 "발은 어떻소?"

 "어쨌든 아프지는 않습니다."

 "붓지는 않아요?"

 "예."

 "구두를 만들 때 가장 중요한 점은 평온한 상태에서 발을 재는 것이라오. 밤에 인공조명 아래서 재면 절대 안 되지요. 당신 발이 건강할 때만 재고 싶어요."

 나는 그가 혹시 농담을 하는 게 아닌지 생각했다. 그러나 루이제는 진지한 표정으로 받아쓸 준비를 했다.

자코넬리가 내 발을 판단하고 다양한 치수를 불러 기록하는 데 두 시간이나 걸렸다. 먼저 구두골을 제작한 다음, 내 딸이 나에게 선물할 구두를 만들 치수들이었다. 그 두 시간 동안 사람들이 보통 생각하는 것보다 훨씬 복잡하고 광대한 발의 세계에 대해 알게 되었다. 자코넬리는 눈에 보이지는 않지만, 내 양쪽 발이 안쪽 또는 바깥쪽 중 어디로 휘어지는가를 결정하는 장축을 오랫동안 찾았다. 발바닥에서 불룩하게 나온 부분과 발등의 형태를 검사하고, 평발은 아닌지, 새끼발가락이 밀려 있지는 않은지, 중간 또는 마지막 관절이 위로 솟거나 굽은 망치족지는 아닌지 등 특징적인 변형이 있는지 살폈다. 나는 자코넬리가 철저하게 따르는 황금률이 있음을 알아챘다. 최선의 결과는 가장 단순한 측정도구를 전제로 한다는 법칙. 그는 구두 뒤축 두 개와 제화용 줄자 하나만 사용했다. 노란 줄자는 눈금 종류가 두 개였다. 하나는 발 길이를 프랑스식 도량형인 바늘땀으로 재는 데 사용하는 것으로, 한 땀은 6.66밀리미터에 해당되었다. 다른 하나는 발의 폭과 둘레를 센티미터와 밀리미터로 재는 미터법이었다. 이 기구들 외에는 아주 오래된 갈고리 각도기만 사용했다. 내가 복사용 하얀 이중 종이 위에 올라서자 그는 평범한 연필로 내 발 윤곽을 그렸다. 일을 하는 내내 말을 하는 자코넬리는, 내가 외과의사로 일하던 초기에 자신들의 모든 움직임을 논평하고 모든 절개를 판단하고 환자의 출혈과 일반적인 상태를 계속 이야기하던 나이 많은 의사들을 연상시켰다. 그는 내 발의 윤곽을 그리면서, 이 일을 할 때는 연필의 각도가 정확하게 90도를 유지해야 한다고 설명했다. 각도가 90도보다 작으면 구두 사이즈가 적어도 한 사이즈 작아진다고 서툰 스웨덴 어 억양으로 말했다.

그는 발꿈치부터 시작하여 발의 윤곽을 그리는데, 언제나 발꿈치에서 시작하여 발 안쪽을 따라갔다가 다시 발꿈치로 돌아온다고 했다. 식탁과 내 발 사이에 종이 한 장밖에 없는데도 그는 나에게 발가락으로 바닥을 꽉 누르라고 말했다.

"좋은 구두는 신은 사람에게 발을 잊게 해주어야 합니다. 탁자 위나 펼쳐진 종이 위에서 인생을 사는 사람은 아무도 없지요. 발과 바닥은 하나라오."

오른발과 왼발이 똑같은 경우는 절대 없으므로 양쪽의 윤곽을 모두 그려야 했다. 자코넬리는 윤곽 그리기가 끝나자 엄지발가락과 새끼발가락 뼈의 위치, 그리고 발바닥과 발꿈치에서 가장 볼록하게 나온 위치를 표시했다. 발의 윤곽만 조심스럽게 그리는 게 아니라, 내가 짐작만 할 뿐 알지는 못하는 내적인 과정을 따르듯이 천천히 움직였다. 내가 존경하던 외과의사들에게서도 비슷한 행동을 본 적이 있다. 수술을 하는 동안 자기들만 아는 비밀스러운 뭔가를 창조하던 의사들이었다.

내가 드디어 식탁에서 내려오자, 그는 낡은 등나무 의자에 나를 앉히고 모든 과정을 다시 한 번 되풀이했다. 대가의 실력을 노를란드 깊은 숲 속에서 실행하기로 결정한 뒤에 로마에서부터 끌고 온 의자인 듯했다. 반복해서 측정할 때도 먼저와 마찬가지로 철저했지만 이번에는 이야기를 하지 않았고, 루이제와 내가 이 집에 도착했을 때 들리던 오페라를 흥얼거렸다.

측정이 끝나고 내가 양말과 불쌍한 구두를 다시 신은 뒤에 우리는 포도주를 한 잔 더 마셨다.

자코넬리는 내 발을 재느라 지쳤는지 피곤해 보였다.

"보라색 기운이 도는 검정 구두가 좋겠군요. 위에 자수 무늬와 끈을 맬 구멍이 있는 것으로. 고상하면서도 독특해 보이게 두 가지 종류의 가죽을 사용해야겠소. 200년 전에 무두질한 가죽을 구두 위쪽에 대고 만들면 특유의 색깔과 느낌이 난다오."

그가 병에 남은 포도주를 우리에게 마저 부었다.

"1년 뒤에 완성될 겁니다. 난 지금 바티칸의 추기경들 가운데 한 명의 구두를 만들고 있어요. 그리고 지휘자 세시넨의 구두를 만들어야 하고, 성악가 클린코바에게도 낭만주의 가곡을 부를 때 신을 구두를 만들어 주기로 약속했다오. 8개월 뒤에 당신 구두를 만들기 시작할 테니, 1년 뒤에는 완성됩니다."

우리가 잔을 비우고 그와 악수한 뒤 현관문을 지나 바깥으로 나오자, 작업실에서 다시 음악이 들려왔다.

우리는 점점 더 짙어지는 어둠 속을 달렸다. 버스 정류장에 가까워지자 루이제가 길을 꺾어 차를 세우라고 말했다.

"왜 서라고?"

내 물음에 루이제가 손을 내밀었다. 나는 그 손을 마주 잡았다. 나무를 실은 화물차가 굉음을 내고 지나가며 세찬 눈보라를 일으켰다.

"우리가 없을 때 아버지가 캠핑카를 뒤졌다는 거 알고 있어요. 상관없어요. 내 비밀은 아버지가 서랍이나 책장에서 찾아낼 수 있는 게 아니에요."

"네가 편지를 쓰고, 이따금 답장도 받는다는 걸 알았어. 하지만 네가 원하는 답장은 거의 없는 것 같더군."

"난 서명이 들어간 정치가들의 사진을 받아요. 내가 범죄자라고 부르는 정치가들이에요. 대부분은 회피적인 답장을 보내거나 전혀 보내지 않지요."

"네가 원하는 게 뭐지?"

"차이예요. 너무 작아서 어쩌면 읽지 못할 수도 있지만, 어쨌든 하나의 차이."

질문하고 싶은 게 많았으나 루이제는 미처 묻기도 전에 내 말을 막았다.

"나에 대해 뭘 알고 싶은데요?"

"넌 이곳 숲 속에서 독특한 삶을 살고 있어. 어쩌면 내 삶과 그다지 다르지 않을지도 모르지. 궁금한 모든 것을 묻기가 어렵구나. 하지만 나는 이따금 사람들의 말을 잘 들어주지. 그것 역시 의사가 하는 일이니까."

루이제는 한참 동안 입을 다물고 있다가 이야기를 시작했다.

"아버지 딸은 감옥에 수감되어 있었어요. 11년 전의 일이에요. 폭력은 아니고 그냥 사기였어요."

루이제가 차문을 조금 열었다. 차 안이 금방 차가워졌다.

"사실을 말하는 거예요. 아버지와 엄마는 서로 계속 거짓말을 한 것 같아요. 난 두 분처럼 행동하기는 싫어요."

"우린 젊었어."

내가 대꾸했다.

"올바르게 행동하기에는 우리 둘 다 스스로를 잘 몰랐다. 진실은 다루기 어려울 때가 있어. 거짓말이 더 간단하고."

"내가 어떻게 지냈는지 아버지가 알면 좋겠어요. 어렸을 때 나는 내가 다른 아기와 바뀌었다고 생각했어요. 그저 일시적으로 엄마와 같이 살고 있는 거라고. 그래서 진짜 부모님이 나타나기를 기다렸지요. 엄마와 나는 자주 싸웠어요. 엄마랑 같이 사는 게 쉽지 않다는 걸 아서야 해요. 아버지는 그걸 면한 거예요."

"무슨 일이 일어났지?"

루이제가 어깨를 으쓱했다.

"통상적인 불행이지요. 본드, 희석제, 마약, 무단결석. 하지만

숲 175

난 파멸하지 않았어요. 빠져나왔지요. 난 이때를 술래잡기를 하던 시기 정도로 기억하고 있어요. 눈에 수건을 가린 삶이었지요. 엄마는 도와주는 대신 욕을 퍼부었어요. 소리를 지르면 우리 사이에 사랑이 생긴다고 믿었던 모양이에요. 나는 기회만 있으면 가출했어요. 빚더미에 앉았고, 사기가 그 뒤를 따랐지요. 그러다가 결국 문이 쾅 닫힌 거예요. 내가 감옥에 있을 때 엄마가 몇 번이나 면회 왔는지 아세요?"

"한 번도 안 갔니?"

"딱 한 번. 석방되기 직전이었어요. 내가 집으로 가지 않는다는 걸 확인하기 위해서였지요. 그 뒤로 우리는 5년 동안 서로 말을 하지 않았어요. 다시 연락하기까지 그렇게 오래 걸렸어요."

"그 다음에는 무슨 일이 있었지?"

"이 지역에 살던 얀을 사귀게 되었어요. 그런데 어느 날 그가 침대에서 차갑게 식은 채 내 옆에 누워 있었어요. 얀의 장례식은 여기 가까운 교회에서 치렀는데, 내가 전혀 모르던 그의 친척들이 나타나더군요. 난 그때 불쑥 자리에서 일어나 노래를 하겠다고 말했어요. 어디서 그런 용기가 났는지. 아마 또 혼자 남겨졌다는 분노, 그리고 필요할 때는 나타나지 않던 친척들에 대한 분노 때문이었겠지요. 생각나는 거라고는 '한 선원이 바다 물결을 사랑하네'라는 노래의 1절뿐이었어요. 그걸 두 번 불렀지요. 세월이 흐른 뒤, 거기서 노래를 부른 게 내가 살면서 한

일 중에 아마 최고일 거라는 생각이 들었어요. 교회에서 나와 헬싱에의 푸른 숲을 보자 숲과 적막함을 향한 소속감이 몰려왔어요. 그래서 이곳으로 왔지요. 전혀 계획에 없이 모든 것이 우연이었지요. 다른 사람들은 여기를 떠나는데, 나는 도시에 등을 돌린 거예요. 상상도 하지 못하던 사람들을 이곳에서 만났어요. 그들에 대해 이야기해준 사람은 아무도 없었어요."

루이제는 이야기를 중단하더니, 차 안이 추워서 말을 계속하지 못하겠다고 했다. 그녀는 인생의 요약을, 책 뒷장에 적힌 글을 들려주었다. 그러나 나는 내 딸에 대해 여전히 알지 못했다. 그래도 어쨌든 딸이 말을 하기 시작했다.

차에 시동을 걸었다. 전조등이 어둠을 밝혔다.

"난 아버지가 나를 알기 원해요. 하나씩 차례로."

"다른 사람과 가까워지는 가장 좋은 방법은 천천히 다가가는 거지. 너와 나도 마찬가지야. 너무 빨리 다가가면 바닥에 가라앉게 돼."

"바다에서처럼 말이죠?"

"하지만 너무 늦게 발견하면 볼 수 없게 되지. 사람도 마찬가지고."

국도로 차를 몰고 나갔다. 나는 왜 내 인생에 발생한 대재난을 말하지 않는 걸까? 피로와 지난 며칠 동안의 혼란스러움 때문일까. 언젠가 이야기하겠지만, 지금 당장은 아니야. 나는 누군가 내 등 뒤에 서 있다고 느끼던 그 순간에, 그리고 보행 보조기에 의지하고 얼음장 위에 서 있던 하리에트를 본 그 순간에 계속 갇혀 있는 듯한 기분이었다.

나는 우울한 노를란드의 숲 속 깊은 곳에 있었다. 섬으로 돌아간다고 해도, 얼음 구멍을 깨기까지는 오랜 시간이 걸리겠지.

4

전조등과 그림자들이 눈 위를 스쳐갔다.

우리는 차에서 내려 숲의 적막함 속으로 걸어 들어갔다. 별이 빛나는 추운 밤이었다. 기온이 더 떨어질 것 같았다. 캠핑카 창문으로 흐릿한 불빛이 새어나왔다.

안에 들어가 하리에트의 호흡을 확인한 나는 뭔가 일이 벌어졌음을 알아챘다. 맥박이 빠르고 불규칙했다. 혈압계가 차에 있었다. 루이제가 뛰어가서 혈압계를 가져와 재보니, 혈압 수치가 너무 높았다.

하리에트를 자동차로 옮겼다. 루이제가 무슨 일이냐고 물었다. 외래진료 응급실로 가서 진찰을 받아야 한다고 대답했다. 뇌졸중이거나, 아니면 다른 뭔가가 발생했는지도 모른다. 알 수 없었다.

우리는 어둠을 뚫고 후딕스발로 향했다. 병원은 불을 켜고 승객을 기다리는 배처럼 그곳에 버티고 있었다. 친절한 간호사 두 명이 응급실에서 우리를 맞아주었다. 다행히 하리에트가 의식을 찾아서, 의사가 진찰을 시작했다. 루이제가 말을 하라는 듯이 나를 바라보았다. 그러나 나는 내가 의사였다는 것, 적어도 한때는 의사였다는 사실을 알리지 않았다. 하리에트가 암환자고 시한부라는 이야기만 했다. 그녀는 진통제를 먹는 게 다였다. 나는 그 약 이름을 종이에 써서 의사에게 주었다.

진찰을 마친 의사는 하리에트를 두고 지켜볼 수 있게 하룻밤 입원하는 게 좋겠다고 했다. 지금 보기에는 뇌졸중은 아닌 듯하지만 몸 상태가 극도로 불안정한 것 같다고 말했다.

하리에트가 다시 잠이 들자, 우리는 밖으로 나갔다. 두 시가 지났지만 밤하늘은 여전히 별이 총총하고 맑았다.

갑자기 루이제가 발걸음을 멈추었다.

"엄마가 지금 돌아가시나요?"

"아닐 거야. 하리에트는 강하니까. 보행 보조기로 얼음 위에서 움직일 수 있다는 건 아직 힘이 많다는 뜻이야. 내 생각에, 때가 되면 이야기할 것 같다."

"난 겁이 나면 늘 배가 고파요. 다른 사람들은 구역질이 난다는데, 나는 먹어야 해요."

시내로 들어오면서 밤새 문을 여는 햄버거 식당을 본 기억이

나 그곳으로 갔다. 대머리에 50년대 스타일의 뚱뚱한 록 가수인 듯한 몇명이 앉아 있었다. 그들 옆을 지날 때 포마드 냄새가 풍겼다.

얼핏 듣자니, 그들은 놀랍게도 스웨덴의 테너 가수 유시 비엘링에 관한 이야기를 하는 중이었다. 루이제도 시끄러운 취객들의 대화를 알아챘다. 그녀는 네 명의 남자들 가운데 한 사람을 살짝 가리켰다. 금 귀걸이를 하고, 뚱뚱한 뱃살이 허리띠 위로 넘치는 남자였다.

"브로르 올로프손이에요."

루이제가 목소리를 낮추어 말했다.

"이 밴드는 스스로를 '브러더 브러더스'라고 불러요. 브로르는 노래할 때 목소리가 무척 아름다웠어요. 어렸을 때 교회에서 독창을 했는데 청소년기에 록 가수가 되면서 노래를 그만두었대요. 사람들은 그가 훨씬 유명해질 수 있었다고, 오페라 가수도 되었을 거라고들 이야기해요."

나는 메뉴판을 들여다보며 말했다.

"여긴 왜 평범한 사람이 없지? 우리가 만나는 사람들은 왜 모두 이렇게 독특할까? 구두를 만드는 이탈리아 사람이든, 유시 비엘링에 대해 이야기하는 옛날 록 가수들이든."

"평범한 사람이란 없어요. 그런건 정치가들이 우리에게 강요하는 일그러진 세계상이에요. 그들은 우리를 독자적인 개인이라고 주장할 의지도 없는, 수많은 대중 속에 포함된 그저 그런 한 사람으로 밖에 여기지 않아요. 그리고 존재하지도 않는 평범함에 대해 필사적으로 이야기하지요. 평범함이란 사람들을 무례하게 다루는 특정한 정치가들이 대는 핑계에 불과해요. 난 스웨덴 정치가들에게도 편지를 써야겠다는 생각을 자주 했어요. 비밀부대에게."

"무슨 부대?"

"난 권력을 가진 사람들을 그렇게 불러요. 내 편지를 받고 아이돌 사진을 보내는 것 말고는 답장을 하지 않는 사람들. 권력의 비밀부대."

루이제는 소위 '왕의 식사'라는 것을 주문했고, 나는 커피와 스몰 사이즈의 감자튀김과 햄버거만 주문했다. 루이제는 정말 배가 고팠던지 쟁반에 담긴 모든 것을 한꺼번에 입속에 몰아넣을 기세였다.

루이제의 식탁예절은 나를 당황하게 만들었다.

가련한 아이 같구나. 정형외과 의사들과 함께했던 수단 여행이 떠올랐다. 지뢰에 사지가 절단되어 인공 보정기를 해야 하는 사람들을 위해 병원을 짓는 가장 좋은 방법을 조사하는 여행이었다. 그때 나는 머나먼 개발 원조 국가들에서 보내온 얼마 안 되는 쌀과 채소, 비스킷 한 쪽 등을 향해 죽을힘을 다해 달려드는 가련한 아이들을 보았다.

숲 181

식당에는 과거의 동굴에서 기어 나온 사람들처럼 보이는 록 가수 네 명 외에 화물차 운전사 몇 명도 있었다. 그들은 빈 쟁반 위로 몸을 숙이고 있었는데, 잠이 들었거나 인생의 덧없음에 대해 곰곰이 생각하는 듯한 자세였다. 열네댓 살 이상으로는 보이지 않는 소녀들도 몇 명 있었다. 뭔가 속닥거리다가 자지러지게 웃고는 다시 또 속닥거렸다. 사춘기 소녀들의 흔들리지 않는 친근함이었다. 입을 다물겠다는 약속을 해놓고는 곧장 깨버리고, 비밀을 지키겠다고 맹세하고는 최대한 빨리 소문을 낸다. 한밤중에 이런 장소에 있기에는 너무 어린 소녀들이었다. 화가 났다. 저 아이들은 지금 자야 할 시간이 아닌가?
　루이제가 내 시선을 좇았다. 그녀는 내가 커피 잔 뚜껑을 열기도 전에 풍성한 식사를 모두 마쳤다.
　"여기서 못 보던 아이들이네요. 이곳 아이들이 아니에요."
　"이 도시에 사는 사람들을 모두 알고 있니?"
　"예, 그냥 저절로 알게 돼요."
　커피를 마시려고 했지만 너무 진했다. 병원으로 돌아가기 전에 캠핑카로 가서 몇 시간이라도 자야 한다고 생각했지만, 동이 틀 때까지 거기 그대로 앉아 있었다. 록 가수들이 나갔다. 소녀들도 갔다. 화물차 운전사들은 언제 사라졌는지 알 수 없었다. 어느 순간 갑자기 눈에 띄지 않았다.
　루이제도 그들이 언제 갔는지 모른다고 했다.

"철새 같은 사람들이 있어요. 대부분은 밤에 남쪽이나 북쪽으로 이동하지요. 우리가 알지 못하는 사이에 다시 날아갔네요."

루이제가 차를 마셨다. 판매대 뒤에 있던 검은 머리의 두 남자는 잘 알아들을 수 없는 스웨덴 어로 이야기를 나누었다. 그들의 대화는 선율이 아름답긴 하지만 우울한 감정을 느끼게 하는 노래로 바뀌었다. 이따금 루이제는 병원으로 돌아가야 하는 게 아닌지 물었다.

"무슨 일이 생기면 연락하라고 병원에 네 전화번호를 주었잖아. 병원에 있으나 여기 있으나 마찬가지야."

우리는 끝없는 대화를, 거의 40년에 걸친 연대기를 나누어야 했다. 형광등이 번쩍이고 튀김 기름 냄새가 나는 식당이 어쩌면 이런 이야기에 적합한 자리가 아닐까?

루이제는 자기 삶에 대해 다시 이야기하기 시작했다. 언젠가 산악인을 꿈꾼 적이 있다고 했다. 이유를 묻자, 고소공포증이 있기 때문이라는 대답이 돌아왔다.

"그게 좋은 생각인가? 사다리에 올라가기를 두려워하는 사람이 경사가 급한 암벽에서 자일에 매달린다는 게?"

"고소공포증에 시달리지 않는 사람들보다 얻을 게 많으리라고 생각했어요. 라플란드에서 한 번 시도했는데, 가파르지 않은 바위였어요. 하지만 산악인의 꿈은 고산의 에리카 속에 남겨두었지요. 순스발(스웨덴 베스테르노를란드 주의 도시 – 옮긴이)쯤 되는 고도에서 잃어버린 내 꿈을 슬퍼하며 한껏 울고 나서, 그 꿈을 곡예로 바꾸기로 결정했어요."

"그 분야는 괜찮았어?"

"어쨌든 지금도 공 세 개로 꽤 오래 곡예를 할 수 있어요. 병 세 개로도. 하지만 진짜 잘한 적은 한 번도 없어요."

나는 루이제가 말을 이어가기를 기다렸다. 누군가 삐걱거리는 식당 문을 열었다. 문이 다시 닫히기 전까지 찬바람이 계속 들어왔다.

"내가 찾는 걸 정말 찾게 되리라고는 생각하지 못했어요."

루이제가 다시 입을 열었다.

"내가 뭘 원하는지 몰랐기 때문이지요. 내가 뭘 원하는지는 알았지만, 어떻게 찾아야 할지 몰랐다고 하는 게 더 맞겠군요."

"아버지를?"

그녀가 고개를 끄덕였다.

"놀이를 통해 아버지를 찾으려고 했어요. 거리에서 만나는 열한 번째 남자들이 모두 우리 아버지라고 생각했지요. 미래의 남편이 누군지 알고 싶어 한여름 밤에 꽃목걸이를 엮어본 적은 없었지만, 아버지가 보고 싶어서는 수없이 엮어봤어요. 그래도 아버지는 나타나지 않더군요. 언젠가 교회에서 예수가 밑에서 비추는 빛에 둘러싸여 공중에 떠 있는 것처럼 보이는 제단 성화를 봤어요. 예수를 십자가에 못 박은 로마 병사 두 명이 자기들이 한 일이 두려워서 무릎을 꿇고 있었지요. 불현듯 두 병사 가운데 한 명이 분명히 아버지일 거라는 생각이 들었어요. 아버지 얼굴도 그 병사의 얼굴과 같을 거라고. 살면서 처음으로 머리에 투구를 쓴 아버지를 보게 된 거예요."

"하리에트에게 내 사진이 없었나?"

"나도 물어봤어요. 엄마 소지품을 모두 뒤지기도 했고요. 하나도 없더군요."

"우린 서로 사진을 많이 찍어줬는데. 보관한 사람은 늘 하리에트였고."

"하나도 없다고 대답하던걸요. 만약 엄마가 사진을 모두 태웠다면, 아버지에게 용서를 빌어야 할 사람은 엄마군요."

루이제가 자리에서 일어나 차를 더 따라왔다. 주방에서 일하는 남자들 중 한 명이 벽에 등을 기댄 채 입을 크게 벌리고 자고 있었다.

나는 그가 무슨 꿈을 꾸는지 알고 싶었다.

루이제의 삶에 이제 말과 기수가 등장했다.

"말을 탈 만큼 우리 형편이 좋았던 적은 한 번도 없었어요. 엄마가 구두가게 점장으로 일을 해서 돈을 꽤 잘 벌던 시절에도 마찬가지였지요. 엄마가 얼마나 구두쇠였는지 생각하면 가끔 분노가 치밀어요. 난 울타리 바깥에서 다른 아이들이 어린 여전사들처럼 자랑스럽게 승마를 즐기는 모습을 지켜보았어요. 내가 말인 동시에 기수라는 느낌이 들었지요. 나의 일부는 말이었고, 다른 일부는 기수였어요. 기분이 좋고 아침에 가뿐하게 일어나는 날에는 말에 올라 앉아 있었어요. 하지만 전혀 일어나고 싶지 않은 날은 울타리를 친 목초지 한 구석에 서 있는 말 같았어요. 누군가 아무리 채찍을 휘둘러도 복종하지 않으려는 말. 나와 말이 하나라는 것을 느끼고 싶었어요. 어린 시절, 힘든 일을 헤쳐 나갈 때 그게 도움이 되었던 것 같아요. 아마 나중에도 그랬을 거예요. 나는 말 위에 있고, 말이 나를 태우고. 하지만 내가 나를 떨어뜨리는 일도 가끔 일어나요."

루이제는 갑자기 말을 멈추었다. 온갖 말들을 쏟아놓은 게 후회스럽다는 듯이.

다섯 시가 되었다. 손님은 우리뿐이었다. 벽에 기대앉은 사람은 여전히 자고 있었다. 다른 한 사람은 반쯤 남은 설탕 그릇에 천천히 설탕을 채워 넣는 중이었다.

루이제가 불쑥 혼잣말처럼 이야기를 꺼냈다.

"카라바조. 지금 왜 그 사람 생각이 날까. 그의 광기나 위협적인 칼들도. 아마 그가 우리 시대에 살았더라면 이 식당, 그리고 아버지와 나 같은 사람들을 그렸기 때문일 테지요."

화가 카라바조? 이름만 기억날 뿐 그가 그린 그림은 떠오르지 않았다. 어두운 색깔이었다는 흐릿한 기억, 늘 극적이었던 소재들이 서서히 생각났다.

"난 예술에 대해 잘 몰라."

"나도 몰라요. 그런데 언젠가 잘린 머리를 손에 들고 있는 한 남자를 그린 그림을 보았어요. 그 머리가 화가의 자화상이라는 걸 깨달은 순간, 그에 대해서 더 알아야겠다는 생각이 들었지요. 책의 복사본으로 만족하지 않고, 그의 그림이 있는 장소는 모두 가봐야겠다고 결심했어요. 수도원이나 교회로 순례여행을 하는 대신 카라바조의 흔적을 따라 거닐기 시작했어요. 돈을 모으자마자 그가 여전히 현존하는 마드리드와 그 외 다른 도시들로 갔지요. 숙박은 최저 경비로 해결했어요. 가끔 바깥에서, 공원 의자에서 자기도 했어요. 하지만 난 그의 그림들을 보았고, 그가 그린 사람들을 만났어요. 그들을 내 동행자로 만들었지요. 그래도 아직 갈 길이 멀어요. 아버지가 앞으로 있을 그 여행에 경비를 대주어도 돼요."

"난 부자가 아니야."

"의사들은 잘 번다고 생각했는데요?"

"일을 한 지 이미 오래되었어. 난 연금생활자야."

"은행에도 돈이 없다고요?"

내 말을 믿지 않는 걸까? 어쩌면 우울한 시간과 질식할 것 같은 공기 탓인지도 모르겠다. 천장의 형광등은 우리를 향해 빛을 비추는 게 아니라, 우리 머리를 노려보며 감시하고 있었다.

숲 187

루이제는 카라바조 이야기를 이어갔다. 시간이 지나자 나는 그녀가 쏟는 열정을 어느 정도 이해하게 되었다. 루이제는 박물관이었다. 그녀는 위대한 대가가 남긴 필생의 작품들에 대한 자기만의 해석으로 그곳 공간들을 하나씩 천천히 채워나갔다. 루이제에게 카라바조는 400년 전의 사람이 아니라, 그녀의 캠핑카를 에워싼 숲 속의 폐가들 가운데 한 곳에 사는 사람이었다.

아침잠이 없는 사람들이 식당으로 들어와, 판매대 앞에 줄을 서서 메뉴판을 읽었다.

"괴물의 식사, 중간 괴물, 작은 괴물, 올빼미의 메뉴."

이곳처럼 지저분한 식당도 소중한 이야기를 들려줄 수 있다는 생각이 들었다. 그릴 연기 속에서 잠시 예술 살롱이 피어났다.

내 딸은 카라바조가 마치 가까운 친척이나 남자 형제, 사랑해서 함께 살기를 꿈꾸는 남자라도 되는 것처럼 그에 대해 이야기했다.

그의 본명은 미켈란젤로 메리시였다. 그가 여섯 살 되던 해, 아버지 페르미가 사망했다. 카라바조는 아버지에 대한 기억이 거의 없었다. 아버지는 그의 인생에서 하나의 그림자요, 그의 내부에 존재하는 대형 화랑에 걸린 미완성 초상화에 불과했다. 어머니는 아버지보다 오래 살았고, 그가 열아홉 살 때 사망했다. 그는 어머니에 대해서는 그저 침묵했다. 증오로 가득한 소리 없는 분노.

루이제는 오타비오 레오니라는 예술가가 붉은색과 검은색 목탄으로 그린 카라바조의 초상화에 대해 이야기했다. 어느 집 벽에 붙어 바래가는 현상수배범의 사진과 같은 그림이었다. 붉은색과 검은색, 목탄과 피가 섞여 있다. 뭔가 기다리는 듯이 그림 속에서 그가 우리를 주의깊게 바라본다. 우리는 정말 존재하는 걸까, 아니면 그가 상상하는 뭔가에 불과할까? 어두운 색의 머리카락과 수염, 다부진 코, 커다란 안와에 자리 잡은 눈, 잘생긴 남자라고 말할 만하다. 그러나 이 초상화야말로 카라바조가 어떤 사람이었는지 그대로 보여준다고, 인물과 움직임을 묘사하는 위대한 재능은 소유했지만 그는 폭력과 증오에 의해 움직인 범죄자라고 말하는 사람들도 있을 것이다.

루이제는 마치 외워둔 찬송가의 한 소절처럼 어떤 추기경의 글을 인용했다. 보로메오라고 했던 것 같은데, 내가 제대로 알아들었는지 확실하지 않다. 그가 이런 글을 썼다고 했다. "한창 일하던 시절, 나는 로마에 살던 한 화가를 알고 있었다. 그는 품행이 좋지 않고 습성이 나빴으며, 늘 더럽고 찢어진 옷을 입고 있었다. 시비걸기 좋아하는 성격과 난폭함으로도 유명했던 이 화가는 자기 예술이 중요한 의미를 갖게 하는 데 실패했다. 그가 유일하게 붓을 사용한 경우는 선술집과 취객, 음험한 여자 점쟁이와 노름꾼을 그릴 때뿐이었다."

카라바조는 탁월한 화가였지만 동시에 폭력적인 기질에 걸핏

하면 싸우려는 성격을 가진 위험한 사람이기도 했다. 주먹과 칼을 휘둘렀고, 언젠가는 노름을 하다가 점수 때문에 살인을 저지르기도 했다. 그러나 그가 위험한 이유는 무엇보다도 자신의 불안을 그림을 통해 고백했기 때문이다. 그 불안을 그림의 그늘 속에 감추었으므로 그는 위험했고 또 여전히 위험하다.

루이제는 카라바조에 대해, 그리고 죽음에 대해 이야기했다. 그의 그림들에서는 죽음이 뚜렷하게 묻어난다. 과일바구니 위에 놓인 사과의 벌레 구멍에서도, 이제 곧 목이 잘릴 남자의 눈에서도.

루이제의 말에 의하면 카라바조는 자기가 찾던 것을 결코 발견하지 못했고, 주둥이에 거품을 문 말들처럼 늘 다른 것을 찾아 그렸다. 그의 속에 들어 있던 분노의 거품.

그는 모든 것을 그렸지만 바다는 한 번도 그리지 않았다.

루이제는 카라바조의 그림들이 언제나 친근함을 주므로 깊은 감동을 받는다고, 그의 그림 속에는 언제나 자기를 내려놓을 자리가 있다고 말했다. 그럴 때면 스스로 그림 속 인물들 가운데 한 명이 된다고, 쫓겨날까봐 불안해할 필요가 없다는 거였다. 그의 그림에서, 애정이 넘치는 세부 표현에서 여러 번 위로를 받았다고 했다. 그의 붓끝이 손가락이 되어, 그가 어두운 색깔로 살려놓은 얼굴을 쓰다듬는 듯한 세부 표현에서.

루이제는 곰팡내 나는 햄버거 식당을 1609년 7월 16일의 어느 이탈리아 해변으로 바꾸어놓았다. 질식할 듯한 더위다. 카라바조는 표류하는 배의 잔해처럼 로마 남쪽 해변을 따라 걷고 있다. 작은 펠루카 배 ― 루이제는 이게 뭔지 찾지 못했다고 말했다 ― 가 그에게서 멀어져 갔다. 배에는 그의 그림과 붓과 물감, 찢어지고 더러운 옷과 신발을 넣은 배낭이 들어 있다. 그는 홀로 해변에 있다. 로마의 여름은 숨 막히게 덥다. 더위를 식혀줄 한 줄기 미풍이 바다에서 불어올지도 모른다. 그러나 카라바조를 물고, 그의 혈관에 죽음을 몰고 올 모기도 온다. 모기들은 무덥고 습기찬 밤, 피로에 지쳐 모래에 쓰러진 그를 문다. 말라리아 기생충들이 그의 간에서 증식한다. 예상치 못한 강도의 습격처럼 갑자기 열병 발작이 시작된다. 그는 자기가 죽으리라는 것을 모른다. 아직 미완성인 채 그의 내부에 들어 있는 그림들은 이제 곧 뇌 속에서 굳을 것이다. 카라바조는 언젠가 "인생이란 덧없는 꿈과 같다"고 말한 적이 있다. 어쩌면 이 진실을 시적인 문장으로 표현한 사람은 루이제였는지도 모른다.

나는 감탄하며 루이제의 말에 귀를 기울였다. 이제야 그녀가 보이는 듯 했다. 이미 오래 전에 죽은 화가 카라바조가 루이제와 가장 친한 친구 중 한 명이라는 사실은 의심할 여지가 없었다. 그녀는 죽은 자와도 살아 있는 사람들처럼 교제할 수 있었다. 아니, 오히려 더 친한 걸까?

쉬지 않고 이야기하던 루이제가 갑자기 말을 멈추었다. 판매대 뒤에 있던 남자가 잠이 깼다. 그는 비닐봉지를 열어 프렌치프라이를 꺼내 뜨거운 기름에 넣으며 다시 하품을 했다.

 우리는 오랫동안 아무 말 없이 앉아 있었다. 그러다가 루이제가 자리에서 일어나 컵을 다시 채워왔다.
 자리로 돌아온 그녀에게, 어떤 사람의 멀쩡한 팔을 절단했다고 말했다. 말할 계획은 전혀 없었다. 그냥 나온 말이었다. 내 인생을 가장 옥죄는 사건에 대해 설명하는 것을 이제 피할 수 없다는 듯이. 루이제는 처음에 그게 내 일인지 모르는 눈치였다. 그러다가 내가 한 말이 내 일이라는 것을 알아챘다. 12년 전에 치명적인 착오가 발생했다. 나는 경고를 받았다. 그 경고를 받아들였어도 내 경력에는 거의 문제가 되지 않았을 것이다. 그러나 나는 그 경고가 부당하다고 생각했다. 그무렵 업무가 너무 많아 견디기 힘든 상황이었다고 말하며 변명했다. 중환자들이 늘어선 줄은 점점 더 길어졌고, 예산은 엄청나게 줄어들었고, 나는 휴식 시간도 없이 일했다. 그러던 어느 날, 안전망이 무너졌다. 오전 9시 조금 지난 시간에 행해진 수술에서 어떤 젊은 여성이 건강한 오른팔을 잃었다. 복잡한 수술이 아니었다. 절단 수술을 늘 있는 평범한 수술이라고는 결코 말할 수 없지만, 내가 치명적인 실수를 저지르려 한다는 경고를 보내는 징조는 전혀 없었다.

"그런 일이 일어날 수 있어요?"

루이제가 물었다.

"일어날 수 있어. 오래 살다 보면 내 말이 무슨 뜻인지 알게 될 거다."

"난 오래 살 작정이에요. 그런데 아버지 말이 왜 그렇게 화가 난 것처럼 들리죠? 왜 언짢아하세요?"

나는 팔을 벌렸다.

"그럴 의도는 아니었어. 아마 피곤한 모양이다. 이제 곧 일곱시야. 우리 밤새 여기 있었어. 몇 시간이라도 자야 해."

"집에 가요. 병원에서 전화가 오지 않았잖아요."

루이제가 자리에서 일어나며 말했다. 나는 자리에 그대로 앉아 있었다.

"난 그 좁은 침대에서 잘 수 없어."

"내가 바닥에서 잘게요."

"도착하자마자 곧장 다시 병원으로 가야 할 텐데."

루이제가 자리에 앉았다. 그녀도 나만큼이나 피곤한 상태였다. 판매대 뒤에 있는 남자는 아래턱을 가슴에 묻고 다시 자는 중이었다.

천장에 매달린 형광등은 용의 눈처럼 여전히 우리를 노려보고 있었다.

5

여명이 해방처럼 다가왔다.

우리는 8시에 병원으로 돌아갔다. 눈이 내리기 시작했다. 가벼운 눈송이였다. 피곤에 지친 내 얼굴이 차 뒷거울에 비쳤다. 죽음과 냉혹함에 찔린 기분이었다.

나는 스스로의 에필로그에 갇힌 채 추락하는 중이었다. 몇 번의 출연만이 더 남았을 뿐 얼마 지나지 않아 퇴장할 운명이었다.

생각에 잠겨 있다가 병원으로 향하는 갈림길을 놓쳤다.

루이제가 무슨 일이냐는 표정으로 나를 바라보았다.

"오른쪽으로 꺾었어야 하는데요."

나는 그 말에 대답하지 않고 그냥 한 블록 더 돌아 병원에 도착했다. 밤에 우리를 맞았던 간호사가 병원 앞에 서서 담배를 피우고 있었다. 그녀는 우리가 누군지 잊어버린 모양이었다. 나는 그 간호사가 다른 시대에 살았더라면 카라바조의 그림에 등장하는 인물이 되었을지도 모른다고 생각했다.

우리는 안으로 들어갔다. 하리에트가 누웠던 방은 비어 있었다. 간호사 한 명이 병실로 들어왔다. 나는 하리에트가 어디로 갔는지 물었다. 간호사는 우리를 뚫어지게 바라보았다. 밤을 새운 우리는 아마 차가운 돌 밑에서 기어 나온 쥐며느리들처럼 보였을 것이다.

"회른펠트 부인은 이제 여기 없습니다."

"어디로 이송되었나요?"

"이송되지 않았어요. 그냥 사라졌습니다. 옷을 입고 없어졌어요. 우리도 어쩔 수 없습니다."

그녀는 하리에트에게 개인적으로 배신이라도 당했다는 듯이 화가 나 있었다.

"그래도 누군가 본 사람이 있을 게 아닙니까."

내 말에 간호사가 대답했다.

"밤 근무를 하는 직원이 일정한 간격으로 살폈어요. 7시 15분 이후에 사라졌다고 합니다."

나는 루이제를 바라보았다. 그녀가 나에게 뭔가 신호처럼 보이는 눈짓을 했다.

"남긴 것은 없나요?"

"없습니다."

"그러면 분명히 집으로 갔을 겁니다."

"여기 있기 싫으면 말을 하고 갔어야지요."

"성격이 원래 그래요. 우리 엄마랍니다."

루이제가 말했다.

우리는 외래진료부 출입구를 통해 병원을 나섰다.

"엄마는 성격이 그래요."

루이제가 다시 말했다.

"엄마가 지금 어디에 있는지 알아요. 어릴 때 우리가 헤어지면 어떻게 해야 할지 일종의 합의를 해두었지요. 제일 가까운 카페에서 만나는 걸로요."

병원을 빙 돌아 정문으로 갔다. 넓은 대기실에 카페테리아가 있었다.

하리에트가 의자에 앉아 커피를 마시고 있다가 우리에게 손짓을 했다. 다가오는 우리를 보자 얼굴에 생기를 띠는 듯했다.

"당신에게 무슨 문제가 있는지 아직 찾지 못했어. 의사들에게 채취한 견본을 검사할 시간은 줘야 하잖아."

내가 화난 목소리로 말하자 하리에트가 대꾸했다.

"나는 죽어가는 암환자야. 병원에 누워 공포에 시달릴 시간이 없어. 어제 무슨 일이 벌어졌던 건지 모르겠어. 아마 술을 너무 많이 마셨던 모양이지. 이제 집에 가고 싶어."

"우리 집으로요? 아니면 스톡홀름으로?"

하리에트가 루이제의 팔을 잡고 몸을 일으켰다. 보행 보조기는 신문철 옆에 세워져 있었다. 하리에트는 힘이 없는 손가락으로 보조기 손잡이를 잡았다. 연못에서 어떻게 나를 끌어올렸는지 도저히 이해할 수 없었다.

캠핑카로 돌아온 우리는 좁은 침대에 함께 누웠다. 제일 바깥쪽에 누운 나는 다리를 바닥으로 내린 채 금방 잠이 들었다.

꿈에 하이드로콥터를 탄 얀손을 보았다. 그는 날카로운 톱으로 자르듯이 얼음을 가르며 다가왔다. 나는 그가 사라질 때까지 절벽 뒤에 몸을 숨기고 있었다. 자리에서 일어서자 보행 보조기를 잡고 발가벗은 채 얼음장 위에 서 있는 하리에트가 눈에 들어왔다. 그녀 바로 옆에 커다란 얼음 구멍이 있었다.

깜짝 놀라 잠에서 깨어났다. 두 여자는 자고 있었다. 재킷을 집어 들고 캠핑카를 떠나야 한다는 생각이 얼핏 들었다. 그러나 그대로 누워 있다가 다시 잠이 들었다.

우리는 거의 동시에 잠이 깼다. 한 시였다. 나는 바깥으로 나가 소변을 보았다. 눈은 더 이상 내리지 않았고, 구름들이 흩어지기 시작했다.

우리는 함께 커피를 마셨다. 하리에트는 머리가 아프다며 혈압을 재달라고 했다. 약간 높은 수치였지만 걱정할 정도는 아니었다.

루이제도 팔을 내밀었다.

"아버지에 대한 초기 기억 가운데 하나가 되겠네요. 처음에는 물 양동이, 그리고 이번에는 혈압재기."

루이제의 혈압은 무척 낮았다. 나는 루이제에게 가끔 어지럽지 않은지 물었다.

"술에 취했을 때만 어지러워요."

"평소에는 안 그래?"

"실신한 적은 한 번도 없어요."

혈압계를 치우고 커피를 마저 마셨다. 2시 15분이었다. 캠핑카 안은 따뜻했다. 아니, 더웠던 걸까? 산소가 부족해 숨이 막힐 듯했다. 기분을 나쁘게 만드는 온기였다. 그 이유에서인지 몰라도 나는 갑자기 양쪽에서 동시에 공격을 당했다. 공격은 딸을 얻은 기분이 어떤가 묻는 하리에트의 질문으로 시작되었다. 이제 며칠 함께 보내지 않았느냐며.

"어떤 기분이냐고? 대답하기 어렵군."

"당신의 무심함은 경악할 정도야."

"내가 어떤 기분인지 당신은 몰라."

"난 당신을 잘 알아."

"우리는 거의 40년 동안 만나지 못했어! 나는 당신이 그때 알던 사람이 아니야."

"당신은 너무 겁쟁이라서 내가 말하는 걸 인정하지도 못하겠지. 그때 당신은 더 이상 같이 있고 싶지 않다는 말을 나에게 할 용기가 없었던 거야. 그래서 도망쳤고, 지금도 도망치고 있어. 한 번만이라도 당신 감정을 제대로 말할 수 없어? 당신 속에 진실이란 전혀 없는 거야?"

내가 미처 대답하기도 전에 루이제가 끼어들었다. 그런 식으로 엄마를 떠난 남자는 예상하지 못한 아이를 만났을 때 무심하게 반응할 수밖에 없다고 했다. 아니면 공포, 또는 가장 좋은 경우라고 해도 호기심 정도라며.

"그 말에는 동의할 수 없군."

내가 대꾸했다.

"나는 그때 저지른 일에 대해 용서를 빌었어. 하지만 당신이 아이 이야기는 하지 않았으니, 마음의 준비를 할 수 없었다고!"

"당신이 사라졌는데 어떻게 이야기를 해!"

"연못으로 가던 차 안에서, 나를 한 번도 찾으려 하지 않았다고 했잖아."

"죽을병에 걸린 사람을 거짓말했다고 책망하는 거야?"

"난 아무도 책망하지 않아."

"어떤 기분인지 말해요! 질문에 대답하라고요!"

루이제가 소리쳤다.

"무슨 질문?"

"무심함에 대한 질문!"

"무심한 게 아니야. 기뻐."

"기뻐 보이지 않잖아요."

"캠핑카가 너무 좁아 식탁에 올라가 춤을 출 수는 없구나. 그게 네가 원하는 거라면 말이다!"

"당신을 위해 두 사람을 만나게 한 거 아니야! 루이제를 위해 그랬던 거야!"

하리에트가 고함을 질렀다.

우리는 서로 목소리를 높였다. 좁은 캠핑카의 벽이 터질 것만 같았다. 두 사람의 말이 옳다는 것을 마음속 깊은 곳에서는 당연히 알고 있었다. 나는 하리에트를 배신했고, 예상치도 못하게 딸을 만난 사실을 열광적인 기쁨으로 표현하지 않았는지도 모른다. 그렇다고 해도 이런 상황은 너무 심했다. 더 이상 견딜 수 없었다. 의미없는 고함과 흥분이 얼마나 지속되었는지 기억나지 않는다. 루이제가 주먹을 쥐고 금방이라도 나를 칠 것 같다는 느낌이 여러 번 들었다. 하리에트의 혈압이 얼마나 오를지는 생각하기도 싫었다.

그러다가 결국 자리에서 일어나, 여행 가방과 재킷과 신발을 집어 들었다.

"둘 다 보기 싫다!"

나는 소리를 지르고 캠핑카에서 나왔다.

루이제는 따라 나오지 않았다. 나를 부르지도 않았다. 아주 조용했다. 나는 양말만 신은 채 자동차까지 걸어 내려가 시동을 걸고 출발했다. 간선도로까지 오고서야 차를 세우고, 젖은 양말을 벗은 다음 맨발에 신을 신었다.

두 사람의 비난 때문에 솟구친 화가 여전히 풀리지 않았다. 차를 달리는 동안 셋이 나누었던 이야기가 계속 생각났다. 나는 내가 했던 말을 가끔 바꾸어 보고, 변명을 더 확실하고 또렷하게 해보기도 했다. 그러나 두 사람의 말은 언제나 똑같았다.

얀손에게 전화를 걸어 다섯 시 반쯤 나를 맞으러 올 수 있느

나는 메시지를 자동응답기에 남긴 후, 남쪽으로 출발하여 계속 달리기 시작했다. 얀손이 야간운전을 했던가? 확실하지 않았다. 어쨌든 그가 응답기를 직접 듣기를, 그리고 그의 하이드로콥터 전조등이 제대로 작동하기를 바랄 뿐이었다.

항구에 도착하자 얀손이 기다리고 있었다. 개와 고양이에게 먹이를 주었다고 말하는 그에게 고맙다고 인사하고, 얼른 집에 가야 한다고 말했다.

집에 도착했다. 얀손은 돈을 받지 않았다.

"주치의에게 돈을 받으면 안 되지요."

"난 자네 주치의가 아닐세. 다음에 오면 계산해주겠네."

나는 얀손이 절벽 뒤로 사라지고 전조등이 보이지 않을 때까지 선착장에 그대로 서 있었다. 정신을 차리고 보니 개와 고양이가 내 옆에 와 앉아 있었다. 나는 몸을 숙여 둘을 쓰다듬었다. 개는 약간 야윈 것 같았다. 나는 여행 가방을 선착장에 그대로 두었다. 너무 피곤해 신경을 쓸 수 없었다.

캠핑카에 셋이 있었던 것처럼, 우리 셋은 이 섬에 함께 있었다. 그러나 이곳에서는 아무도 나를 공격하지 않을 터였다. 부엌으로 들어서면서 해방감을 느꼈다. 개와 고양이에게 먹을 것을 주고, 식탁에 앉아 눈을 감았다.

밤에 잠을 자기 어려워 몇 번이고 자리에서 일어났다. 보름달이 뜬 맑은 밤이었다. 달빛이 절벽과 얼음장 위를 비추었다. 장화를 신고 모피도 걸친 다음 선착장으로 내려갔다. 내가 바깥으로 나갈 때 개는 알아채지 못했고, 고양이는 눈만 떴을 뿐 식탁 의자에서 움직이지 않았다. 여행 가방이 열려 셔츠와 양말이 바깥으로 비죽 나와 있었다. 나는 가방을 또 그대로 두었다.

선착장에 서 있는데, 여행을 한 번 더 해야 한다는 생각이 불현듯 들었다. 하지 않아도 된다고 12년 동안 스스로를 설득해왔던 여행이었다. 루이제와의 만남, 그리고 밤에 그녀와 길게 나누었던 대화는 전제조건을 변화시켰다. 새로운 이 여행을 하라고 나에게 강요하는 사람은 아무도 없었다. 나 스스로 하고 싶어졌다.

내가 팔을 잘못 절단한 여성이 어딘가에 살고 있었다. 그때 스무 살이었으니, 이제 서른두 살일 터였다. 이름이 생각났다. 앙네스 클라르스트룀. 선착장 달빛 아래 서 있자니, 방금 읽은 것처럼 서류의 세부사항이 모두 떠올랐다. 그녀는 스톡홀름 남부 교외 또는 바가르모센에서 왔다. 발단은 어깨 통증이었다. 수영선수였던 환자는 오랫동안 무리하게 연습해서 생긴 통증이라고 생각했다. 그러다가 더 이상 팔을 저을 수 없게 되자 자세한 진찰을 받기 위해 의사를 찾았다. 그 다음에는 일이 무척 빠르게 진행되었고, 악성 골종양 진단이 내려졌다. 수영선수가 한쪽 팔이 없는 상태로 여생을 살아야 하니 환자에게는 엄청난 재난이 되겠지만, 절단만이 유일한 해결책이었다.

내가 그 수술을 집도하게 된 것은 계획에 없던 일이었다. 그녀는 원래 내 동료의 환자였다. 그러나 아내가 심한 교통사고를 당해서 그가 맡았던 수술들이 다른 외과의들에게 약간 무질서하게 분배되었다. 앙네스 클라르스트룀은 그렇게 해서 내 수술대에 오르게 되었다.

수술은 꼬박 한 시간이 걸렸다. 세세한 장면들이, 수련의가 잘못된 팔을 씻고 수술 준비를 하던 일이 모두 기억난다. 수술 도구 아래 있는 팔이 정말 맞는 쪽인지 확인하는 것이 내 의무였다. 그러나 나는 내 조수를 믿었다.

한 달 뒤, 사회복지부가 나를 고발했다는 통보를 받았다.

벌써 12년 전의 일이다. 나는 앙네스 클라르스트룀의 삶을 파괴했지만, 내 인생도 파괴했다. 게다가 나중에 진찰한 결과 암에 걸린 팔을 절단할 필요가 없다는 소견서가 나왔고, 이는 상황을 더욱 나쁘게 만들었다.

언제 그녀를 찾아보아야겠다는 생각은 한 번도 한 적이 없었다. 수술 직후 그녀가 아직 몽롱한 상태였을 때 나눈 게 유일한 대화였다.

나에게 그 환자는 이미 끝낸 과제였다. 사회복지부에서 서류가 오기 전까지는.

밤 2시. 나는 집으로 올라가 부엌 식탁에 앉았다. 개미집이 있는 방의 문은 여전히 열지 않았다. 혹시 문을 열면 개미들이 쏟아져 나올까봐 겁이 나는 걸까.

전화번호 안내에 전화를 걸어봤지만 스톡홀름에 그런 이름은 없다고 했다. 나는 엘린이라고 자신을 소개한 교환수에게 스웨덴 전역을 찾아달라고 부탁했다.

앙네스 클라르스트룀이라는 이름이 있었다. 그녀인지도 몰랐다. 플렌의 농장 지역 송레스뷘에 산다고 했다. 나는 그녀의 전화번호와 주소를 받아 적었다.

개는 잠이 들었고 고양이는 바깥에서 달빛을 받고 있었다. 나는 할머니의 베틀이 놓인 방으로 들어갔다. 반쯤 완성된 편물 양탄자가 베틀에 그대로 걸려 있었다. 내 생각에, 이보다 더 뚜렷한 상像은 없다. 죽음은 바로 이런 모습으로, 언제든 적당하지 않은 시각에 온다. 예전에 실 뭉치와 헝겊을 쌓아두던 이 방 선반에, 살면서 내내 끌고 다니던 몇몇 서류를 보관해 두었다. 아버지가 자랑스러워하며 모두 외운, 상당히 안 좋은 대학입학 자격시험 성적표부터 절단에 관한 빌어먹을 변명 편지 복사본에 이르기까지, 서류들을 모아 한 뭉치로 묶어 두었다. 다른 사람들은 보관해야 할 만큼 중요하다고 생각하는 서류들을 나는 늘 대수롭지 않게 생각했기 때문에 거기서 해방될 수 있었다. 제일 위에는 뻔뻔할 정도로 비싼 변호사가 작성한 내 유언장이 놓여 있었다. 이제 딸이 생겼으니 변경해야 했다. 그러나 여전히 할머니 냄새를 풍기는 베틀 방에 내가 들어온 이유는 유언장 때문이 아니었다. 1991년 3월 9일의 수술보고서를 꺼냈다. 거기 쓰여 있는 글을 모두 외우고 있었지만, 서류를 책상에 올려놓고 내용을 다시 읽기 시작했다.

단어 하나하나가 모두 몰락으로 향하는 길에 놓인 날카로운 돌덩어리 같았다. 첫 진단인 '근위 상완골 연골육종'부터 마지막 단어 '상처 붕대 처리'까지.

상처 붕대 처리, 그것 말고는 없었다. 수술이 끝났다. 환자는 회복실로 옮겨졌다. 건강한 팔은 잃고, 다른 쪽 상박에는 빌어먹을 종양을 여전히 지닌 채.

서류를 읽었다. "수술 전 진단: 20세 여성. 오른손잡이. 지금까지 전반적으로 건강한 상태. 스톡홀름에서 왼쪽 상박 종양으로 진찰. 자기공명영상 진찰은 왼쪽 상박 경증 연골육종 소견 보임. 부가 진료 결과 진단 확인. 환자가 건강한 부위까지 포함될 수 있는 근위 상완골 절단에 동의. 수술: 기도삽관 마취. 해변 의자 자세. 팔이 드러남. 일반적인 예방 항생제. 오훼골부터 삼각근 아래 가장자리를 따라 뒤쪽 겨드랑이 안쪽까지 절개. 요측피정맥 연결. 흉근, 뿌리에서 분리. 혈관 신경조직 확인. 정맥 연결. 동맥, 이중 실로 처리. 상처에서 신경 당겨 절단. 삼각근, 상완골에서 분리. 광배근과 대원근, 뿌리에서 분리. 이두박근의 장두와 단두 및 오훼완근, 절단 부위 바로 아래서 분리. 상완골,

경부에서 톱으로 썰고 줄로 갈음. 절단되고 남은 부위, 갈라진 삼두박근과 오훼완근으로 덮음. 아래 상완골 절골을 거쳐 가슴 봉합. 카테터 삽입. 피부 가장자리, 당기지 않게 봉합. 상처 붕대 처리."

나는 앙네스 클라르스트룀이 이 서류를 여러 번 읽고, 설명해 달라고 하는 모습을 상상했다. 그녀는 온갖 전문용어들 속에서 불쑥 튀어나온 지극히 평범한 단어에 아마 반응을 보였을 것이다. 해변이나 베란다에 있는 것처럼 '해변 의자 자세'로 누워 팔을 내놓고 수술을 받았다……. 그녀가 마취되기 전에 마지막으로 본 것은 머리 위의 수술실 전등이었다. 앙네스 클라르스트룀이 해변 의자에 누워 쉬는 동안, 나는 그녀를 경악할 상황에 빠지게 했다.

이 사람은 그때 그 환자가 아니라 다른 앙네스 클라르스트룀일까? 당시 그 환자는 젊었다. 지금 혹시 결혼을 해서 성을 바꾼 건 아닐까? 전화번호 안내만으로는 알 수 없었다.

끔찍한, 그러나 결정적인 밤이었다. 더 이상 도망칠 수 없었다. 나는 앙네스 클라르스트룀과 이야기를 해야 했다. 설명할 수 없는 일을 설명해야 했다.

침대에 누워 있었지만 오랫동안 깨어 있다가 겨우 잠이 들었다. 눈을 떴을 때는 아침이었다. 오늘은 얀손이 우편물을 가지고 오지 않을 테니, 방해받지 않고 얼음 구멍을 팔 수 있겠지.

두꺼운 얼음에 구멍을 내기 위해 노루발못뽑이를 사용해야 했다. 개가 선착장에 앉아 내가 애쓰는 모습을 지켜보고 있었다. 고양이는 쥐를 찾느라 보트 창고 안으로 사라졌다. 드디어 구멍이 뚫렸다. 나는 살을 에는 듯한 냉기 속으로 들어갔다. 하리에트와 루이제를 생각했고, 앙네스 클라르스트룀에게 전화를 걸어 내가 찾는 여성이 당신이냐고 물어봐야 할지도 고민했다.

이날은 전화하지 않았다. 곳곳에 먼지가 켜켜이 앉은 집을 분노 발작을 일으키며 청소했다. 낡은 세탁기를 작동시켜 노숙자가 사용한 것처럼 지저분한 침구를 빨았다. 그런 다음 섬을 이리저리 걸으며 망원경으로 텅 빈 얼음장을 멀리 내다보고, 어떻게 할지 결정해야 한다고 고민했다.

보행 보조기를 잡고 얼음장 위에 서 있던 여자. 캠핑카에 사는, 지금까지 알지 못하던 딸. 정해졌다고, 명백하다고 간주했던 것들이 예순여섯 살에 갑자기 달라지기 시작했다.

오후에 부엌 식탁에 앉아 편지를 두 통 썼다. 한 통은 하리에트와 루이제에게, 다른 한 통은 앙네스 클라르스트룀에게 쓰는 편지였다. 편지를 두 통 건네며 우표를 붙여달라고 부탁하면 얀손은 무척 놀랄 것이다. 봉투는 안전하게 접착테이프로 붙일 생각이었다. 얀손을 믿지 않았으니까. 그는 내가 모르는 교활한 방법으로 편지를 열 수도 있을 터였다.

하리에트와 루이제에게는 이제 화가 풀렸다고 썼다. 두 사람을 이해한다고, 그러나 지금 만날 수는 없다고 했다. 홀로 남겨둔 개와 고양이 때문에 섬으로 돌아왔다고, 하지만 우리가 곧 다시 만나리라고 생각한다고, 우리의 대화와 만남은 앞으로도 당연히 지속되어야 한다고 썼다.

몇 줄 안 되는 편지를 쓰는 데 한참이나 걸렸다. 내가 이거면 되었다고 생각할 때까지 부엌 바닥은 구겨진 종이들로 가득했다. 편지에 쓴 말은 사실이 아니었다. 내 화는 풀리지 않았고, 개와 고양이도 얀손의 보살핌을 받으며 한동안 더 버틸 수 있었다. 게다가 내가 우리의 재회를 정말 원하는지 나 스스로도 알 수 없었다. 생각할 시간이 필요했다. 특히 앙네스 클라르스트룀을 찾는다면 그녀에게 무슨 말을 해야 할지에 관해 생각할 시간이.

앙네스 클라르스트룀에게 쓰는 편지는 힘들지 않았다. 나는 내가 이 편지를 오랫동안 마음속에 품고 다녔다는 사실을 깨달았다. 그녀를 만나고 싶었다. 그것뿐이었다. 편지에 내 주소를 적고 그녀가 결코 잊지 못할 이름으로 서명했다. 수신인이 내가 찾는 사람이기를 바라며……

다음날 얀손이 왔을 때는 폭풍우가 시작된 뒤였다. 나는 항해일지에 밤새 기온이 떨어지고 돌풍 방향이 서쪽에서 남서쪽으로 바뀌었다고 적었다.

얀손은 제시간에 왔다. 나는 데려다준 대가로 300크로네를 주고, 돌려받기를 거절했다.

"이 편지에 우표를 붙여주게."

나는 그에게 편지 두 통을 건넸다.

봉투 네 곳을 모두 접착테이프로 붙였다. 편지 두 통을 손에 쥐어주자 얀손은 놀라움을 감추지 못했다.

"필요하면 편지를 쓰네. 특별한 일이 아니야."

"그림엽서가 멋지더군요."

"눈 덮인 울타리가? 그게 멋질 게 뭐 있나?"

내가 지금 초조해하고 있군.

"치통은 좀 어떤가?"

신경질을 숨기기 위해 질문을 던졌다.

"아플 때도 있고, 안 아플 때도 있어요. 대부분은 여기 위쪽 오른편이 아파요."

얀손이 입을 크게 벌렸다.

"내 눈에는 안 보이네. 치과의사를 찾아가게."

그가 입을 다물자 딱 소리가 났다. 턱이 탈구되어 얀손은 입을 반쯤 벌린 상태로 그냥 있었다. 통증이 심하다는 것을 알 수 있었다. 그가 무슨 말을 하는지 알아듣기 어려웠다. 나는 엄지

숲 209

로 조심스럽게 얀손의 얼굴 양쪽을 눌러 턱관절을 찾아 그가 입을 다시 다물 수 있을 때까지 마사지했다.

"아팠어요."

"며칠 동안 너무 세게 하품을 하거나 입을 크게 벌리지 않게 조심하게나."

"중병에 걸렸다는 신호일까요?"

"전혀 아닐세. 안심해도 돼."

얀손은 내 편지를 가지고 떠났다. 집으로 돌아가는데 바람이 얼굴을 때렸다.

이날 오후에 개미집이 있는 방의 문을 열었다. 식탁보만 개미집에 조금 더 묻힌 느낌일 뿐, 방과 하리에트가 잤던 침대는 우리가 떠날 때의 모습 그대로였다.

다음 며칠 동안 아무 일도 일어나지 않았다. 나는 얼음장 위를 걸어 난바다까지 갔다. 얼음장의 두께를 세 곳에서 쟀다. 예전에 썼던 항해일지를 볼 필요도 없이, 섬에 사는 동안 얼음이 이렇게 두껍게 얼기는 처음이라는 사실을 알 수 있었다.

어느 날, 방수포를 걷고 배를 다시 물에 띄울 수 있을지 살펴보았다. 뭍에 너무 오랫동안 있었던 게 아닐까? 다시 쓸모있게 만들 만큼 나에게 끈기가 있을까? 대답을 얻지 못한 채 다시 방수포를 내렸다.

그러던 어느 날 저녁, 전화벨이 울렸다. 누군가 전화를 거는 일은 무척 드물었다. 대부분은 전화 통신사를 변경하라거나 초고속 인터넷을 바꾸라는 광고였다. 내가 외딴 섬에 살고 있으며, 게다가 은퇴한 연금생활자라는 말을 들으면 그들의 열정은 대부분 순식간에 식었다. 나는 초고속이 이 경우에 무얼 말하는지도 모른다.

수화기를 들자 저편에서 낯선 여자 목소리가 들려왔다.

"앙네스 클라르스트룀입니다. 편지를 받았어요."

나는 숨을 멈추고 아무 말도 하지 않았다.

"여보세요? 여보세요?"

대답하지 않았다. 그녀는 나를 동굴에서 끌어내리고 몇 번 더 시도하다가 수화기를 내려놓았다.

앙네스 클라르스트룀이 존재하는구나. 그녀를 찾아냈다. 편지가 수신인에게 도착했다. 그녀는 플렌 외곽에 살고 있었다.

부엌 서랍에 오래된 스웨덴 지도가 들어 있었다. 할아버지가 사용하던 지도일 것이다. 할아버지는 살아 있는 동안 이따금 팔셴베리를 방문하고 싶다는 이야기를 했다. 할아버지가 왜 그 도시에 가고 싶어 했는지는 알 수 없었다. 할아버지는 평생 스톡홀름에 간 적도, 스웨덴 국경을 벗어난 적도 없었다. 할아버지는 팔셴베리의 꿈을 품은 채 무덤으로 갔다.

나는 지도를 펴고 플렌을 찾았다. 그 지도는 축척이 크지 않

숲 211

아 송레스뷘까지 표시되어 있지는 않았다. 기껏해야 자동차로 두 시간 정도 걸릴 터였다. 나는 결정을 내렸다. 그녀를 찾아가기로.

이틀 뒤. 얼음장 위를 걸어 자동차를 세워둔 곳으로 갔다. 이번에는 현관문에 얀손에게 보내는 쪽지를 붙이지 않았다. 놀랄 테면 그러라지. 개와 고양이에게 사료를 듬뿍 주었다. 하늘은 맑았고 바람도 불지 않았다. 나는 북쪽으로 차를 몰아 내륙으로 들어가, 두 시 조금 지나서 플렌에 도착했다. 서점에서 세부사항이 자세히 표시된 지도를 하나 사서 송레스뷘을 찾았다. 스웨덴 총리의 별장이 있다는 하르프순트에서 겨우 몇 킬로미터 떨어진 곳이었다. 예전에 그곳에 코르크로 많은 재산을 모은 어떤 남자가 살았다. 그는 집과 배를 국가에 귀속시켰다. 지금 젊은 세대들은 알지 못하는 낯선 정치가들과 여러 번 노를 저었던 배였다.

당시 에를란데르 총리가 외국 손님들을 접대할 때, 아버지가 하르프순트에서 웨이터로 일하고 있었던 덕분에 나는 이 모든 일을 알게 되었다. 아버지는 식탁에 앉아 세계정세에 관해 중요한 토론을 벌이던 남자들—언제나 남자였다. 여자는 없었다—에 대해 열정적으로 이야기했다. 냉전 시대였다. 아버지는 소리를 내지 않고 움직이느라 고생이 무척 심했다고 했다. 그날 음식과 포도주도 기억하고 있었다. 스캔들이라고 할 만한 사고도 날 뻔했다. 아버지는 뭔가 매우 은밀한 사건의 현장에 있었다는 듯이, 그래서 나와 엄마에게 비밀을 누설하기가 무척 망설여진다는 듯이 그 일을 털어놓았다. 손님 가운데 한 명이 많이 취해서는 적절하지 않은 시간에 잘 알아듣지 못할 감사의 연설을 초대해준 사람에게 했고, 웨이터들은 잠깐 무척 당황했다. 그러나 예상치 못한 상황을 재빨리 파악하고는 잠시 포도주 서빙을 멈추고 기다렸다. 나중에 그 취객은 레스토랑 앞 잔디밭에서 넘어졌다.

"파게르홀름은 불행하게도 취해버렸지."

아버지가 진지한 표정으로 말했다.

파게르홀름이 누구인지 엄마도, 나도 설명을 듣지 못했다. 훨씬 나중에야, 아버지가 이미 돌아가신 뒤에야 나는 그 취객이 당시 핀란드 노동자들의 지도자였을 거라는 생각이 들었다.

하르프순트 인근에 나에게 한 팔을 도둑맞은 여자가 살고 있다…….

송레스뵌은 긴 호숫가를 따라 흩어져 있는 몇몇 농장들로 이루어져 있었다. 눈에 덮인 들판과 경작지가 눈에 들어왔다. 가지고 온 망원경을 들고, 좀 더 잘 보일만한 언덕으로 올라갔다. 사람들이 헛간과 가축우리, 집과 차고를 오가는 모습들이 망원경 속으로 보였다. 그러나 그들 중에 앙네스 클라르스트룀으로 보이는 사람은 없었다.

그러다가 나는 깜짝 놀랐다. 개 한 마리가 내 발치에서 냄새를 맡고 있었다. 긴 외투를 입고 장화를 신은 남자가 아래쪽 거리를 지나가다가, 개를 불러들이고 나에게 손을 들어 인사했다. 나는 망원경을 감추고 거리로 내려갔다. 우리는 이곳 전망에 대해, 그리고 길고 건조한 겨울에 대해 몇 마디 나누었다.

"이 마을에 앙네스 클라르스트룀이라는 사람이 삽니까?"

내 질문에 남자는 가장 멀리 있는 집을 손가락으로 가리켰다.

"저곳에 그 여자가 본데없는 아이들과 살고 있소. 그 사람들이 이 마을에 오기 전까지 난 개가 없었어요. 지금은 이곳 사람들 모두 개를 기른다오."

그는 곤혹스러운 표정으로 고개를 끄덕이더니 다시 갈 길을 갔다. 그가 한 말이 마음에 들지 않았지만, 내 삶을 더욱 시끄럽게 할 수도 있는 일에 끼어들고 싶지 않았다. 도망치기로 마음먹고 자동차로 발길을 옮기려는데 뭔가가 나를 만류했다. 다시 마을로 몸을 돌려, 눈을 치워 길이 뚫린 차도에 멈추어 섰다. 거기에서 작은 숲을 지나 마지막 농장의 뒤편으로 걸어갔다.

이제 얼마 지나지 않아 황혼이 지기 시작할 터였다. 눈길을 세게 디디며 걷다가 나무들 사이로 집이 보이는 위치에서 멈추어 섰다. 손질이 잘 된 집이었다. 집 벽의 콘센트에 전선을 꽂은 자동차 한 대가 진입로에 서 있었다.

망원경에 어떤 사람이 불쑥 나타났다. 어린 소녀였다. 아이가 나를 똑바로 바라보더니, 등 뒤에 감추었던 뭔가를 갑자기 꺼냈다. 번쩍이는 칼이었다. 소녀가 머리 위로 칼을 쳐들고 나를 향해 달려왔다.

나는 망원경을 내던지고 몸을 돌려 달리기 시작했다. 그러다가 나무뿌리나 돌 같은 것에 걸려 쓰러졌다. 몸을 일으키기도 전에 칼을 든 여자아이가 나를 따라잡았다.

아이는 증오가 가득한 눈으로 나를 노려보았다.

"당신 같은 인간은 어디에나 있지. 망원경을 들고 덤불에 숨어 있는 인간들!"

여자아이 뒤쪽에서 한 여자가 달려와서는 왼팔로 칼을 빼앗았다. 앙네스 클라르스트룀. 어쩌면 12년 전 깨끗하게 닦고 고무장갑을 낀 내 손 아래서 해변 의자 자세로 누워 있던 젊은 여자를 흐릿하게 기억해냈는지도 모르겠다.

그녀는 목까지 단추를 채운 푸른색 재킷을 입고 있었다. 텅 빈 오른쪽 소매는 안전핀으로 어깨에 고정되어 있었다. 어린 소녀는 증오가 가득한 눈으로 나를 노려보았다.

얀손이 와서 나를 데려가면 좋으련만. 짧은 기간 안에 벌써 두 번째로 내 발 아래서 얼음장이 깨졌다. 나는 뭍에 닿을 가능성도 없이 바다로 떠밀려갔다.

6

 나는 눈밭에서 몸을 일으켜 옷을 털고, 내가 누구인지 해명했다. 여자아이가 나를 걷어차기 시작했지만, 앙네스가 호통을 치자 어디론가 사라졌다.
 "나는 집을 지키는 개가 필요 없답니다."
 앙네스가 입을 열었다.
 "시마는 무슨 일이 벌어지든 모두 보고, 집에 다가오는 사람도 누구나 보니까요. 매의 눈이에요. 난 시마가 원래 맹금류로 태어났어야 할 아이라고 믿어요."
 "그 아이가 나를 살해할 거라고 생각했습니다."
 앙네스는 나에게 얼핏 눈길을 주었지만 내 말에 대답을 하지는 않았다. 나는 살해당할 가능성이 정말 있었음을 깨달았다.
 우리는 집으로 들어가 사무실에 앉았다. 어디선가 볼륨을 잔뜩 높인 록 음악이 들려왔다. 앙네스 귀에는 들리지 않는 모양이었다. 그녀가 재킷을 벗었다. 마치 두 팔과 두 손으로 하듯이 무척 **빠른** 움직임이었다.
 나는 방문객을 위한 의자에 앉았다. 펜이 하나 놓여 있을 뿐, 책상은 텅 비어 있었다.
 "내가 당신 편지를 받았을 때 어떤 반응을 보였을 거라 생각해요?"

앙네스가 물었다.

"모르겠습니다. 분명히 놀랐겠지요. 그리고 아마 분노도 느꼈을 테고."

"마음이 가벼워졌어요. '드디어!'라고 생각하다가 다시 물었어요. 왜 어제 또는 10년 전이 아니라 지금일까?"

그녀가 의자에 등을 기댔다. 긴 갈색 머리카락에 단순하게 생긴 핀을 꽂은, 강인하고 단호해 보이는 인상이었다.

사무라이 검을 창틀에 놓으며 앙네스가 말했다.

"나를 사랑하던 남자에게서 언젠가 받은 검이에요. 그 남자는 사랑이 식은 뒤 가방은 챙겨갔지만, 무슨 이유에서인지 예리하게 벼린 이 칼은 두고 갔어요. 어쩌면 내가 버림받고 실망하여 할복하기를 바랐는지도 모르지요."

그녀는 시간이 얼마 없다는 듯 빠르게 말했다. 나는 하리에트와 루이제 이야기를 꺼냈다. 내가 살면서 깨버린 약속들에 대한 자각이 당신을 찾게 만들었다고, 당신이 아직 살아 있는지 그 여부를 알고 싶었다고 했다.

"그러길 바랐나요? 내가 없어졌기를?"

"그랬던 적이 있습니다. 지금은 아니에요."

전화벨이 울렸다. 그녀가 수화기를 들고 잠깐 듣고 있었다. 그러고는 이곳 그룹 홈에는 더 이상 자리가 없다고, 벌써 세 명이나 돌보아야 한다고 퉁명스럽고 단호하게 대답했다.

숲 217

나는 전혀 알지 못하는 세상에 발을 들여놓았다. 앙네스 클라르스트룀은 내 어린 시절만 해도 아마 막되어 먹은 아이들이라고 간주되었을 사춘기 소녀 세 명과 함께 커다란 집에서 살고 있었다. 시마는 예테보리 인근의 작은 마을에서 왔다. 정확하게 몇 살인지는 밝혀지지 않았다. 화물선에 숨어 혼자 스웨덴에 온 난민이었던 시마는 이란을 떠나 오랫동안 난민으로 살면서, 자기 정체를 드러내는 흔적을 지우기 위해 이곳에 도착하자마자 모든 서류를 버리고 이름도 바꾸라는 충고를 받았다. 그렇게 하면 설령 시마가 이곳에 머무는 것을 싫어하는 사람들도 그녀를 국외로 추방하지 못할 테니까. 시마가 가지고 있던 유일한 소지품은 꼭 알아야 할 스웨덴어 세 단어가 적힌 쪽지였다.

"난민, 박해 받음, 혼자임."

갈아탄 화물차가 말뫼 공항 부근에서 정차하자, 운전사는 공항 건물을 가리키며 경찰서를 찾으라는 손짓을 했다. 그때 시마는 열한 살 또는 열두 살이었다. 지금은 열일곱 살 정도인데, 스웨덴에서의 삶은 시마가 사무라이 검을 손에 쥐고 있어야 안전하다고 느끼게 만들었던 모양이다.

앙네스 클라르스트룀의 집에는 여자아이 두 명이 더 있었는데, 둘은 대부분 방에 있다고 했다. 건물에는 울타리가 없었고, 방에 잠금장치가 있지도 않았다. 그러나 허락 없이 나가면 가출한 것으로 간주되었고 그런 일이 너무 자주 반복되면 앙네스는 인내심을 잃었다. 그럴 경우 아이들을 기다리는 것은 무거운 출입문과 커다란 열쇠꾸러미가 있는 시설이었다.

이틀 전에 가출한 아이의 이름은 미란다였다. 아프리카 차드에서 온 소녀인데, 아마 친구와 함께 가출을 감행한 모양이었다. 그 친구는 무슨 이유에서인지 스스로를 '티백'이라고 부른다고 했다. 미란다는 열여섯 살이었다. 국제연합의 난민 할당에 의해 가족과 함께 스웨덴에 도착했다.

직업교육을 받은 목수인 아버지는 검소한 사람으로, 신심이 무척 깊었다. 그러나 지속적인 추위, 그리고 예상했던 대로 되지 않으리라는 깨달음은 그의 용기를 꺾었다. 그는 대가족이 사는 방 세 개짜리 집에서 가장 작은 방에 틀어박혔다. 가구는 전혀 없고 아프리카의 모래만 조금 놓인 방이었다. 새로운 조국에 도착할 때 파손된 여행 가방에 들어 있던 모래였다. 그의 아내가 음식이 담긴 쟁반을 하루 세 번 문 앞에 놓아두었다. 그는 모두 잠든 밤이면 방에서 나와 화장실에 갔다. 아마 외로운 밤 산책도 했을 것이다. 어쨌든 가족들은 그렇게 생각했다. 아침에 일어나면 바닥에서 젖은 발자국을 발견할 때가 가끔 있었기 때문이다.

더 이상 견딜 수 없던 미란다는 어느 날 저녁 가출을 했다. 아마 왔던 길로 다시 돌아가기 위해서였을 것이다. 새로운 나라는 막다른 골목이었다. 몇 달 동안 크고 작은 절도를 끊임없이 저

지르다 경찰에 붙잡혀, 바깥에서 보낸 시간보다 이런저런 시설에서 보낸 시간이 더 많을 정도였다.

미란다는 다시 가출을 했다. 분노한 앙네스 클라르스트룀은 경찰이 정식으로 투입되어 미란다를 찾아서 데리고 올 때까지 절대 포기하지 않을 작정이었다.

정수리부터 촘촘하게 가닥가닥 땋은 멋진 헤어스타일을 하고 있는 미란다의 사진이 벽에 핀으로 고정되어 있었다.

"자세히 보면 왼쪽 관자놀이에 '사탄'이라는 글자를 땋아 넣은 게 보여요."

앙네스 클라르스트룀의 말에 자세히 들여다보니, 그녀 말이 옳았다.

어린아이들이 위탁부모에게서 자라는 것과 비슷한 이 그룹홈에는 또 다른 소녀가 한 명 살았다. 앙네스 클라르스트룀은 소녀들의 양육을 삶의 과제인 동시에 수입원으로 삼았다. 마지막 소녀는 가장 어린 열네 살이었다. 바짝 마른 체형이었고, 포획되어 두려움에 떠는 동물과도 같았다. 앙네스는 이 소녀에 대해 아는 게 거의 없었다. 전래동화에 등장하는 아이와 비슷했다. 어느 날 불쑥 나타난, 자기 이름이 뭔지 어디서 왔는지 모르는 아이.

2년 전 어느 날 저녁, 역 사무실 문을 잠그려던 셰브데의 역무원이 의자에 앉아 있는 한 소녀를 발견했다. 그가 나가라고 말했지만 아이는 알아듣지 못하는 것 같았다. 소녀는 '칼스보리 행 기차'라고 적힌 쪽지를 보여주었다. 역무원은 자기와 소녀 둘 중에 한 사람은 정신이 나갔다고 생각했다. 지난 15년 동안 셰브데와 칼스보리를 오간 기차는 단 한 대도 없었기 때문이다.

며칠 뒤 아이는 신문에 '셰브데 역의 소녀'로 대서특필되었다. 곳곳에 사진이 실렸지만 소녀를 아는 사람은 아무도 없었다. 아이는 이름조차 없었다. 심리학자들이 아이를 진찰하고, 특이한 언어에 통달한 통역사들이 아이에게 말을 시켜보기도 했지만 이 소녀가 어디 출신인지 밝혀낼 수 없었다. 아이의 과거로 향하는 유일한 연결점은 '칼스보리 행 기차'라고 적힌 이상한 쪽지뿐이었다. 베테른 호숫가에 있는 이 작은 지역을 샅샅이 뒤졌지만 그 누구도 소녀를 알지 못했다. 아이가 15년 전부터 다니지 않는 기차를 왜 기다렸는지 그 이유도 알 수 없었다. 석간신문이 구독자들의 투표를 통해 소녀에게 '아이다'라는 이름을 붙여 주었다. 아이다는 스웨덴 국적을 얻었다. 의사들이 아이의 나이가 열두 살, 많아야 열세 살이라는 데 의견일치를 본 뒤에는 신분증도 생겼다. 사람들은 숱이 많은 검은색 머리카락과 올리브색 피부를 근거로 이 소녀가 유럽과 가까운 서아시아 출신일 것이라고 짐작했다.

아이다는 2년 동안 말이 없었다. 모든 방법을 동원한 뒤 앙네스 클라르스트룀이 등장하자 변화가 일어났다. 어느 날 아침,

아이다가 아침을 먹으러 내려와 식탁에 앉았다. 그동안 내내 아이에게 말을 걸었던 앙네스 클라르스트룀은 그날도 마찬가지로 뭘 먹겠느냐고 물었다.

"웅유."

아이다가 거의 완벽한 스웨덴 어 발음으로 대답했다.

아이다는 그때부터 말을 하기 시작했다. 심리학자들이 아이다에게 몰려들었다. 그들은 아이다가 말을 시키려는 사람들의 이야기를 옆에서 듣는 동안 언어를 배웠으리라고 짐작했다. 특히 아이다가 또래 아이들의 어휘에서는 거의 찾아볼 수 없는 심리학이나 의학 용어를 많이 사용한다는 사실이 이런 짐작을 하게 했다.

말을 시작하기는 했지만 아이다는 자기가 누구인지, 칼스보리와 무슨 연관이 있는지에 대해서는 이야기하지 않았다. 진짜 이름이 뭔지 물으면 아이다는 사람들이 예상하던 대답을 했다.

"아이다예요."

아이다는 다시 신문의 머리기사를 장식했다. 아이다가 스웨덴 시민권을 얻기 위해 속임수를 썼다고 뒤에서 수군거리는 사람들도 있었지만 앙네스 클라르스트룀은 이와는 전혀 다르게 해석했다. 첫 대면에서부터 앙네스의 절단된 팔 부위를 뚫어지게 바라보았던 아이다는 거기서 의지할 언덕을 찾은 듯했다. 오랫동안 깊은 물속에 있다가 드디어 발을 디딜 수 있는 바닥에 다다랐다는 듯이. 절단된 앙네스의 팔은 아마 아이다에게 안전이라는 의미였을 것이다. 어쩌면 사람들의 사지가 절단되는 모습을 목격했는지도 모른다. 절단한 사람들은 아이다의 적이었고, 절단당한 사람들은 아이다가 믿었던 유일한 사람들이었다.

아이다의 침묵은 그 누구도, 특히 어린아이들은 절대 보아서는 안 될 일들을 목격했기 때문이었다.

말을 시작한 뒤에도 아이다는 자기 삶에 대해서는 입을 열지 않았다. 끔찍한 경험의 마지막 흔적에서 서서히 벗어나, 제대로 된 삶을 향한 여행을 이제 막 시작하는 데 성공한 것처럼 보이기도 했다.

앙네스 클라르스트룀은 다양한 주의회들로부터 지원을 받아, 이 세 아이들과 함께하는 작은 시설을 운영하고 있었다. 사회의 최극단에서 헤매는 아이들을 더 받아들이라고 그녀에게 부탁하는 사람들도 많았다. 그러나 앙네스는 시설을 키우면 포근함도, 아이들을 도와줄 여력도 없어진다며 이를 거절했다. 이곳에 머무는 아이들은 자주 가출하기는 했지만 거의 언제나 돌아왔다. 아이들은 앙네스 옆에서 오래 머물렀고, 목표로 정한 삶을 향해 떠날 수 있었다. 세 명 이상 담당했던 적은 한 번도 없었다.

"천 명과도 함께할 수 있지요."

앙네스가 말했다.

"버림받은, 또는 분노하는 여자아이들. 외로움도 증오하고, 자기가 속한 곳에서 환영받지 못한다는 느낌도 증오하는 아이들이에요. 나와 함께 있는 아이들은 가난한 사람은 경멸만 당한다는 사실을 체험했어요. 이 아이들은 자해를 하고 전혀 모르는 사람들을 칼로 찌르기도 하지만, 아무도 알아듣지 못하는 비명을 마음속 깊은 곳에서 지르는 거예요."

"어떻게 이 일을 시작하게 되었나요?"

앙네스는 내가 절단한 팔을 가리켰다.

"혹시 기억하실지 모르겠는데 나는 수영선수였어요. 진료 기록에 분명히 있었겠지요. 장래가 촉망된다, 그런 정도가 아니라 정말 우수한 선수가 될 수 있었어요. 메달도 많이 땄지요. 괜히 하는 말이 아니라, 내 강점은 다리가 아니라 팔의 힘에 있었어요."

머리를 하나로 묶은 젊은 남자가 방으로 들어왔다.

"노크하라고 그랬지! 나갔다가 다시 들어와."

앙네스가 소리를 질렀다.

젊은 남자는 깜짝 놀라더니, 노크를 하고 다시 들어왔다.

"절반만 제대로 한 거야. 내가 '들어오세요'라고 말할 때까지 기다렸어야지. 그런데 용건이 뭐야?"

"아이다가 화가 났어요. 모두를 협박하고 있어요. 시마를 목졸라 죽이려고도 하고."

"무슨 일이지?"

"모르겠어요. 그냥 심심해서 그러는 게 아닌가 모르겠네요."

"저희끼리 알아서 해결해야 해. 내버려둬."

"선생님과 이야기하겠대요."

"가겠다고 그래."

"지금 당장 말하고 싶다는데요."

"금방 갈 거야."

젊은 남자가 방에서 나갔다.

"쓸모없는 친구예요."

그녀가 웃으며 말했다.

"저 친구에게는 압력을 가하는 사람이 필요하지요. 내가 야단을 쳐도 별로 기분 나빠하지 않아요. 내 팔을 안됐다고 생각하는 모양이에요. 저 친구는 일자리 창출의 일환으로 이곳에 배당되었는데, 텔레비전 프로그램에 나가기를 꿈꾸고 있어요. 돌아가는 카메라 앞에서 성관계를 갖는 프로그램이에요. 거기 나가지 못하면 최소한 프로그램 진행자라도 되고 싶어 해요. 자기는 혈기왕성한 남성인데, 보호를 받아야 하는 여자아이들 틈에 끼어 있는 정도의 일밖에는 하지 못한다는 사실을 힘들어 해요. 그런데 내 생각에 저 친구는 대중매체에서 큰 성공을 거둘 가능성이 거의 없어요."

"냉소적으로 들리는군요."

"아니에요. 난 내가 돌보는 아이들을 사랑해요. 마츠 카를손도 사랑하지요. 하지만 그의 뻔뻔한 꿈을 응원한다거나, 자기가 여기서 꽤 큰 공헌을 하고 있다고 착각하게 만드는 친절을 베풀 생각은 전혀 없어요. 나는 그가 스스로를 돌아보고 자기 삶을 어디서 찾을지 알아낼 기회를 줘야 한다고 생각하는데, 내가 착각하는 것일 수도 있어요. 하지만 때가 되면 긴 머리카락을 자르고, 인생에서 뭔가 이루어 보려고 노력하게 될지도 모르지요."

앙네스가 자리에서 일어나 나를 휴게실로 데리고 가더니, 금방 다시 오겠다고 말하고는 자리를 떴다. 위층에서는 여전히 록 음악이 시끄럽게 울렸다.

창문 앞의 지붕에서 눈 녹은 물이 방울방울 떨어졌다. 작은 새들이 휙휙 스치고 지나가는 그림자처럼 나무 사이에서 이리저리 움직였다.

나는 소스라치게 놀랐다. 시마가 소리도 없이 들어와, 내 등 뒤에 서 있었다. 이번에는 예리하게 간 칼을 들고 있지 않았다.

시마가 소파에 앉아 다리를 끌어올렸다. 그러는 내내 나를 경계하는 눈치였다.

"왜 나를 망원경으로 봤어요?"

"널 본 게 아니야."

"난 아저씨를 봤어요. 소아성애자."

"무슨 소리야?"

"난 아저씨 같은 인간들을 잘 알아요. 어떤 사람들인지 안다고요."

"난 앙네스를 만나러 왔어."

"왜요?"

"그거야 앙네스와 나 사이의 일이지."

"자고 싶어서?"

나는 깜짝 놀라 얼굴이 붉어졌다.

"이런 대화는 그만두어야 할 것 같구나."

"무슨 대화? 어서 내 질문에 대답해요!"

"대답할 게 없다."

시마는 고개를 돌리고 더 이상 질문하지 않았다. 나에게 말을 건 것을 후회하는 듯했다. 나는 모욕을 당한 기분이었다. 소아성애자라고 뒤집어씌우다니, 상상도 못한 일이었다. 곁눈질로 시마를 살폈다. 아이는 정신없이 손톱을 물어뜯고 있었다. 검붉은 머리카락은 분노로 가득 차서 아무렇게나 빗질한 것처럼 헝클어져 있었다. 아주 어린 소녀가 너무 크고 너무 어두운 색깔의 옷을 입고 딱딱한 껍질 속에 숨어 있는 것 같았다.

앙네스가 방으로 들어오자 시마는 얼른 일어나서 나갔다. 조련사가 나타나자 동물이 물러나는군.

앙네스는 시마가 앉았던 자리에 앉아 다리를 끌어올렸다. 서로 흉내라도 내듯 똑같은 동작이었다.

"아이다가 갑자기 땀을 뻘뻘 흘리기 시작했어요."

"무슨 일이 벌어졌나요?"

"아무것도 아니에요. 자기가 누구인지 기억나기만 하면 그러지요. 그 아이는 스스로를 아무것도 아닌 존재라고, 절망적이라고 말해요. 낙오자 중의 낙오자라고. 스웨덴에서 '낙오자 당'이 창당된다면, 거기 가담해서 자기 경험을 보탤 사람들이 무척 많을 거예요. 나는 서른세 살이에요. 당신은?"

"두 배입니다."

"예순여섯, 많군요. 서른셋은 상당히 어린 나이지요. 그래도 우리나라에 오늘날만큼 심각한 위기는 일찍이 없었다는 사실을 알기에는 충분한 나이예요. 그런데 그걸 아무도 못 보는 모양이에요. 어쨌든 방향을 제시해야 할 사람들이, 우리나라에 눈에 보이지 않는 장벽이 계속 높아지고 있다는 사실을 못 보고 있어요. 이 장벽은 사람들을 갈라놓고, 불화가 깊어지게 하지요. 겉으로는 전혀 그렇게 보이지 않을 수도 있지만 스톡홀름 지하철을 타고 교외로 조금만 나가보세요. 엄청난 격차가 존재해요. 서로 다른 세계라고 주장한다면 말도 안 되는 소리예요. 같은 세계인데도 중심지에서 멀어질수록 다음 역은 곧 다음 장벽을 의미해요. 변두리로 완전히 나가면 진실을 볼 건지 말 건지 여부를 결정할 수 있어요."

"진실이 뭔데요?"

"최극단이라고 생각했던 게 중심지라는 것, 그리고 그게 이제 막 스웨덴을 개조하려고 한다는 사실이지요. 축이 서서히 방향을 돌리고 있어요. 안쪽과 바깥쪽, 가까운 곳과 먼 곳, 중심지와 변두리가 위치를 바꾸는 거예요. 내가 돌보는 아이들은 앞도, 뒤도 보이지 않는 무인지대에 있어요. 아무도 그 아이들을 원하지 않아요. 쓸데없다고 내던져진 아이들이에요. 이 아이들에게 유일하게 확실한 것은, 매일 아침 눈을 뜨면 마주하는 자기비하예요. 아이들은 잠에서 깨어나길 싫어해요! 일어나고 싶어 하지도 않아요! 쓴맛은 대여섯 살 때 이미 아이들의 영혼을 파고들었어요."

"그 정도로 안 좋은가요?"

"안 좋은 정도가 아니지요."

"나는 섬에 삽니다. 그곳에는 교외라는 것은 없고, 얕은 곳과 깊은 곳뿐이에요. 사무라이 검을 들고 달려드는 불행한 아이도 물론 없고요."

"우리는 아이들이 폭력 말고는 다른 표현 방법을 알지 못할 만큼 아이들에게 고통을 주고 있어요. 예전에는 남자아이들이 폭력을 썼지요. 요즘은 거리낌 없이 다른 사람들에게 심각한 폭력을 행사하는 난폭한 소녀 갱단이 있어요. 여자아이들이 친구들 사이에서 가장 악랄한 갱처럼 행동하는 것이 자기를 보호하는 길이라고 믿는다는 사실이 정말 참담해요."

"시마가 나더러 소아성애자라고 하더군요."

"나보고는 기분이 나쁠 때면 창녀라고 해요. 하지만 그 아이가 스스로에 대해 하는 말이 가장 끔찍하지요. 생각하고 싶지도 않아요."

"뭐라고 하는데요?"

"자기는 이미 죽었대요. 괴상한 시를 써서 아무 말도 없이 내 책상에 올려놓거나 주머니에 집어넣어요. 십 년 뒤에는 죽을지도 모르지요. 자살을 하거나 다른 누군가가 죽이거나, 마약이나 뭔가 다른 물질이 몸에 들어가 사고가 날 수도 있고요. 그런 일은 시마의 슬픈 역사에서 일어날 가능성이 높은 종말이에요. 하지만 고비를 넘기고 성공할 수도 있어요. 시마에게는 힘이 있어요. 스스로를 괴롭히는 자기비하를 떨쳐버릴 수만 있다면! 마비된 피와 무딘 감정만 들어 있는 육체에 산소를 공급해주는 게 전제조건이지요."

앙네스가 자리에서 일어났다.

"경찰이 미란다를 좀 더 적극적으로 찾게 해야겠어요. 그동안 가축우리로 산책이라도 하세요. 그 뒤에 이야기를 계속하지요."

나는 바깥으로 나갔다. 시마가 위층 커튼 뒤에 숨어서 눈으로 내 움직임을 좇았다. 어린 고양이들이 우리에 쌓여 있는 건초더미에 기어올랐다. 사방 벽이 판자로 된 칸에 말과 소가 한 마리씩 들어가 있었다. 할아버지와 할머니가 섬에서 가축을 기르던 아주 어린 시절의 냄새가 흐릿하게 기억났다. 말 주둥이를 쓰다듬고 소를 토닥였다. 앙네스 클라르스트룀은 확고한 삶을 꾸려 나가는 것 같군. 어떤 외과의사가 나에게 비슷한 실수를 저질렀다면 나는 어떻게 했을까? 아마 비참한 알코올중독자가 되어 공원 벤치에서 몸이 망가질 정도로 술을 마셨을 것이다. 아니면 뭔가 이루었을까? 그걸 누가 말할 수 있으랴.

마츠 카를손이 우리에 들어와 가축들에게 건초를 던져주기 시작했다. 그는 역겨운 일을 마지못해 한다는 듯이 느릿느릿 움직였다.

"앙네스 선생님이 들어오라고 했어요."

그가 불쑥 입을 열었다.

"말한다는 걸 깜박했네요."

나는 다시 집으로 들어갔다. 시마는 이제 창가에 없었다. 바람이 불고 눈발이 가볍게 날렸다.

앙네스가 복도에 서서 나를 기다리고 있었다.

"시마가 도망갔어요."

"조금 전에 보았는데요."

"그건 조금 전이었고, 지금은 사라졌어요. 당신 차를 타고."

자동차 열쇠가 들어 있는 주머니를 만져보았다. 차는 분명히 잠갔다. 사람이 나이가 들면 점점 더 많은 열쇠를 주머니에 넣고 다니게 된다. 다도해에 홀로 사는 사람도 마찬가지다.

숲 231

"못 믿는 것 같군요."

그녀가 말을 이었다.

"차가 나가는 걸 봤어요. 시마 재킷도 없어졌고요. 가출할 때마다 늘 입는 재킷이 있어요. 아마 그 재킷을 입으면 다치지도 않고 사람들 눈에도 띄지 않는다고 믿는 모양이에요. 칼도 가지고 갔어요. 버릇없는 것!"

"내 주머니에 자동차 열쇠가 그대로 들어 있어요."

"시마는 예전에 필리포라는 남자아이를 사귀었어요. 이탈리아에서 온 싹싹한 아이였는데, 그 아이가 시마에게 잠긴 차를 열고 시동을 거는 방법을 모두 가르쳐주었어요. 필리포는 늘 수영장이나 불법 카지노가 있는 건물 앞에 주차된 차를 훔쳤어요. 자동차 주인들이 꽤 오랫동안 돌아오지 않으리라는 걸 알았으니까요. 서툰 아마추어들이나 일반적인 주차장에 있는 자동차를 훔친다더군요. 또 수영장과 카지노는 아를란다 공항의 장기 주차장보다 중심지에 있어서 쓸데없이 오랫동안 차를 타고 갈 필요도 없고요."

"그런 걸 다 어떻게 알았어요?"

"시마가 이야기했어요. 나를 믿으니까요."

"그런데도 내 차로 도망을 쳤단 말입니까?"

"그것도 일종의 신뢰라고 할 수 있어요. 우리가 자기를 이해하리라고 믿는 거지요."

"난 자동차를 돌려받고 싶습니다."

"시마는 보통 기름이 떨어질 때까지 달려요. 당신이 이곳에 왔을 때, 모험을 무릅쓴 거지요. 물론 그 전에 알 리 없었겠지만."

"개를 데리고 가는 한 남자를 만났어요. 그가 '본데없는 아이들'이라는 표현을 사용하더군요."

"나도 그렇게 말해요. 그런데 개 품종이 뭐였지요?"

"모르겠어요. 털이 덥수룩한 갈색 개였어요."

"그럼 알렉산데르 브루운이군요. 한때 사기꾼이었어요. 어떤 은행 지점에서 일했는데, 고객들 돈으로 사기를 쳤지요. 고객의 서명을 위조하고, 주식에 대해 온갖 거짓말을 다 하며 옵션거래를 하다가 큰 사고를 쳤지요. 그런데도 감옥에 가지 않았어요. 지금 그 사람은 그때 횡령한 돈으로 잘 살고 있어요. 경찰이 그 돈을 찾지 못했거든요. 그 남자는 나도, 여기 사는 아이들도 싫어해요."

우리는 앙네스의 사무실로 갔다. 그녀가 경찰에 전화를 걸어 무슨 일이 벌어졌는지 설명했다. 통화 내용을 듣던 나는 경찰과의 대화가 느긋한 잡담처럼 들려 점점 더 화가 치밀었다. 그렇지 않아도 이미 상태가 시원찮은 내 자동차를 타고 고장이 날 만큼 달릴 가출 소녀를 찾는 일이 도무지 급해 보이지 않았다.

통화가 끝났다.

"경찰이 이제 뭘 하게 됩니까?"

숲 233

내 질문에 앙네스가 대답했다.

"아무것도 하지 않아요."

"뭔가 해야 하지 않나요?"

"경찰서에는 시마와 당신 자동차를 찾을 인력이 없어요. 기름이 다 떨어지면 시마는 차를 세워놓고 기차나 버스를 타고 돌아올 거예요. 아니면 다른 차를 훔치거나. 언젠가 한 번은 접이식 모페드를 타고 돌아왔어요. 이르든 늦든 여기 다시 나타날 거예요. 가출하는 아이들은 대부분 목적지가 없어요. 당신은 한 번도 가출한 적이 없나요?"

내가 벌써 12년 이상 도망을 다니고 있다는 게 유일하게 올바른 대답이 아닐까. 하지만 그 말은 하지 않았다. 아무 말도 하지 않았다.

우리는—앙네스와 아이다, 마츠 카를손과 나—여섯 시 무렵에 저녁을 먹었다. 아이다는 가출 중인 두 아이의 식사도 차렸다.

맛없는 생선 그라탱이었다. 나는 자동차 때문에 흥분해서 지나치게 빨리 먹었다. 아이다는 시마가 사라져서 기분이 좋은지 쉴 새 없이 이야기를 했다. 마츠 카를손은 아이다의 말에 귀를 기울이며 유쾌하게 대꾸했지만, 앙네스는 아무 말 없이 먹기만 했다.

식사가 끝난 뒤 아이다와 마츠 카를손이 설거지를 했다. 앙네스와 나는 우리로 갔다.

앙네스에게 용서를 구했다. 그런 다음 그 불운한 날에 무슨 일이 잘못되었는지 최대한 자세하게 이야기했다. 세부사항을 빠뜨리지 않으려고 번거로울 만큼 천천히 말했다. 그러나 사실 몇 단어만으로도 할 수 있는 말이었다. 절대 일어나서는 안 될 일이 일어났다고. 최고 책임을 맡은 기장이 이륙하기 전에 비행기의 외부 상태를 점검하듯이, 드러내고 씻긴 팔이 올바른 쪽인지 확인했어야 하는데 나는 그 책임을 다하지 못했다.

우리는 건초더미를 하나씩 차지하고 앉아 있었다. 앙네스는 내가 이야기하는 내내 나를 가만히 바라보았다. 이야기를 마치자 그녀가 자리에서 일어나, 자루에서 당근을 꺼내 말들에게 주었다. 그러고는 내가 있는 건초더미로 와서 옆에 앉았다.

"당신을 저주했어요. 수영을 정말 좋아하던 사람이 갑자기 그걸 그만두어야 한다는 게 무슨 뜻인지 당신은 절대 이해하지 못할 거예요. 당신을 찾아내어 지독하게 무딘 칼로 당신의 팔을 잘라내는 상상, 철사로 당신을 묶어 바다에 빠뜨리는 상상도 했어요. 하지만 당신을 만나 이야기를 듣고 보니 모든 응어리가 사라지네요. 증오는 스스로를 갉아먹는 기생충이에요. 지금 나에게 의미가 있는 것은 여기 아이들이에요."

그녀가 내 손을 잡았다.

"이제 그만해요. 팔이 한쪽밖에 없는 사람들은 감상에 젖기 쉽답니다. 그러기 싫어요."

숲 235

우리는 다시 안으로 들어갔다. 아이다의 방에서 시끄러운 음악이 들려왔다. 쇳소리가 나는 기타 소리, 망치질하는 듯한 베이스 소리에 벽이 진동했다. 앙네스 책상에 놓인 전화벨이 울렸다. 앙네스가 수화기를 들고 가만히 듣더니 뭐라고 몇 마디 했다.

"시마였어요. 인사 전해달라더군요."

"인사 전해달라고? 지금 어디 있습니까?"

"그 말은 하지 않았어요. 아이다더러 자기에게 전화하라고만 했지."

"당신이 시마에게 내 차를 가지고 오라고 말하는 소리를 듣지 못했는데요."

"난 그저 듣기만 했어요. 말한 사람은 그 아이예요."

앙네스가 일어나 위층으로 올라갔다. 음악 소리보다 더 크게 말하려고 고함을 지르는 그녀의 목소리가 들려왔다. 나는 앙네스 클라르스트룀을 찾았다. 그녀는 나에게 고함을 지르지 않았다. 비난을 쏟아 붓지도 않았고 꿈에서 나를 죽이려 했다는 말을 할 때조차 목소리를 높이지 않았다.

생각할 일이 많았다. 몇 주 안에 내 삶에 세 여자가 등장했다. 하리에트와 루이제, 그리고 이제 앙네스. 어쩌면 시마와 미란다, 아이다도 여기에 포함시켜야 할지 모른다.

앙네스가 내려왔다. 우리는 함께 커피를 마셨다. 마츠 카를손은 보이지 않고 록 음악은 여전히 시끄럽게 들려왔다.

초인종이 울렸다. 앙네스가 문을 열자, 경찰 두 명이 미란다로 보이는 여자아이와 함께 서 있었다. 경찰은 그 아이가 위험하기라도 하다는 듯이 팔을 꽉 움켜쥐고 있었다.

이렇게 아름다운 얼굴은 거의 본 적이 없는데……. 로마 군인들에게 둘러싸인 마리아 막달레나처럼 보이네.

아이는 아무 말도 하지 않았지만, 앙네스와 경찰이 하는 이야기로 미루어 미란다가 송아지를 훔치려다가 농부에게 들켰다는 사실을 알 수 있었다. 앙네스는 미란다가 가축을 훔칠 이유가 없다며 격렬하게 항의했다. 대화는 점점 거칠어졌고, 경찰은 피곤해 보였다. 아무도 듣는 사람이 없었다. 미란다는 꼼짝도 하지 않고 서 있었다.

경찰은 미란다가 송아지를 훔치려했다는 주장을 제대로 증명하지 못한 채 돌아갔다. 앙네스는 날카로운 목소리로 미란다에게 몇 가지 질문을 던졌다. 아이의 대답은 너무 나지막해서, 나는 이 아름다운 소녀가 무슨 말을 하는지 알아들을 수 없었다. 아이가 계단을 올라갔다. 시끄러운 음악이 잦아들었다.

앙네스는 부엌 의자에 앉아 자기 손톱을 내려다보았다.

"미란다가 내 친자식이라면 좋겠어요. 여기 와서 머물다 가는 아이들 중에 힘든 상황을 가장 잘 이겨낼 만한 아이지요. 자기 내면에 있는 수평선을 발견하기만 한다면 말이에요."

앙네스는 부엌 뒤에 있는 작은 방으로 나를 데리고 갔다. 나

숲 237

에게 거기서 자라고 하고는 사무실에 할 일이 많이 남았다며 자리를 떴다. 침대에 누워 있자니 눈앞에 내 차가 떠올랐다. 모터에서 연기가 나고, 앞좌석에 앉은 시마 옆에 날카롭게 벼린 칼이 놓여 있었다. 할아버지와 할머니가 아직 살아 있다면, 그래서 내가 이 이야기를 한다면 뭐라고 할까?

절대 믿지 못하고 이해하지도 못할 것이다. 혹사당하던 우리 아버지는 무슨 말을 할까? 눈물 많은 우리 어머니는? 전등을 끄고 어둠 속에 누워 있자니, 섬에서 산 12년의 삶이 나를 현실세계와 단절시켰다고 속삭이는 목소리들이 들려왔다.

그러다가 얼핏 잠이 들었던 모양이다. 뭔가 목에 차가운 것이 느껴져 눈을 떠보니, 시마가 내 목에 칼을 대고 서 있었다. 아이가 칼을 거두기까지 내가 얼마나 오랫동안 숨을 멈추고 있었는지 기억나지 않는다.

"아저씨 차가 마음에 들더군요. 낡고 빨리 달리지도 못하지만 마음에 들었어요."

난 침대에서 몸을 일으켜 앉았다.

시마가 칼을 창틀에 내려놓았다.

"차는 바깥에 세워두었어요. 망가뜨리지 않았어요."

"그래도 누군가 내 허락도 없이 차를 가져가는 건 싫다."

시마는 스팀에 등을 기대고 바닥에 앉았다.

"아저씨가 사는 섬 이야기를 해봐요."

"왜 해야 하지? 그리고 내가 섬에 산다는 건 어떻게 알았어?"

"어쨌든 알아요."

"멀리 바다 한가운데 있지. 지금은 얼음에 둘러싸여 있어. 가을에 폭풍우가 몰아칠 때는 밧줄로 잘 묶어두지 않으면 배들이 섬에 와서 부딪치지."

"그 섬에 정말 아저씨 혼자 살아요?"

"고양이와 개를 한 마리씩 길러."

"혼자인데 무섭지 않아요?"

"절벽이나 노간주나무들이 칼을 들고 덤비는 경우는 지극히 드물지. 그런 짓을 하는 건 사람뿐이야."

시마는 한동안 아무 말도 없이 앉아 있었다. 그러다가 일어나서 칼을 잡고 말했다.

"언제 섬으로 한 번 아저씨를 찾아갈지도 모르겠어요."

"못 믿겠는걸."

시마가 미소를 지었다.

"나도 그래요. 하지만 난 믿지 못할 짓을 자주 하니까."

나는 다시 잠들려고 해보다가 다섯 시에 자리에서 일어났다. 옷을 입고 앙네스에게 떠난다는 쪽지를 써서 잠긴 사무실 아래로 밀어 넣었다.

떠나올 때 앙네스의 집은 아직 잠들어 있었다.

모터에서 타는 냄새가 났다. 밤에 문을 여는 주유소에서 기름을 넣고, 해가 뜨기 직전에 항구에 도착했다.

잔교로 걸어 나갔다. 바람이 시원했다. 모두 얼어붙어 있었지만, 먼 바다의 짠 냄새가 느껴졌다. 드문드문 보이는 전등들이 어선 몇 척과 자동차 몇 대가 늘어선 항구를 비추었다.

나는 얼음장 위를 걸어 집으로 돌아갈 수 있게 해줄 빛을 기다렸다. 이런 일을 겪은 다음 삶을 어떻게 살아야 할지 알 수 없었다.

잔교에 서 있자니 울음이 터졌다. 내 속에 있는 문들이 모두 열렸다가 점점 더 강해지는 바람에 다시 닫혔다.

바다

나는 배신 당할까봐 두려워 내가 먼저 배신했다.
얽매이는 관계에 대한 두려움,
통제할 수 없을 만큼 강한 감정에 대한 두려움은
언제나 나를 뒤로 물러나게 만들었다.
왜 그랬는지는 알 수 없었다.
그러나 그런 사람이 나만이 아니라는 사실은 알고 있었다.
세상에는 나와 같은 종류의 두려움을 가진 남자들이 많았다.

1

 얼음은 4월이 되어서야 녹았다. 내가 섬에서 산 이래 얼음이 이렇게 오래 얼어 있던 적은 없었다. 3월 말까지도 만을 걸어 육지로 갈 수 있었다.
 얀손은 하이드로콥터를 타고 사흘에 한 번씩 와서 얼음 상태에 대해 알려주었다. 그는 1960년대의 어느 해 겨울도 이렇게 길었다고, 최북단 섬들이 얼음에 꽁꽁 싸여 있던 기억이 난다고 말했다.

 긴 겨울이었다.
 집 뒤 바위로 올라가 수평선을 바라보면 온통 하얀 풍경에 눈이 부셨다. 나는 이따금 할아버지가 남긴 목도리를 목에 두르고 낡은 스키 스틱도 들고 편평한 절벽과 작은 섬들이 있는 장소로 겨울 소풍을 나섰다. 요즘 사람들은 꿈도 꾸지 못하겠지만, 그곳은 할아버지와 증조할아버지가 청어를 잡던 곳이다. 이제 아무것도 없는 이곳을 걸으며, 노를 저어 이곳으로 오곤 했던 어린 시절의 기억을 떠올렸다. 난파당한 이상한 물체들이 바위 틈새에 숨어 있기도 했다. 잘린 인형 머리를 본 적도 있고, 또 언젠가는 78회전 음반이 들어 있는 방수 상자를 발견하기도 했다. 할아버지가 음악을 잘 아는 사람에게 물어보니, 그 음반은 내가 어릴 때 끝난 세계대전 때 독일에서 유행하던 노래라고 했다. 음반이 어떻게 그곳으로 쓸려왔는지는 알 수 없었다. 항해일지도 한 권 발견했다. 노를란드 해안의 제재소와 보관창고에서 아일랜드로 목재를 나르던 화물선에서 나온 항해일지였다. 아일랜드에서는 목재가 급하게 필요했다. '플래너건'이라는 이름의 화물선은 3천 톤을 적재했다. 항해일지가 바다에 빠진 이유는 아무도 알지 못했다. 할아버지가 여름마다 뢰뇌의 한 오두막에 머무는 은퇴한 교사에게 물어보았다. 그가 읽어보았지만, 항해일지가 바다에 던져진 날에 특이한 점은 적혀 있지 않았다. 그 날짜는 1947년 5월 9일로, 내 뇌리에 여전히 남아 있었다. 마지막에 적힌 내용은 "양묘기 얼른 기름칠"이었다. 그 뒤에는 아무것도 없었다. 항해일지는 미완성인 채 바다에 던져졌다. 배는 목재를 싣고 쿠비켄보리를 떠나 멀리 있는 벨파스트로 가던 길이었다. 날씨가 맑고 바다는 거의 잔잔했으며, 아침에 기입한 내용으로 볼 때 바람은 남남동 방향에서 초속 1미터로 불어왔다.

나는 이번 긴 겨울에 텅 빈 쪽이 많은 이 항해일지를 자주 떠올렸다. 항해일지를 바다에 집어던진 뒤에 더 이상 흔적을 남기지 않고 여러 항구로 계속 항해한 선장과, 대재난이 일어난 후의 내 삶을 비교했다. 사라지는 황여새와 점점 쇠약해지는 반려동물들에 대한 내용이 대부분인 간결한 내 일기장은 나 스스로에게조차 별로 중요하지 않았다. 내가 기록을 남기는 이유는,

그것이 내가 내용이 없는 인생을 살아간다는 사실을 매일 기억나게 하기 때문이었다. 나는 공허한 삶을 확인하기 위해 황여새에 대해 썼다.

이번 겨울은 회상의 계절이기도 했다. 갑자기 부모님 꿈을 꾸기 시작했다. 이미 오래 전에 잊었다가 다시 꿈에 나타나는 놀라운 기억들 때문에 한밤중에 깨는 일이 잦아졌다. 거실에서 주석 인형 군인들의 줄과 열을 맞추고, 워털루 전투나 나르바 전투의 다양한 움직임을 표시하느라 무릎을 꿇고 앉은 아버지 모습이 보였다. 어머니는 의자에 앉아 부드러운 눈길로 아버지를 바라보며 그저 가만히 앉아 있기만 했다. 주석 군인 놀이는 언제나 침묵 속에서 진행되었다.

주석 군인들의 행진은 일시적이긴 하지만 멋진 평화를 우리 집에 가져다주었다. 이따금 벌어지는 부부싸움은 꿈속에서도 불안했다. 어머니는 눈물을 흘렸고, 아버지는 자기 고용주 욕을 함으로써 옹색하게 분노를 표현했다. 나는 서서히 내 뿌리를 꿈꾸고 있었다. 내가 손에 괭이를 들고 돌아다니며 잃어버린 뭔가를 땅 속에서 찾는다는 것을 느낄 수 있었다.

이 겨울의 가장 큰 특징은 무엇보다도 잃어버린 것을 다시 찾았다는 점이었다. 하리에트가 나에게 딸을 선물했고, 앙네스는 나를 증오하지 않았다.

이 겨울은 또한 편지들이 오간 계절이었다. 나는 편지를 썼고 답장을 받았다. 섬에서 12년을 사는 동안 받아온 얀손의 지속적인 방문이 처음으로 의미있는 일이 되었다. 얀손은 나를 여전히 주치의로 생각했으므로 내가 상상의 질병을 진찰해주길 바랐다. 그러나 이제 그는 우편물을 가지고 왔고, 나도 이따금 답장 한두 개를 그의 손에 쥐어주었다.

첫 번째 편지는 섬으로 돌아온 날 바로 썼다. 어둑한 잿빛 여명 속에서 얼음장 위를 걸어 집으로 돌아왔다. 먹이를 충분히 주고 갔는데도 개와 고양이는 좀 야위어 보였다. 둘에게 먹이를 준 뒤에 부엌 식탁에 앉아 앙네스에게 편지를 썼다.

"갑자기 떠나오게 되어 미안합니다. 나 때문에 너무 심한 고통을 당한 당신을 만났다는 사실에 내가 어쩌면 압도당했는지도 모르겠습니다. 나는 아주 많은 이야기를 하려 했어요. 아마 당신도 질문이 많았겠지요. 섬에 돌아왔습니다. 만과 해변에 얼음이 딱딱하게 얼어 있어요. 내가 갑작스럽게 떠나오긴 했지만 이것이 우리 만남의 끝은 아니길 바랍니다."

한 단어도 고치지 않았다. 다음날 얀손에게 편지를 건네주었다. 그는 내가 집을 비웠던 것을 모르는 듯했다. 내가 편지를 주자 얀손은 당연히 놀란 표정이었다. 그러나 아무것도 묻지 않았다. 이 날은 어디가 아프다는 말조차 없었다.

지난번에 쓴 편지에 답장을 받지 못했지만, 저녁에는 하리에트와 루이제에게도 편지를 쓰기 시작했다. 편지는 너무 길어졌다. 둘에게 같이 편지를 쓰는 게 옳지 않다는 것도 깨달았다. 나는 두 사람이 서로 어떤 것을 아는지, 서로를 어떻게 생각하는지 짐작했으므로 둘이 함께 받는 편지를 쓸 수 없었다. 편지를 찢고 처음부터 다시 시작했다. 고양이는 부엌 의자에 앉아 잠이 들었고, 개는 조리대 옆 바닥에서 신음하고 있었다. 관절이 아픈 모양이었다. 가을까지 버티지 못하겠구나. 고양이도…….

하리에트에게 쓰는 편지에는 건강이 어떤지 물었다. 당연히 좋지 않으니 바보 같은 질문이었지만 그래도 물었다. 비상식적인 질문이 자연스러운 질문이었다. 그런 다음 우리가 함께한 여행 이야기를 꺼냈다.

"우린 그 숲 속 연못으로 갔어. 익사할 뻔한 나를 당신이 구해주었지. 집에 돌아온 이제야 내가 죽음과 얼마나 가까이 있었는지 느껴지는군. 물속에 1분만 더 있었더라면 아마 죽었겠지. 하지만 가장 중요한 점은, 당신이 나를 건져낼 때 마치 나를 용서하는 것처럼 느껴졌다는 사실이야."

그 사건을 떠올리니 소름이 끼쳤다. 그러나 그 일 때문에 아침에 얼음 구멍을 뚫는 일을 중단할 생각은 없었다. 그렇게 며칠이 지난 뒤 나는 얼음 목욕이 예전만큼 필요하지 않다는 것을 깨달았다. 하리에트와 루이제를 만난 뒤에는 그 일이 더 이상 절실하지 않았다. 아침 얼음 목욕은 점차 뜸해졌다.

같은 날 저녁, 루이제에게도 편지를 썼다. 1909년에 출간된

사전 시리즈 중 낡은 일반상식사전에서 카라바조를 찾아 읽었다. 사전 인용으로 편지를 시작했다. "힘차면서도 어두운 색채와 대담한 자연 묘사는 당연히 엄청난 주목을 끌었다." 편지를 찢었다. 이런 말을 내 생각인 척 할 수 없었다. 또 고풍스러운 단어를 바꾼다고 해도, 100년이 넘은 책을 표절했다고 인정하기도 싫었다.

처음부터 다시 시작했다. 짧은 편지가 되었다.

"내가 캠핑카 문을 세게 닫았지. 그러지 말았어야 했어. 혼란스러워서 정신이 없었다. 용서해라. 우리가 앞으로 서로 모르는 사람처럼 살지 않기를 바란다."

좋은 편지가 아니었다. 그리고 상대방에게 좋은 인상을 주지도 못했다는 것을 이틀 뒤에 알게 되었다. 한밤중에 전화벨이 울렸다. 반쯤 잠에 취한 채, 깜짝 놀란 개와 고양이 사이를 비틀거리며 걸어가 수화기를 집어 들었다. 루이제였다. 무척 화가 나 있었다.

루이제는 귀가 쨍쨍 울리도록 소리를 질렀다.

"그런 편지를 보내다니, 너무 화가 나요! 아버지는 뭔가 조금 불편하고 귀찮아지면 문을 세차게 닫지요!"

새벽 3시였다. 술에 취한 루이제를 진정시키려고 애를 썼다. 그러나 그 때문에 루이제의 분노는 오히려 더 끓어올랐다. 그래서 마음껏 흥분하도록 아무 말도 하지 않았다.

내 딸이야. 나는 낮게 혼잣말을 했다. 루이제는 지금 해야 할 말을 하는 거야. 얀손에게 건넨 내 편지가 좋지 않다는 거야 처음부터 알고 있었잖아.

루이제가 수화기에 대고 얼마 동안이나 소리를 질렀는지 기억나지 않는다. 문장 중간에 갑자기 딸깍 소리가 나더니 전화가 끊어졌다. 메아리치는 공허감만 남았다. 나는 탁자에서 몸을 일으키고 거실 문을 열었다. 더 커진 개미집이 천장 전등 불빛 아래서 모습을 드러냈다. 적어도 내 눈에는 더 커진 것처럼 보였다. 그런데 개미들이 반수면 상태인 겨울에도 개미집이 커질까? 루이제가 한 말에 대해서와 마찬가지로 이 질문에 대한 답도 나에게는 없었다. 루이제가 화가 났다는 것을 이해할 수 있었다. 루이제는 나를 이해할까? 이해할 게 있기나 할까? 그동안 존재조차 모르던 성인 여자를 딸로 느낄 수 있을까? 루이제에게 나는 누구였을까?

걷잡을 수 없는 불안이 밀려왔다. 나는 식탁에 앉아 할머니 때부터 식탁에 깔려 있던 파란색 방수포를 세차게 붙잡았다. 공허와 무기력이 나를 잠식해왔다. 루이제가 속까지 파고 들어와 나를 쥐어뜯었다.

아침이 밝아올 무렵 바깥으로 나섰다. 하리에트가 저편 얼음장 위에 서 있지 않았더라면 얼마나 좋았을까. 나는 딸이 없는 인생을 계속 살아갔을 테고, 루이제 역시 예전처럼 아버지 없이도 잘 살았겠지.

할아버지의 낡은 모피를 두르고 선착장 벤치에 앉았다. 개도, 고양이도 보이지 않았다. 둘이 함께 움직이는 일은 드물었다. 나는 개와 고양이도 이따금 서로 자기 의도를 속이는지 궁금했다.

나는 벤치에서 일어나, 운무에 대고 고함을 질렀다. 소리는 메아리치다가 여명 속으로 사라졌다. 질서는 이미 깨졌다. 하리에트가 나타나 내 인생을 흩트려놓았다. 루이제는 내 귀에 대고 진실을 외쳤고, 나는 거기에 어떤 변명도 할 수 없었다. 앙네스도 언젠가 예상치 못한 분노로 나를 공격할까?

다시 주저앉았다. 할머니의 이야기, 할머니의 불안이 나를 덮쳤다. 운무 속을 걷거나 안개 속으로 노를 저어간 사람은 어디론가 사라져서, 다시는 그에 대한 소식을 듣지 못한다고 했다.

나는 12년 동안 섬에서 홀로 살았다. 그런데 이제 이 섬이 세 명의 여자에게 정복당한 느낌이었다.

여름이 되면 아마 이들을 섬으로 초대하는 게 옳을 것이다. 아름다운 여름날 저녁에 세 여자는 나를 차례로 공격하겠지. 내가 거의 죽어갈 때, 루이제는 나에게 결정적인 패배를 선언하기 위해 복싱 글러브를 끼고 나를 때려눕힐지도 모르겠다.

루이제가 천까지 세더라도 나는 일어나지 않을 거고.

몇 시간 뒤, 얼음 구멍을 깨고 물속으로 들어간 나는 평소보다 훨씬 오랫동안 차가운 물속에 있으라고 스스로에게 강요했다.

늘 그렇듯이 얀손이 하이드로콥터를 타고 왔다. 이날은 나에게 온 편지가 없었고 나도 그에게 건넬 편지가 없었다. 얀손이 막 떠나려는 순간, 나는 그가 오랫동안 치통 이야기를 하지 않았다는 데 생각이 미쳤다.

"치통은 좀 어떤가?"

얀손이 놀란 듯이 되물었다.

"치통이라뇨?"

더 이상 묻지 않았다. 하이드로콥터가 운무 속으로 사라졌다.

선착장을 떠나 보트로 가서 방수포를 다시 한 번 걷어보았다. 손질되지 않은 보트 바깥 면은 1년만 더 그대로 세워두면 완전히 망가질 터였다.

그날 루이제에게 편지를 썼다. 생각나는 모든 것과 잊어버린 것, 그리고 내가 어쩌면 앞으로 저지를지도 모르는 온갖 일들에 대해 용서를 구하고는 보트에 대한 이야기로 편지를 맺었다.

"할아버지에게서 물려받은 낡은 나무 보트가 하나 있어. 방수포로 덮어 두었지. 보트를 그렇게 함부로 다루다니, 정말 창피한 일이야. 걷어붙이고 수리를 할 엄두가 나지 않았어. 여기 섬에서 살고부터 나도 방수포로 덮여 나무 받침대 위에 있는 느낌이야. 나를 먼저 수리하지 않고서는 절대로 보트를 고치지 못할 거야."

며칠 뒤 얀손에게 편지를 건넸다. 그는 1주일 뒤에 루이제의 답장을 가지고 왔다. 며칠 동안 날이 풀리더니 다시 추워졌다. 겨울은 물러갈 생각을 하지 않았다. 고양이와 개를 바깥으로 내보내고 부엌 식탁에 앉아 편지를 읽었다. 가끔 둘을 견디지 못할 때가 있었다.

"입술이 건조하게 갈라진 채 인생을 살았다는 생각이 들 때가 있었어요. 다른 때보다 살기 힘들다고 느낀 어느 날 아침에 나를 엄습한 생각이에요. 내가 살아온 인생이 어땠는지 아버지에게 이미 암시를 했으니 따로 설명할 필요는 없겠지요. 세부사항을 더 이야기하며 미화한다고 해도 달라질 건 없어요. 이제 아버지와 함께 살 가능성을 찾으려고 노력하고 있어요. 숲에서 나온 트롤(게르만 신화에 등장하는 생명체로, 거인 또는 난쟁이 형태-옮긴이)이 아버지로 밝혀졌지요. 이야기를 하지 않은 사람은 엄마라는 걸 알고 있지만, 아버지에게도 화가 나는 건 어쩔 수가 없군요. 아버지가 문을 쾅 닫고 가버렸을 때, 턱을 얻어맞은 느낌이었어요. 처음에는 아버지가 그렇게 가버린 게 차라리 낫다고 생각했지만, 허무한 느낌이 점점 더 커지더군요. 우리가 적어도 서로 친구가 될 수 있는 길을 찾으면 좋겠어요."

루이제는 편지 끝을 멋지게 휘어진 엘(L)자로 서명했다.

나는 생각에 잠겼다. 아름다운 이야기는 아니야. 하리에트와 루이제와 나……. 루이제가 우리 둘에게 화를 내는 건 지극히 당연해.

편지가 캠핑카와 섬 사이를 오가는 동안 겨울도 흘러갔다. 이제 다시 스톡홀름으로 간 하리에트에게서도 이따금 편지가 왔다. 누가 그녀를 스톡홀름으로 데려다주었는지는 그녀 스스로도, 루이제도 이야기하지 않았다. 하리에트는 매우 피곤하다고, 하지만 숲 속 연못의 추억, 그리고 루이제와 내가 만났다는 사실이 자기를 지탱하게 한다고 썼다. 병세가 어떤지 묻는 내 질문에는 한 번도 대답하지 않았다.

하리에트의 편지에서는 거의 경건하다고 할 만한 차분한 체념이 느껴졌다. 늘 금방이라도 분노로 발작을 일으킬 것 같은 그림자가 행간에 드리워져 있는 루이제의 편지와는 완전히 달랐다.

아침에 눈을 뜰 때마다 내 인생에 대해 진지하게 생각해보아야겠다고 마음먹었다. 더 이상 세월을 헛되게 흘려보낼 수 없었다.

그러나 나는 결정을 내리지 못했다. 가끔 보트 방수포를 들고, 지금 내가 바라보는 것이 나 자신이라고 생각했다. 벗겨지는 페인트도, 갈라진 틈과 습기도 내 것이었다. 서서히 썩어가는 나무 냄새도 아마 마찬가지일 것이다.

낮이 길어졌다. 철새들이 돌아오기 시작했다. 철새들은 대부분 밤에 이동하는데, 망원경으로 가장 먼 얼음 가장자리의 바다새를 볼 수 있었다.

3월 19일, 개가 죽었다. 늘 그랬듯이 그날도 아침 일찍 부엌으로 들어가 개를 바깥으로 내보냈다. 개가 고통을 느끼고 바구니에서 힘겹게 몸을 일으키는 게 똑똑히 보였다. 그러나 여름까지는 살아 있으리라고 생각했다. 얼음 목욕을 마치고 부엌에서 몸을 닦은 다음 보트 창고로 내려갔다. 화장실에 관이 하나 느슨해져서 수리할 도구를 꺼내기 위해서였다. 개가 보이지 않는 게 이상했지만 그때까지만 해도 찾지는 않았다. 점심 무렵이 되어서야 개가 집을 떠났다는 사실을 깨달았다. 고양이도 의아한지 바깥 계단에 앉아 두리번거리고 있었다. 바깥에 나가 불러봤지만 개는 돌아오지 않았다. 뭔가 일이 벌어졌다는 생각이 서서히 들었다. 재킷을 걸치고 개를 찾기 시작해 거의 한 시간쯤 뒤에 섬의 다른 쪽, 기이한 형태의 암석들이 얼음장 위로 솟아있는 곳에서 개를 발견했다. 바람을 막을 수 있는 작은 구덩이 안에 누워 있는 개를 얼마나 오랫동안 바라보았는지 기억나지 않는다. 개는 수정처럼 빛나는 눈을 뜬 채 누워 있었다. 예전에 선착장에서 얼어 죽은 갈매기에게서 본 눈이었다.

죽음은 초토화다. 삶의 은신처는 하나도 남지 않는다.

개를 집으로 들고 왔다. 생각보다 무거웠다. 죽은 생명체는 언제나 무겁다. 괭이를 꺼내, 사과나무 아래에 개를 묻을 만큼 큰 구덩이를 하나 팠다. 개를 구덩이에 밀어 넣고 흙을 다시 덮을 때까지 고양이는 계단에 앉아 내내 지켜보았다. 개는 이미 뻣뻣하게 굳은 상태였다.

괭이를 벽에 기대놓았다. 아침처럼 다시 안개가 끼었다. 그러나 이번에는 내 눈이 뿌예진 거였다. 나는 개를 애도했다.

항해일지에 개가 죽었다고, 아홉 살하고 석 달 살았다고 적어 넣었다. 저인망 어업을 하는 어부들에게서 새끼일 때 산 개였다. 그 어부들은 출처가 수상한 개들을 기르며 노년을 보냈다.

개를 한 마리 다시 기를까 며칠 동안 고민했다. 하지만 앞날이 불투명했다. 이제 곧 고양이도 죽을텐데, 그러면 나를 이 섬에 묶어두는 것은 아무것도 없었다. 나 스스로 원하는 경우를 제외하고는.

루이제와 하리에트에게 개가 죽었다는 편지를 썼다. 두 번 모두 눈물이 쏟아졌다.

둘의 답장은 무척 달랐다. 루이제는 내가 개를 그리워하는 것을 이해하는 반면, 하리에트는 늙고 병들었던 개가 드디어 평안을 찾게 되었는데 왜 슬퍼하느냐며 의아해했다.

보트 수리를 시작하지 않은 채 몇 주가 흘러갔다. 안절부절못하고 뭔가를 기다리는 기분이었다. 나 스스로에게 편지를 써서, 앞으로의 계획이 어떤지 설명하는 게 좋을까?

낮이 점점 더 길어졌다. 암석 틈의 눈이 녹기 시작했지만 바다는 여전히 얼음으로 덮여 있었다.

드디어 얼음이 헐거워진 어느 날 아침, 난바다까지 틈이 벌어졌다. 얀손은 하이드로콥터는 세워두고 모터보트를 타고 왔다. 그는 다음 겨울에는 바다와 육지 모두에서 움직일 수 있는 호버크라프트를 마련할 것이라고 말했다. 내가 청하지도 않은 설명을 그가 상세하게 했음에도 불구하고 나는 그게 뭔지 제대로 알아듣지 못했다. 얀손은 왼쪽 어깨를 진찰해달라고 했다. 혹시 덩어리가 만져지지는 않는지? 종양인지?

그런 것은 전혀 없었다. 얀손은 예나 지금이나 완벽하게 건강했다.

그날 보트의 방수포를 벗기고 바깥 면을 긁기 시작했다. 고물에서 예전 색깔이 나오도록 완전히 벗기는 데 성공했다.

다음날 일을 계속할 생각이었다. 그러나 그 사이에 다른 일이 끼어들었다. 아침에 얼음 목욕을 하려고 선착장으로 내려갔을 때, 섬에 올라와 있는 작은 모터보트를 발견했다.

나는 숨을 죽이고 그 자리에 멈추어 섰다.

보트 창고 문이 열려 있었다.

누군가 나를 찾아왔다.

2

보트 창고에서 빛이 반사되었다. 그게 날카롭게 간 칼날에 반사되는 햇빛이라고는 상상도 하지 못했다. 보트 창고에 서 있는 사람은 시마였다.

시마가 손에 칼을 든 채 어둠 속에서 나왔다.

"아저씨가 깨지 않을 줄 알았어요."

"여기 어떻게 왔지? 섬으로 몰아넣은 보트는 또 뭐야?"

"그냥 탔어요."

"타다니?"

"항구에서. 잠기긴 했지만 쇠사슬로 묶여 있지는 않아서 문제가 되지 않았거든요."

"훔쳤다는 소리야?"

고양이가 선착장으로 내려와 약간 떨어진 곳에 서서 시마를 바라보았다.

"개는 어디 있어요?"

"죽었다."

"그럴 리가, 죽다니요?"

"죽었다고. 죽음은 하나밖에 없어. 더 이상 살아 있지 않다는 소리야. 죽었어. 내 개는 죽었어."

"나도 예전에 개가 있었어요. 그 개도 죽었어요."

"개들은 죽어. 내 고양이도 더 이상 오래 살지 못할 거야. 이미 늙었어."

"쏘아버릴까요? 총 있어요?"

"대답하고 싶지 않다. 그보다는 네가 여기서 뭘 하는지, 왜 보트를 훔쳤는지 알고 싶다."

"아저씨를 만나려고요."

"왜?"

"아저씨가 싫었으니까요."

"싫어서 만나고 싶었다고?"

"왜 아저씨가 싫은지 알고 싶었어요."

"너 제정신이 아니구나. 어떻게 보트를 조종할 수 있지?"

"베테른 호숫가의 보육시설에서 살았던 적이 있어요. 거기 보트가 있었어요."

"내가 여기 사는 건 어떻게 알았지?"

"교회 옆에서 청소를 하는 어떤 늙은이에게 물었어요. 어렵지 않던데요. 섬에 쑤셔 박혀 사는 의사에 대해 물었지요. 내가 아저씨 딸이라고 했어요."

난 포기했다. 뭘 물어도 시마는 척척 대답했다. 교회 청소를 위해 고용된 후고 페르손이 수다쟁이라는 사실은 이미 알고 있었다. 그가 아마 시마에게 길도 가르쳐주었을 것이다. 어렵지 않았다. 등대 방향으로 미트보덴으로 직진하여 높은 암벽들이 있는 예른순데트를 지나면, 보트가 들어오는 만의 돌 옆에 두 개의 표지목이 있는 이 섬으로 곧장 올 수 있었다.

시마는 피곤해 보였다. 얼굴이 창백하고 눈빛이 흐렸으며, 머리는 싸구려 핀으로 아무렇게나 올려 묶고 있었다. 옷차림은 모두 검었고 운동화 끈만 빨간색이었다.

"집으로 올라가자. 보나마나 시장하겠지. 뭔가 먹을 걸 만들어주마. 그런 다음 해안경비대에게 전화를 해서 네가 여기 있다는 것과 보트를 훔쳤다는 사실을 알려야겠다. 그 사람들이 널 데리러 올 거야."

시마는 아무 말도 하지 않았고, 칼을 나에게 겨누지도 않았다. 부엌에 들어가 뭘 먹겠느냐고 물어보았다.

"오트밀."

"사람들이 이제 오트밀은 더 이상 먹지 않는다고 생각했는데."

"사람들이 뭘 하든 나랑은 상관없어요. 난 오트밀을 먹고 싶어요. 내가 직접 끓일 수 있어요."

귀리도 있고, 오래되지 않은 사과 소스 한 병도 있었다. 시마는 오트밀을 진하게 끓였다. 그러고는 사과 소스 병을 옆으로 밀어놓고 그릇에 우유를 채우고는 천천히 먹기 시작했다. 칼은 식탁에 놓아두었다. 커피와 차 중에 뭘 마시겠냐고 물었지만 시마는 고개를 저었다. 오트밀만 먹겠다고 했다. 나는 시마가 왜 나를 찾아 섬으로 왔는지 알아내려고 애를 썼다. 왜 왔을까? 지난번에 보았을 때는 칼을 들고 덤비지 않았던가. 그런데 이제 내 부엌 식탁에 앉아 오트밀을 먹고 있다니, 이해할 수 없는 일이었다.

시마가 설거지를 하고 그릇을 건조대에 올려놓았다.

"피곤해요. 자야겠어요."

"방에 침대가 있어. 거기서 자도 돼. 그런데 그 방에 개미집이 있다는 말을 미리 해야겠구나. 이제 봄이라 개미들이 서서히 깨어나고 있어."

시마는 내 말을 믿었다. 개가 죽었다는 말은 믿지 못하더니, 개미집이 있다는 말은 그대로 받아들였다.

시마가 부엌의 장의자를 가리키며 말했다.

"여기서도 잘 수 있어요."

베개와 이불을 가져다주자 시마는 옷과 신발을 그대로 입고 신은 채, 이불을 머리 위까지 끌어올려 덮고는 잠이 들었다. 나는 시마가 잠이 깊게 들었다는 것을 확인한 뒤 옷을 갈아입으러 갔다.

그런 다음 고양이와 함께 다시 만으로 갔다. 모터보트는 리드 상표로, 25마력짜리 머큐리 선외 모터가 달려 있었다. 몸체가 바닥 돌에 세차게 부딪힌 상태였다. 시마가 일부러 섬으로 보트를 몰아 부딪혔다는 것은 의심할 여지가 없었다. 혹시 바닥 플라스틱이 깨져서 구멍이 뚫린 건 아닌지 살펴보았지만 그런 훼손은 눈에 띄지 않았다.

만약 얀손이 온다면, 보트를 발견할 터였다. 내가 결정을 내릴 수 있는 시간은 몇 시간밖에 되지 않았다. 해안경비대에 전

바다

화를 하는 게 마음에 썩 내키지는 않았다. 할 수만 있다면 관청에 알리지 않고 시마를 앙네스에게 돌려보내고 싶었다. 나를 위해서도 그랬다. 늙은 의사가 그룹 홈에서 가출하고 보트를 훔친 여자아이의 방문을 받는다는 것은 좋은 소문이 아니었다.

보트용 파이크 폴과 지렛대로 사용한 나무판 덕분에 보트를 다시 바다로 밀어낼 수 있었다. 파이크 폴로 선착장까지 보트를 끌고 와서, 나에게 있던 작은 나룻배를 고물에 단단하게 묶었다. 전기 시동기가 있었지만 시동을 걸려면 열쇠가 필요했다. 시마가 보트를 훔쳤을 때 당연히 열쇠는 꽂혀 있지 않았다. 시마는 전선을 합선시켜 시동을 걸었고, 나도 그렇게 했다. 네 번의 시도 끝에 시동이 걸렸다. 후진하여 선착장을 떠나, '한숨'이라고 불리는 두 개의 작은 섬들로 향했다. 두 섬 사이에는 사람들 눈에 잘 띄지 않는 작은 자연항이 있었다. 훔친 보트를 한동안 그곳에 둘 작정이었다.

그 섬들이 왜 한숨이라고 불리는지에 대해서는 의견이 분분했다. 얀손의 주장에 따르면 그곳에는 오래 전에 모세라는 새 사냥꾼이 살았는데, 자기가 솜털오리를 잡을 때마다 한숨을 쉬었다고 한다. 그래서 모세 때문에 그곳에 그런 이름이 붙었다는 거였다.

그게 사실인지는 알 수 없었다. 내 해도에는 그곳의 이름이 표시되어 있지 않았다. 그러나 바다에서 솟아오른 척박한 두 개의 절벽에 붙은 '한숨'이라는 이름은 내 마음에 무척 들었다. 나무들이 속삭이고 꽃들이 수군거리며, 딸기덤불이 귀에 낯선 멜로디를 흥얼거리고, 할머니의 사과나무 뒤편 절벽 틈새에 핀 들장미들이 이름모를 악기로 아름다운 음을 연주할 때가 있다. 그러니 작은 섬들이 한숨을 쉬지 않을 이유가 어디 있으랴?

 나룻배로 다시 선착장까지 노 저어 돌아오는 데 거의 한 시간이 걸렸다. 이날 아침에는 얼음 목욕을 할 수 없었다. 시마는 이불을 덮은 채 여전히 자고 있었다. 처음 누웠을 때와 자세도 똑같았다. 얀손의 보트가 내는 모터 소리가 들려 선착장으로 내려가 그를 기다렸다. 북동쪽에서 미풍이 불어왔다. 4도쯤 되는 것 같았다. 봄은 아직 먼 모양이었다. 물고기 한 마리가 선착장 옆에서 뛰어 올랐다가 다시 물속으로 사라졌다.

 이날 얀손은 머리카락 때문에 고민이 많았다. 점점 대머리가 된다고 걱정했다. 나는 이발사에게 물어보라고 조언했다. 그는 내 말에 동의하는 대신, 잡지에서 찢은 종이를 보여주며 읽어보라고 했다. 바르기만 하면 금방 효과가 나타난다는 기적의 액체 약품에 관한 전면광고였다. 여러 가지 첨가물 중에 있는 라벤더를 보니 어머니 생각이 났다. 나는 얀손에게 값비싼 상품 광고에 적힌 말을 모두 믿으면 안 된다고 말했다.

 "조언을 해달라고요."

"이미 했잖아. 이발사에게 물어보게. 탈모에 대해서 나보다 훨씬 많이 알고 있을테니."

"의대에서 공부할 때 탈모는 배우지 않나요?"

"솔직히 말해서 많이 배우지는 않네."

그가 모자를 벗고 갑자기 나를 존경하기라도 한다는 듯이 고개를 숙였다. 그의 머리카락은 여전히 숱이 많았다. 뒷머리도 마찬가지였다.

"숱이 적어진 게 안 보여요?"

"나이가 들면 숱이 적어지는 게 당연하네."

"광고에는 그 말이 사실이 아니라고 적혀 있어요."

"그럼 그 제품을 주문해서 모근에 마사지해보게나."

얀손이 잡지를 구기며 말했다.

"진짜 의사인지 가끔 의심스러울 때가 있다니까요."

"적어도 정말 아픈 환자와 자기가 아프다고 상상하는 집배원을 구분할 줄은 아네."

대꾸를 하려던 얀손이 내 등 뒤에 있는 뭔가에게로 눈길을 돌렸다. 나도 몸을 돌렸다. 거기 시마가 서 있었다. 고양이를 팔에 앉고, 허리에는 칼을 차고 있었다. 시마는 아무 말없이 미소만 짓고 있었다. 눈동자가 검고 머리카락은 엉클어졌으며 사무라이 검까지 찬 젊은 여자가 나를 찾아왔다는 소문이 며칠 내에 다도해 전체로 퍼지겠구나.

"이 약품을 주문해야겠네요."

얀손이 싹싹한 음색으로 말했다.

"오래 방해하지 않을게요. 오늘은 온 편지가 없군요."

그가 후진해서 선착장에서 멀어졌다. 나는 눈으로 그를 좇았다. 몸을 돌려 보니, 시마는 이미 집으로 올라가는 중이었다. 고양이는 바닥에 내려와 있었다.

내가 들어갔을 때 시마는 부엌 식탁에 앉아 담배를 피우고 있었다.

"보트는 어디 있어요?"

"사람들 눈에 띄지 않는 곳에 가져다 놓았다."

"아래 선착장에서 누구와 이야기한 거예요?"

"얀손이라는 집배원이야. 이곳 섬들에 우편물을 배달하지. 그가 너를 본 건 정말 안 좋은 일이다."

"왜요?"

"얀손은 수다스러워. 떠버리야."

"난 상관없어요."

"넌 여기 살지 않지만 나는 이곳 주민이야."

시마는 할머니가 사용하던 오래된 찻잔받침에 담배를 눌러 껐다. 그것도 마음에 들지 않았다.

"아저씨가 개미를 내 위에 퍼붓는 꿈을 꾸었어요. 칼을 휘두르려고 했는데 날이 부러지더군요. 그래서 깼어요. 방에 왜 개

바다 263

미집이 있죠?"

"그 방에는 왜 들어갔지?"

"굉장한데요. 식탁보 절반이 개미집에 묻혔어요. 몇 년 더 지나면 식탁 전체가 묻히겠어요."

나는 그때까지 느끼지 못하던 사실을 불쑥 깨달았다. 시마는 불안해하고 있었다. 움직임이 초조해 보였고, 몰래 지켜보고 있노라니 손가락을 비벼대는 것도 눈에 들어왔다.

오래 전에 당뇨 합병증으로 다리 하나를 절단해야 하는 환자도 시마처럼 이상하게 손가락을 비볐던 게 생각났다. 그 환자는 심각한 세균감염공포증에 시달렸고, 게다가 중증 우울증 때문에 정신적으로 한계 상황에 처해 있었다.

고양이가 식탁으로 뛰어올랐다. 몇 년 전까지만 해도 언제나 다시 내려가라고 쫓았지만 포기했다. 고양이가 나를 이겼다. 나는 고양이가 발을 벨까 걱정되어 칼을 내려놓았다. 내가 칼 손잡이를 건들자 시마는 깜짝 놀랐다. 고양이가 방수포 식탁보 위에서 몸을 말고 가르릉거리기 시작했다. 시마와 나는 말없이 앉아 고양이를 바라보았다. 그러다가 내가 입을 열었다.

"말해봐. 여기 왜 왔지? 어디로 가는 중이야? 이야기를 들은 다음, 불필요한 문제를 일으키지 않고 이 궁지를 벗어날 방법을 생각해보자."

"보트는 어디 있어요?"

"'한숨'이라고 불리는 두 개의 작은 섬 사이에 정박해두었어."

"섬 이름이 어떻게 한숨일 수 있어요?"

"이곳에는 '구리 엉덩이'라는 심해도 있어. 보그홀멘 건너편에 있는 또 다른 심해 이름은 '방귀'야. 섬 이름도 사람들과 같아. 왜 그런 이름이 붙었는지 늘 알 수 있는 건 아니지."

"보트를 숨겨두었나요?"

"그래."

"고마워요."

"그게 고마워할 일인지 모르겠군. 어쨌든 네가 얼른 이야기하지 않으면 해안경비대에게 전화할 거다. 30분 뒤에는 그 사람들이 도착해서 너를 도와줄 테지."

"전화를 건들기만 하면 아저씨 손을 잘라버릴 거예요."

나는 숨을 한 번 들이쉬고 생각하던 말을 했다.

"넌 칼에 손을 대지 못해. 내가 이미 잡았기 때문이지. 넌 미지의 박테리아를 무서워해. 감염될까봐 두려워서 몸이 굳을 정도지."

"도대체 무슨 소리를 하는 건지 모르겠군요."

나는 내 말이 옳다는 것을 알아챘다. 눈에 보이지 않는 전율이 시마의 몸을 통과해 지나는 것 같았다. 시마는 늙은 내 고양이의 목덜미를 움켜쥐더니 조리대 옆의 나무 상자 쪽으로 집어던졌다. 그러고는 소리를 지르기 시작했다. 시마가 자기만의 언

바다 265

어를 사용했으므로 나는 한 마디도 알아듣지 못했다. 그러는 시마를 보며 저 아이는 내 딸이 아니라고, 내가 책임을 질 필요가 없다고 생각했다.

시마가 갑자기 고함을 뚝 멈추었다.

"칼 안 집어? 손잡이를 만지기 싫어? 나를 찔러야지?"

"왜 그렇게 잔인해요?"

"내 고양이를 방금 네가 한 것처럼 다루면 안 돼."

"난 고양이털을 견디지 못해요. 알레르기가 있단 말이에요!"

"그게 고양이를 죽여도 된다는 의미는 아니지."

나는 자리에서 일어나 고양이를 바깥으로 내보냈다. 고양이는 현관문 옆에 앉아 불만스러운 눈으로 나를 바라보았다. 시마가 잠깐 동안 혼자 있는 게 좋을 것 같아서 나도 고양이를 따라 바깥으로 나갔다. 햇빛이 구름을 뚫고 나왔다. 바람도 불지 않아 지금까지 중 가장 따뜻한 봄날이었다. 고양이가 건물 구석을 돌아 사라졌다. 나는 조심스럽게 유리창 안을 엿보았다. 시마가 개수대에서 손을 씻고 있었다. 그러고는 손을 꼼꼼하게 닦고, 칼 손잡이를 행주로 문지른 다음 식탁에 다시 올려놓았다.

시마는 내가 전혀 이해할 수 없는 아이였다. 도대체 무슨 생각을 하는지 짐작도 할 수 없었다.

다시 안으로 들어가자 시마가 식탁에 앉아 나를 기다리고 있었다. 나는 아무 말도 하지 않았다.

시마가 나를 보더니 이야기를 시작했다.

"카라. 난 그렇게 불리고 싶어요."

"왜?"

"아름답잖아요. 그리고 망원경 이름이니까. 그 망원경은 로스앤젤레스 교외 윌슨 산에 있어요. 죽기 전에 그곳에 가보고 싶어요. 그 망원경으로 별을 볼 수도 있고, 상상하지 못하는 것도 볼 수 있어요. 그 망원경은 다른 망원경들보다 훨씬 강력해요."

시마는 황홀한 듯, 또는 뭔가 무척 귀중한 사실을 알려준다는 듯이 속삭이기 시작했다.

"여기 지구에 서서, 달에 있는 사람들을 한 명씩 구별할 수 있을 만큼 고성능이지요. 내가 달에 있는 사람이라면 좋겠어요."

나는 시마가 한 말을 모두 알아듣지는 못했지만 무슨 말을 하고 싶은지는 알아챘다. 모든 것으로부터, 무엇보다도 스스로에게서 도망치며 쫓기는 어린 소녀. 여기 지구에서는 눈에 잘 띄지 않는 이 소녀가, 강력한 망원경 안에서는 자기 모습이 잘 보일 거라고 상상하고 있구나.

시마가 어떤 아이인지 알 수 있는 자그마한 조각을 손에 넣은 듯한 기분이었다. 나는 달이 뜨지 않은 맑은 가을밤에 이곳 외곽에서 볼 수 있는, 별들로 빛나는 밤하늘 이야기를 하며 우리 대화를 계속하려고 시도했다. 그러나 시마는 이야기를 피했다. 자기가 했던 말을 후회하는 것 같았다.

바다 267

우리는 한동안 아무 말 없이 앉아 있었다. 그러다가 내가 시마에게 왜 이곳에 왔는지 다시 한 번 물었다.

"기름 때문에요. 러시아로 가서 부자가 되려고 해요. 거기에는 기름이 많거든요. 그러고 나서 이곳에 다시 돌아와 방화범이 될 거예요."

"뭘 태우고 싶은데?"

"내 의지와 상관없이 살아야 했던 집들 모두를."

"내 집에도 불을 지를 거니?"

"아저씨 집과 앙네스 선생님 집은 그냥 둘 거예요. 다른 집들은 모두 태우고."

식탁 맞은편에 앉은 아이가 제정신이 아니라는 생각이 서서히 들었다. 날카롭게 벼린 칼만 들고 다니는 게 아니라, 자기 앞날에 대해 아주 기이한 상상을 하고 있네.

시마가 내 생각을 읽은 모양이었다.

"내 말이 믿기지 않나 봐요?"

"솔직히 말해서 믿지 못하겠다."

"믿거나 말거나, 빌어먹을!"

"내 집에서는 그런 말을 쓸 수 없다. 난 네가 생각하는 것보다 훨씬 빨리 해안경비대를 부를 수 있어!"

나는 시마가 재떨이로 사용하던 할머니의 찻잔받침을 밀쳤다. 도자기 조각들이 부엌에 흩어졌다. 시마는 내 감정의 폭발에 전혀 관심이 없다는 듯이 꼼짝도 하지 않고 그대로 앉아 있었다.

"화를 내지 말았으면 좋겠네요."

시마가 입을 열었다.

"난 오늘밤만 여기 있을 거예요. 그러고는 사라진다고요."

"도대체 여기에 왜 온 거지?"

시마의 대답은 나를 놀라게 했다.

"아저씨가 초대했잖아요."

"그런 기억 없는데."

"내가 여기 온다니까 못 믿겠다고 했잖아요. 아저씨가 틀렸다는 걸 증명하고 싶었어요. 또 러시아에도 가고 싶고요."

"한 마디도 못 믿겠어. 진실을 말하지 그래?"

"듣고 싶지 않을 거예요."

"왜 그렇게 생각해?"

"내가 칼을 들고 다니는 이유가 뭐라고 생각해요? 나를 방어하려고 그래요. 내가 열한 살이었을 때, 나는 스스로를 지키지 못했어요."

나는 시마의 말이 진실이라는 것을 알아챘다. 상처받기 쉬운 아이의 여린 감정이 분노 저 아래에서 번뜩이고 있었다.

"그 말을 믿는다. 그런데 왜 여기에 왔지? 정말 러시아로 갈 생각은 아니지?"

"거기 가면 분명히 성공할 거예요."

"거기서 뭘 하게? 기름을 찾아 맨손으로 땅을 파려고? 입국조차 하지 못할 거야. 앙네스 집에 그냥 있는 게 어때?"

"떠나야 했어요. 북쪽으로 간다는 쪽지를 남겼어요."

"여긴 남쪽이야!"

"앙네스 선생님이 나를 찾는 게 싫어요. 선생님은 이따금 개와 비슷해요. 도망간 아이들의 흔적을 잘 알아내거든요. 난 여기에 잠깐만 머물 거예요. 금방 사라진다고요."

"그럴 수 없다는 거 알고 있지?"

"날 여기 있게 해준다면, 해도 돼요."

"뭘 해도 돼?"

"뭐긴 뭐겠어요?"

나는 시마가 지금 무슨 제안을 하는지 번뜩 깨달았다.

"날 도대체 어떻게 보고! 그 말은 잊어버리겠다. 안 들은 걸로 하겠어!"

너무 화가 나서 바깥으로 나갔다. 얀손이 섬들마다 분명히 순식간에 퍼뜨릴 소문을 생각했다. 나는 아라비아 국가에서 몰래 들여온 어린 소녀와 관계를 맺은 프레드리크가 되겠지.

선착장에 앉았다. 시마가 한 말은 나를 당혹스럽게 만들었을 뿐만 아니라 슬프게도 했다. 시마가 어떤 짐을 지고 다니는지 서서히 이해되기 시작했다.

한참 지나서 시마가 선착장으로 내려왔다.

"앉아라. 여기서 며칠 동안 있다 가도 돼."

시마의 불안이 느껴졌다. 다리를 떨고 있었다. 아이를 쫓아낼 수는 없었다. 또 나도 생각할 시간이 필요했다. 네 번째 여자가 내 인생에 끼어들어 나의 개입을 요구하고 있었다. 어떤 형태의 개입이 될지는 나 스스로도 아직 알 수 없었다.

우리는 냉동고에 있던 마지막 토끼고기를 먹었다. 시마는 음식을 이리저리 쑤시기만 했다. 불안이 점점 더 커지는 듯했다. 개미집이 있는 방에서는 자지 않겠다고 해서 부엌에 침대를 펴주었더니 9시도 되기 전에 잠자리에 들겠다고 했다.

고양이를 밖으로 내보내고 위층으로 올라가 침대에 누워 책을 읽기 시작했다. 부엌 창문에서 불빛이 새어나오는 게 보였지만 부엌은 조용하기만 했다. 시마는 전등을 끄지 않았다. 블라인드를 내리는데, 고양이가 부엌 창문에서 새어나오는 불빛 속에 앉아 있는 모습이 눈에 들어왔다.

고양이도 곧 나를 떠나겠지. 고양이는 이미 투명한 존재로 변한 것처럼 보였다.

할아버지의 책들 중에서 한 권을 읽었다. 1911년에 출간된 책으로, 희귀한 황새에 대한 책이었다. 그러다가 전등을 끄지 않고 깜박 잠이 들었던 모양이다. 다시 눈을 떴을 때는 아직 11시

전이었다. 기껏해야 30분 정도 잤다. 침대에서 일어나 블라인드를 살짝 벌려보았다. 불빛이 꺼졌고 고양이도 사라졌다. 자리에 다시 누우려다가 무슨 소리가 들려 귀를 기울였다. 알 수 없는 소리가 부엌에서 들려왔다. 문으로 가서 엿들어 보았다. 그제야 무슨 소리인지 확실하게 들렸다. 시마가 울고 있었다. 나는 그 자리에 가만히 서 있었다. 내려가 보아야 할까? 시마는 혼자 있기를 원할까? 한참 지나자 울음소리가 잦아드는 것 같았다. 나는 조심스럽게 문을 닫고 침대로 돌아왔다. 어디를 디뎌야 바닥이 삐거덕거리는 소리를 내지 않는지 잘 알고 있었다.

황새에 관한 책은 바닥에 떨어져 있었다. 책을 다시 집어 올리지 않고 그대로 어둠 속에 누워, 내가 어떻게 행동해야 할지 곰곰이 생각했다. 해안경비대를 부르는 게 유일하게 올바른 일이었다. 하지만 왜 언제나 올바른 일만 해야 하나? 앙네스에게 전화하기로 마음먹었다. 그녀가 결정하는 게 좋겠어……. 시마의 슬픈 이야기를 내가 제대로 이해했다면, 이 아이와 가장 가까운 사람은 어쨌든 앙네스니까.

평소와 마찬가지로 7시 조금 지나 일어났다. 침실 앞의 온도계가 영상 4도를 가리켰다. 안개가 낀 날씨였다.

옷을 입고 아래층으로 내려갔다. 시마가 아직 자고 있을 거라고 생각하고 조심스럽게 움직였다. 커피 주전자를 들고 도구를 보관하는 헛간으로 갈 생각이었다. 그곳에 할아버지 때부터 쓰던 핫플레이트가 있었다. 할아버지는 그 기구로 타르와 송진 혼합물을 끓여 보트의 틈새를 메우는 데 사용했다.

부엌문이 약간 열려 있었다. 문을 열 때 소리가 난다는 걸 알고 있으므로 조심스럽게 열었다. 시마의 몸과 침대 시트는 온통 피로 물들어 있었다. 장의자 구석에 있는 전등은 켜진 채였다.

내 눈을 믿을 수 없었다. 눈앞의 광경이 사실이라는 것은 알았지만 실제로 일어난 일이 아닌 듯했다. 아이를 흔들어 깨우려고 애를 썼다. 시마는 자기 칼이 아니라, 할아버지가 쓰던 낡은 어업용 칼 가운데 하나를 사용했다. 무슨 이유에서인지 시마가 다정한 늙은 어부를 자신의 불행에 끌어들였다는 느낌이 들었다. 나는 시마에게 정신 차리라고 소리쳤지만, 아이의 몸은 축 늘어지고 눈은 이미 감겨 있었다. 아랫배와 복사뼈에 난 상처가 가장 심각했다. 이상하게 목덜미에도 상처가 있었다. 목덜미를 어떻게 찔렀는지 이해할 수 없었다. 오른쪽 팔에 있는 상처가 가장 깊었다. 시마가 왼손잡이라는 사실은 전날 알아챘다. 깊은 상처에서 출혈이 계속되고 있었다. 이미 피를 많이 흘린 상태였다. 행주 몇 개로 지혈을 하고 맥박을 짚었다. 아주 약했다. 시마가 약이나 마약도 같이 한 건지 알 수 없었다. 부엌에서 낯선 냄새가 났다. 얼른 재떨이 냄새를 맡아보았다. 시마는 할머니의 찻잔받침을 하나 더 꺼내 재떨이로 사용했다. 하시시나 마리화

나를 피운 것 같았다. 모든 의료기구가 도구를 넣어두는 헛간에 있다는 데 생각이 미치자 욕설이 튀어나왔다. 계단에 앉은 고양이에 걸려 넘어지며 헛간으로 달려가 혈압계를 들고 부엌으로 돌아왔다. 시마의 혈압은 낮았다. 심각한 상태였다.

해안경비대에게 전화를 걸었다. 한스 룬드만이 전화를 받았다. 그와 나는 어릴 때 함께 놀며 자랐다. 조타수였던 그의 아버지는 우리 할아버지와 친한 친구였다.

"프레드리크 벨린일세. 우리 집에 여자아이가 있는데, 당장 병원으로 옮겨야 하네!"

그는 현명한 사람이었다. 심각한 상황이 아니라면 이른 아침부터 해안경비대에 전화를 걸 사람은 없다는 것을 알고 있었다.

"무슨 일인가?"

나는 무슨 일이 벌어졌는지 간략하게 말했다.

"자살 시도를 했어. 칼로 베었는데 출혈이 심해. 맥박과 혈압 상태가 너무 안 좋네. 얼른 병원으로 옮겨야 해."

"안개가 끼어 있기는 한데, 30분 뒤에는 도착할 수 있네."

"구급차도 불러야지?"

"금방 출발할 걸세."

32분이 지나자 해안경비대 보트의 강력한 모터 소리가 들려왔다. 내 평생 가장 긴 시간이었다. 로마에서 강도를 당해 이제 곧 죽으리라고 생각하던 순간보다도, 내가 살면서 겪은 그 어느 순간보다도 더 길었다. 시마는 아득히 사라지고 있는데 나는 아무것도 할 수 없었다. 피를 얼마나 흘렸는지도 가늠하지 못했다. 지혈 말고 내가 할 수 있는 일이라고는 아무것도 없었다. 고함을 쳐서 아이를 깨울 수 없다는 걸 깨닫고, 나는 시마의 귀에 입을 바짝 대고 속삭이기 시작했다. 살아야 한다고, 그냥 이렇게 죽을 수는 없다고, 여기 내 부엌에서, 이런 봄날에, 이제 막 하루가 시작된 아침에 죽는 건 옳지 않다고……. 내 말을 들었을까? 모르겠다. 그러나 나는 계속 시마의 귀에 대고 속삭였다. 어릴 때 들은 동화 가운데 기억나는 조각들을, 블랙체리와 라일락이 함께 꽃 피면 어떤 향기가 나는지 이야기했다. 우리가 점심으로 뭘 먹을지를, 해변을 따라 뒤뚱거리며 걷다가 날쌔게 먹이를 낚아채는 특이한 새들을, 시마의 삶과 나의 삶에 대해 이야기했다. 시마가 죽을지도 모른다는 생각에 두려워 몸이 굳을 정도였다. 내가 이 아이의 목숨을 유지시킬 수 있을까? 알 수 없었다. 한스 룬드만과 직원들의 급한 발소리가 들리자 나는 서두르라고 소리를 질렀다. 그들은 들것을 가지고 와서 단 1초도 지체하지 않고 시마를 들어 올린 다음 출발했다. 나는 찢어진 장화를 손에 들고 양말만 신은 채 보트까지 달려갔다. 현관문도 닫지 않았다.

우리는 안개 속으로 들어섰다. 보트 핸들을 잡은 한스 룬드만이 상황이 어떤지 나에게 물었다.

"모르겠네. 혈압이 심하게 떨어졌어."

얼굴이 낯선 직원이 들것에 묶여 있는 시마를 걱정스러운 표정으로 건너다보았다. 혹시 그가 기절하는 건 아닐까, 하는 생각이 들었다.

구급차가 아래 항구에서 대기 중이었다. 모든 것이 안개에 싸여 있었다.

"우리 이 환자가 위험을 넘기기를 바라세."

한스 룬드만이 헤어지며 말했다.

근심스러워 보였다. 그는 죽음이 가까운 사람들을 잘 알고 있었다.

병원까지는 43분이 걸렸다. 들것 옆에 앉은 40대 여성은 소냐라고 했다. 그녀가 링거 주사를 놓았다. 이따금 시마의 상태에 대해 병원 직원과 이야기를 하며 차분하고 체계적으로 일했다. 그녀가 나에게 사건이 벌어진 시각을 물었지만 대답할 수 없었다.

"환자가 뭔가 약 종류를 먹었나요?"

"모르겠어요. 마리화나를 피운 것 같기도 하고."

"딸인가요?"

"아닙니다. 예상치 못하게 찾아왔어요."

"가족에게 연락하셨나요?"

"가족은 모릅니다. 그룹 홈에 살고 있어요. 한 번밖에 만난 적이 없습니다. 이 아이가 왜 나를 찾아왔는지 모르겠어요."

"그룹 홈에 전화하세요."

그녀가 구급차 벽에 걸린 전화기에 손을 뻗었다. 나는 전화번호 안내에 전화를 걸었다. 잠시 뒤에 앙네스의 농장과 연결되었지만 자동응답기가 돌아갔다. 나는 무슨 일이 일어났는지 자세하게 설명하고, 지금 우리가 어느 병원으로 가는지도 말했다. 소냐가 건네준 전화번호도 불러주었다.

"다시 한 번 전화하세요."

소냐가 말했다.

"자꾸 해야 잠에서 깨니까요."

"양육 담당자가 아마 바깥 가축우리에서 일하고 있을 거예요."

"휴대전화 없나요?"

나는 또 한 번 전화할 힘이 없었다.

"아니요, 없습니다. 그 사람은 달라요."

응급처치 팀이 소냐를 맞이하고, 내가 찢어진 장화를 신고 복도 벤치에 앉고 나서야 앙네스와 연락이 닿았다.

앙네스의 놀란 숨소리가 들렸다.

"시마 지금 어때요?"

"무척 안 좋은 상태입니다."

"상황이 어떤지 정확하게 이야기하세요."

"죽을지도 몰라요. 출혈이 어느 정도인지, 그리고 외상의 깊이에 달려 있습니다. 시마가 혹시 수면제를 먹나요?"

"아닐 거예요."

"알아야 해요."

"시마의 경우, 확실하게 아는 건 아무것도 없어요. 하지만 수면제는 먹지 않았을 거예요."

"마약은?"

"하시시를 피웠어요. 하지만 여기서는 아니고요. 집에서는 피우지 못하게 했으니까."

"뭔가 다른 걸 먹지는 않았나요?"

"몰라요!"

나를 데리고 왔던 간호사가 병실로 들어섰다.

나는 그녀에게 전화기를 넘겼다.

"그 아이와 가장 가까운 사람입니다. 이 사람과 이야기하세요. 심각한 상태라고 말했어요."

나는 병실을 나섰다. 허리 아래로 나체인 노인이 들것에 누워 신음하고 있었다. 간호사 두 명이 우는 아기를 안고 있는 히스테릭한 엄마를 진정시키려고 애를 썼다. 나는 복도를 계속 걸어 응급실 진입로를 통해 바깥으로 나왔다. 불 꺼진 구급차 한 대가 서 있었다. 시마가 했던 말이 떠올랐다. 달에 있는 사람도 볼 수 있다는 망원경. 제발 살아라. 카라, 어린 카라. 그러면 너는 지구에서는 눈에 띄지 않았지만, 언젠가 달에 서서 우리에게 손을 흔들어 보복하는 그 사람이 될지도 몰라.

그것은 기도였다. 주문이었는지도 모른다. 저 안에 누워 목숨을 유지하려 싸우는 시마에게는 얻을 수 있는 온갖 도움이 필요했다. 나는 신을 믿지 않지만, 필요할 때는 신들을 만들어 내야 한다.

나는 그 자리에 서서 윌슨 산의 망원경에게 빌었다. 시마가 살아남는다면 그곳까지 가는 여행 경비를 내가 대줘야지. 산에 이름을 준 윌슨이라는 사람이 누구인지도 알아봐야겠다.

신에게 이름이 붙는 게 괜찮다면, 창조자의 성이 윌슨이 되지 말라는 법도 없지 않은가?

시마가 죽는다면 그건 내 책임이야. 우는 소리를 들었을 때 내려갔더라면 시마가 스스로를 찌르는 일은 없었을 텐데. 나는 의사야. 눈치 챘어야 해. 무엇보다도 날카롭게 간 긴 칼을 가지고 다니는 어린 소녀가 느끼는 엄청난 외로움을 알아챘어야 했는데.

불현듯 아버지가 그리웠다. 돌아가신 이래 이렇게 그리웠던 적은 한 번도 없었다. 아버지와의 이별은 나에게 큰 고통을 주었다. 서로 친근하게 이야기를 나눈 적은 없지만, 우리 사이에는 말없는 의사 소통이라고 할 만한 것이 있었다. 아버지는 내가 의사가 되고 나서 사망했고, 아들이 의사가 되었다는 사실에 경탄과 자부심을 감추지 않았다. 고통스러운 암—암은 한쪽 발꿈치의 검은 점에서 시작하여 전이되었는데, 아버지는 그게 돌 위에 핀 이끼 같다고 상상했다 — 에 걸려 침대에 누워 있던 생의 마지막 시기에 아버지는 내가 걸치게 된 하얀 가운에 대해 자주 이야기했다. 나는 하얀 가운에 권력이 있다고 믿는 아버지의 생각이 창피했다. 내가 아버지를 위해 보복을 해야 할 사람이라는 사실은 나중에야 깨달았다. 아버지도 하얀 재킷을 입고 돌아다녔지만 사람들에게 마구 짓밟혔다. 나는 그들에게 복수해야 했다. 하얀 가운을 입은 의사는 사람들이 무례하게 대하지 못하니까.

아버지가 그리웠다. 숲과 검은 연못으로 향했던 불가사의한 여행도. 나는 떠나려 했고, 다시 돌아오려 했다. 내 인생에서 일어난 대부분의 일들을 되돌리고 싶었다. 어머니도 얼핏 떠올랐다. 라벤더와 눈물, 내가 이해하지 못했던 어머니의 삶. 어머니도 날카롭게 간 긴 칼을 들고 다녔을까? 혹시 지금 인생의 강 저편에 서서 시마에게 손짓하고 있는 건 아닐까?

나는 마음속으로 하리에트와 루이제에게도 말을 걸었다. 그러나 둘은 이상하리만큼 침묵만 지켰다. 마치 이 상황은 나 혼자 이겨내야 한다고 말하는 듯이.

병원 안에는 텅 빈 작은 대기실이 하나 있었다. 잠시 뒤에 누군가 들어와, 시마의 상태가 여전히 심각하다며 중환자실로 옮겨야 한다고 말했다. 나는 승강기를 타고 함께 갔다. 흑인 남자 두 명이 들것을 밀었다. 그 중 한 사람이 나에게 미소를 지었다.

나도 미소로 답했다. 그에게 윌슨 산에 있다는 특별한 망원경 이야기를 들려주고 싶었다. 시마는 눈을 감은 채 들것에 누워 있었다. 링거 주사액이 방울방울 들어갔고, 코에 꽂은 작은 관으로 산소도 공급되고 있었다. 나는 몸을 굽히고 시마의 귀에 속삭였다.

"카라. 네가 건강해지면 윌슨 산으로 가렴. 너랑 정말 비슷하게 생긴 사람이 달에 있는 걸 보게 될 거야."

의사가 나에게 불확실한 상태에 대해 설명하고, 아마 수술을 해야 할 거라고 말했다. 그는 시마가 아직도 의식을 찾지 못하는 걸 의아하게 생각하는 듯했다. 의사가 나에게 몇 가지 질문을 했다. 나는 시마에게 어떤 질병이 있는지, 예전에도 자살 시도를 했는지 알지 못한다고, 그런 질문에 대답할 수 있는 여성이 지금 오는 중이라고 말했다.

10시 조금 지나 앙네스가 도착했다. 그녀가 한 팔로 어떻게 운전했을까, 불현듯 의문이 들었다. 자동차를 개조했나? 그러나 그런 질문은 중요하지 않았다. 나는 시마가 있는 커튼 뒤로 앙네스를 데리고 갔다. 그녀가 울음을 터뜨렸다. 거의 소리도 없는 울음이었지만, 시마가 혹시 들을지도 몰라서 앙네스를 다시 데리고 나왔다.

"상태가 똑같습니다. 하지만 당신이 여기 왔다는 것 자체로 모든 것이 나아졌어요. 시마에게 말을 걸어요. 당신이 여기 있다는 걸 아이가 느껴야 합니다."

"내 목소리를 들을 수 있나요?"

"모르겠습니다. 그러길 바라야지요."

앙네스가 의사와 이야기를 나누었다. 그녀는 의사의 질문에 모두 대답했다. 자기가 아는 한 시마는 질병도 없고 약도 먹지 않으며, 자살 시도를 한 적도 없다고 했다. 내 또래인 그 의사는 시마의 상황이 변한 건 없지만 병원에 도착했을 때보다 약간 안정되었다고, 걱정스러운 급박한 위험은 없다고 했다.

앙네스가 마음을 놓는 게 느껴졌다. 복도에 커피 자판기가 있었다. 우리는 동전을 긁어모아 커피 두 잔 값을 만들었다. 내가 두 손을 다 써야 하는 일을 앙네스는 한 손으로도 능숙하게 했다.

나는 앙네스에게 무슨 일이 벌어졌는지 설명했다.

앙네스가 천천히 고개를 저었다.

"시마는 정말 러시아로 가던 길이었을지도 몰라요. 그 아이는 언제나 산을 타는 것과 같은 모험을 하려고 해요. 우리 같은 사람들처럼 평범한 오솔길을 산책하는 걸로는 만족하지 않지요."

"그런데 왜 나를 찾아 왔을까요?"

"당신은 섬에 살잖아요. 바다 저편은 러시아예요."

"그런데 내가 사는 섬에 와서는 자살을 시도했다? 이해할 수 없군요."

"시마는 살면서 우리가 거의 상상할 수도 없는 일들을 겪었어요. 겉만 봐서는 어떤 사람의 내면이 얼마나 큰 장애를 입었는지 알 수 없어요."

"시마가 나에게 꽤 많은 이야기를 했습니다."

"그렇다면 당신도 어느 정도 짐작은 하겠군요."

3시 무렵 간호사가 와서 시마의 상태가 안정적이라고 말했다. 집에 돌아가고 싶으면 그렇게 하라고, 뭔가 일이 생기면 전화하겠다고 했다. 그러나 우리는 갈 데가 없었으므로 낮과 밤을 꼬박 병원에서 보냈다. 앙네스는 좁은 소파에 몸을 말고 누워 잠이 들었다. 나는 대부분의 시간을 의자에 앉아 너덜너덜해진 잡지들을 넘기며 보냈다. 알지 못하는 사람들이 잡지 속에서 그들에게 소중한 것을 온갖 색깔로 이야기하고 있었다. 앙네스와 나는 이따금 뭔가 먹으러 갔지만, 오랫동안 자리를 비우지는 않았다.

새벽 5시 조금 지났을 때 간호사가 대기실로 와서 시마의 상태가 갑자기 악화되었다고 알려주었다. 심각한 내출혈이 발생했다고, 의사들이 출혈을 멈추고 상태를 안정시키기 위해 곧 수술을 시작할 거라고 말했다.

우리는 마음을 놓고 있었는데, 시마는 갑자기 다시 먼 곳으로 떠나려 했다.

6시 20분에 의사가 대기실로 들어왔다. 무척 피곤한 얼굴이었다. 그는 의자에 앉아 자기 손을 내려다보며 출혈을 멈출 수 없었다고 했다. 시마는 죽었다. 깨어나지 않았다. 의사는 우리가 도움이 필요하다면 병원의 위기지원 팀에게 연락하겠다고 말했다.

우리는 함께 가서 시마를 보았다. 연결되었던 관들이 풀려 있고, 쉭쉭 소리를 내던 기구들도 멈추어 섰다. 금방 사망한 사람들을 밀랍처럼 창백하게 보이게 하는 노란 빛이 벌써 시마의 얼굴에 서려 있었다. 내가 살면서 죽은 사람들을 몇 명이나 보았는지는 기억나지 않는다. 죽어가는 사람을 보았고 병리학적 진단에도 참가했으며, 인간의 뇌를 손에 들고 있기도 했다. 그럼에도 앙네스가 고통으로 침묵하는 동안 울음을 터뜨린 사람은 나였다. 내 팔을 잡은 앙네스에게서 강인함이 느껴졌다. 그녀가 내 팔을 절대 놓지 않기를 바랐다.

나는 더 있으려 했지만 앙네스가 가달라고 부탁했다. 자기가 시마를 돌보겠다고, 당신은 할 일을 모두 했다고, 고맙다고, 그러나 이제 혼자 있고 싶다고 했다. 그녀는 기다리고 있는 택시까지 나와서 나를 배웅했다. 공기는 아직 차가웠지만, 아름다운 아침이었다. 진입로 옆 도랑에 관동화가 피어 있었다.

관동화가 피는 시기군. 시마가 죽어 저 안에 누워 있는 이 아침이……. 그 아이는 짧은 순간 루비처럼 빛났지. 그러나 이제는 마치 존재한 적도 없는 아이처럼 되었어.

죽음이 나를 경악하게 하는 이유는 무엇보다도 그 무심함 때문이었다.

"칼과 시마 가방이 있어요. 어떻게 할까요?"

내 말에 앙네스가 대답했다.

"연락할게요. 언제가 될지는 모르겠군요. 하지만 당신이 어디 사는지 알고 있으니까……."

그녀가 다시 병원 안으로 사라지는 모습을 지켜보았다. 버릇없지만 무척 독특했던 아이를 잃어버린, 한 팔의 슬픈 천사.

택시에 올라 행선지를 이야기했다. 기사는 미심쩍다는 표정으로 나를 바라보았다. 아무리 좋게 보려 해도 내 모습이 아주 의심스럽다는 것을 깨달았다. 칠칠치 못한 옷차림, 찢어진 장화, 면도하지 않은 얼굴과 텅 빈 눈빛.

"장거리를 갈 때는 선불을 받습니다."

운전사가 말했다.

"상당히 안 좋은 경험이 많아서요."

재킷을 더듬어보니 지갑도 없었다.

"내 딸이 방금 죽었습니다. 집으로 가려고 해요. 택시비는 드릴 겁니다. 천천히 운전해주십시오."

눈물이 쏟아졌다. 운전사는 입을 다물었고, 항구에 도착할 때까지 아무 말도 하지 않았다. 10시였다. 미풍이 불었다. 그러나 항구에 물결도 일지 않을 만큼 약한 바람이었다. 운전사에게 해안경비대의 붉은 집 앞에 세워달라고 했다. 한스 룬드만이 택시가 오는 것을 보고 바깥으로 나왔다. 그는 내 표정을 보고 무슨 일이 일어났는지 눈치챘다.

"시마가 죽었어."

내가 입을 열었다.

"1,000크로네를 빌려줄 수 있나? 택시비를 내야 해."

"카드로 결제하겠네."

한스 룬드만이 택시로 갔다.

그의 교대시간은 이미 몇 시간 전에 지났다. 내가 돌아오면 만나려고 이렇게 오랫동안 기다렸구나…….

한스 룬드만은 다도해 남쪽의 한 섬에 살고 있었다.

"내가 집까지 데려다주지."

그가 말했다.

"집에 돈이 없어. 얀손에게 찾아오라고 해야 하네."

"지금 이 순간에 돈이 뭐가 중요한가?"

나는 바다로 나가면 언제나 마음이 평온해진다. 한스 룬드만의 배는 개조한 낡은 어선이었다. 배는 서서히 나아갔다. 그는 일을 할 때면 가끔 서둘렀지만, 그렇지 않으면 절대 급한 성격이 아니었다.

선착장에 도착했다. 햇살이 비추어 따뜻했다. 봄이 왔다. 그러나 나와는 상관없는 봄이었다. 나는 눈에 보이지 않는 울타리 앞에 서 있었다. 싹트는 초록의 울타리 앞에.

"한숨 섬들 사이에 배가 한 척 있네. 밧줄로 매어 놓았어. 훔친 배야."

한스 룬드만은 내 말을 금방 이해했다.

"내일 찾겠네. 내가 우연히 그곳을 정찰하는 것으로 하지. 도둑은 밝혀지지 않았고."

우리는 악수를 했다.

"그 아이가 죽지 말았어야 했어."

내 말을 그가 받았다.

"그럼. 죽지 말았어야지."

나는 선착장에 서서, 배가 후진하여 출발하는 모습을 지켜보았다. 그가 손을 들어 인사를 하고 떠났다.

벤치에 앉았다. 한참 지나서야 나는 집으로 올라갔다. 문이 활짝 열려 있었다.

3

올해는 다른 때와 달리 참나무 잎이 늦게 나기 시작했다.

예전에 할아버지와 할머니의 닭장이었던 자리와 보트 창고 사이에 있는 커다란 참나무가 5월 25일부터 초록빛을 띠기 시작했다고 항해일지에 적어 넣었다.

섬의 북쪽 만 — 이유는 알 수 없지만, 이 만은 옛날부터 '다툼'이라고 불렸다 — 에 있는 커다란 참나무 숲은 이보다 며칠 일찍 푸르러졌다.

소문에 따르면 이곳 섬들의 참나무는 카를스크로나에서 제조하던 전함에 사용할 목재를 얻기 위해 19세기 초에 국가에서 심은 것이다. 내가 어릴 때 그 숲에 번개가 떨어진 적이 있었다. 할아버지가 남은 나무줄기를 톱으로 베어내던 모습이 기억난다. 그 나무는 1802년에 뿌리를 내리고 자라기 시작했다. 할아버지가 당시는 나폴레옹 시대였다고 설명해주었다. 나는 그때 나폴레옹이 누구인지 몰랐지만, 어쨌든 아주 오래 전이라는 사실은 알아들었다. 그때 보았던 나이테는 평생 나를 따라다녔다. 베토벤이 살아 있을 때 그 참나무는 아직 어린 나무였고, 아버지가 태어났을 때는 높이 자라 있었다.

이곳 섬들에서는 늘 그렇듯이, 여러 번에 나누어 여름이 왔다. 언제 정말 여름이 오는지는 결코 확실하게 알 수 없었다. 그러나 나는 힘겨운 며칠을 제외하고는 여름을 별로 느끼지 못했다. 외롭다는 느낌은 날이 더워지면 보통 약해졌지만, 이번 해는 그렇지 않았다. 나는 개미집과 날카롭게 갈린 칼과 반쯤 비어 있는 시마의 가방과 함께 남겨졌다.

이 시기에 앙네스와 자주 통화했다. 그녀는 시마의 장례식이 모가타 교회에서 거행되었다고 알려주었다. 앙네스와 내가 만난 두 소녀, 미란다와 아이다를 제외하고는 시마의 먼 친척이라고 주장하는 나이든 노인 한 명밖에 참석하지 않았다. 그는 택시를 타고 왔는데, 어찌나 노쇠한지 앙네스는 그가 죽을까봐 걱정했다고 한다. 앙네스는 그가 시마와 어떤 친척 관계인지 알아내지 못했다. 혹시 시마를 다른 누군가와 혼동한 건 아닐까? 앙네스가 노인에게 시마 사진을 보여주었을 때도 그는 시마를 알아보지도 못했다고 한다.

하지만 앙네스는 그게 무슨 상관이 있겠냐고 말했다. 교회는 자기 안의 재능을 발견할 기회, 자기 앞에 놓인 세상을 탐구할 기회를 갖지 못했던 어린 소녀에게 작별을 고하려는 사람들로 가득 차야 했다.

관 뚜껑에는 장미 꽃다발이 놓였다. 요란한 아이를 데리고 온 교회 여신도 한 명이 오르간 석에서 찬송가를 몇 곡 불렀다. 앙네스는 시마의 죽음에 대해 몇 마디 이야기하고, 목사에게는 위안을 주는 전지전능한 신에 대해 쓸데없이 말하지 말라고 경고했다.

시마의 무덤에 번호만 붙는다는 소리를 듣고 나는 묘비 비용을 대겠다고 제안했다. 어느 날 얀손이 묘비 구상 도안이 들어있는 앙네스의 편지를 가지고 왔다. 시마의 이름과 죽은 날짜가 적혀 있고 그 위에 장미 한 송이가 그려져 있었다.

나는 그날 저녁 앙네스에게 전화를 걸어, 장미 대신 사무라이 검을 넣는 게 어떨지 물었다.

앙네스는 내가 무슨 말을 하는지 금방 알아차리고 자기도 같은 생각을 했었다고 말했다.

"하지만 그러면 문제가 생겨요. 난 시마 묘비에 칼을 새겨 넣을 권리를 위해 싸울 기력이 없어요."

"시마의 자질구레한 물품들은 어떻게 할까요? 칼과 가방이 있는데."

"가방 안에 뭐가 들어 있나요?"

"속옷과 바지 몇 개, 스웨터 하나. 발트 해와 핀란드 만이 표시된 낡은 지도 한 장."

"내가 가서 가지고 올게요. 당신 집을 보고 싶어요. 무엇보다도 시마가 누워서 울다가 스스로를 찌른 그 방을."

"그때 내가 내려가 봤어야 해요. 그러지 않은 걸 평생 후회할 겁니다."

"당신을 비난하는 게 아니에요. 그저 시마의 죽음이 시작된 장소를 보고 싶을 뿐이에요. 죽음이 끝난 장소는 이미 당신과 함께 보았으니까."

앙네스는 5월 마지막 주에 오겠다고 했지만 그 사이에 다른 일이 생겨서 날짜를 두 번 미루었다. 한 번은 미란다가 가출했고, 또 한 번은 앙네스가 병이 났기 때문이다. 참나무 잎이 나기 시작했을 때도 그녀는 여전히 오지 못했다. 나는 시마의 물건이 든 가방과 칼을 개미집이 있는 방에 넣어두었다. 어느 날 밤, 가방과 칼이 개미집에 묻히는 꿈을 꾸다가 깼다. 나는 계단을 달려 내려가 그 방의 문을 열었다. 개미들은 여전히 식탁과 흰 식탁보만 점령하고 있었다.

시마의 물품을 보트 창고로 옮겼다.

어느 날 얀손이 와서, 해안경비대가 얼마 전에 한숨 섬들 부근에서 훔친 모터보트를 발견했다는 이야기를 지나가는 말처럼 했다. 한스 룬드만이 약속을 지켰구나…….

"언젠가는 잡을 거예요."

얀손이 화난 목소리로 말했다.

"누굴?"

"악당들요. 사방에서 온다니까요. 스스로를 방어하려면 어떻게 해야 하는지 모르겠어요. 배를 훔쳐서 바다로 나가다니?"

"악당들이 여기서 뭘 하겠나? 여기 훔칠 게 뭐가 있다고?"

"그 생각만 하면 혈압이 올라요."

나는 보트 창고로 가서 혈압계를 가지고 왔다. 얀손이 벤치에 누웠다. 5분 동안 차분하게 쉬었다가 혈압을 쟀다.

"아주 좋군. 140에 80이야."

"잘못 재신 거 아닌가요?"

"그럼 다른 의사에게 가보게."

바다 291

나는 보트 창고로 가서, 얀손이 후진하여 선착장을 떠나는 소리가 들릴 때까지 그곳에 있었다.

참나무 잎이 나기 며칠 전, 드디어 배를 손보기 시작했다. 무거운 방수포를 힘겹게 벗겨냈다.

배는 걱정했던 것보다 훨씬 더 안 좋은 상태였다. 손질을 게을리해 발생한 피해들을 이틀 동안 꼼꼼하게 살펴본 결과, 수리를 제대로 시작하기도 전에 벌써 포기하자고 마음먹었다. 그러나 다음날에는 배 바깥쪽의 벗겨진 칠을 계속 긁어냈다. 한스 룬드만에게 전화를 걸어 조언을 구했다. 그는 며칠 내로 한 번 와보겠다고 했다. 일은 서서히 진행되었다. 나는 항해일지를 쓰는 것 말고는 규칙적인 일에 익숙하지 않았다.

배를 긁기 시작한 날, 이 섬에 온 첫해의 항해일지를 뒤져서 같은 날짜를 찾았다. 놀랍게도 내가 술에 취했다는 말이 적혀 있었다. "어제 취하도록 마셨다." 그 말밖에 없었다. 기억이 나긴 했지만 아주 흐릿했고, 무엇보다도 왜 그렇게 마셨는지 전혀 알 수 없었다. 그 전날에는 낙수 홈통을 고쳤다고 쓰여 있었다. 술에 취한 다음날에는 그물을 내려 넙치 일곱 마리와 농어 세 마리를 잡았다고 기록되어 있었다.

항해일지를 내려놓았다. 벌써 저녁이었다. 사과나무 꽃이 활짝 피었다. 할머니가 나무줄기와 암벽, 가시덤불 배경과 하나가 된 어슴푸레한 형체로 벤치에 앉아 있는 듯했다.

다음날 얀손이 하리에트와 루이제의 편지를 가지고 왔다. 내 섬으로 와서 슬픈 죽음을 맞은 여자아이에 대한 이야기를 두 사람에게 써 보냈었다. 먼저 하리에트의 편지부터 읽었다. 늘 그렇듯이 몇 줄 되지 않았다. 하리에트는 너무 힘들어서 제대로 된 편지를 쓰지 못하겠다고 적었다. 나는 읽으며 이마를 찡그렸다. 예전과 달리 글씨를 알아보기 힘들었다. 글씨가 종이 위로 이리저리 굴러다녔고 내용도 혼란스러웠다. 좀 나아졌지만, 더 아픈 것 같다고 했다. 시마의 죽음에 대해서는 아무것도 쓰여 있지 않았다.

편지를 내려놓았다. 고양이가 탁자로 뛰어 올라왔다. 이따금 편지 봉투에 담아 봉한 소식을 전하지 않아도 되는 동물들이 부러울 때가 있다. 편지를 쓸 때 하리에트는 진통제에 취해 있었던 걸까? 불안해서 전화기를 끌어당겨 그녀에게 전화를 걸었다. 하리에트가 병의 마지막 단계로 막 넘어가고 있다면 나도 알고 싶었다. 전화벨이 여러 번 울렸다. 하리에트 휴대전화로도 전화를 걸어보았지만, 그것 역시 아무도 받지 않았다. 연락하라는 메시지를 자동응답기에 남겼다.

그런 다음 루이제의 편지를 열었다. 프랑스 서부 라스코 동굴에 대한 글이 적혀 있었다. 1940년에 소년들 몇 명이 우연히 1만 7,000년 정도 된 동굴벽화들을 많이 발견한 곳이었다. 암벽에 새겨지고 채색된 몇몇 동물의 길이는 4미터나 되었다. 루이제의 편지는 이런 내용이었다.

"이 태고적 예술품이 파괴될 위험에 처해 있어요. 정신나간 사람들이 동굴을 찾아오는 미국 관광객들을 위해 갱도에 에어컨을 설치했기 때문이지요. 암벽에 곰팡이가 끔찍하게 많이 피었어요. 상황이 계속 이렇게 지속된다면, 그리고 우리가 소유한 가장 오래된 예술박물관을 위해 세계 전체가 책임을 지지 않는다면 앞으로 이 벽화들은 복제품으로만 볼 수 있을 거예요."

루이제는 행동을 개시할 생각이라는 말도 했다. 유럽 정치가들에게 편지를 쓸 생각이군. 루이제가 자랑스러웠다. 나는 불의에 저항하는 딸이 있어.

여러 번에 걸쳐 기회가 날 때마다 쓴 편지였다. 글씨체도, 필기구도 자주 바뀌었다. 진지하고 흥분한 내용의 문단들 사이에 간단한 메모도 삽입되어 있었다. 물을 길으러 가다가 발을 삐었다고, 또 자코넬리가 아파서 폐렴이 아닌가 걱정했는데 이제 나아가는 중이라는 말도 썼다. 그리고 내가 시마의 죽음을 겪으며 느낀 슬픔에 진심으로 애도를 표했다.

편지는 나를 곧 찾아오겠다는 내용으로 끝을 맺었다.

"아버지가 도망가서 내내 숨어 있던 그 섬을 보고 싶어요. 카라바조처럼 소름끼치게 아름다운 아버지가 있다는 꿈을 가끔 꾸기는 했어요. 하지만 아버지가 카라바조와 닮았다고는 말할 수 없군요. 어쨌든 이제 아버지는 더 이상 숨지 못해요. 아버지를 알고 싶어요. 내 유산도 받고 싶고, 내가 여전히 이해할 수 없는 것들을 설명해주길 원해요."

하리에트에 대해서는 한 마디도 없었다. 무슨 일일까? 죽기 직전인 엄마를 전혀 걱정하지 않는 걸까?

다시 하리에트에게 유선과 휴대전화로 모두 전화를 걸었다. 여전히 받지 않았다. 루이제의 휴대전화에 전화를 했지만 그녀도 받지 않았다. 집 뒤의 바위로 올라갔다. 아름다운 초여름 날이었다. 아직 본격적으로 더운 날씨는 아니었지만 섬들은 점점 푸르러졌다. 저 멀리 올해 들어 처음 보는 범선이 눈에 들어왔다. 모항母港으로 돌아가는 배였다. 불현듯 섬을 떠나고 싶은 욕구가 일었다. 내 인생에서 너무 오랜 시간을 선착장과 집을 오가며 허비했다.

그냥 떠나고 싶었다. 보행 보조기에 의지한 채 저편 얼음장 위에 서있던 하리에트는, 내가 새장처럼 스스로를 가두었던 저주를 깼다. 섬에서 보낸 12년은 손상된 통에서 액체가 새어나가듯이 흘러갔다. 뒤로 물러설 수도, 처음부터 다시 시작할 수도 없었다.

섬을 한 바퀴 돌았다. 흙과 바다 냄새가 진하게 풍겼다. 부지런한 검은머리물떼새들이 해변을 따라 걸으며 붉은 주둥이로 먹이를 찍고 있었다. 감옥 마당을 걷는 듯한 기분이었다. 며칠 뒤에는 감옥 문이 열리고 다시 자유로운 사람이 되리라는 느낌.

하지만 어디로 가야 하나? 어떤 삶이 나를 기다리고 있을까?

'다툼'만의 참나무들 가운데 한 그루 아래에 앉았다. 갑자기 급하다는 느낌이 들었다. 앞으로 무슨 일이 벌어지든 더 이상 시간을 허비할 수 없었다.

저녁에 배를 타고 사초들이 많은 곳으로 노를 저어갔다. 그곳 바닥은 낮았다. 넙치 그물을 내렸지만 물고기를 잡으리라는 희망은 품지 않았다. 아마 고양이를 기쁘게 할 넙치나 농어 한 마리가 걸릴 수도 있으리라. 하지만 그보다는 이제 발트 해 바닥에 숨어 있는 미끄러운 해초들로 가득하게 되겠지.

어쩌면 아름다운 초여름 저녁에 내 앞에 놓인 바다가 서서히 수렁으로 변하는 것인지도 몰라.

그날 저녁, 나는 전혀 이해하지 못할 행동을 했다. 삽을 꺼내 들고 개 무덤을 파헤친 것이다. 얼마 지나지 않아 부패 중인 사체를 발견하고 사체 전체가 드러나도록 흙을 팠다. 부패는 급속하게 진행된 상태였다. 구더기가 이미 주둥이와 눈과 귀의 점막을 대부분 파먹었고, 배도 갈라져 있었다. 항문에는 하얀 구더기들이 뭉쳐 덩어리를 이루고 있었다. 삽을 내려놓고, 소파에서 자고 있던 고양이를 데리고 나왔다. 팔에 안고 있던 고양이를 개 위에 올려놓았다. 고양이는 방울뱀에라도 물린 듯 바로 공중으로 솟구쳐 올랐다. 그러고는 집을 향해 도망치더니 모퉁이를 돌아 사라졌다. 나는 통통한 구더기 몇 마리를 집어 들었다. 내가 이걸 삼킬 수 있을까, 아니면 구역질이 나서 삼키지 못할까. 구더기를 개에게 던져버리고, 얼른 무덤에 다시 흙을 덮었다.

내가 무슨 짓을 한 걸까. 내 안에 존재하는 무덤을 열기 위한 준비를 하는 걸까? 내가 그동안 끌고 다닌 게 무엇인지 확인하기 위해?

부엌 수도꼭지에서 오랫동안 손을 문질러 씻었다. 내가 한 일에 구역질이 났다.

11시 무렵에 하리에트와 루이제에게 다시 전화했다. 여전히 연락이 되지 않았다.

다음날 아침 일찍 그물을 걷었다. 살이 별로 없는 넙치 두 마리와 죽은 농어 한 마리가 들어 있었다. 걱정했던 대로 그물에는 진흙과 해초들이 붙어 있었다. 대강 정리해서 도구를 두는 헛간에 그물을 거는 데 한 시간이 넘게 걸렸다. 자신이 사랑하던 바다가 질식하기 직전에 놓인 상황을 할아버지가 겪지 않아 얼마나 다행인가. 그물을 건 다음, 반쯤 벌거벗은 채 다시 배의 칠을 벗기기 시작했다. 어제 죽은 개와 만난 이후 나를 멀리하는 고양이와 화해하고 싶었다. 고양이는 넙치에 눈도 주지 않았지만, 농어는 바위틈으로 끌고 가서 천천히 먹었다.

10시에 집에 들어가 다시 전화를 걸었다. 여전히 연락이 되지 않았다. 오늘은 우편물도 오지 않는데……. 내가 할 수 있는 일이 전혀 없었다.

점심에 먹을 계란 몇 개를 삶으며, 낡은 목선의 초벌칠에 적당한 색을 고르기 위해 가장자리가 너덜거리는 견본책을 넘겼다.

식사를 한 뒤 쉬려고 부엌의 장의자에 누웠다. 배를 긁는 일은 금방 몸을 지치게 만들었다. 눕자마자 잠이 들었다.

흠칫 놀라며 잠에서 깨었을 때는 1시에 가까운 시각이었다. 열린 부엌 창문으로 낡은 모터의 소음이 들려왔다. 얀손의 보트처럼 들리긴 했지만, 오늘은 그가 오는 날이 아니었다. 의자에서 몸을 일으켜, 장화를 신고 바깥으로 나갔다. 모터 소음이 가까워졌다. 의심할 여지없이 얀손의 보트였다. 배기관이 수면 아래 놓일 때도, 위에 놓일 때도 있어서 소음이 일정하지 않았다. 얀손이 속도를 절반만 내는 게 이상했다. 가장 먼 암벽들 사이로 드디어 뱃머리가 모습을 드러냈다. 보트는 아주 천천히 움직였다.

얀손은 견인 밧줄에 뭔가를 매달고 왔다. 보트 뒤의 와이어로프에 어릴 때 본 적이 있는 소를 나르던 낡은 나룻배가 매달려 있었다. 여름에 섬에서 방목되는 소들을 운송하던 배였다. 그러나 그건 내가 아직 어린 시절의 일이었다. 여기서 사는 동안은 단 한 번도 그 나룻배를 본 적이 없었다.

나룻배에는 루이제의 캠핑카가 실려 있었다. 루이제는 처음 만났던 때처럼 열린 문 안에 서 있었다. 난간에 또 한 사람이 보였다. 보행 보조기에 의지한 하리에트였다.

할 수만 있다면 물에 뛰어들어 도망치고 싶었다. 그러나 그럴 수 없었다. 얀손은 보트 속도를 줄이고 견인 밧줄을 푸는 동시에, 나룻배가 만에서 가장 얕은 곳으로 미끄러지도록 밀었다. 나는 마비된 듯 그 자리에 서서 해변에 닿은 나룻배를 바라보았다.

얀손이 선착장에 보트를 갖다 댔다.

"이 낡은 나룻배를 또 사용하게 되리라고는 생각도 못했어요. 뢰크세르로 말 두 마리를 나른 게 마지막이었는데, 최소한 25년은 지난 일이네요."

"나에게 전화를 했어야지. 미리 알려줄 수 있었잖아."

얀손은 깜짝 놀라는 표정이었다.

"오는 거 몰랐어요? 루이제라는 여자 말로, 이미 안다고 하던데요. 아무래도 선생님 트랙터로 캠핑카를 끌어내야겠네요. 밀물이라 다행이군요. 안 그러면 캠핑카로 물속을 달려야 했을 테니까."

나에게 뭔가를 말해준 사람은 아무도 없었다. 하리에트와 루이제가 왜 전화를 받지 않았는지에 대한 의문이 풀렸다. 루이제는 보행 보조기를 짚은 하리에트가 발을 땅에 딛도록 도와주었다. 하리에트는 내가 흥분하여 캠핑카를 떠나던 때보다 말랐고, 훨씬 더 약해 보였다.

나는 해변으로 내려갔다.

루이제는 하리에트와 팔짱을 끼고 있었다.

"여기 참 멋지네요. 나는 숲을 더 좋아하긴 하지만, 여기도 참 좋은데요."

"내가 환영한다고 말해야겠지?"

하리에트가 고개를 들었다. 얼굴이 땀으로 젖어 있었다.

"팔짱을 풀면 쓰러질 것 같아. 개미들이 있는 방 침대에 다시 눕고 싶어."

우리는 하리에트를 부축하여 집으로 올라갔다. 나는 얀손에게 낡은 내 트랙터를 살려보라고 말했다. 하리에트가 침대에 누워 숨을 무겁게 내쉬었다. 통증이 있는 듯, 루이제가 알약과 물을 건네주자 하리에트는 힘겹게 약을 넘겼다.

그런 다음 나에게 손을 내밀었다.

"난 이제 얼마 살지 못해. 손을 잡아줘."

나는 하리에트의 따뜻한 손을 잡았다.

"여기 누워 바다 소리에 귀를 기울이고, 두 사람을 내 옆에 두고 싶어. 그것뿐이야. 쓸데없이 귀찮게 굴지 않을게. 통증이 아주 심해져도 비명 지르지 않을 거야. 약을 먹든가 루이제가 주사를 놓아줄 거야."

하리에트가 눈을 감았다. 우리는 옆에 서서 그녀를 내려다보았다. 하리에트는 곧 잠이 들었다.

루이제가 탁자를 돌아가서 점점 더 커가는 개미집을 바라보다가 속삭였다.

"여기 몇 마리나 들어 있을까요?"

"100만 마리쯤 될 거야. 더 많을 수도 있고."

"여기 언제부터 개미집이 있었나요?"

"올해가 11년째야."

우리는 방에서 나왔다.

"미리 전화를 걸었어야지."

그 말에 루이제가 앞에 버티고 서서 내 어깨를 세차게 잡았다.

"그랬더라면 아버지는 안 된다고 했을 거예요. 그게 싫었어요. 이제 우린 여기 왔어요. 아버지는 엄마에게나 나에게, 특히 나에게 그 정도 빚은 졌어요. 엄마가 이제 저기 누워, 돌아가실 때 빵빵거리는 자동차들 소리 대신 바다 소리를 듣길 원한다면 그렇게 하게 해드려야지요. 그리고 아버지가 돌아가실 때까지 내가 비난하며 쫓아다니지 않는 걸 다행으로 아세요."

루이제는 몸을 돌려 바깥으로 나갔다. 얀손이 낡은 트랙터에 시동을 걸었다. 그는 시동을 걸기 어려운 모터들을 잘 다룰 줄 알았다.

우리는 밧줄 몇 개를 묶어, 캠핑카를 나룻배에서 섬으로 끌어 올리는 데 성공했다.

트랙터를 몰던 얀손이 소리를 질렀다.

"어디에 세울까요?"

"저쪽에요."

루이제가 보트 창고 건너편에 있는 작은 모래밭 위쪽의 풀밭을 가리켰다.

"내 해변이 따로 있는 게 좋겠어요."

루이제가 말을 이었다.

"언제나 그런 꿈을 꾸었거든요."

얀손은 트랙터를 노련하게 몰아 루이제가 말한 장소로 캠핑카를 옮겼다. 우리는 캠핑카가 견고하게 설 수 있게 낡은 생선 상자와 난파해 밀려온 목재를 지지대로 받쳐 넣었다.

"아주 멋지겠는데요."

얀손이 만족스러운 표정으로 말했다.

"여기 섬들 가운데 캠핑카가 서 있는 유일한 섬이 되겠군요."

"함께 커피를 마시지요."

루이제가 말했다. 얀손이 어떻게 할까요, 하는 표정으로 나를 바라보았다. 나는 아무 말도 하지 않았다.

내가 섬에 산 이래, 얀손은 처음으로 내 집에 발을 들여놓았다.

그는 호기심에 찬 눈길로 부엌을 둘러보았다.

"옛날 모습과 같네요. 별로 많이 바꾸지 않으셨군요. 내 기억이 맞는다면, 이 식탁보 역시 노인들이 쓰시던 것 그대로예요."

루이제는 커피를 끓이고, 혹시 밀 비스킷이 있는지 물었다. 집에 가지고 있는 게 없었다. 루이제는 캠핑카에 가서 비스킷을 가지고 오겠다며 바깥으로 나갔다.

"매력적인 여성이군요."

얀손이 말했다.

"어떻게 찾았어요?"

"내가 찾은 게 아니야. 루이제가 나를 찾았지."

"광고를 냈나요? 나도 그럴까 생각해본 적이 있어요."

얀손은 머리가 빨리 돌아가는 사람이 아니야. 그의 머리를 쓸데없이 복잡하게 만들면 안 되겠군. 루이제를 ― 캠핑카, 그리고 죽어가는 노인까지 포함해서 ― 내가 어디선가 낚아챈 여자로 생각하게 둘 수는 없었다.

"루이제는 내 딸일세. 내가 자네에게 딸이 있다는 말을 하지 않았던가? 말한 기억이 분명히 나는데. 저 아래 벤치에 앉아서 말일세. 자네 그때 귀에 통증이 있다고 했지. 가을이었네. 내가 그때 다 자란 딸이 하나 있다고 말했어. 기억나지 않나?"

얀손은 내가 무슨 말을 하는지 당연히 알지 못했다. 그러나 반박할 용기는 내지 못했다. 언제나 치료해 줄 준비가 되어 있는 주치의를 잃는 위험을 무릅쓰고 싶지 않았을 테니까.

루이제가 빵 바구니를 들고 돌아왔다. 얀손과 내 딸은 서로가 금방 마음에 든 모양이었다. 루이제에게 캠핑카의 주인은 너지만, 섬에서 어떤 규정이 적용되는지 결정하는 사람은 나라고 이야기해야겠군……. 규정 가운데 하나는, 내 부엌으로 얀손을 초

대해 커피를 마실 수 없다는 거야.

얀손은 나룻배를 끌고 곶 뒤로 사라졌다. 나는 얀손에게 얼마를 지불했는지 루이제에게 묻지 않았다. 하리에트가 계속 자고 있어, 우리 둘은 섬을 산책했다. 개가 묻힌 곳을 보여준 다음 암벽을 넘어 남쪽으로 해안선을 따라 걸었다.

잠깐이나마 어린 딸을 얻은 듯한 기분이었다. 루이제는 식물과 해초, 운무 속에서 나타나는 섬들, 깊은 곳에 있어 보이지 않는 물고기 등에 대해 온갖 질문을 던졌다. 나는 절반 정도밖에 대답할 수 없었지만 루이제는 신경 쓰지 않는 듯했다. 내가 자기 말에 귀를 기울인다는 게 가장 중요해 보였다.

북쪽 곶에 오래 전 얼음에 의해 높은 왕좌 모양으로 빚어진 바위가 몇 개 있었다. 우리는 그곳에 앉았다.

"누구 아이디어였지?"

"우리 둘이 동시에 생각했던 것 같아요. 너무 늦기 전에 아버지를 찾아 가족이 모여야 한다고 생각했어요."

"숲에 사는 네 친구들은 뭐라고 말했어?"

"친구들은 내가 언젠가 돌아오리라는 걸 알고 있어요."

"캠핑카는 왜 끌고 왔어?"

"그건 내 피부와도 같아요. 늘 함께 다니지요."

루이제가 하리에트 이야기를 꺼냈다. 하리에트를 스톡홀름으로 데려다 준 사람은 스투레라는 복싱 선수였다. 우물 파기가 직업인 남자라고 했다.

스톡홀름에 도착한 뒤에 하리에트의 건강은 급격하게 악화되었다. 그러나 그녀가 병원에 입원하려 하지 않아 루이제가 가서 돌보았다. 루이제는 하리에트에게 필요한 진통제를 직접 줄 수 있는 권리를 위해 싸웠고, 결국은 얻어냈다. 남은 것은 고식적인 처치밖에 없었다. 암의 전이를 막기 위한 모든 시도는 끝났고 이제 초읽기가 시작되었다. 루이제는 스톡홀름의 간병 서비스와 연락을 취하고 있었다.

우리는 왕좌 바위에 앉아 먼 바다를 내다보았다.

"엄마는 이제 한 달도 살지 못해요. 지금도 진통제 복용량이 많아요. 엄마는 여기서 돌아가실 거예요. 그러니 아버지가 준비를 잘 하세요. 의사니까, 적어도 의사였으니까 나보다 죽음에 대해 더 많이 알고 있겠지요. 죽을 때는 누구나 혼자라는 것 정도는 나도 알아요. 하지만 우리가 옆에 있으면서 엄마를 도와줄 수 있을 거예요."

"통증이 심해?"

"소리를 지를 때도 있어요."

우리는 해변을 따라 걷다가, 난바다로 직접 이어지는 곳까지 나와서 멈추어 섰다. 할아버지는 이곳에 탈곡기 받침대와 두꺼운 참나무 널빤지 몇 장으로 벤치를 만들어 두었다. 드물긴 했지만, 부부싸움을 한 뒤에 할아버지는 할머니가 식사 준비가 다

되었다며 부르러 올 때까지 보통 이곳에 앉아 있었다. 그때는 이미 화가 풀어진 뒤였다. 나는 일곱 살 때 내 이름을 벤치에 새겼다. 내 행동이 분명히 마음에 안 들었을 텐데도 할아버지는 아무 말도 하지 않았다.

솜털오리와 검둥오리사촌과 비오리 몇 마리가 파도 속에서 끄덕거리고 있었다.

"이곳에 심연이 하나 있어. 바닥의 깊이는 보통 15미터에서 20미터야. 그런데 한 곳의 틈이 갑자기 벌어져 56미터나 될 만큼 깊지. 어릴 때 나룻배에서 그물을 내린 적이 있는데, 아마 바닥이 없을 거라고 생각했어. 지질학자들이 와서 이 심연이 왜 생겼는지 알아내려고 했지. 내가 아는 한 충분한 설명은 없었던 것 같다. 그건 내 생각과도 맞아. 나는 모든 수수께끼가 풀린 세상을 믿지 않으니까."

"나는 저항이 행해지는 세상을 믿어요."

"프랑스 동굴을 생각하는구나?"

"그 동굴도 내가 생각하는 많은 것들 가운데 하나지요."

"편지를 썼니?"

"마지막으로 토니 블레어와 시라크 대통령에게 썼어요."

"답장을 받았어?"

"당연히 못 받았지요. 다른 작전들을 준비하고 있어요."

"어떤 작전들?"

루이제가 고개를 저었다. 대답하기 싫은 모양이었다.

우리는 산책을 계속하다가 보트 창고 앞에 멈추어 섰다. 바람이 자는 벽에 햇살이 비치고 있었다.

"아버지는 엄마에게 한 가지 약속을 지켰지요. 그런데 엄마는 소원이 하나 더 있어요."

"난 숲 속 연못으로 한 번 더 갈 생각은 없다."

"엄마는 여기서 여름 축제를 벌이길 원해요."

"무슨 뜻이지?"

루이제가 화를 냈다.

"여름 축제라는 단어에, 그 말이 의미하는 것 말고 다른 뜻도 있나요? 여름에 벌이는 축제지요."

"난 여름이든 겨울이든 이 섬에서 축제를 벌이지 않아."

"그럼 이제 벌일 때가 된 거네요. 엄마는 아름다운 여름날 저녁에 몇몇 사람들과 바깥에 앉아 잘 먹고 잘 마신 다음, 침대에 돌아가 누워 되도록 빨리 죽길 원해요."

"그거야 물론 할 수 있지. 너와 나와 네 엄마가. 까치밥나무 덤불 앞쪽 풀밭에 식탁을 놓자."

"엄마는 손님들을 초대하길 원해요. 사람을 만나고 싶어 한다고요."

"누굴?"

"여기 사는 사람은 아버지예요. 친구들을 부르세요. 많을 필요는 없어요."

루이제는 내 대답을 기다리지 않고 집으로 올라갔다. 나는 축제를 열 수 밖에 없음을 깨달았다. 얀손, 한스 룬드만과 이 지방 대형 슈퍼마켓 정육부에서 일하는 그의 아내를 초대하면 될 터였다.

하리에트는 내 섬 언덕에 앉아 수평선을 바라보며 최후의 만찬을 먹게 되겠구나. 그래, 내가 그녀에게 해줄 수 있는 최소한의 일이지.

4

하지까지 쉴 새 없이 비가 내렸다. 우리는 점점 악화되는 하리에트의 상태에 맞추어 일상생활을 최소화했다. 루이제는 처음에 캠핑카에서 잤지만, 하리에트가 이틀 밤 연이어 통증으로 비명을 지른 뒤에는 부엌으로 들어왔다. 내가 하리에트에게 약과 주사를 주는 일을 맡아 임무를 교대하겠다고 했지만, 루이제는 책임을 나누려하지 않았다. 루이제는 바닥에 깔고 자던 매트리스를 아침마다 현관으로 옮겼다. 고양이가 자기 발아래 누워있기를 좋아한다고 했다.

하리에트는 온갖 진통제에 취해, 대부분의 시간을 자면서 보냈다. 아무것도 먹으려 하지 않았지만, 루이제는 한없는 인내심을 보이며 그녀에게 계속 음식을 먹으라고 권했다. 제 엄마를 대하는 루이제에게는 나를 감동시키는 섬세한 면이 있었다. 나는 옆에 떨어져 서서 그 모습을 지켜보며, 둘의 친근함에 결코 끼어들지 못하리라고 생각했다.

루이제와 나는 저녁이면 캠핑카에 앉아 잡담을 나누었다. 요리는 루이제가 맡았다. 나는 그녀가 준 쇼핑 목록을 상점에 전화로 주문했고, 우편 보트가 식료품을 배달해주었다. 하지 전주에 나는 하리에트의 시간이 얼마 남지 않았다는 사실을 깨달았다. 그녀는 깰 때마다 날씨가 어떤지 물었다. 여름 축제를 생각하고 있구나……. 다음에 얀손이 왔을 때—그날도 여전히 거의 하루 종일 비가 내렸고, 먼 북극에서 바람이 불어왔다—나는 그를 금요일 축제에 초대했다.

"생일인가요?"

"자네 성탄절만 되면 왜 작은 전구들을 걸지 않느냐며 투덜거리지 않았나? 하지에는 왜 선착장에서 독주를 한 잔 하지 않느냐고 불평했고. 이제 자네를 축제에 초대하겠다는데 그 말이 그렇게 이해하기 어려운가? 일곱 시네. 날씨가 허락한다면 말일세."

"날씨는 분명히 좋아질 거예요. 내 엄지손가락이 그렇다고 알려주네요."

얀손은 자기가 수맥을 찾는 막대기로 물을 찾을 수 있다고 믿는다. 또 그의 엄지는 날씨에 민감하게 반응한다.

나는 그의 엄지에 대해 아무 말도 하지 않았다. 같은 날 한스 룬드만에게도 전화해서, 그와 그의 아내를 초대했다.

"그때 일하는데……. 하지만 아마 에드빈과 바꿀 수 있을 거야. 자네 생일인가?"

"난 1년 내내 생일이라네. 일곱 시에 오게. 날씨가 좋다면 말이야."

루이제와 함께 축제를 준비했다. 오랫동안 쓰지 않고 세워두었던 할아버지와 할머니 시절의 여름 가구들을 꺼냈다. 칠을 새로 하고, 다리 하나가 썩은 식탁도 수리했다.

하지 전날, 퍼붓듯이 비가 쏟아졌다. 북서쪽에서 세찬 바람이 불어왔고 기온도 12도로 떨어졌다. 루이제와 나는 바위에 올라가, 이웃 섬인 코르스홀멘 건너편의 그늘에 놓인 배들을 내려다보았다.

"내일 날씨도 이럴까요?"

루이제가 물었다.

"얀손의 엄지에 따르면 좋아질 거야."

다음날 바람이 가라앉았다. 비가 그치고 구름이 흩어졌으며 기온도 올랐다. 하리에트는 힘겨운 이틀 밤을 보냈다. 진통제도 듣지 않는 듯 하더니 갑자기 통증이 사라졌다. 우리는 축제를 준비했다.

루이제는 하리에트가 무엇을 원하는지 정확하게 알고 있었다.

"검소한 사치. 검소와 사치를 연결해야 하다니 불가능한 과제지요. 하지만 이따금 불가능한 것을 원할 때도 있어요."

특이한 여름 축제였다. 기억하는 장면들이 서로 다르긴 해도, 참석했던 사람들은 이 축제를 쉽게 잊지 못할 것이다. 한스 룬드만이 아침에 전화해서, 지금 집에 손녀가 와 있는데 혼자 남겨둘 수 없다며 데리고 와도 되는지 물었다. 손녀 이름은 안드레아로, 열여섯 살이었다. 나는 그 아이가 지적장애자이며 여러 특징을 가지고 있지만, 특히 다른 사람들을 한없이 신뢰하는 특징을 보인다는 사실을 알고 있었다. 다른 지적장애자들처럼 안드레아도 특정한 것들을 이해하거나 배우는 데 어려움을 겪었다. 그러나 안드레아의 가장 큰 특징은 그 아이가 낯선 사람들과 가까워지는 방식이었다. 그 아이는 아무에게나 악수를 청했다. 어릴 때는 생판 모르는 사람들의 무릎으로 기어 올라갔다.

안드레아를 데리고 와도 되고말고. 우리는 여섯 명이 아니라 일곱 명 분 식기를 차렸다. 침대를 거의 떠나지 않던 하리에트는 오후 다섯 시부터 이미 정원 의자에 앉아 있었다. 루이제는 그녀에게 밝은 색 여름 원피스를 입히고 잿빛이 섞인 검은색 머리를 아름답게 묶어 목덜미에 올렸다. 화장도 해준 티가 났다. 나는 포도주 잔을 들고 그녀 옆에 앉았다.

하리에트가 내 손에서 잔을 가져가 절반을 마셨다.

"더 채워줘. 잠들지 않으려고 진통제를 반밖에 먹지 않았어. 아파. 통증이 점점 더 심해져. 하지만 흰 알약 대신 백포도주를 마실래. 포도주!"

나는 미리 코르크를 열어둔 포도주를 가지러 부엌으로 갔다. 루이제는 바쁘게 몸을 놀리며 오븐에 뭔가를 집어넣고 있었다.

"네 엄마가 포도주를 달라는군."

"그럼 드리세요! 엄마를 위한 축제예요. 엄마 인생에서 기분 좋게 마실 수 있는 마지막 기회예요. 엄마가 취한다면 우린 기뻐해야 한다고요."

나는 병을 들고 정원으로 나갔다. 식탁은 아름다웠다. 루이제는 꽃과 초록빛 가지들로 식탁을 꾸몄다. 이미 준비된 냉채들은 할머니의 낡은 손수건으로 덮여 있었다.

하리에트와 나는 건배를 했다. 그녀가 내 손을 잡았다.

"내가 당신 집에서 죽으려는 거 화나지?"

"왜 화가 나겠어?"

"당신은 나랑 살기 싫어했잖아. 그러니 아마 내가 죽을 때도 당신 집에 있는 게 싫겠지."

"당신이 우리 모두보다 더 오래 살 수도 있어."

"난 곧 죽어. 죽음이 벌써 내 안에서 움직이는 게 느껴져. 통증 때문에 밤에 잠이 깨어서는, 비명을 지를 만큼 아프기 직전에 스스로에게 이런 질문을 해. 죽음 뒤에 무엇이 기다리고 있는지 내가 혹시 두려워하는 게 아닐까. 그래, 두려워. 하지만 사실 두려움이 없는데도 두려워. 막연한 불안 같은 거야. 문 뒤에 무엇이 숨어 있는지 모르면서 문을 열기 직전이니까. 그러다가 통증이 밀려오면, 다른 게 아니라 바로 그게 두려움이 되지."

루이제가 포도주 잔을 들고 나와 앉았다.

"가족! 내 성을 벨린으로 해야 할지, 회른펠트로 해야 할지 모르겠어요. 루이제 회른펠트 벨린이 좋겠어요. 직업은 편지 쓰기. 어때요?"

루이제는 카메라를 가지고 와서, 손에 포도주 잔을 들고 앉아 있는 하리에트와 나를 찍었다. 그런 다음 자기도 함께 찍으려고 자동 셔터를 작동시켰다.

"이 카메라는 구식이에요. 필름 현상을 해야 하거든요. 그래도 어쨌든 내가 꿈꾸던 사진을 얻게 되었네요."

우리는 하지 저녁을 위해 건배했다. 하리에트는 밝은 색 여름 원피스 아래 기저귀를 차야 하는구나. 그리고 아름다운 루이제가 정말 내 딸이야…….

루이제가 옷을 갈아입으러 캠핑카로 갔다. 식탁으로 뛰어오른 고양이를 쫓아내자 감정이 상했는지 그냥 내려갔다. 우리는 말없이 앉아 나지막한 파도 소리에 귀를 기울였다.

"당신과 나 말이야."

바다 313

하리에트가 입을 열었다.

"당신과 나. 순식간에 지나갔어."

일곱 시가 되자 바람이 잠잠해졌다. 얀손과 룬드만 가족을 실은 보트 두 대가 다정한 호송대처럼 앞뒤로 나란히 들어왔다. 둘 모두 고물에 깃발을 꽂고 있었다. 루이제는 선착장에 서서 환하게 미소를 지었다. 거의 도발적일 만큼 짧은 원피스를 입은 그녀의 다리는 무척 아름다웠다. 처음 만나던 날 캠핑카에서 나올 때 신었던 빨간 구두를 다시 신고 있었다. 얀손은 꽉 끼어 보이는 구식 양복을, 로마나는 반짝이는 검은색과 붉은색 옷을, 한스는 하얀 옷에 선장 모자를 쓴 차림이었다. 안드레아는 파란 원피스를 입고 노란 머리띠를 하고 있었다. 우리는 보트를 묶고 선착장에 함께 서서, 드디어 도래한 여름에 대해 한동안 이야기를 나누다가 집으로 올라갔다. 눈을 반짝이며 걷던 얀손은 몇 번이나 발을 헛디뎠다. 하지만 아무도, 특히 하리에트는 그런 것에 전혀 신경을 쓰지 않았다. 그녀는 혼자 힘으로 의자에서 일어나 모두에게 악수를 청했다.

우리는 사실대로 말하기로 미리 결정해두었다. 하리에트는 루이제의 엄마고 나는 아버지라는 것, 하리에트와 나는 예전에 거의 결혼한 사람들처럼 살았다는 것, 지금 하리에트가 아프긴 하지만 하루 저녁 바깥으로 나와 참나무 아래서 식사를 할 정도는 된다는 것.

모든 것이 끝난 나중에 돌이켜보니, 우리 축제는 구성원들이 각자 맡은 악기를 조율한 작은 오케스트라와 비슷했다는 생각이 들었다. 우리는 올바른 음이 나올 때까지 천천히 잡담을 나누었다. 그러는 동안 먹고, 건배하고, 그릇들을 이리저리 날랐다. 우리 웃음소리가 해안 절벽을 넘어 울려 퍼졌다. 하리에트는 그 순간 완벽하게 건강한 사람이었다. 그녀는 한스와 구조신호에 대해, 로마나와 식료품 가격에 대해 이야기를 나누었다. 얀손에게는 집배원으로 일하는 동안 겪은 기이한 우편물들에 대해 이야기해달라고 청했다. 하리에트의 축제였다. 그녀가 지배했고, 모든 음이 조화를 이루도록 지휘했다. 안드레아는 아무 말도 하지 않았지만 금방 루이제에게 착 달라붙었다. 루이제는 아이가 그러도록 내버려두었다. 우리는 당연히 모두 취했다. 얀손이 가장 먼저 취했지만 자기 통제력을 잃지는 않았다. 그는 루이제를 도와 접시를 날랐는데 하나도 손에서 놓치지 않았다. 또 날이 어두워지자 초에 불을 붙이고 루이제가 사 두었던 모기향도 피웠다. 안드레아는 어른들을 탐색하는 듯한 눈으로 바라보았다. 건너편에 앉은 하리에트는 이따금 손을 뻗어 안드레아의 손가락 끝을 만졌다. 거기 앉아 손가락들이 만나는 모습을 지켜보고 있자니 슬픔이 몰려왔다. 한 명은 곧 죽을 거고, 다른 한 명은 산다는 게 무슨 뜻인지 이해하는 날이 아마 오지 않을 테지. 하리에트는 내 눈길을 마주하고 잔을 들어올렸다. 우리는 건배하고 포도주를 마셨다.

나는 감사의 인사를 했다. 전혀 준비하지 않은 일이었다. 어쨌든 말하려는 내용을 미리 만들어둔 기억은 없었다. 나는 검소와 사치에 대해, 그리고 완결에 대해 이야기했다. 어쩌면 존재하지 않을지도 모르지만, 아름다운 여름날 저녁에 좋은 친구들과 함께한 자리에서 어렴풋이 짐작할 수 있는 완결에 대해. 스웨덴의 여름은 변덕이 심하고 길지도 않았다. 그러나 이날 저녁처럼 황홀하게 아름다울 때도 있었다.

"여러분은 내 친구입니다. 친구와 가족이지요. 나는 이 섬의 무례한 군주였어요. 그동안 여러분을 이곳에 들여놓지 않았어요. 여러분이 보여준 인내에 감사를 드립니다. 여러분이 무슨 생각을 했을지 두렵군요. 우리의 이런 만남이 이번이 마지막이 아니길 바랍니다."

우리는 잔을 들었다. 참나무 잎들을 지나온 부드러운 저녁 미풍이 촛불과 모기향 연기를 흔들었다.

얀손이 자기 잔을 두드려 주의를 집중시킨 다음 자리에서 일어섰다. 잠깐 비틀거리기는 했지만 금방 꼿꼿하게 섰다. 그는 아무 말이 없었다. 그러다가 노래하기 시작했다. 맑디맑은 바리톤 음색으로 아베마리아를 불렀다. 소름이 돋았다. 식탁에 앉아 있던 모든 사람도 마찬가지였을 것이다. 얀손이 굉장한 목소리의 소유자라는 사실은 아무도 몰랐던 듯했다. 나는 눈물이 솟았다.

상상해낸 온갖 질병을 앓고 꽉 끼는 양복을 입은 얀손이, 이 여름날 저녁 마치 신이 우리와 함께 어울린 듯이 노래를 부르다니. 자기 목소리를 왜 숨겨왔는지는 얀손 자신밖에 모를 터였다.

그의 노래에 새들도 조용해졌다. 안드레아는 입을 벌린 채 노래에 귀를 기울였다. 마법에 걸린 듯한 엄청난 시간이었다. 그가 노래를 마치고 다시 자리에 앉았지만, 우리는 모두 그대로 입을 다물고 있었다.

그러다가 한스가 침묵을 깨고, 그 순간에 할 수 있는 단 한 마디 말을 했다.

"세상에!"

얀손에게 질문이 쏟아졌다. 어떻게 노래를 하게 되었는지? 왜 전에는 한 번도 부르지 않았는지?

그러나 얀손은 대답하지 않았고, 더 이상 다른 노래도 부르려고 하지 않았다.

"난 감사의 인사를 한 거예요. 노래로 했다고요. 이 밤이 끝나지 않으면 좋겠네요."

우리는 다시 먹고 마셨다. 하리에트가 지휘봉을 내려놓았으므로, 대화는 풀밭 위를 튀듯 이리저리 옮겨 다녔다. 우리는 모두 취했고, 루이제와 안드레아는 살그머니 보트 창고와 캠핑카 방향으로 내려갔다. 한스는 로마나와 춤을 추겠다고 했다. 두 사람은 껑충껑충 뛰며 — 얀손 말로는 라인 강 지역의 민속춤이라고 했다 — 사라졌다가, 이번에는 폴카와 비슷한 춤을 추며 집 모퉁이 뒤에서 다시 모습을 드러냈다.

하리에트는 이 모든 것을 즐겼다. 내 생각에 그녀는 저녁 내내 통증을 느끼지 않았고, 자기가 곧 죽는다는 사실도 잊었던 것 같다. 나는 포도주 잔을 채웠고, 안드레아만 빼고 모두에게 독주도 가득 따라주었다. 얀손은 소변을 보러 비틀거리며 덤불로 가고 한스와 로마나는 엄지 레슬링을 했으며, 라디오에서는 슈만의 피아노곡이라고 짐작되는 감미로운 음악이 흘러나왔다. 나는 하리에트 옆에 가서 앉았다.

"이게 최상이었어."

그녀가 입을 열었다.

"무슨 뜻이지?"

"우리는 절대 함께 살지는 못했을 거야. 난 계속 엿듣고 내 서류를 뒤지는 당신을 견디지 못하게 되었을 테지. 당신이 내 피부 아래 숨어 있는 느낌이었으니까. 당신 때문에 가려웠다고. 당신을 사랑했기 때문에 신경 쓰지 않았어. 곧 지나갈 거라고 생각했지. 그래, 지나갔어. 하지만 당신이 사라진 뒤에야 지나갔지."

그녀는 잔을 들고 내 눈을 들여다보았다.

"당신은 좋은 사람이 아니었어. 마땅히 졌어야 할 책임을 내내 피했지. 앞으로도 좋은 사람이 되지는 못할 거야. 하지만 더 나은 사람이 될 수는 있겠지. 루이제를 잃지 마. 그 아이를 돌봐 줘. 그러면 그 아이도 당신을 돌봐줄 거야."

"나에게 말을 했어야지. 그 오랜 세월 동안 딸이 있는지 알지도 못한 채 지냈잖아."

"그래, 당연히 그랬어야 하겠지. 정말 원했다면 내가 당신을 찾을 수도 있었을 거라는 당신의 주장은 옳아. 난 너무 화가 나 있었어. 그게 내가 복수하는 방식이었지. 당신 아이를 나 혼자 소유하는 것. 이제 내가 그것 때문에 벌을 받고 있군."

"벌이라니?"

"내 행동을 후회하니까."

얀손이 비틀거리고 오더니, 우리의 심각한 대화에도 전혀 상관하지 않고 하리에트 건너편에 털썩 주저앉았다.

"사모님은 비범한 여성이에요."

그가 쉰 목소리로 말했다.

"정말 비범한 여성이지요. 망설임없이 하이드로콥터에 올라 얼음을 헤치고 나갔으니까요."

"그건 굉장한 경험이었어요. 하지만 그런 경험을 되풀이하고 싶지는 않군요."

나는 자리에서 일어나 집 뒤 바위로 올라갔다. 집 앞쪽에서 나는 소리들이 이곳에서는 산발적인 고함과 울림으로만 들려왔다. 할머니가 저 아래 사과나무 옆의 벤치에 앉아 있고, 할아버지가 보트 창고에서 오솔길을 따라 이곳으로 올라오는 모습이 보이는 것만 같았다.

산 자와 죽은 자들이 함께 축제를 벌이는 듯한 저녁, 아직 살아갈 날이 많은 사람들과 하리에트처럼 눈에 보이지 않는 경계선에 바짝 붙어 강을 건네다줄 배를 기다리는 사람들을 위한 저녁이었다.

소를 실어 나르던 얀손의 나룻배를 타고 이곳으로 온 하리에트의 항해는 이제 끝났다. 남은 것은 마지막 항해뿐이었다.

선착장으로 내려갔다. 캠핑카 문이 열려 있었다. 차를 빙 돌아가, 유리창으로 안쪽을 조심스럽게 들여다보았다. 안드레아가 루이제의 옷을 입어보는 중이었다. 굽이 높은 연청색 구두를 신고 균형을 잡고, 반짝이는 구슬이 붙은 독특한 원피스를 입고 있었다.

나는 벤치에 앉아 불현듯 지난 동지 저녁을 떠올렸다. 그때 나는 부엌에 앉아 내 인생에서 변할 것은 전혀 없다고 생각했다. 그 후로 반년이 지나간 지금, 변하지 않은 것은 하나도 없었다. 이제 우리를 다시 어둠으로 이끌어갈 하지가 시작되었다. 평소에는 늘 조용하던 내 섬에 사람들 목소리가 울려 퍼졌다. 로마나의 활기찬 웃음소리, 그리고 갑자기 하리에트의 목소리도 들렸다. 그녀는 죽음을 누르고 서서 통증을 잊고자 포도주를 더 달라고 외쳤다.

"포도주 더!"

그 소리는 마치 사냥꾼의 외침처럼 들렸다. 하리에트는 마지막 전투를 치르기 위해 온힘을 동원했다. 나는 집으로 올라가 마지막 병을 땄다. 바깥으로 나와 보니, 얀손이 반쯤 의식을 잃은 채 로마나를 안고 흔들며 춤을 추고 있었다. 한스는 하리에트 옆으로 자리를 바꾸었다. 그는 하리에트의 손을 잡고 — 어쩌면 그녀가 그의 손을 잡은 것인지도 모른다 — 설명하고, 그녀는 귀를 기울이고 있었다. 그는 배가 고속으로 달려도 항해가 안전하도록 등대가 어떻게 항로를 비추는지 힘겹게 설명했지만 성과는 없는 듯했다. 루이제와 안드레아가 캠핑카쪽에서 올라왔다. 루이제가 풍부한 상상력으로 안드레아를 아름답게 꾸며놓은 것을 알아본 사람은 하리에트뿐이었다. 안드레아는 연청색 구두를 신고 있었다. 내가 안드레아의 발을 바라보자 루이제가 내 귀에 대고 속삭였다.

"자코넬리가 나에게 만들어준 구두예요. 아무도 상상 못할 만큼 많은 사랑을 품고 있는 이 아이에게 선물했어요."

밤은 서서히 꿈속으로 넘어가고 있었다. 무슨 일이 일어났는지, 무슨 말을 했는지 확실하게 생각나는 게 없다. 그러나 소변을 보러 가다가 보니, 집 앞 계단에서 얀손이 로마나의 품에서 울고 있었던 건 기억난다. 한스는 안드레아와 왈츠를 추고, 하리에트와 루이제는 친근하게 서로 속삭이고 있었다.

새벽 네 시 동틀 무렵, 우리 모두 비틀거리며 오솔길을 따라 선착장으로 내려갔다. 한스는 보행 보조기에 의지한 하리에트를 위해 공손한 시종 역할을 했다. 우리는 선착장에 서서 작별 인사를 하고 밧줄을 푼 다음, 사라져 가는 보트들을 바라보았다.

연청색 구두를 손에 든 안드레아는 보트에 오르기 전에 나에게 오더니 모기에 물린 바짝 마른 팔로 나를 안았다.

보트 두 대가 곶 뒤로 사라지고 한참 지난 뒤에도 나는 따뜻한 이불 같았던 그 포옹을 계속 느낄 수 있었다.

"엄마와 위로 올라갈게요. 깨끗하게 씻고 싶을 거예요. 우리 둘만 차분하게 씻는 게 좋겠어요. 피곤하시면 아버지는 캠핑카로 가서 누우세요."

"난 그릇을 치우기 시작할게."

"그건 나중에 같이 해요."

루이제가 하리에트와 함께 집으로 올라갔다. 하리에트는 보행 보조기와 딸에게 의지하고서도 거의 몸을 가누지 못할 정도로 지쳐 보였다.

내 가족이야. 내가 이제야, 너무 늦어버리기 전에 얻은 가족.

벤치 위에서 깜박 잠이 들었다가, 루이제가 어깨를 흔들 때에야 깼다.

"엄마 잠들었어요. 우리도 자야지요."

수평선 위로 벌써 해가 높이 솟아 있었다. 머리가 아프고 입이 바짝 말라왔다.

"엄마가 만족한 것 같아?"

"아마 그럴 거예요."

"아무 말도 하지 않았어?"

"침대에 누울 때 거의 의식이 없었어요."

우리는 집으로 올라갔다. 밤새 거의 눈에 띄지 않던 고양이가 부엌 장의자에 누워 있었다.

루이제가 내 손을 잡았다.

"아버지가 어떤 사람인지 알고 싶어요. 언젠가는 이해하게 되겠지요. 어쨌든 축제는 성공적이었어요. 아버지 친구들도 마음에 들고요."

루이제가 바닥에 매트리스를 깔았다. 나는 내 방으로 올라가 겨우 신발만 벗은 채 침대에 누웠다.

꿈속에서 갈매기와 제비갈매기의 울음소리를 들었다. 새들이 점점 가까이 오더니, 갑자기 내 얼굴로 급강하했다. 하리에트였다. 그녀가 통증 때문에 비명을 지르고 있었다.

멋진 축제는 지나갔다.

5

그로부터 1주일 뒤, 고양이가 사라졌다. 루이제와 내가 섬 여기저기 바위 틈새를 모두 뒤졌지만 찾지 못했다. 고양이를 찾는 동안 개를 생각했다. 개가 살아 있었더라면 금방 찾았을 텐데……. 그러나 개는 이미 죽었고, 고양이도 아마 떠난 듯했다. 나는 죽은 동물들이 가득한 섬에서, 마지막 나날을 통증에 시달리며 죽어가는 사람과 살고 있었다. 방에 있는 모든 것을 서서히 집어삼키며 점점 커가는 개미집과 함께.

고양이는 돌아오지 않았다. 한여름의 찌는 듯한 더위가 섬을 짓눌렀다. 육지로 가서 선풍기를 사와 하리에트 방에 설치했다. 밤에는 유리창을 열어두었다. 할아버지가 예전에 만들어 달아둔 방충망 앞에서 모기들이 춤을 추었다. 방충망 틀에는 1936이라는 연도가 목공펜으로 씌여져 있었다. 시작은 늦었지만, 7월의 긴 무더위는 내가 섬에서 보낸 세월 가운데 올해 여름이 가장 더우리라는 것을 예상하게 했다.

루이제는 저녁마다 목욕을 했다. 하리에트의 상태가 너무 나빠져서, 우리의 행동반경은 그녀 방의 소리가 들리는 범위를 벗어나지 않았다. 통증의 간격이 점점 빨라졌다. 루이제는 사흘에 한 번씩 하리에트의 상태에 대해 최종 책임이 있는 간병 서비스와 통화했다. 간병 서비스에서 7월 둘째 주에 하리에트에게 의사를 한 명 보내겠다고 했다. 루이제가 통화를 할 때 나는 현관에서 전등을 갈고 있었다. 루이제는 놀랍게도, 아버지가 의사니까 그럴 필요가 없다고 말했다.

나는 배를 타고 정기적으로 육지에 가서 하리에트의 진통제를 새로 사왔다. 어느 날 루이제가 어떤 그림이든 상관없다며 그림엽서 한 통을 사다 달라고 부탁했다. 나는 한 상점에서 그림엽서를 잔뜩 사왔고, 루이제는 하리에트가 잠든 사이에 숲의 친구들에게 엽서를 썼다. 이따금 긴 편지를 쓰기도 했는데 그게 누구에게 쓰는 편지인지는 밝히지 않았다. 편지지를 탁자 위에 절대 그냥 두지 않고 언제나 캠핑카로 가지고 갔다.

나는 그녀가 건네는 그림엽서를 얀손이 분명 다 읽을 것이라고 경고했다.

"왜 그런 짓을 해요?"

"호기심이 많으니까."

"내 생각에, 그 사람은 내 그림엽서를 읽지 않을 거예요."

우리는 더 이상 그 일에 대해 이야기하지 않았다. 얀손이 선착장에 배를 댈 때마다 루이제는 계속 그림엽서를 건넸다. 그는 엽서를 보지 않고 바로 우편낭에 넣었다.

얀손은 아프다는 말을 하지 않았다. 하리에트가 내 집 침대에 누워 죽어가는 올해 여름, 그가 앓던 상상의 통증들은 사라진 듯했다.

바다 325

루이제가 하리에트를 돌보았으므로 요리는 내가 했다. 주인공은 물론 하리에트였지만, 집을 통치하는 사람은 루이제였다. 집은 배요, 루이제는 선장과도 같았다. 나는 그런 상황에 반대할 이유가 없었다.

　더운 날은 하리에트에게 고문이었다. 선풍기를 한 대 더 사왔지만 소용이 없었다.

　나는 한스 룬드만에게 자주 전화해 기상학자들의 일기예보를 물었다.

　"참 이상한 더위야. 예전과 다르다네. 보통 어디선가 고기압이 와서는, 우리가 거의 깨닫지 못할 정도로 느리긴 하지만 그래도 계속 움직이지. 그런데 이번 고기압은 아주 특이해. 완벽하게 멈추어 선 상태야. 기후의 역사를 좀 아는 사람들은 이번 더위가 1955년 여름에 스웨덴을 뒤덮었던 무더위와 같은 종류라고 이야기하네."

　나도 그해 여름을 기억하고 있었다. 그때 나는 대부분의 시간을 할아버지의 돛단배를 타고 돌아다니며 보냈다. 조그만 사건에도 맥박이 뛰는, 사춘기의 울렁이는 여름이었다. 나는 따뜻한 바위 위에 벌거벗고 누워 여자들 꿈을 꾸었다. 아름다운 여선생님들이 상상 속의 세계에서 나에게 다가와, 차례로 내 연인이 되었다.

　"하지만 예보는 있을 게 아닌가? 더위가 언제쯤 가실까?"

"지금은 고기압이 완전히 정체되어 있는 상태일세. 자연 점화가 일어나는 지역도 있다네. 지금까지 한 번도 화재가 발생한 적이 없는 섬들이 불붙고 있어."

내 어린 시절 이따금 지평선에 검은 구름이 쌓이고 육지에서 악천후가 몰려올 때도 있었다. 그럴 때면 전기가 끊어지기도 했다. 할아버지는 집과 보트 창고를 보호할 피뢰침을 설치하느라 며칠씩이나 애를 썼다.

무더위가 지나고 처음으로 폭우가 쏟아지던 날 저녁, 루이제는 자기가 지닌 공포에 대해 이야기했다. 술은 축제 때 다 마셔서, 코냑 반병만 남아 있었다.

루이제가 잔에 술을 따르고 말했다.

"과장이 아니에요. 정말 무서워요."

그러고는 잔을 들고 부엌 식탁 아래로 들어가 앉았다. 번개가 치고 천둥이 따를 때마다 루이제의 한숨 소리가 들려왔다. 잔은 비어 있고 얼굴은 창백했다.

"이유를 모르겠어요. 번개, 그리고 갑자기 나에게 몰려오는 듯한 천둥이 세상에서 제일 무서워요."

"카라바조가 악천후도 그렸어?"

"그도 분명히 나처럼 두려워했을 거예요. 카라바조는 자기가 두려워하는 것을 많이 그렸어요. 그런데 내가 아는 한, 악천후 그림은 없네요."

천둥과 번개 뒤에 따라온 폭우는 대지를 시원하게 적셔 주었다. 하리에트 방으로 들어가기 전에 무지개가 떴는지 살펴보았다. 하리에트는 등의 통증 때문에 베개를 높게 베고 있었다. 나는 침대 옆 의자에 앉아, 마르고 차가운 그녀의 손을 잡았다.

"비가 아직도 와?"

"그쳤어. 암벽 사이 작은 고랑에서 엄청난 물이 바다로 쏟아지고 있어."

"무지개 보여?"

"오늘 저녁에는 안 떴네."

하리에트는 한동안 말 없이 누워 있다가 다시 입을 열었다.

"오래 전부터 고양이가 안 보이네."

"없어졌어. 찾아보았지만 눈에 안 띄더군."

"그럼 죽은 거야. 고양이는 자기 생이 끝났다는 걸 느끼면 사라져. 어떤 부족들 중에는 고양이와 똑같이 행동하는 사람들이 있어. 그런데 우리는 옆에 앉아서 우리가 죽기를 기다리는 사람들에게 끝까지 의존하지."

"난 기다리지 않아."

"당신도 기다리고 있어. 곧 죽게 될 사람, 절대 회복하지 못할 불치병에 걸린 사람 옆에 앉아 있는 사람은 기다리는 것밖에 할 수 없어. 기다림은 인내심을 잃게 만들지."

하리에트는 한없이 긴 계단을 오르다가 호흡을 고르기 위해 자주 서야 하는 사람처럼 토막토막 끊어서 말했다. 그녀가 조심스럽게 물 컵으로 팔을 뻗었다. 나는 컵을 건네주고 물을 마시도록 머리를 받쳐주었다.

"나를 맞아줘서 고마워. 바깥 얼음장 위에서 얼어 죽었을지도 몰라. 당신이 나를 못 본 척 할 수도 있었잖아."

"내가 당신을 한 번 떠났다는 게 또 그런다는 뜻은 아니지."

하리에트는 거의 눈에 띄지 않을 만큼 살짝 고개를 저었다.

"당신은 거짓말을 너무 많이 해서, 배신을 하지 않으려면 어떻게 해야 하는지도 알지 못해. 말을 할 때는 대부분 진실이어야 하지. 안 그러면 거짓말은 다루기 힘들어져. 당신이 나를 또 한 번 배신할 수 있었다는 사실은 당신도, 나도 잘 알고 있어. 나 말고 다른 여자도 배신했어?"

나는 대답하기 전에 한동안 생각했다. 내가 하는 말이 진실이기를 바랐기 때문이다.

"한 명. 한 명 있군."

"그 여자 이름이 뭐야?"

"여자가 아니야. 나 자신이지."

하리에트는 다시 천천히 고개를 저었다.

"그 문제를 깊이 파고드는 건 의미가 없어. 우리 인생은 지금 이 모습대로 흘러왔어. 이제 얼마 지나지 않아 나는 죽을 거고, 당신은 한동안 더 살겠지. 하지만 당신도 결국은 떠나게 돼. 그러면 모든 흔적이 지워질 거야. 거대한 두 개의 어둠 속에서 희미하게 불빛이 반짝이겠지."

하리에트가 손을 뻗어 내 손목을 잡았다. 그녀의 빠른 맥박이 전해져왔다.

"당신에게 할 말이 있어. 아마 짐작하고 있었을 거야. 내 평생 당신만큼 사랑한 남자는 없어. 그래서 그 사랑을 찾으려고 당신을 찾아온 거야. 내가 빼앗아 두었던 당신 딸을 돌려주려고. 하지만 그보다도, 내가 늘 사랑한 남자 옆에서 죽고 싶었어. 내가 당신만큼 증오한 사람도 없어. 하지만 증오는 아프게 해. 난 그렇지 않아도 통증을 이미 충분히 느끼고 있는데 말이야. 사랑은 생기와 평안함을 주고, 죽음과의 만남을 너무 끔찍하지 않게 만드는 안락함까지도 선사하지. 내가 지금 한 말에 대해 토를 달 생각은 하지 마. 그냥 믿어. 루이제를 들어오라고 해. 오줌을 쌌으니까."

계단에 앉아 있는 루이제를 불렀다.

"여기 참 아름다워요. 숲 속 깊숙이 들어와 있는 기분과 비슷하네요."

"나는 울창한 숲이 무섭다. 오솔길에서 너무 멀리 떨어지면 길을 잃을까봐 늘 겁이 났어."

"아버지는 스스로를 두려워해요. 두려움의 대상이 자기 자신밖에 없지요. 나도 마찬가지예요. 엄마도 그렇고. 경이로운 아이 안드레아도 그럴 거예요. 카라바조도. 우리가 두려워하는 대상은 우리 자신, 그리고 다른 사람들에게서 발견하는 우리의 모습이에요."

루이제가 기저귀를 갈기 위해 하리에트에게 들어갔다. 나는 개 무덤이 바로 옆에 있는 사과나무 아래 벤치에 앉았다. 멀리서 대형 선박의 둔중한 모터 소리가 들려왔다. 아마 추계 정기 훈련을 시작한 함선일 터였다.

하리에트는 나만큼 누굴 사랑한 적이 없다고 말했다. 예상하지 못한 그 말은 나를 헤집어놓았다. 그녀에게 행한 배신이 그녀와 나에게 어떤 의미였는지 이제야 알 것 같았다.

나는 배신당할까봐 두려워 내가 먼저 배신했다. 얽매이는 관계에 대한 두려움, 통제할 수 없을 만큼 강한 감정에 대한 두려움은 언제나 나를 뒤로 물러나게 만들었다. 왜 그랬는지는 알 수 없었다. 그러나 그런 사람이 나만이 아니라는 사실은 알고 있었다. 세상에는 나와 같은 종류의 두려움을 가진 남자들이 많았다.

나는 아버지에게서 나 스스로의 모습을 찾으려 했다. 그러나 아버지의 두려움은 나와는 다른 것이었다. 아버지는 어머니와 함께 사는 일이 쉽지 않았음에도 불구하고, 어머니나 나에 대한 사랑을 한 치의 망설임도 없이 표현했다.

알아내야 해. 내가 왜 살다 가는지 죽기 전에 알아내야 해. 아직 그럴 시간이 남아 있어.

무척 피곤했다. 뒷방으로 통하는 문이 약간 열려 있었다. 위층으로 올라가 자리에 누웠다. 침대 옆의 전등은 끄지 않고 그대로 두었다. 벽에는 할아버지가 해변에서 발견한 항해용 지도 몇 장이 붙어 있었다. 물에 젖어 읽기 힘든 지도였지만, 오크니 제도 남쪽의 스캐퍼 플로는 알아볼 수 있었다. 1차와 2차 세계대전 때 영국 해군이 주요 기지로 사용하던 곳이었다. 나는 펜틀랜드 해협 주변의 좁은 항로를 여러 번이나 눈으로 좇으며, 하구에서 독일 유보트의 잠망경이 나타날까봐 불안해하는 영국 함선들과 척후병들을 상상했다.

전등을 켜둔 채 잠이 들었다. 2시 무렵, 하리에트의 비명에 잠에서 깼다. 나는 양손으로 귀를 틀어막고 하리에트의 진통제가 약효를 나타낼 때까지 기다렸다.

우리는 고통스러운 비명 때문에 언제든 깨질 수 있는 침묵의 집에서 살고 있었다. 하리에트가 어서 죽었으면 좋겠다는 생각이 점점 더 자주 들었다. 고통으로부터 그녀가 자유로워지게, 그리고 나와 루이제를 위해서도.

무더위는 7월 24일까지 계속되었다. 나는 항해일지에 북동풍이 불고 기온이 떨어지기 시작했다고 기록했다. 지속되던 더위가 지나가고, 북해에 저기압이 계속되는 불안정한 기후가 찾아왔다. 7월 27일 새벽에는 거센 북풍이 다도해로 불어왔다. 굴뚝 옆의 둥근 기와 몇 장이 바닥으로 떨어져 산산이 부서졌다. 나는 1960년대 말 가축우리를 헐어낼 때 챙겨서 헛간에 보관 중이던 기와들을 가지고 지붕으로 기어 올라가 떨어진 부분을 수리했다.

하리에트의 상태는 점점 더 악화되었다. 그녀는 폭풍우가 휘몰아치고 한랭전선이 해변으로 이동하는 동안 하루에 몇 시간씩만 깨어 있었다. 우리는 교대로 그녀를 돌보았다. 루이제 혼자 한 일은 목욕시키기와 기저귀 갈기였다.

내가 그 일을 하지 않아도 되어 다행이었다. 하리에트와 그런 일은 겪고 싶지 않았다.

가을이 다가왔다. 밤이 길어졌고, 햇살은 몇 주 전만큼 뜨겁지 않았다. 루이제와 나는 하리에트가 금방이라도 죽을 수 있다고 생각해 마음의 준비를 했다. 그녀는 헐떡이며 숨을 쉬었고, 잠에서 깨는 일도 점점 드물어졌다. 그녀가 깨면 우리 둘은 거의 언제나 침대 옆에 앉아 있었다. 루이제는 하리에트와 내가 함께 있는 모습을 보고 싶어 했다. 하리에트는 잠에서 깨어도 별 말이 없었고 이따금 지금이 몇 시인지, 뭘 좀 먹을 수 있는지 물었다. 그녀가 방향성을 상실하고 있다는 사실이 점점 더 명백해졌다. 어떤 때는 숲 속 캠핑카에, 어떤 때는 스톡홀름의 집에 있다고 생각했다. 그녀의 의식 속에는 섬도, 개미집이 있는 방도 없었다. 죽음이 가까워지고 있다는 인식도 하지 못했다. 얼굴 살이 두개골에 바짝 달라붙어, 피부가 찢어져 뼈가 튀어나올까봐 걱정스러웠다. 죽음은 추하다는 생각이 들었다. 아름다웠던 하리에트를 알아볼 만한 것은 거의 하나도 남지 않았다. 그녀는 이불을 덮고 있는 밀랍 빛의 해골이었다.

이렇게 흘러가던 8월 초의 어느 날 저녁, 루이제와 나는 따뜻한 재킷을 입고 사과나무 아래 벤치에 앉았다. 루이제는 낡은 내 털실 모자를 쓰고 있었다.

"네 엄마가 죽으면 어떻게 하지?"

내가 입을 열었다.

"넌 거기에 대해 생각을 해뒀겠지. 혹시 네 엄마가 뭘 원하는지 알고 있니?"

"화장을 바란대요. 몇 달 전에 엄마가 어떤 장례회사의 안내서를 보냈어요. 내가 그걸 보관해뒀는지 내던졌는지 기억나지 않네요. 엄마는 제일 값이 싼 관과 할인된 유골단지에 표시를 했더군요."

"네 엄마에게 묘지 청구권이 있어?"

루이제가 이마를 찡그렸다.

"그게 무슨 뜻이에요?"

"혹시 가족묘가 있어? 부모님이 어디에 묻혀 있지? 사람들은 보통 어떤 지역이나 어떤 도시 소속이라고 말하잖아. 그래서 예전에는 그곳에 묘지 청구권이 있다고들 말했어."

"엄마 친척들은 전국에 흩어져 살고 있어요. 그리고 엄마가 부모님 묘지에 꽃을 가져다 놓았다는 말은 전혀 들은 적이 없어요. 묘비를 세우지 말라는 말은 했어요. 내 생각에 엄마는 자기 유해를 바람에 뿌리길 바라는 것 같아요. 사실 그러지 못할 이유가 없지요."

"허가를 받아야 해. 얀손이 유골을 청어 어장에 뿌려달라던 어부들의 이야기를 한 적이 있어."

우리는 아무 말도 하지 않고 그 자리에 앉아 하리에트 장례를 어떻게 치러야 하는지 생각했다. 나는 묘지를 하나 얻었다. 하리에트가 내 옆에 눕는 데 방해가 될 일은 없을 것 같았다.

루이제가 갑자기 손을 내 팔에 얹었다.

"허가 받을 필요 없어요. 엄마는 이 나라에 존재하지 않는 많은 이들 가운데 한 명이 될 수 있다고요."

"누구나 신분증이 있잖아. 우린 그냥 사라질 수는 없어. 신분증은 우리가 죽을 때까지 가지고 있는 거야."

"피해갈 수 있는 가능성은 언제나 존재하는 법이에요. 엄마는 이곳에서 사망하잖아요. 인도에서 하듯이, 우리가 엄마를 화장하는 거예요. 그래서 바다에 뿌려요. 스톡홀름의 엄마 집은 내가 계약을 해지하고 모두 치울게요. 우편물 수취인 주소 변경 서비스도 신청하지 않고요. 엄마가 더 이상 연금을 받으러 가지 않을 테니까, 내가 간병 서비스에 엄마가 사망했다고 알려줘야 겠네요. 그 사람들이 알고 싶은 건 그 사실밖에 없어요. 어쩌면 의문을 제기하는 사람이 나타날지도 모르지요. 그러면 몇 달 동안이나 엄마와 연락을 하지 않았다고 대답하면 돼요. 그리고 여기서는 잠깐만 머물렀다가 떠났다고 하고."

"잠깐 있다가 떠났다고?"

"얀손이나 한스 룬드만이 엄마가 어디에 있는지 질문하리라고 생각하세요?"

"그래. 네 엄마가 어디로 갔지? 누가 육지로 데려다주었다고 해야 하지?"

"아버지가요. 1주일 전에 데려다주었다고. 엄마가 여기 아직 머문다는 걸 아는 사람은 아무도 없어요."

나는 루이제가 진심으로 하는 말이라는 것을 깨달았다. 우리는 하리에트가 여기서 죽음을 맞게 해주고, 그녀의 장례를 맡아 처리해야 했다. 정말 성공할 수 있을까? 이날 더 이상 그 이야기는 하지 않았다. 밤에 잠이 오지 않았다. 그러다가 점차 가능하다는 생각이 들었다.

이틀 뒤 식사를 하던 중 루이제가 갑자기 포크를 내려놓았다.

"아무 의심도 받지 않고 불을 붙이는 방법이 생각났어요."

루이제의 제안을 듣고 처음에는 반대했지만, 곧 괜찮은 아이디어라는 생각이 들었다.

달이 사라졌다. 다도해 위에 가을 그늘이 드리워졌다. 여름의 마지막 돛단배들이 모항으로 돌아가고 있었다. 함선들은 남쪽 바다에서 훈련 중이었다. 멀리서 발사되는 대포 소리가 이따금 우리 귀에까지 들려왔다. 하리에트는 이제 거의 하루 종일 잠만 잤다. 루이제와 나는 교대로 그녀 곁을 지켰다. 나는 의학 공부를 하는 동안 병원에서 야간 경비를 하며 돈을 벌었다. 눈앞에서 죽어가는 사람 옆에 처음으로 앉아 있던 때를 지금도 기억한다. 그 일은 움직임도, 소리도 전혀 없는 가운데 일어났다. 거의 잴 수도 없을 만큼 짧은 순간에 산 자는 죽은 자들에게로 건너갔다.

그때 내가 했던 생각이 떠올랐다. 지금 죽은 이 사람은 원래 없던 사람이야. 죽음과 더불어 존재하던 모든 것은 소멸된다. 죽음은 내가 늘 겪던 어려움의 흔적만 남길 뿐이야. 사랑과 감정……. 하리에트가 너무 가깝게 다가와, 나는 그녀에게서 도망쳤다. 이제 얼마 지나지 않아 그녀는 나를 떠나겠지.

루이제는 하리에트와 마지막 나날을 보내면서 자주 슬픔에 잠겼다. 나는 하리에트가 지금 겪는 일에 나도 가까이 다가가고 있다는 불안감을 점점 더 크게 느꼈다. 나를 기다리고 있는 굴욕이 두려웠다. 오래 누워서 마지막 강변에 도달하기를 기다리는 일 없이, 평화로운 죽음이 허락되기를 바랐다.

하리에트는 8월 22일, 여섯 시 조금 넘은 여명에 사망했다. 힘든 밤이었다. 진통제가 듣지 않는 듯했다. 커피를 끓이는데 루이제가 부엌으로 들어왔다. 루이제는 옆에 서서, 내가 17초를 다 셀 때까지 기다렸다.

"엄마가 돌아가셨어요."

우리는 하리에트가 누워 있는 방으로 들어갔다. 나는 맥박을 짚어보고, 청진기로 심장 소리를 들었다. 하리에트는 정말 죽었다. 우리는 침대 옆에 앉았다. 루이제는 거의 소리도 내지 않고 조용히 울었다. 나는 죽어서 누워 있는 사람이 내가 아니라서 다행이라는, 끔찍하게 자기중심적인 감정만 느꼈다.

10분 정도 그렇게 앉아 있다가 다시 한 번 심장 소리를 확인했다. 그런 다음 수가 놓인 할머니의 손수건 한 장을 하리에트 얼굴에 덮었다.

우리는 아직 따뜻한 커피를 마셨다. 일곱 시가 되자 나는 해안경비대에 전화했다.

한스 룬드만이 전화를 받았다.

"멋진 저녁 고마웠네. 내가 전화를 걸었어야 하는데."

"내가 고맙지."

"자네 딸은 어떻게 지내나?"

"아주 잘 지내."

"하리에트는?"

"돌아갔지."

"안드레아가 예쁜 연청색 구두를 신고 비틀거리며 돌아다니고 있다네. 루이제에게 이 말을 전해주게나."

"그래, 그렇게 하지. 오늘 내가 낡은 잡동사니들을 많이 태우려고 하네. 그걸 알려주려고 전화했다네. 누가 섬에 불이 났다며 해안경비대에 전화할지도 몰라서 말일세."

"올 가뭄은 이미 지나갔으니 불을 피워도 괜찮네."

"누군가 우리 집에 불이 났다고 생각할지도 몰라."

"전화해줘서 고맙네."

바깥으로 나갔다. 바람이 잠잠했다. 구름이 넓게 퍼지고 있었다. 나는 보트 창고로 내려가, 염습할 때 쓰려고 타르에 담가 준비해둔 방수포를 가지고 왔다. 바닥에 방수포를 펼쳤다. 루이제는 하리에트에게 여름 축제 때 입었던 아름다운 원피스를 입혔다. 머리를 빗기고 입술도 발라주었다. 루이제는 계속 소리 없이 울었다. 우리는 한동안 서로 안고 서 있었다.

"엄마가 그리울 거예요. 오랫동안 엄마에게 못되게 굴었어요. 엄마가 내 안의 뭔가를 드러내게 문을 열어주었다는 사실을 이제야 깨달았어요. 그건 내가 사는 내내 열려 있을 거고, 슬픔이 나를 지나갈 때 통로가 되겠지요."

나는 마지막으로 하리에트의 심장을 한 번 더 확인했다. 영혼이 떠나면서 나타나는 노란 빛이 이미 그녀의 피부에 드러나 있었다.

우리는 몇 시간 더 기다린 다음, 하리에트를 바깥으로 옮기고 방수포에 감쌌다. 나는 예비 기름통에 그녀의 육체를 덧없이 태워줄 기름을 가득 채워두었다.

우리는 낡은 배에 하리에트를 실었다. 나는 시신과 배를 기름으로 흠뻑 적셨다.

"좀 떨어져 서는 게 좋겠다. 기름이 맹렬하게 타오를거야. 너무 가까이 있으면 불이 옮겨 붙어."

우리는 몇 발자국 물러났다. 루이제를 바라보니, 이제 더 이상 울지 않았다. 그녀가 고개를 끄덕이자 나는 걸레에 불을 붙여 배에 던졌다.

펑 소리를 내며 불길이 솟구쳤다. 불길은 쉬잇 소리와 바삭거리는 소리를 내며 기름에 적신 방수포를 태웠다. 루이제가 내 손을 잡았다. 낡은 내 배는 드디어 올바른 사용처를 찾았다. 나는 하리에트를 배에 태워 다른 세상으로 보낼 수 있었다. 그녀도 나처럼 그다지 믿지는 않았지만, 마음속 깊이 희망을 품었던 다른 세상으로······.

불길이 타는 동안 나는 보트 창고에서 금속 톱을 가지고 와 보행 보조기를 자르기 시작했다. 톱은 별 쓸모가 없었다. 보행 보조기에 무거운 돌 두 개를 쇠사슬로 매달아, 배에 싣고 섬 북쪽의 곶으로 노를 저어 갔다. 그곳에서 보행 보조기를 심연 깊숙이 가라앉혔다. 거기서 닻을 내리거나 낚시질을 하는 사람은 아무도 없었다. 보행 보조기가 뭔가에 걸려 다시 수면으로 올라오는 일은 없을 터였다.

연기가 하늘로 솟구쳤다. 나는 다시 노를 저어 돌아오면서, 얀손이 곧 오리라고 생각했다.

루이제가 쪼그리고 앉아 불타는 배를 바라보고 있었다.

"내가 지금 악기를 연주한다면 얼마나 좋을까요. 엄마가 어떤 음악을 제일 좋아했는지 아세요?"

"전통 재즈를 좋아했던 것 같은데. 우리가 사귈 때, 감라스탄(스톡홀름 구시가지—옮긴이)에서 함께 들었어."

"잘못 기억하시네요. 1950년대의 감상적인 멜로디 '은빛 달을 따라서'였어요. 엄마는 그 곡을 계속 들었지요. 지금 엄마를 위해 그 곡을 이별의 곡으로 연주하고 싶어요."

"어떤 곡인지 전혀 모르겠다."

루이제는 그 멜로디를 허밍으로 서툴게 불렀다. 어쩌면 한 번쯤 들어본 것도 같았지만, 재즈 밴드가 연주한 곡은 아닌 듯했다.

"얀손에게 하리에트가 어제 떠났다고 말해야겠어. 내가 육지까지 데려다주었고, 친척이 자동차로 데리고 갔다고 해야지. 스톡홀름 병원에 가야 했다고."

"엄마가 인사 전하더라고 하세요. 그러면 왜 떠났는지 묻지 않을 거예요."

늘 그렇듯이 얀손은 정시에 나타났다. 그의 보트에는 브레드홀멘에서 일하는 측량기사가 타고 있었다. 우리는 서로 고개를 살짝 끄덕여 인사했다.

얀손이 선착장에 내려 불길을 바라보았다.

"룬드만 씨에게 전화를 걸었어요. 선생님 집이 불타는 줄 알았거든요."

"나룻배를 태우고 있다네. 더 이상 수리할 수 없었어. 저 배를 보며 겨울을 한 해 더 나기는 싫더군."

"맞아요. 낡은 배들은 잘게 토막 내거나 태우기 전에는 죽기를 거부하지요."

"하리에트는 떠났네. 어제 내가 육지로 데려다주었어. 자네에게 인사 전해달라고 하더군."

"참 싹싹하시네요. 제 인사도 전해주세요. 참 세련된 분이에요. 건강은 좀 나아지셨는지?"

"병원에 갔다네. 나아진 것 같지 않아. 어쨌든 안부 전하라고 했어."

얀손은 우리에게 줄 우편물이 없었다. 측량기사와 함께 다시 떠났다. 비가 몇 방울 떨어졌다. 나는 불을 붙인 자리로 돌아왔다. 고물 부분이 내려앉아 있었다. 무엇이 불탄 나무인지, 무엇이 시신이 들어있는 방수포인지 더 이상 알아볼 수 없었다. 시체가 타는 냄새는 나지 않았다. 루이제는 돌 위에 앉아 있었다. 갑자기 시마가 떠올랐다. 혹시 내 섬이 죽음을 불러들이는 건 아닐까. 여기서 시마는 스스로를 베었고, 하리에트는 죽으려고 이곳에 왔다. 내 개도 죽었고, 고양이는 사라졌다.

갑자기 나 자신이 역겨워졌다. 난 분명히 나쁜 사람은 아니었을 것이다. 폭력적이지도 않고, 범죄를 저지르지도 않았다. 그러나 다른 사람들과 하리에트를 배신했다. 아버지가 돌아가신 뒤에 어머니 홀로 양로원에서 19년 동안 살 때, 나는 딱 한 번 어머니를 찾아갔다. 그때는 이미 오랜 시간이 흐른 뒤여서 어머니는 내가 누구인지 알아보지도 못했다. 어머니는 나를 50년 전에 사망한 외삼촌이라고 생각했고, 나는 어머니의 잘못을 바로잡아줄 생각을 하지 않았다. 그저 그 자리에 앉아, 어머니 말에 고개를 끄덕였다. 그럼, 내가 네 오빠야. 그러고는 그곳을 떠나 다시는 찾아가지 않았다. 어머니 장례식에도 참석하지 않았다. 장례회사에 모든 것을 맡기고 돈만 지불했다. 장례 예배에 간 사람은 성직자와 오르간 연주자, 장례회사의 직원 한 명뿐이었다.

나더러 장례식에 가라고 강요하는 사람이 아무도 없었으므로 가지 않았다. 이제야 나는 내가 어머니를 경멸했다는 사실을 알아차렸다. 하리에트에게 저지른 행동 역시 일종의 경멸이었다.

나는 아마 모든 사람을, 특히 나 자신을 경멸했던 것 같다.

내가 예전에 훌륭한 외과의사였는지에 대해서도 확신이 서지 않았다. 나는 아버지의 모습에서 크면 어떤 끔찍한 지옥이 기다리고 있는지를 보았던, 겁에 질린 하찮은 존재에 불과했다.

그날은 하늘에 드리운 구름의 흐름만큼이나 시간이 천천히 흘러갔다. 불길이 잦아들자, 벤진에 미리 담가두었던 나무토막을 던져 넣었다. 1,000도 이상 올라가 뼈까지 재로 변할 만큼 뜨거운 오븐이 아닌 곳에서 사람을 화장하는 데는 시간이 오래 걸렸다.

불은 황혼 무렵까지 계속 탔다. 나는 나무토막을 몇 번 더 던져 넣고, 갈퀴로 재를 긁었다. 루이제가 음식이 담긴 쟁반을 가지고 왔다. 우리는 남은 코냑을 마시며 음식을 먹었다. 금방 취했다. 우리는 슬픔에 울었고, 하리에트의 고통이 이제 끝났다는 안도감에 웃었다. 내가 배신했다는 사실을 일깨워주는 하리에트가 우리 사이에 없으니, 루이제가 더 가깝게 여겨졌다. 우리는 서로 기댄 채 풀밭에 앉아, 장작더미의 연기가 어둠 속으로 사라지는 모습을 바라보았다.

"이 섬에서 영원히 살아야겠어요."

"내일까지만이라도 있으렴."

아침 여명이 되어서야 나는 불길을 잦아들게 했다.

루이제는 몸을 둥글게 말고 풀밭에서 잠이 들었다. 내 재킷을 덮어주었다. 남은 불에 바닷물을 한 양동이 퍼붓는데 루이제가 깨어났다. 하리에트와 배의 형체는 완전히 사라졌다.

내가 긁어모아둔 재를 바라보며 루이제가 말했다.

"아무것도 없네요. 방금 전까지도 살아있는 사람이었는데, 이제 아무것도 남지 않았어요."

"재를 배에 싣고 바다에 뿌리는 게 어떨까 생각했어."

"아니에요. 그럴 수 없어요. 적어도 엄마의 재만이라도 남아 있어야 해요."

"유골함이 없어."

"깡통이든 뭐든 상관없어요. 개 옆에 묻으면 되겠네요."

루이제가 보트 창고 안으로 들어갔다. 사과나무 아래가 이제 묘지로 변한다고 생각하니 기분이 편치 않았다. 루이제가 깡통 하나를 들고 나왔다. 그러고는 깡통의 먼지를 훅 불고 모아둔 재를 담아 옆에 둔 후 삽을 가지고 왔다. 나는 개가 누워 있는 곳 옆에 구덩이를 하나 파고 깡통을 구덩이에 넣고 흙을 다시 덮었다. 루이제가 암벽 사이로 사라지더니, 세월에 깎여 십자가와 비슷한 무늬가 새겨진 돌멩이 하나를 들고 돌아와 무덤에 세웠다.

힘든 하루였다. 둘 다 피곤해서 저녁을 먹을 동안 아무 말도 하지 않았다. 루이제는 자려고 캠핑카로 내려갔고, 나는 욕실의 장을 한참이나 뒤져 수면제를 찾았다. 곧장 잠이 들었고, 9시간 뒤에나 깼다. 이렇게 푹 잔 적이 언제였는지 기억도 나지 않았다.

아침에 내려와 보니, 루이제가 부엌 식탁에 앉아 있었다. 하리에트가 있던 방의 문이 열려 있었다. 이곳에서 벌어진 사투의 흔적은 깨끗이 치워진 상태였다.

"오늘 떠날래요. 바다가 잠잠하네요. 항구로 좀 데려다주시겠어요?"

나는 루이제가 떠나리라고는 예상하지 못했다.

"어디로 가려고?"

"이런저런 일들을 해결해야 해요."

"네 엄마 집을 해지하는 일은 몇 주 뒤에 해도 되잖아."

"그게 아니에요. 곰팡이가 핀 동굴벽화 기억하세요?"

"네가 정치가들에게 편지 공격을 하리라고 생각했는데."

루이제가 고개를 저었다.

"편지는 아무런 영향을 미치지 못해요. 다른 걸 해야겠어요."

"어떤 것?"

"몰라요. 아직 모르겠어요. 그리고 카라바조의 작품들을 보러 여행도 하려고요. 돈이 생겼거든요. 엄마가 거의 20만 크로네나 남겨주었어요. 엄마는 예전에도 이따금 돈을 주었어요. 또 나는 검소해요. 캠핑카를 뒤지다가 돈이 나와서 놀라셨겠지요? 검약, 그게 다예요. 내가 평생 편지만 쓴 건 아니에요. 가끔 다른 사람들처럼 일도 했어요. 그리고 낭비도 하지 않았고."

"얼마나 떠나 있을 생각인데? 다시 오지 않을 거라면 캠핑카를 가지고 가라. 그 차가 이 섬에 있을 이유가 없으니."

"왜 그렇게 화를 내세요?"

"네가 이렇게 떠나서 다시는 오지 않을 테니, 그게 서글프다."

루이제가 벌떡 일어났다.

"나는 아버지 같은 사람이 아니에요. 돌아올 거예요. 그리고 내가 여행을 간다는 말을 이미 했잖아요. 캠핑카가 여기 있는 게 싫다면, 그것도 태워버리시는 게 어때요? 이제 짐을 싸러 가야겠어요. 한 시간 뒤에는 끝날 거예요. 항구로 데려다주실 건가요, 아닌가요?"

루이제를 육지로 데려다 줄 때, 잠잠한 바다가 거울처럼 반짝였다. 보트 모터가 다리 바로 옆에서 위험하게 덜덜거리기 시작했지만 곧 다시 시동이 걸렸다. 뱃머리에 앉아 있던 루이제가 미소를 지었다. 루이제에게 화를 냈던 게 후회스러웠다.

택시가 항구에서 기다리고 있었다. 루이제는 배낭 하나밖에 없었다.

"전화할게요. 엽서도 보내고."

"너에게 어떻게 연락해야 하지?"

"휴대전화 번호 가지고 계시잖아요. 전화를 언제나 켜두겠다고 약속은 못 하겠네요. 하지만 안드레아에게 엽서를 보낸다는 약속은 할 수 있어요."

"얀손에게도 한 장 보내렴. 좋아서 제정신이 아닐 거야."

바다 347

루이제가 나에게로 몸을 숙였다.

"돌아올 때까지 캠핑카를 잘 부탁해요. 청소도 하세요. 두고 가는 빨간 구두도 닦아주시고."

루이제는 내 이마를 쓰다듬고는 택시에 올랐다. 택시가 언덕을 넘어 사라졌다. 나는 예비 기름통을 채우려고 주유소로 내려갔다. 여름에 보이던 배들은 어디로 사라졌는지 항구는 텅 비어 있었다.

집에 돌아와 다시 한 번 섬을 돌며 고양이를 찾았지만 눈에 띄지 않았다. 이곳에 살던 그 어느 때보다도 더 외로웠다.

몇 주가 흘러갔다. 모든 것이 예전 상태로 돌아갔다. 얀손이 이따금 앙네스의 편지를 전해주었지만 루이제의 편지는 한 번도 없었다. 전화를 해도 받지 않았다. 루이제의 자동응답기에 남기는 내 메모는 바람과 날씨와 기이하게 사라진 고양이에 관한 짤막한 일기장 메모처럼 진부했다.

어쩌면 여우가 고양이를 물고 가서는 헤엄을 쳐 섬을 떠난 게 아닐까.

점점 더 불안해졌다. 더 이상 견딜 수 없을 것 같았다. 섬을 떠나야 했다. 그러나 어디로 가야 할지 알 수 없었다.

북동쪽에서 폭풍이 몰아치며 9월이 시작되었다. 루이제의 안부는 여전히 알 수 없었다. 앙네스도 소식을 끊었다. 나는 부엌 식탁에 앉아, 창밖을 뚫어지게 내다보며 시간을 보냈다. 바깥 경치가 뻣뻣하게 응고되는 듯했다. 소리 없이 점점 높아지는 거대한 개미집에 집 전체가 서서히 에워싸이는 것만 같았다.

가을이 익어갔다. 나는 그저 기다렸다.

동지

루이제는 아무 대답도 하지 않았지만,
내 뺨에 물이 한 방울 떨어졌다.
그녀는 울고 있었다. 나도 울었다.
루이제는 내 머리카락을 자르는 내내 울었다.
우리 둘 다 소리 없이 흐느꼈다.
루이제는 가위를 들고 의자 뒤에서,
나는 목에 수건을 감은 채.
이발이 끝난 뒤 우리는 아무 말도 하지 않았다.

1

10월 3일, 밤새 얼음이 얼었다.

옛날 항해일지를 들여다보니, 섬에 산 이래 이렇게 일찍 영하로 떨어진 적은 없었다. 여전히 루이제의 소식을 기다렸지만 아직 그림엽서조차 오지 않았다.

저녁에 전화벨이 울렸다. 어떤 여성이 내가 프레드리크 벨린인지 물었다. 어디선가 들은 기억이 나는 사투리와 목소리였다. 그녀가 자신을 안나 레딘이라고 소개했지만 아무것도 떠오르지 않았다.

"경찰입니다. 한 번 만난 적이 있어요."

그제야 기억이 났다. 부엌 바닥에 누워 있던, 이미 사망한 여성……. 안나 레딘은 머리를 하나로 묶어 경찰 모자 아래로 늘어뜨렸던 어린 여경이었다.

"개 때문에 전화를 드리는 겁니다. 사라 라르손의 스패니얼을 우리가 데리고 왔는데, 아무도 개에 대한 소유권을 주장하는 사람이 없더군요. 안락사를 시켜야 할 상황이었어요. 그래서 제가 개를 돌보았지요. 무척 아름다운 암놈입니다. 그런데 제가 남자친구가 생겼는데, 이 사람이 개 알레르기가 있어요. 그렇다고 안락사를 시킬 수는 없잖아요. 선생님 생각이 났습니다. 성함과 주소를 적어둔 게 있었어요. 혹시 이 개를 돌보실 마음이 있는지 여쭤보려고요. 거리에서 그 개를 보았을 때 차를 세우신 걸로 보아 분명히 개들을 좋아하시는 것 같아서요."

나는 일말의 망설임도 없이 대답했다.

"내 개가 얼마 전에 죽었습니다. 그 개를 돌볼 수 있어요. 그런데 어떻게 이곳으로 오지요?"

"제가 데리고 가겠습니다. 사라 라르손이 개를 루빈이라고 불렀다는 걸 알아냈어요. 개 이름 치고는 무척 독특하지요? 그래도 이름을 바꿔 부르지는 않았습니다. 이제 다섯 살이에요."

"언제 오실 건가요?"

"다음 주말에 가겠습니다."

작은 내 배로 개를 데리고 올 엄두가 나지 않아 얀손과 시간을 정했다. 얀손은 개에 관해 수많은 질문을 던졌다. 개를 상속받았다고 짤막하게 대답하자 그는 더 이상 묻지 않았다.

10월 12일 오후 세 시 경에 안나 레딘이 개를 데리고 왔다. 제복을 입지 않은 그녀의 모습은 완전히 달라 보였다.

"나는 섬에 삽니다. 개는 그곳에서 전제군주처럼 살게 될 거예요."

안나 레딘이 줄을 넘겨주었다. 루빈이 내 옆에 앉았다.

"바로 떠나야겠어요. 안 그러면 울게 될 테니까요. 제가 전화를 걸어 개가 잘 지내는지 여쭤 봐도 될까요?"

"물론이지요."

그녀가 차에 올라 떠났다. 루빈은 차를 따라가겠다며 줄을 잡아끌지 않았다. 또 얀손의 보트에 뛰어오를 때도 전혀 망설이지 않았다.

우리는 검은 물이 출렁이는 바다를 달렸다. 핀란드 만에서 차가운 바람이 불어왔다.

섬에 도착하고 얀손이 떠난 뒤에 개 줄을 풀어주었다. 개는 암벽들 사이로 사라졌다가 30분 뒤에 돌아왔다. 나를 무겁게 내리누르는 듯하던 외로움은 이제 더 이상 느껴지지 않았다.

가을이 되었다.

내가 어떻게 해야 할지 계속 생각했다. 루이제가 왜 안부를 전하지 않는지도 궁금했다.

2

개 이름이 마음에 들지 않았다.

불러도 올 때가 별로 없는 것으로 보아 개 마음에도 들지 않는 듯했다. 루빈이라고 불리는 개가 어디 있으랴. 사라 라르손은 왜 그런 이름을 붙였을까? 어느 날 안나 레딘이 개가 어떻게 지내는지 물어보려고 전화했을 때, 나는 그녀에게 개 이름이 왜 그런지 혹시 아느냐고 물었다.

그녀는 무척 흥미로운 일을 알려주었다.

"소문에 따르면 사라 라르손은 젊었을 때 안트베르펜에 자주 정박하는 화물선에서 청소부로 일한 적이 있다고 해요. 배에서 일하는 걸 그만두고는 다이아몬드 세공소에서 청소부로 일했대요. 아마 보석에 대한 추억으로 그런 이름을 붙였을 거예요."

"다이아몬드가 나을 걸 그랬군요."

안나 레딘 주변에서 갑자기 소음이 들렸다. 수화기 저편에서 목소리와 비명과 고함이 들리고, 양철판을 두드리는 듯한 소리도 들려왔다.

"이제 끊어야 해요."

"지금 어딥니까?"

"고철 하치장에서 마구 날뛰는 어떤 남자를 체포하려는 중이에요."

전화가 끊겼다. 나는 경찰 모자 아래로 묶은 머리가 달랑거리는, 여리고 작은 안나 레딘이 총을 뽑아든 모습을 눈앞에 그려보았다. 그녀에게 체포를 당하기 직전이라면 결코 편하지는 않을 터였다.

나는 개 이름을 카라로 바꾸었다. 안부를 전혀 들을 수 없는 내 딸, 그리고 카라바조에 대한 그녀의 관심 때문에 저절로 지어진 이름이었다. 하지만 사람들은 왜 동물에게 이름을 붙이는 걸까? 모르겠다.

개가 루빈이라는 이름을 잊고 카라에 익숙해지기까지는 몇 주가 걸렸다. 부르면 탐탁지 않은 듯 겨우 달려왔다.

10월 날씨는 변덕스러웠다. 뒤늦게 찾아온 삼복더위 같은 날도 있었고, 또 어떤 날은 북동쪽에서 살을 에는 듯한 바람이 불어오기도 했다. 이따금 멀리 바다를 내다보면, 어수선하게 모여 있다가 갑자기 남쪽으로 날아가는 새떼가 눈에 들어왔다.

철새가 떠날 때 찾아드는 특별한 비애가 있다. 같은 방식으로, 새들이 다시 돌아올 때 느낄 수 있는 기쁨도 있다. 가을의 책장을 덮으면 겨울이 다가온다.

아침에 눈을 뜰 때마다 몸을 만져보며, 노환 증세가 나타나는 곳은 없는지 살폈다. 점점 더 약해지는 오줌줄기 때문에 이따금 걱정스러울 때가 있었다. 소변보는 일에 문제가 생겨 죽는다면 약간 굴욕스럽다는 생각이 들었다. 고대 그리스 철학자나 로마 황제가 전립선암으로 죽었다는 상상은 하기 힘들었다. 그게 자연스러운 일이라고 하더라도.

나는 내 인생에 대해 곰곰이 생각했다. 대수롭지 않은 내용을 이따금 항해일지에 적어 넣기도 했다. 그러나 어디서 바람이 불어오는지, 추운지 또는 더운지는 더 이상 쓰지 않았다. 그 대신 바람의 방향과 기온을 지어내어 적었다. 미래의 사람들을 위해, 올해 10월 27일에는 내 섬이 태풍의 습격을 받았으며 기온은 영상 37도였다고 썼다.

앉아서 사색에 잠길 수 있는 장소는 많았다. 이곳은 바람이 자는 장소가 언제든지 어딘가 한 곳은 있는 아름다운 섬이었다. 강한 바람은 핑계가 되지 못했다. 나는 바람이 불지 않는 장소를 찾아내 앉아서, 내가 왜 지금과 같은 사람이 되기로 결심했던가 생각했다. 물론 몇몇 핑계거리를 발견하기는 쉬웠다. 나는 초라한 출신 배경을 벗어나 도약하는 데 성공했다. 아버지가 겪어야 했던 굴종적인 삶에 대한 일상적인 기억은 내가 환경을 벗어나기에 충분한 힘을 공급했다. 그러나 그런 도약이 가능한 시대에 태어난 우연 덕분이기도 했다. 웨이터의 아들이 대학입학 자격시험을 치르고 의사도 될 수 있던 시대. 그러나 내가 결속 대신 은신처를 찾는 사람이 된 이유는 뭘까? 왜 아이를 원하지 않았을까? 집에 탈출구를 여러 개 만들어두는 여우같은 삶을 살아가는 이유가 뭘까?

내가 책임을 회피했던 그 끔찍한 절단 수술은 하나의 이유일 뿐이었다. 그런 일을 저지른 외과의사는 세상에 나 하나가 아니었다.

올해 가을, 나는 공황상태에 빠지는 순간들을 경험했다. 그런 순간은 텔레비전 앞에 앉아 한없이 긴 저녁시간을 보내거나 지금까지 살아온 인생을 애도하고 저주하며 잠을 이루지 못하는 밤으로 이어졌다.

그럴 때 마침내 도착한 루이제의 편지는 물에 빠져 죽게 된 사람이 받은 일종의 구명 튜브였다. 루이제는 하리에트의 집을 청소하는 데 며칠이나 걸렸다고 썼다. 편지에는 그녀가 하리에트의 서류 가운데서 찾아낸 사진 몇 장이 함께 들어 있었다. 자기가 전혀 모르던 사진들이라고 했다. 나는 멍하니 자리에 앉아, 40년 전에 함께 찍은 하리에트와 나의 사진을 뚫어지게 내려다보았다. 하리에트는 알아볼 수 있었지만 내 모습은 낯설고 거의 충격적이기까지 했다. 1966년 언젠가 스톡홀름에서 찍은 사진 한 장 속의 나는 수염을 기르고 있었다. 까맣게 잊고 있던 사실이었다. 누가 그 사진을 찍었는지는 기억나지 않았다. 배경에 서서 브랜디를 병째 들고 마시는 남자의 모습이 인상적이었다.

그 남자는 기억이 났다. 그런데 하리에트와 나는 어디로 가는 길이었을까? 어디서 오는 길이었을까? 누가 사진을 찍었을까?

계속 궁금해하며 사진들을 뒤적였다. 나는 오래 전에 추억을 깊은 상자속에 몰아넣고 잠근 뒤 열쇠를 던져버렸던 것이다.

루이제는 며칠 엄마 집을 청소하는 동안, 어린 시절 흔적을 얼마나 많이 발견했는지 이야기했다.

"하지만 가장 큰 발견은, 내가 엄마에 대해 아는 게 전혀 없다는 사실이었어요. 편지들, 그리고 별로 오래 지속되지 않는 단편적인 일기들이 여기 있어요. 엄마가 나에게 한 번도 말하지 않았던 생각이나 경험을 알려주는 것들이에요. 예를 들면 엄마의 꿈은 비행사였대요. 하지만 나에게는 비행기를 탈 때마다 두려워서 몸이 얼어붙는다고 말하곤 했어요. 고틀란드 섬에 장미 정원을 만들고 싶어 했고, 책도 한 권 쓰려고 했지만 완성하지는 못했어요. 하지만 엄마가 나에게 너무나 많은 거짓말을 했다는 점이 가장 충격적이에요. 어릴 때 기억이 떠오르고 엄마가 나에게 한 거짓말을 하나씩 발견하게 돼요. 언젠가 엄마는 친구가 아프다며 가봐야 한다고 말한 적이 있어요. 나는 울면서 집에 있으라고 말했지만, 엄마는 친구가 너무 많이 아프다고 했어요. 그래서 가야 한다고요. 그런데 지금 보니, 엄마는 그때 어떤 남자와 프랑스로 여행을 간 거였어요. 엄마는 그 남자와 결혼하기를 원했지만, 그는 엄마 인생에서 금방 사라졌어요. 내가 찾아낸 세부사항들로 아버지를 피곤하게 할 생각은 없어요. 어쨌든 죽기 전에 인생을 정리해야 한다는 걸 새삼 깨달았어요. 불치병에 걸렸다는 걸 이미 오래 전부터 알고 있던 엄마가 왜 이런 걸 버리거나 태우지 않았는지 이상해요. 내가 발견하리라는 걸 분명히 알았을 텐데요. 엄마는 자신이 여러 가지 면에서 내가 알던 그런 사람이 아니라는 걸 나에게 알리고 싶어했던 모양이에요. 그렇게 설명할 수밖에 없어요. 내가 엄마의 거짓말을 분명히 알게 될 텐데도 엄마는 나에게 진실을 말하는 게 중요하다고 생각했을까요? 엄마를 존경해야 할지 잔인하다고 생각해야 할지 아직도 모르겠어요. 이제 엄마 집을 모두 치웠어요. 열쇠를 우편함에 던져 넣고 떠나야겠어요. 동굴로 갈 거예요. 카라바조와 함께 가야지요."

마지막 문장이 나를 놀라게 했다. 보호하고자 하는 프랑스 동굴로 카라바조와 함께 간다니? 내가 알아채지 못한 의미가 행간에 있는 걸까?

답장을 보낼 주소는 적혀 있지 않았다. 그래도 나는 그날 저녁 답장을 쓰기 시작했다. 사진들에 대한 이야기와 점점 더 흐릿해지는 내 기억에 대해 이야기하고, 카라와 함께 암벽 위를 걷는다는 말도 했다. 지금 내 인생은 거의 앞으로 나갈 수 없는 가시덤불 속을 헤매는 것 같은 상황이라고 이야기하고 싶었다.

무엇보다도 네가 정말 많이 보고 싶다고 몇 번이나 반복해서 썼다.

봉투를 봉하고 우표를 붙인 다음, 루이제의 이름을 썼다. 루이제가 언젠가 주소를 보내줄 때까지 편지는 여기 그대로 있을 터였다.

그날 밤에 막 잠자리에 들려는데 전화벨이 울렸다. 깜짝 놀라 심장이 세차게 뛰었다. 이렇게 늦은 시각에 오는 전화가 좋은 소식일 리 없었다. 부엌으로 내려가 수화기를 들었다. 바닥에 누워 있던 카라가 나를 바라보았다.

"앙네스입니다. 깨운 게 아닌지 모르겠네요."

"상관없어요. 난 어차피 너무 많이 자니까."

"곧 갈 거예요."

"지금 항구에 있나요?"

"아직 아니에요. 괜찮으시다면 내일 가려고요."

"괜찮고말고요."

"마중 나오실 수 있어요?"

나는 북쪽 곶의 바위에 와서 부딪치는 바람과 파도 소리에 귀를 기울였다.

"작은 내 배로 가기에는 폭풍이 심하군요. 다른 사람을 보내지요. 언제쯤 도착하나요?"

"점심 무렵."

"누군가 마중을 나가도록 조치를 취해두지요."

앙네스는 불쑥 전화를 건 것과 마찬가지로 갑자기 뚝 끊었다. 그녀에게 걱정거리가 있음을 알 수 있었다. 급히 여기로 와야 할 모양이었다.

새벽 다섯 시에 청소를 시작했다. 옛날부터 쓰던 낡은 진공청소기의 먼지봉투를 갈아 끼웠다. 집에 먼지가 가득 앉아 있었다. 대충 청소하는 데 3시간이나 걸렸다. 목욕을 하고 몸을 닦고 복도의 라디에이터를 튼 다음, 얀손에게 전화를 하려고 부엌 식탁에 앉았다. 그러나 그에게 걸지 않고 해안경비대 전화번호를 눌렀다. 한스 룬드만은 바다에 나가고 없었지만, 15분 뒤에 전화를 걸어왔다.

항구에서 한 여성을 맞아 나에게 데려다줄 수 있는지 물어보았다.

"자네가 승객을 태우면 안된다는 거 알고 있네. 그런 행위가 금지사항이라는 거 잘 알아."

"우리야 언제든 자네 섬으로 순찰대를 보낼 수도 있으니까. 승객 이름이 뭔가?"

"여자인데, 금방 알아볼 걸세. 팔이 하나야."

한스와 나는 성격이 비슷했다. 얀손과는 달리 우리는 호기심을 숨길 줄 알았고, 불필요한 질문을 하는 일이 드물었다. 그렇다고 한스가 동료들의 서류와 소지품을 뒤질 것 같지도 않았다.

나는 카라를 데리고 섬을 한 바퀴 돌았다. 11월 1일이었다. 바다는 점점 잿빛으로 변했고, 나무들은 얼마 남지 않은 잎사귀를 떨어뜨렸다. 앙네스의 방문이 무척 기다려졌다. 놀랍게도 나는 성적인 흥분을 느끼고 있었다. 팔이 없는 그녀가 알몸으로 부엌에 서있는 모습을 떠올렸다. 나는 선착장의 벤치에 앉아, 불가능한 사랑 이야기를 꿈꾸었다. 앙네스가 왜 오는지 알 수 없었지만 나에게 사랑 고백을 하러 오는 것은 분명 아닐 터였다.

보트 창고에서 시마의 칼과 가방을 꺼내 부엌으로 옮겼다. 앙네스가 밤에 묵고 갈지 말하지는 않았지만, 개미집이 있는 방의 침대도 손보았다.

개미집을 떠내어 수레에 싣고, 예전에 목초지였다가 지금은 관목들이 우거진 장소로 옮겨 놓아야겠다고 결심한 적이 있었다. 그러나 다른 여러 가지 일들과 마찬가지로, 그 일 역시 실행에 옮기지 못했다.

열한 시 무렵에 면도를 하고 옷을 이것저것 찾아 입어보고는 다시 벗어던졌다. 곧 찾아올 방문객은 나를 10대처럼 들뜨게 만들었다. 그러다가 결국 어두운 바지와 찢어진 장화, 올이 풀린 두꺼운 스웨터 등 늘 하던 차림새로 되돌아왔다. 냉동고에 있던 토끼고기는 아침에 벌써 꺼내두었다.

나는 집을 돌아다니며, 이미 물걸레질을 한 곳도 다시 한 번 닦았다. 열두 시에 재킷을 입고 선착장으로 내려가 기다렸다. 우편물이 오는 날이 아니어서 얀손이 나타나 방해하는 일은 없을 터였다. 카라는 뭔가 일이 생긴다는 것을 눈치 챘듯, 이미 한참 전부터 선착장에 앉아 있었다.

한스 룬드만은 해안경비대의 대형 순양함을 타고 왔다. 멀리 떨어져 있는데도 강력한 모터 소리가 들려왔다. 나는 배가 만의 입구로 들어설 때 벤치에서 일어섰다. 물이 얕아서 한스는 뱃머리만 선착장에 댔다. 어깨에 배낭을 멘 앙네스가 조타실에서 나왔다. 한스는 제복을 입고 난간에 손을 얹고 있었다.

"도와줘서 고맙네."

내 말에 그가 대답했다.

"어차피 지나가던 길이야. 고틀란드 섬 방향으로 가서 주인 없이 떠도는 돛단배를 찾아야 해."

앙네스와 나는 그 자리에 서서, 큰 배가 후진해 나가는 모습을 지켜보았다. 그녀의 머리카락이 바람에 흩날렸다. 입 맞추고 싶은 욕망이 억누르지 못할 만큼 강하게 솟았다.

"여기 무척 아름답네요. 당신 섬이 어떨까 상상해보았어요. 내 생각이 틀렸군요."

"뭘 보았는데요?"

"많은 낙엽. 난바다로 향해 있는 암벽들뿐만 아니라……."

개가 우리 쪽으로 다가왔다.

앙네스가 의아하다는 표정으로 나를 바라보았다.

"개가 죽었다고 편지 보냈잖아요."

"어떤 여경에게서 다른 개를 얻었어요. 말하자면 길답니다. 개 이름은 카라예요."

우리는 집으로 올라갔다. 배낭을 받아들려고 했지만 그녀는 고개를 저었다. 부엌으로 들어섰을 때 앙네스의 눈에 가장 먼저 띈 것은 시마의 칼과 가방이었다.

그녀가 의자에 앉았다.

"여기서 그 일이 일어났나요? 이야기해주세요. 지금 당장."

나는 평생 잊지 못할 불편한 세부사항을 그녀에게 알렸다. 앙네스의 눈이 투명해졌다. 내가 한 이야기는 병원 침대에서 끝난 어떤 자살에 관한 임상적인 관찰이 아니라, 무덤에서 행해지는 애도사였다. 말을 마쳤지만 앙네스는 아무것도 묻지 않았다. 가방의 내용물만 살펴보았다.

"왜 여기서 그랬을까요? 시마가 여기로 오기 전에, 틀림없이 무슨 일인가 있었을 겁니다. 자살 시도를 하리라고는 상상도 하지 못했어요."

내 말에 앙네스가 대답했다.

"아마 이곳에서 안전하다는 느낌을 받았는지도 모르지요. 예상치 못했던 그런 느낌을."

"안전한 느낌이라고요? 시마는 여기서 자살했어요!"

"절망감이 너무 극심해서, 죽음으로 가는 마지막 도약의 용기를 얻기 위해 안전한 느낌이 필요했던 게 아닐까요? 어쩌면 시마가 당신 집에서 그걸 발견했는지도 몰라요. 시마는 더 이상 살고 싶지 않았던 거예요. 도움을 청하기 위해 자기를 찌른 게 아니에요. 자기 안에서 메아리치는 비명을 더 이상 듣고 싶지 않았던 거라고요."

앙네스에게 여기 얼마나 있을 예정인지 묻자, 그녀는 자고 가도 되는지 물었다. 개미집이 있는 방을 보여주자 앙네스는 웃음을 터뜨렸다. 나는 그녀에게 물론 자고 갈 수 있다고, 저녁으로 토끼고기를 먹을 거라고 했다. 욕실로 들어간 앙네스는 옷을 갈아입고 머리를 올리고 나왔다.

그녀가 섬을 구경시켜 달라고 말했다. 카라가 우리 발자국을 따라왔다. 나는 개가 자동차를 따라 달려와, 우리를 사라 라르손의 시신으로 이끌었던 이야기를 했다. 그러다가 내 수다가 앙네스를 방해한다는 것을 알아챘다. 그녀는 눈에 들어오는 풍경을 즐기려 했다. 싸늘한 가을날이었다. 양탄자처럼 펼쳐진 짧은 들풀들이 살을 에는 듯한 바람 속에서 몸을 숙이고 있었다. 바다는 납과 같은 잿빛이었고, 바위에 붙어있는 오래된 해초가 냄새를 풍겼다. 암벽 사이로 이따금 새들이 날아와서는, 바위 가장자리로 계속 불어오는 바람을 피해 몸을 쉬었다. 우리는 평평한 바위들이 펼쳐지는 북쪽 곶으로 갔다. 난바다로 이어지는 그곳의 바위들은 수면 위로 거의 모습을 드러내지 않을 만큼 낮았다. 나는 앙네스와 약간 떨어진 곳에 서서 그녀를 관찰했다. 앙네스는 눈앞에서 펼쳐지는 광경에 굉장한 감동을 받은 듯했다.

그러다가 나에게로 몸을 돌리더니, 바람에 대고 외쳤다.

"당신을 절대 용서할 수 없는 한 가지가 있어요. 더 이상 박수를 칠 수 없다는 거지요. 마음속으로 환호성을 지르고, 손바닥을 서로 부딪쳐 그 환호성을 표현하는 건 인간의 권리예요."

나는 물론 아무 말도 할 수 없었고, 그녀도 그 사실을 잘 알고 있었다.

앙네스가 내 쪽으로 건너와 바람을 등지고 섰다.

"난 어릴 때부터 그랬지요."

"뭘 그랬다고요?"

"아름다운 자연을 보면 박수를 쳤어요. 음악회나 강연장에서만 박수를 치라는 법은 없잖아요. 이렇게 암벽 위에서 박수를 치면 안 될 이유가 어디 있겠어요? 이 순간처럼 멋진 풍경은 본 적이 없었던 것 같아요. 이렇게 사는 당신이 정말 부럽군요."

"내가 당신 대신 박수를 칠게요."

그녀가 고개를 끄덕이고는, 제일 끝에 있는 가장 높은 암벽으로 나를 보냈다. 그녀가 "브라보!"를 외쳤고, 나는 박수를 쳤다. 특별한 경험이었다.

우리는 산책을 계속하며 보트 창고 뒤편에 있는 캠핑카에 다다랐다.

"자동차도 없고 도로도 없는데 캠핑카는 있군요. 굽이 높고 아름다운 빨간 구두 한 켤레."

문이 쾅 닫히지 않도록 나무토막을 세워두었으므로 캠핑카 문은 열려 있었다. 반짝이는 구두가 들여다보였다. 우리는 바람이 잔잔한 쪽 벤치에 앉았다. 나는 내 딸에 대해, 그리고 하리에트의 죽음에 대해 이야기했다. 내가 그녀를 배신한 이야기는 피해갔다. 그러다가 앙네스가 내 말에 귀를 기울이지 않는다는 것을 알아챘다. 그녀는 뭔가 다른 생각을 하고 있었다. 앙네스가 나를 찾아온 이유가 있을 거라고 짐작했다. 내 부엌을 구경하고, 시마의 칼과 가방만 가지러 온 것은 분명히 아닐 터였다.

"춥네요. 아마 팔이 하나뿐인 사람은 몸이 더 빨리 식는 모양이에요. 혈액이 다른 길로 흘러야 하니까."

우리는 집으로 올라가 부엌에 앉았다. 나는 촛불을 켜서 식탁에 올려 놓았다. 이미 어두워지기 시작했다.

"집을 내놓으라고 하네요."

앙네스가 불쑥 입을 열었다.

"세를 주고 빌린 집이에요. 살 여력은 없으니까요. 집주인이 이제 나가라고 하는군요. 집이 없으면 일을 계속할 수 없어요. 물론 다른 기관에서 일자리를 얻을 수는 있겠지만, 그러기는 싫어요."

"집주인이 누군가요?"

"돈이 많은 두 자매예요. 로잔에 사는데, 계속 광고 금지를 당하는 건강식품으로 큰돈을 벌었어요. 아무런 영양도 없는 가루와 비타민을 섞은 제품이에요. 금지를 당하면 이름과 포장을 바꾸어 금방 다시 생산하지요. 그 집은 원래 남자 형제 소유였는데, 그 사람은 상속자가 없었어요. 마을 주민들이 내가 보호하는 여자아이들에게 불평이 많다며, 집주인들이 이제 나가라고 해요. 집도 빼앗고, 아이들도 빼앗는 거예요. 우리는 기준에 맞지 않는 사람들을 깊은 숲속이나 이런 섬처럼 외딴 곳에 격리시키려는 나라에 살고 있어요."

"살 수 있다면 내가 사고 싶군요."

"그 부탁을 하려고 온 게 아니에요."

그녀가 식탁에서 일어났다.

"바깥으로 나가야겠어요. 더 어두워지기 전에 섬을 한 바퀴 돌고 싶어요."

"개를 데리고 가세요. 부르면 당신 뒤를 따라갈 겁니다. 산책할 때 좋은 동반자예요. 짖는 법이 없지요. 그동안 나는 식사를 준비할게요."

나는 문에 서서, 그녀가 암벽을 넘어 사라지는 모습을 바라보았다. 카라는 내가 돌아오라고 부르는 건 아닌지 확인하느라 몇 번 뒤를 돌아보았다. 나는 앙네스에게 키스하는 상상을 하며 식사 준비를 했다.

마지막으로 백일몽을 꾼 건 이미 몇 년 전이었다. 나는 백일몽을 꾸지도, 관능적인 삶을 살지도 않았다.

산책에서 돌아온 앙네스는 침울한 기분을 약간 덜은 듯했다.

"고백할 게 있어요."

미처 재킷을 벗고 자리에 앉기도 전에 그녀가 입을 열었다.

"고백할 게 있다고요. 당신 딸의 구두를 신어보고 싶은 유혹을 뿌리치지 못했어요. 내 발에 완벽하게 맞아요."

"주고 싶어도 줄 수가 없군요."

"내가 굽이 높은 구두를 신고 돌아가면, 우리 집 아이들이 때려죽일 거예요. 내가 변해서 다른 사람이 되었다고 믿겠지요."

앙네스는 부엌 장의자에 쪼그리고 앉아, 내가 상을 차리고 음식을 나르는 모습을 지켜보았다. 앞날에 대해 몇 가지 질문을 던졌지만 그녀가 짤막하게만 대답했으므로 나도 입을 다물었다. 식사를 하는 동안에도 우리는 별 말을 하지 않았다. 창문 바깥으로 어둠이 내렸다. 우리는 커피를 마셨다. 나는 아주 추운 겨울날에만 사용하는 낡은 장작 난로에 불을 지폈다. 식사를 하면서 마신 포도주의 효력이 나타나는 듯했다. 앙네스도 완전히 말짱한 상태로 보이지는 않았다. 내가 우리 잔에 커피를 더 따르는데, 앙네스가 침묵을 깨뜨렸다.

그녀가 갑자기 자기 인생에서 힘들었던 시절 이야기를 하기 시작했다.

"나는 위안을 찾아 헤맸어요. 술을 마셔봤지만 늘 토하게 되더군요. 그래서 하시시를 피웠더니 나른해지고 병이 들었고, 이미 엎질러진 일에 대한 공포도 심해졌어요. 팔이 없어도 괜찮다고 말하는 연인을 찾으려고도 했어요. 장애인 스포츠를 시작해 성적이 꽤 좋은 중거리 육상 선수가 되었지만 점점 흥미를 잃었어요. 이런저런 신문에 시와 독자 편지를 투고하고, 절단의 역사도 공부했어요. 스웨덴 텔레비전 방송국과 몇몇 외국 방송국에서 진행자로 일하려고 시도하기도 했고요. 아침에 깰 때마다 끔찍했던 사고가 떠올랐는데, 그걸 잊게 할 위안은 그 어디에서도 찾을 수 없었어요. 물론 의수義手도 해봤지만 도무지 제대로 작동하지 않더군요. 수술을 하고 3년 쯤 지난 어느 날, 법정에서 내가 팔이 하나밖에 없다는 것을 고백이라도 하는 것처럼 알몸으로 거울 앞에 섰어요. 의지할 곳은 신神밖에 없었어요. 나는 무릎을 꿇고 위안을 구했어요. 성서를 읽고, 코란을 가까이 하려고 노력하기도 하고, 오순절교회 천막집회와 생명의 말씀이라는 이상한 교회에도 참석했어요. 다양한 종파를 전전했고, 수녀원으로 갈까 심사숙고하기도 했어요. 언젠가는 스페인으로 가서 산티아고 데 콤포스텔라로 향하는 먼 길을 걸었어요. 다른 사람들처럼 배낭에 돌을 담고 순례자의 길을 따라 걸으며, 내 문제의 해답을 발견하면 돌을 내버리겠다고 생각했어요. 4킬로그램짜리 돌을 넣었는데, 그 돌을 여정 내내 끌고 다니다가 도착해서야 내려놓았어요. 걷는 내내 신이 자기 모습을 드러내고 나와 이야기를 나누기를 바랐어요. 하지만 신은 너무 조용하더군요. 난 그의 목소리를 듣지 못했어요. 배후에서 누군가 끊임없이 소리를 질러대며 그의 목소리를 눌러 버렸지요."

"누가?"

"악마. 악마가 고함을 질렀어요. 악마는 소리를 지르는 반면, 신은 속삭이는 목소리로 말한다는 것을 알게 되었어요. 둘 사이의 끝없는 싸움에서 내가 설 자리는 없었어요. 그래서 내가 등 뒤로 교회 문을 닫았을 때, 아무것도 남아 있지 않았지요. 위안을 찾을 수 없었어요. 그런데 결국 그 사실 자체가 위안이라는 걸 깨달았어요. 나는 나보다 더 힘든 사람들을 위해 헌신하기로 결심했어요. 아무도 관심을 주지 않는 아이들과의 만남은 그렇게 이루어졌어요."

우리는 남은 포도주를 마시고 점점 더 취해갔다.

나는 앙네스가 하는 말에 집중하기 힘들었다. 그녀를 쓰다듬고 싶었고, 그녀와 자고 싶었다. 우리는 마신 술 때문에 조금 유치해졌다. 앙네스는 잘린 팔이 유발한 다양한 반응들에 대해 이야기했다.

"난 어떤 때는 오스트레일리아 상어에게 먹혀서 팔이 없어졌다고 말해요. 보츠와나 사바나에서 사자에게 물렸다고 할 때도 있지요. 자세하게 말하지는 않아요. 그랬다가는 내가 한 말을 사람들이 정말 믿을 테니까요. 이런저런 이유에서 내가 싫어하는 사람들에게는 무척 잔인하고 불편한 이야기를 꾸며내지요. 누군가 전기톱으로 잘랐다고 말하기도 하고, 기계에 빨려 들어가 조금씩 서서히 절단되었다고 말하기도 해요. 언젠가 한 번은 덩치 크고 건장한 남자가 내 이야기를 듣고 기절한 적도 있어요. 식인종들이 나를 잡아 팔을 토막 내어 먹었다는 말은 하지 않아요. 그게 내가 꾸며내지 않는 유일한 원인이지요."

우리는 별을 보고 바다 소리를 들으려고 바깥으로 나갔다. 나는 앙네스의 몸에 스칠 정도로 가까이 앉았지만, 그녀는 알아채지 못했다.

"사람이 듣지 못하는 음악이 있어요."

그녀의 말을 내가 받았다.

"정적이 노래하지요. 그건 들을 수 있어요."

"그걸 말하는 게 아니에요. 난 우리 귀로 들을 수 없는 음악을 상상해요. 먼 미래에 우리 청력이 섬세해지고 새로운 기구가 개발된다면, 이런 음악을 듣고 연주할 수 있게 될 거예요."

"멋진 생각이군요."

"어떤 소리일지 알 것 같아요. 가장 맑은 사람의 목소리와 같을 거예요. 두려움 없이 노래할 수 있는 사람."

우리는 다시 안으로 들어갔다. 나는 비틀거릴 정도로 취했다. 부엌에서 코냑을 따랐다.

앙네스가 자기 잔을 손바닥으로 덮고 식탁에서 일어났다.

"이제 자야겠어요. 참 특별한 저녁이었어요. 처음 도착했을 때처럼 침울하지 않네요."

"여기 있어요. 내 방에서 함께 자요."

나는 일어나서 그녀를 잡았다. 내 쪽으로 끌어당겨도 그녀는 거부하는 몸짓을 하지 않았다. 그러나 키스하려고 하자 저항했다. 앙네스가 그만두라고 말했지만, 멈출 수 없었다. 부엌 한가운데서 밀치고 당겼다. 앙네스가 고함을 질렀다. 그녀를 식탁 모서리로 밀다가 둘 다 바닥에 넘어졌다. 내 손아귀를 벗어난 그녀가 내 얼굴을 할퀴고 배를 세차게 걷어찼다. 나는 숨을 쉴 수도, 말을 할 수도 없었다. 앙네스가 식칼을 집어 들었다.

나는 겨우 바닥에서 일어나 의자에 앉았다.

"왜 그랬어요!"

"미안합니다. 그럴 생각은 없었어요. 외로움이 나를 미치게 만들었나 봅니다."

"믿지 못하겠군요. 그래요, 아마 외로울 수도 있겠지요. 하지만 그게 나에게 덤벼든 이유는 되지 않아요!"

"당신이 이 일을 잊을 수 있다면 얼마나 좋을까요. 용서해줘요. 내가 술을 마시면 안 되겠어요."

앙네스가 칼을 내려놓고 내 앞에 섰다. 그녀의 얼굴에서 분노와 실망이 묻어났다. 나는 할 말이 없었다. 울음이 나왔다. 나는 내가 이 상황을 모면하려고 우는 게 아니라는 사실을 깨달았다. 진정한 수치심이었다.

그녀가 장의자 모서리에 앉아, 얼굴을 돌리고 어두운 창밖을 노려보았다.

나는 부엌 휴지로 눈물을 닦고 한숨을 내쉬었다.

"용서받지 못할 짓이라는 거 압니다. 후회해요. 시간을 되돌릴 수 있다면 좋겠어요."

"당신이 무슨 짓을 하는지, 무슨 생각을 하는지 모르겠어요. 갈 수만 있다면 지금 가고 싶어요. 하지만 밤이라 그러지 못하니, 아침까지 여기 있겠어요."

앙네스가 부엌에서 나갔다. 방 문 손잡이 아래를 의자로 가로막는 소리가 들려왔다. 나는 바깥으로 나가, 창문으로 들여다보려고 했다. 전등이 꺼져 있었다. 내가 바깥에서 자기를 보려고 한다는 것을 예상한 모양이었다. 카라가 어둠 속에서 나타났다. 나는 발로 개를 밀쳤다. 그 순간은 개도 귀찮았다.

그날 밤 나는 뜬눈으로 밤을 새웠다. 여섯 시에 부엌으로 내려가, 문 앞에 서서 귀를 기울였다. 앙네스가 아직 자는지 깼는지 알 수 없었다. 의자에 앉아 기다렸다.

15분 전 일곱 시에 문이 열리고, 앙네스가 부엌으로 나왔다. 손에 배낭을 들고 있었다.

"이 섬에서 어떻게 나가나요?"

"지금 바람이 전혀 불지 않아요. 날이 밝을 때까지 기다리면 내가 데려다줄게요."

그녀가 부츠를 신기 시작했다.

"이야기를 좀 하고 싶습니다."

앙네스가 격렬하게 손을 휘저었다.

"할 말 없어요. 당신은 내가 생각했던 사람이 아니에요. 최대한 빨리 이곳을 떠나고 싶군요. 선착장으로 내려가 날이 밝기를 기다리겠어요."

"들어줄 수 없나요?"

그녀는 대답도 없이 배낭을 메고 어둠 속으로 사라졌다.

이제 곧 날이 밝아올 텐데……. 그녀를 따라 선착장으로 내려가 말을 건다고 해도 대답하지 않겠지.

그러는 대신, 나는 식탁에 앉아 편지를 썼다.

"당신이 돌보는 아이들이 이곳으로 옮겨오면 됩니다. 집주인 자매와 마을 사람들은 그냥 제멋대로 살게 내버려둬요. 나는 옛날 헛간의 주춧돌 위에 집을 지을 권리가 있어요. 보트 창고에도 시설을 갖출 만한 방이 있고, 여기 집에도 빈 방들이 있어요. 캠핑카가 있다면 하나 더 세워둘 수도 있어요. 이곳은 공간이 충분해요."

선착장으로 내려갔다. 그녀가 자리에서 일어나 배를 탈 때 아무 말도 하지 않고 편지를 건넸다. 그녀는 편지를 받아야 할지 잠시 망설이다가, 결국 받아서 배낭에 집어넣었다.

바다는 거울처럼 반짝였다. 모터 소음이 적막을 찢고 오리들을 바다 멀리로 쫓아냈다. 앙네스는 얼굴을 돌린 채 뱃머리에 앉아 있었다.

나는 부두에서 가장 낮은 자리에 배를 세운 뒤, 모터를 끄고 말했다.

"버스가 다닙니다. 배차 시간은 벽에 걸려 있어요."

앙네스는 아무 말 없이 부두로 올라섰다.

나는 집으로 돌아와 오래된 렘브란트 퍼즐을 꺼내 조각들을 탁자에 쏟았다. 처음부터 다시 맞추기 시작했지만 결코 끝내지 못하리라는 것을 알고 있었다.

 앙네스가 떠난 날, 북동쪽에서 폭풍우가 몰려왔다. 나는 열려 있던 창문이 닫히는 소리에 잠에서 깼다. 돌풍이 허리케인 수준에 다다랐다. 배가 밧줄로 잘 묶여 있는지 살펴보기 위해 옷을 챙겨입고 아래로 내려갔다. 해수면이 높아 물결이 선착장 위까지 넘어와 보트 창고의 벽에 부딪치며 흩어졌다. 북동풍이 불 때는 물결이 보트 창고로 바로 몰려온다. 예비 밧줄로 고물을 한 번 더 묶었다. 벽에 부딪친 바람이 울음소리를 냈다. 어릴 때 나는 세찬 바람 때문에 공포에 휩싸이곤 했다. 폭풍이 몰려올 때 보트 창고는 서로 고함을 지르며 때리는 사람들의 목소리를 냈다. 그러나 거센 바람은 평온함도 몰고 왔다. 거기 서 있노라니, 어느 누구의 손에도 닿지 않는 아득한 곳에 있는 것처럼 느껴졌다.

 폭풍은 이틀 동안 더 계속되었다. 그 이틀 중 하루 얀손이 왔는데 평소와 달리 지각을 했다.

 얀손은 선착장에 배를 대고 나서, 뢰홀멘과 하이 셰르스네세트 사이에서 모터가 고장을 일으켰다고 설명했다.

 "지금까지 한 번도 문제가 없었는데!"

 그가 불평을 터뜨렸다.

"하필 이런 날에 모터가 말썽을 부렸어요. 견인할 작은 닻을 던졌는데도 뢰홀멘 근처에서 심해로 밀려갈 뻔했어요. 시동이 제때 다시 걸리지 않았더라면 난바다에서 침몰했을 거예요."

얀손이 그렇게 흥분한 모습은 처음 보았다. 나는 그가 청하지 않았는데도 혈압을 재볼 테니 벤치에 앉으라고 말했다. 수치가 약간 높기는 했지만, 그런 일을 겪은 다음에 나타날 수 있는 정도 이상은 아니었다.

그가 선착장에 부딪치며 흔들리고 있는 배로 다시 내려섰다.

"우편물은 없는데, 한스 룬드만 씨가 신문을 가져다 드리라고 했어요."

"왜?"

"그 말은 하지 않았어요. 어제 신문이에요."

얀손이 대도시 지방 신문을 내밀었다.

"아무 말도 하지 않던가?"

"전해드리라고만 하던데요. 아시다시피 그 분은 꼭 필요한 말만 하시잖아요."

나는 세찬 맞바람 속에서 후진하는 얀손을 도와 뱃머리를 밀었다. 그는 배를 돌리다가 얕은 물속에서 바닥을 긁을 뻔했다. 마지막 순간에 모터가 힘을 제대로 받아 보트는 만을 떠날 수 있었다.

집으로 올라가려는데, 캠핑카가 있는 해안에서 물 위를 떠다니는 하얀 물체가 눈에 들어왔다. 가까이 가 보니 죽은 백조였다. 긴 목이 뱀처럼 해초에 묻혀 있었다. 나는 보트 창고로 돌아가 신문을 도구 선반에 올려놓고 작업용 장갑을 꼈다. 그런 다음 백조를 끌어냈다. 나일론 줄에 감겨 깃털을 조이고 있었다. 아마 먹이를 찾을 수 없어 굶어 죽었을 것이다. 백조를 들고 암벽 중 한 곳으로 올라갔다. 까마귀와 갈매기들이 곧 먹어치우겠지…… 카라가 나를 따라와, 백조 냄새를 킁킁 맡았다.

"네가 먹을 게 아니야. 다른 아이들 거야."

갑자기 퍼즐에 싫증이 났다. 보트 창고로 내려가, 넙치 그물을 가지고 와서 손질하기 시작했다. 할아버지는 닻줄을 꼬는 방법과 그물을 깁는 방법을 나에게 끈기 있게 가르쳐주었다. 그때 습득한 지식과 기술이 아직 손끝에 남아 있었다. 나는 한 자리에 앉은 채 황혼이 질 때까지 그물코를 고쳤다. 간밤에 일어난 일에 대해 마음속으로 앙네스와 이야기를 나누었다. 상상의 세계 속에서는 우리 둘이 화해할 수 있었다.

남은 토끼고기를 저녁으로 먹었다. 그런 다음 부엌 장의자에 누워 바람 소리에 귀를 기울였다. 뉴스를 들으려고 라디오를 막 켜려고 하다가, 얀손이 가지고 온 신문이 생각났다. 손전등을 들고 신문을 가지러 보트 창고로 갔다.

한스 룬드만은 아무 이유도 없이 뭔가를 하는 사람이 아니었다. 나는 부엌 식탁에 앉아 신문을 꼼꼼하게 살펴보며 넘겼다.

그가 나에게 보여주고 싶은 뭔가가 어딘가에 있을 터였다.

해외소식란인 4쪽에서 그것을 발견했다. 대통령과 총리 등 유럽 국가원수들의 정상회담 사진이 한 장 보였다. 정치가들이 사진을 찍기 위해 모여 서 있고, 그 앞에 어떤 여자가 벌거벗은 채 펼침막을 높이 들고 있는 사진이었다. 불미스러운 돌발사건에 대한 기사가 사진 아래에 몇 자 적혀 있었다. 검은 우비를 입은 여자가 신분증을 조작하여 기자회견장에 들어오는 데 성공했다. 회견장 안으로 들어온 그녀는 우비를 벗어던지고 펼침막을 쳐들었다. 치안 담당자들 몇 명이 달려들어 금방 끌고 나갔다. 사진을 자세히 들여다보던 나는 복통을 느꼈다. 부엌 서랍에 확대경이 있었다. 사진을 다시 한 번 꼼꼼하게 보았다. 예감이 맞자 마음의 동요도 커졌다. 거기 서 있는 여자는 루이제였다. 얼굴을 약간 옆으로 돌리고 있었지만 그래도 알아볼 수 있었다. 의기양양하고 도발적인 태도로 펼침막을 머리 위로 쳐들고 있는 사람은 틀림없는 루이제였다.

거기에는 곰팡이가 태곳적의 벽화를 파괴하기 직전인 동굴에 관한 글이 적혀 있었다.

한스 룬드만은 눈이 매서운 사람이었다. 그는 루이제를 알아보았다. 어쩌면 여름 축제 때 루이제는 무슨 수를 써서라도 구하고 싶은 동굴에 대해 그와 이야기를 나누었는지도 모른다.

나는 행주를 집어 들고 셔츠 밑으로 흐르는 땀을 닦았다. 손이 떨렸다.

　바람이 부는 바깥으로 나가 개를 불렀다. 어둠에 잠긴 할머니의 벤치에 앉았다.

　미소가 배어나왔다. 루이제가 저편 어둠 속에서 미소로 답했다. 정말 내가 자랑스러워할 만한 딸이었다.

3

　11월 중순 어느 날, 오래 기다리던 편지가 드디어 도착했다. 내 딸이 유럽 국가 원수들이 모인 자리에서 난동을 부렸다는 사실은 그 사이에 다도해 전역에 알려졌다. 나는 루이제를 알아볼 만큼 예리했던 한스 룬드만에게 여전히 감사하는 마음이었다. 그는 알아보기 힘든 수평선의 물체를 관찰하는 습관 때문에 아마 신문을 넘길 때도 집중력이 뛰어난 모양이었다.

　그러나 모든 사람이 그 일을 알게 되고 부풀려진 데는 분명히 얀손의 역할이 컸을 것이다. 체포당하기 전에 루이제가 뚫어지게 바라보는 남자들 앞에서 능숙하게 스트립쇼를 펼쳤다고, 옷을 몽땅 벗어던지고 몸을 앞뒤로 굽히며 관능적으로 움직였다고 주장하는 사람들도 있었다. 루이제가 경비원에게 폭력을 행사하고 그 중 한 사람을 물어뜯어, 피가 토니 블레어의 구두에

튀었다고도 했다. 장기 징역형에 처해졌다는 소문도 있었다.

어느 날 나는 익명의 편지를 받았다. '성실한 기독교인'이라고 서명한 그 사람은 나와 내 딸을 "아무짝에도 쓸모없는 인간들"이라고 표현했다. 한동안 심기가 불편했다. 어쩌면 성실한 기독교인들이 나와 루이제를 공격하려고 어느 날 떼를 지어 섬으로 몰려올지도 모르겠군……

루이제는 암스테르담에 있었다. 홍등가 근처의 작은 호텔에 묵고 있다고 편지에 썼다. 쉬고 있으며, 날마다 렘브란트와 카라바조의 예술을 비교하는 전시회에 간다고 했다. 돈이 많다는 말도 했다. 전혀 알지 못하는 사람들이 기부금을 보내고 기자들도 기삿거리를 위해 거액을 주었다고, 그리고 처벌은 받지 않았다고 했다. 편지는 12월 초에 나를 찾아올 생각이라는 말로 끝을 맺었다.

편지에 주소가 적혀 있었다. 나는 얼른 답장을 써서, 지난번에 썼다가 부치지 못한 편지와 같이 얀손에게 건넸다. 얀손은 루이제의 이름을 보자 호기심이 나는 눈치였지만 아무것도 묻지 않았다.

나는 루이제의 편지에서 용기를 얻어, 앙네스에게도 편지를 썼다. 여기 다녀간 뒤로 그녀는 전혀 소식이 없었다. 창피했다. 평생 처음으로 내 행동에 대해 사과할 말을 찾을 수 없었다. 그날 밤에 일어났던 일을 어떻게 무시하랴.

그녀에게 편지로 용서를 구했다. 다른 말은 하지 않고 그저 그 말만 했다. 신중하게 고른 열아홉 마디였다. 호감을 사려는 단어도, 핑계를 대려는 단어도 사용하지 않았다.

이틀 뒤에 앙네스가 전화를 했다. 텔레비전 앞에서 잠이 들었던 나는, 수화기를 끌어당기며 아마 루이제일 거라고 짐작했다.

"편지 받았어요. 뜯지 않고 버리려다가 결국은 읽었어요. 사과를 받아들이겠어요. 편지에 쓴 말이 진심이라면 말이지요."

"모두 진심입니다."

"내가 무슨 생각을 하는지 모를 거예요. 당신 섬과 내가 돌보는 여자아이들에 대해서 당신이 쓴 말을 생각하고 있어요."

"당연히 이곳으로 와도 됩니다."

"그게 진심이라고 믿을 수 없어요."

"진심이에요."

앙네스의 숨소리가 들렸다.

"여기로 와요."

"지금은 아니에요. 좀 더 생각해봐야겠어요."

그녀가 전화를 끊었다. 루이제의 편지를 받았을 때 느꼈던 들뜬 감정이 되살아났다. 바깥으로 나가 별을 바라보았다. 하리에트가 건너편 얼음장 위에 서서 내 삶을 온통 뒤흔들어놓은 지 거의 1년이 다 되어가고 있었다.

11월 말, 해안에 거센 폭풍이 또 밀어닥쳤다. 동쪽에서 곧장 불어온 폭풍은 이튿날 저녁에 정점에 달했다. 선착장으로 내려가 보니 캠핑카가 걱정스러울 정도로 바람에 흔들리고 있었다. 무거운 돌과 물에 떠밀려온 나무들이 캠핑카 뒷부분을 쳤다. 루이제가 돌아오면 난방을 할 낡은 전기 스팀기와 전선은 미리 가져다 두었다.

폭풍이 잔잔해진 뒤에 섬을 둘러보았다. 동쪽에서 폭풍이 올 때는 보통 나무들이 많이 떠밀려오는데 이번에는 하나도 없었다. 그 대신 어선의 낡은 조타실이 밀려와 있었다. 처음에는 폭풍에 난파당한 배의 머리나 꼬리인 줄 알았지만, 가까이 가 보니 조타실이 통째로 떨어져 나와 바위 사이로 밀려온 것이었다. 한참 생각하다가 집으로 들어가 한스 룬드만에게 전화를 걸었다. 내가 발견한 것이 어쩌면 난파당한 어선의 잔해일 수도 있으니까. 한 시간 뒤에 해안경비대가 도착했다. 우리는 조타실을 땅으로 끌어내어 밧줄로 묶었다. 한스는 조타실이 이미 낡았고, 실종 신고가 들어온 어선도 없다고 말했다.

"아마 그냥 섬 어딘가에 있다가 바람이 휘몰아쳐 바다로 쓸려나온 모양이야. 너무 많이 썩어서 배에 붙어 있었을 것 같지 않네. 삼사십 년은 된 듯하군."

"이걸 어떻게 하지?"

내 말에 한스가 대답했다.

"자네에게 어린 아이들이 있다면 놀이터집으로 사용할 수 있겠지. 저 상태로는 불을 때는 데 쓸 수밖에 없네."

나는 루이제가 돌아온다고 말했다.

"그런데 자네가 루이제를 어떻게 신문에서 알아보았는지 도무지 모르겠어. 선명하지 않은 사진이었는데도 알아보았지 않은가?"

"왜 보는지, 무엇을 보는지는 알 수 없는 거라네. 안드레아가 루이제를 그리워해. 구두를 신지 않는 날이 없어. 그녀가 어디 있는지 매일 물어본다네. 그래서 나도 루이제를 자주 생각하네."

"안드레아에게 신문 사진을 보여주었나?"

그는 의아하다는 표정으로 나를 바라보았다.

"당연히 보여주었지."

"아이가 볼 만한 사진은 아니었지. 나체였잖아."

"그래서? 진실을 말하지 않으면 아이들 상황은 나빠져. 거짓말 때문에 아이들은 우리 어른과 똑같은 정도로 괴로움을 겪는다네."

한스가 조타륜을 잡고 후진 기어를 넣었다. 나는 보트 창고에서 도끼를 꺼내와 조타실을 잘게 토막 냈다.

도끼질을 막 끝내고 허리를 펴는데, 갑자기 가슴을 찌르는 듯한 통증을 느꼈다. 의사로 살면서 나는 여러 번 혈관 경련 진단을 내린 적이 있으므로, 이 통증이 무슨 의미인지 금방 깨달았다. 돌 위에 앉아 숨을 깊게 들이쉬며 셔츠 단추를 풀고 잠시 기다렸다. 통증은 10분 쯤 뒤에 사라졌다. 그러고도 10분을 더 기다렸다가 천천히 집으로 올라갔다. 오전 11시에 얀손에게 전화를 걸었다. 다행스럽게도 그는 우편배달이 없었다. 나는 통증 이야기는 하지 않고 나를 데리러 와 달라는 부탁만 했다.

"급하게 결정을 내리셨군요."

"무슨 말인가?"

"평소에는 1주일 전에 미리 연락하시잖아요."

"데리러 올 건가, 말 건가?"

"30분 뒤에 선착장에서 뵙지요."

육지에 도착해 얀손에게 오늘 돌아갈 예정이긴 한데, 언제가 될지는 아직 확실하게 모르겠다고 말했다. 얀손의 호기심이 폭발했지만 나는 아무것도 알려주지 않았다.

진료센터에서 나는 무슨 일이 있었는지 설명했다. 한 동안 기다린 뒤에 통상적인 검사가 행해졌다. 심전도 검사를 하고 의사의 진료가 이어졌다. 그는 아마 고용 의사 가운데 한 명으로, 오늘 종일 진료센터를 바쁘게 오가야 하는 듯했다. 환자들이 의사를 오랫동안 붙들고 있기란 거의 불가능했다. 그는 내가 예상했던 약품을 처방하고 행동 규칙을 알려주었다. 또 더 정확한 진단을 위해 병원으로 가라며 이송서도 써주었다.

나는 접수처에서 얀손에게 전화를 걸어 데리러 오라고 부탁한 다음, 코냑을 사서 항구로 갔다.

죽음이 나를 공격해 내 저항력을 시험해보았다는 공포는 섬에 돌아온 뒤에야 스멀스멀 밀려왔다. 코냑 한 잔을 마셨다. 바깥으로 나가 암벽 위에 올라 멀리 바다를 내다보았다. 그러고는 불안을 분노로 포장하여 소리쳐 뱉어냈다.

개가 약간 떨어진 곳에 앉아 그러는 나를 쳐다보았다.

더 이상 혼자 있고 싶지 않았다. 냉혹한 나날과 시간을 침묵으로 증언하는 암벽처럼 지내기 싫었다.

12월 3일, 병원에서 진찰을 받았다. 심장에 지속적인 영향을 주는 결점은 발견되지 않았다. 약품과 운동, 적절한 음식은 앞으로 오랫동안 나를 지탱해줄 터였다. 의사는 내 또래였다. 나는 그에게 나도 예전에는 의사였다고, 지금은 섬에 있는 어부의 집에서 산다고 사실대로 말했다. 의사는 다행히도 별 관심을 보이지 않았고, 헤어지면서 내가 미미한 편도선염 증세를 보인다고 말했다.

12월 7일, 루이제가 왔다. 기온이 떨어졌다. 가을은 이제 서서히 겨울로 넘어가고 있었다. 바위 사이에 고인 빗물은 밤에 얼음으로 변했다. 루이제는 코펜하겐에서 전화를 걸어, 얀손에게 데리러 오라고 전해달라고 부탁하고는 내가 다른 질문을 하기도 전에 전화를 끊었다. 나는 캠핑카에 스팀을 틀고 빨간 구두를 닦았으며, 침대에 깨끗한 시트를 씌웠다.

심장 통증은 다시 발생하지 않았다. 앙네스에게 편지를 써서 생각이 이제 끝났는지 물었다. 답장으로 반 고흐의 그림엽서가 왔다. "아직"이라는 단 두 글자만 쓰여 있었다.

그 엽서를 읽었을 때 얀손은 무슨 생각을 했을까.

루이제가 선착장에 도착했다. 나는 루이제가 탐험 중에 모은 온갖 물건으로 가득한 커다란 여행 가방을 끌고 오리라고 예상했는데, 짐이라고는 떠날 때 걸쳤던 배낭뿐이었다. 오히려 갈 때보다 더 헐거워 보였다.

얀손은 선착장에 그대로 눌러 있고 싶은 표정이었다. 나는 편도 요금이 든 봉투를 건네고 도와줘서 고맙다고 말했다. 루이제가 개에게 인사를 했다. 둘은 서로 금방 친해진 것 같았다. 나는 따뜻하게 덥혀진 캠핑카 문을 열었다. 루이제는 배낭을 내려놓고 나를 따라 집으로 올라왔다. 안으로 들어가기 전에, 사과나무 아래 있는 무덤 앞에 잠깐 멈추어 섰다.

루이제는 내가 만든 대구 요리를 오랫동안 굶은 사람처럼 허겁지겁 먹었다. 떠날 때보다 창백하고 말라보였다. 루이제는 매년 열리는 정상 회담 중 하나에 침입할 계획은 섬을 떠날 때 이미 세워져 있었다고 이야기했다.

"아래 보트 창고 옆 벤치에 앉아 심사숙고해보았어요. 내가 보내는 편지는 아무런 효과도 없다는 생각이 들더군요. 편지들은 그저 나 자신에게만 의미가 있다는 사실을 깨달았지요. 그래서 다른 길을 찾았어요."

"왜 아무 말도 하지 않았지?"

"난 아버지를 잘 몰랐어요. 어쩌면 막았을지도 모르지요."

"내가 막을 이유가 없지."

"엄마는 언제나 자기가 원하는 걸 나에게 시키려고 했어요. 아버지라고 다를 것 같지 않아서요."

나는 여행이 어땠는지 몇 가지 더 물어보려고 했지만 루이제는 피곤하다며 쉬어야겠다고 했다.

자정에 루이제를 캠핑카로 데려다주었다. 부엌 창문 앞의 온도계가 영상 1도를 가리키고 있는데도 루이제는 추워서 몸을 부르르 떨며 내 팔짱을 꼈다. 처음 있는 일이었다.

"숲이 그리워요. 친구들도. 하지만 지금 캠핑카가 있는 곳은 여기예요. 미리 따뜻하게 덥혀주셔서 고마워요. 푹 자면서, 지난 몇 달 동안 보았던 그림들 꿈을 꿀래요."

"빨간 구두를 닦아두었다."

루이제가 내 뺨에 입을 맞추고 캠핑카 안으로 들어갔다.

그 뒤로 며칠 동안 루이제는 나와 거리를 두었다. 식사시간에 부르면 오기는 했지만 묻는 말에 짤막하게 대답했고, 질문이 많으면 금방 짜증을 냈다. 어느 날 저녁, 나는 캠핑카로 내려가 창문으로 몰래 안을 엿보았다. 루이제는 탁자에 앉아 수첩에 뭔가 적고 있었다. 그러다가 갑자기 창문 쪽으로 얼굴을 돌렸다. 나는 급하게 몸을 숙이고 숨을 죽였다. 문은 열리지 않았다. 루이제가 나를 못 보았어야 할 텐데……

루이제에게 다시 말을 붙일 수 있기를 기다리는 동안, 몸을 녹슬게 하지 않으려고 개와 함께 매일 산책을 나갔다. 바다는 납과 같은 잿빛이었고, 바다 새를 보는 일도 점점 드물어졌다. 다도해는 이제 겨울의 얼음장 속으로 막 들어가려 하고 있었다.

어느 날 저녁, 나는 유언장을 새로 썼다. 물론 모든 소유는 루이제에게 상속되어야 했다. 그러나 앙네스에게 한 약속 때문에 괴로웠다. 그래서 늘 하던 대로 했다. 마음의 소요를 밀쳐버린 것이다. 해결책이 분명히 제때 나타나리라고 생각했다.

루이제가 집으로 돌아온 지 여드레 되던 날이었다. 아침 일곱 시 무렵에 내려와 보니 루이제가 부엌 식탁에서 나를 기다리고 있었다.

"이제 피곤하지 않아요. 사람들을 다시 만날 수 있어요."

"앙네스, 앙네스를 이곳으로 부르고 싶다. 내 잘못으로 팔이 절단된 그 여성이야. 어쩌면 네가 앙네스를 설득할 수 있을 거야. 그녀가 돌보는 여자아이들과 여기서 살도록 말이야."

루이제는 무슨 말인지 알아듣지 못한 표정으로 나를 바라보았다. 나는 다가오는 위험을 깨닫지 못했다.

그래서 앙네스가 다녀갔다고 알려주었다. 물론 우리 사이에 있었던 일은 전혀 이야기하지 않았다.

"앙네스가 그룹 홈을 운영하는 집을 잃으면 그녀와 아이들을 이곳으로 오게 할 생각이다."

"지금 이 섬을 내줄 생각이라고요?"

"여긴 나와 개밖에 없어. 이 섬을 드디어 유용하게 쓸 수 있게 된 거지."

루이제가 자기 앞에 있던 커피 잔을 세차게 밀쳤다. 커피 잔과 받침이 벽에 부딪쳐 산산조각이 났다.

"내 유산을 남에게 주어버리겠다고요? 지금까지 아무것도 받지 못했는데, 그나마 얼마 안 되는 유산조차 주지 않겠다는 건가요?"

나는 당황하여 말을 더듬었다.

"앙네스에게 준다는 말이 아니야. 그냥 여기서 살게 한다는 뜻이지."

루이제가 나를 한참이나 노려보았다. 마치 뱀이라도 된 듯했다. 그러다가 의자가 넘어질 정도로 벌떡 일어나더니 문도 닫지 않은 채 재킷을 들고 나가버렸다. 나는 오랫동안 루이제가 돌아오기를 기다렸다.

그렇게 기다리다가 문을 닫았다. 어느 날 불쑥 캠핑카 앞에 나타난 내가 루이제에게 무슨 의미였는지 그제야 이해할 수 있었다. 나는 루이제에게 소속감을 주었다. 루이제는 바다에 오느라 숲도 포기했다. 나와 내 섬을 위해서. 루이제는 이제 내가 자기에게서 모든 것을 빼앗으려 한다고 생각하는구나.

나는 내가 떠나고 나면 섬이 어떻게 될지에 관한 모든 생각을 머릿속에서 몰아냈다. 내 유산에 대한 권리가 있는 사람은 루이제 말고는 없었다. 예전에 다도해 재단에 내 섬을 유산으로 남길까 생각한 적이 있었다. 그러나 그럴 경우, 탐욕적인 정치가들이 내 선착장에 앉아 바다를 즐기는 결과밖에는 없을 터였다. 이제는 모든 것이 달라졌다. 내가 오늘 밤에 쓰러져 갑자기 죽는다면 혈육인 루이제가 상속인이 될 것이다. 루이제가 그것으로 무엇을 할지는 그녀의 자유인 동시에 책임이었다.

루이제는 하루 종일 보이지 않았다. 저녁 무렵 캠핑카로 내려갔다. 그녀는 눈을 뜬 채 침대에 누워 있었다. 노크하기 전에 잠깐 망설였다.

"가요!"

아직도 흥분이 가시지 않은 듯 루이제가 잠긴 목소리로 고함을 질렀다.

"우리 얘기 좀 하자."

"가라니까요!"

"문 열어!"

손잡이를 내려 보았다. 문은 잠겨 있지 않았다. 그러나 내가 열기 전에 루이제가 세차게 문을 밀어 내 입에 부딪쳤다. 입술이 찢어지고, 뒤로 넘어져 돌에 머리를 찧었다. 미처 일어나기도 전에 루이제가 나를 덮쳐서는 바닥에 있던 낡은 허리띠로 내 얼굴을 때렸다.

"그만해! 피 나잖아!"

"더 나야 해요!"

나는 허리띠를 잡아 낚아챘다. 그러자 루이제가 주먹으로 내 이마를 때렸다. 나는 주먹을 피해 겨우 몸을 일으켰다.

우리는 숨을 헐떡이며 서 있었다.

"집으로 올라와라. 이야기를 해야 하니까."

부엌으로 돌아와 얼굴을 본 나는 깜짝 놀랐다. 온통 피범벅이었다. 입술뿐 아니라 오른쪽 눈썹 부위도 찢어져 있었다. 완전히 나가떨어질 정도로 때렸네. 복싱을 괜히 배운 게 아니군.

얼굴을 씻고, 수건에 얼음을 싸서 입과 눈을 눌렀다. 한참 지나자 문 앞에서 루이제의 발소리가 들려왔다.

"심한가요?"

"살아남을 거다. 하지만 여기 섬들에 새로운 소문이 또 퍼지겠구나. 내 딸이 세계를 통치하는 남자들 앞에서 발가벗은 것으로도 부족해 집으로 돌아와서는 정신 나간 폭력범처럼 늙은 아버지를 때렸다고. 복싱을 했으니 얼굴을 치면 어떻게 될지 알았을 게 아니냐."

"그럴 생각이 아니었어요."

"변명할 필요 없다. 그런데 너 잘못 알고 있어. 난 그저 앙네스와 그 사람이 돌보는 여자아이들을 도우려는 것뿐이야. 얼마 동안이나 그럴 수 있는지는 앙네스도 나도 모른다. 그게 다야. 다른 일은 없어. 약속도, 증여도 하지 않았어."

"아버지가 나를 또 버리려는 줄 알았어요."

"나는 하리에트를 떠났지 너를 버린 적은 없다. 네 존재를 몰랐어. 알았더라면 아마 모든 게 달라졌겠지."

수건을 풀어 얼음을 버리고 새 얼음을 넣었다. 눈은 이제 거의 감길 만큼 부어올라 있었다.

서서히 평온함이 찾아오고, 우리는 부엌 식탁에 앉았다. 얼굴에 통증이 느껴졌다.

나는 손을 내밀어 루이제의 팔에 얹었다.

"난 너에게서 아무것도 빼앗지 않아. 이곳은 네 섬이다. 다른 집을 찾을 때까지 앙네스와 아이들이 여기 있는 걸 네가 싫어한다면, 난 당연히 앙네스에게 안 된다고 이야기할 거야."

"때려서 죄송해요. 하지만 사실 아까까지는 아버지의 그런 모습을 상상하고 있었어요."

"이제 자자꾸나. 자야겠다. 내일 아침 일어나면 시퍼렇게 멍이 들어 있겠군."

나는 자리에서 일어나 위층 내 방으로 올라갔다. 루이제가 현관문을 세차게 닫는 소리가 들려왔다.

뭔가 일어난 거야. 나는 왠지 유쾌한 기분이었다. 대단한 일은 아니지만 어쨌든 뭔가 일어나긴 했어. 우리는 미지의 무엇인가에 다가가는 중이야.

12월의 나날은 바람이 세차고 답답했다. 12월 12일, 오후에 조금 눈이 내리다가 금방 그쳤다고 항해일지에 적어 넣었다. 구름이 미동도 없이 하늘에 그대로 멈추어 있었다.

퍼렇게 멍이 든 내 얼굴은 계속 아팠고, 무척 더디게 나았다. 주먹질이 있던 다음날, 얀손은 선착장에서 멍하니 입을 벌린 채 나를 바라보았다. 루이제가 내려와 얀손에게 미소를 지으며 인사했다. 나도 웃으려 했지만 마음대로 되지 않았다. 얀손은 호기심을 누르지 못하고 무슨 일이 벌어졌는지 물었다.

"운석. 운석이 떨어졌다네."

내가 대답했다. 루이제는 여전히 미소를 띠었고, 얀손은 더 이상 묻지 않았다.

앙네스에게 아이들과 함께 내 딸을 만나러 오라고 편지를 썼다. 며칠이 지난 뒤, 아직 너무 이르다는 답장이 왔다. 내 제안을 받아들일지 아직 결정하지 못했다고, 하지만 이제 곧 결정해야 한다고도 했다. 나는 그녀 마음의 상처가 여전히 아물지 않았고, 아직도 실망한 상태임을 느낄 수 있었다. 앙네스가 오지 않겠다는 말에 나도 어느 정도 마음이 놓였다. 혹시 루이제가 또 폭발하는 건 아닌지 알 수 없었으니까.

나는 매일 개와 함께 섬을 한 바퀴 돌았다. 심장 소리에 귀를 기울였다. 매일 맥박수를 세고 혈압을 재는 게 습관이 되었다. 혈압은 가만히 있을 때와 움직이는 상태에서 하루씩 번갈아 가며 쟀다. 심장은 흉골 뒤편에서 차분하게 박동하고 있었다. 나는 기이한 방랑자요 가장 충실한 여행 동반자인 심장에 별 관심을 기울이지 않고 살았다. 섬을 돌면서 미끄러운 암벽 위에서 균형을 잡기도 하고 이따금씩 멈춰 서서 수평선을 바라보기도 했다. 언젠가 다도해를 떠나야 한다면, 아마 암벽들과 수평선을 가장 그리워하겠지. 서서히 늪으로 변한 내해는 이따금 불쾌한 냄새를 풍겼다. 돌보지 않은 바다에서는 오래된 산성 숙취 냄새가 났다. 그러나 수평선과 암벽들은 깨끗했다.

찢어진 장화를 신고 일상적인 산책을 마치고 나면 이따금 공황상태에 빠질 때가 있었다. 이제 죽는구나. 심장이 몇 초 안에 멎을 거야.

이 공포에 대해 루이제와 이야기를 나누어야 한다고 생각했지만, 나는 아무 말도 하지 않았다.

동지가 가까워졌다. 어느 날 루이제가 부엌 의자에 앉더니, 나더러 거울을 들고 있으라고 했다. 그러고는 부엌 가위로 긴 머리카락을 자르고 붉은색으로 염색했다. 몇 시간 뒤에 그 결과를 보고는 만족스럽게 웃음을 터뜨렸다. 루이제의 얼굴 윤곽이 더 또렷하게 드러났다. 잡초를 뽑아버린 화단 같았다.

다음날은 내 차례였다. 나는 하지 않겠다고 버텼지만 루이제의 고집이 더 셌다. 부엌 의자에 앉자, 루이제가 내 머리카락을 잘랐다. 무딘 가위를 잡은 손가락이 가볍게 움직였다. 루이제는 내 뒤통수 머리숱이 벌써 듬성해지기 시작했다고 말하고, 콧수염이 잘 어울릴 것 같다는 말도 했다.

"네가 여기 있어서 참 좋구나. 모든 것이 선명해졌어. 예전에 거울로 내 얼굴을 보면 내가 보는 게 뭔지 확실하지 않았어. 그런데 이제 그게 나라는 걸 알겠다. 스쳐가듯 떠오르는 우연한 얼굴이 아니라."

루이제는 아무 대답도 하지 않았지만, 내 뺨에 물이 한 방울 떨어졌다. 그녀는 울고 있었다. 나도 울었다. 루이제는 내 머리카락을 자르는 내내 울었다. 우리 둘 다 소리 없이 흐느꼈다. 루이제는 가위를 들고 의자 뒤에서, 나는 목에 수건을 감은 채. 이발이 끝난 뒤 우리는 아무 말도 하지 않았다. 아마 둘 다 당황했기 때문이었을 것이다. 아니면 말이 필요하지 않았거나.

딸과 나의 공통점이다. 우리는 필요하지 않은 말은 하지 않는다. 둘 다 무척 조용하다.

섬에 사는 사람들은 시끄럽게 떠드는 일이 드물고, 단어를 많이 사용하지도 않는다. 그러기에는 수평선이 너무 넓으니까.

루이제가 어느 날 카라의 목에 붉은 띠를 묶어 주었다. 개는 좋아하지 않는 눈치였지만 띠를 떼어버리려고 하지는 않았다.

동지 전날 저녁, 나는 부엌 식탁에 앉아 한 동안 항해일지를 뒤적이다가 몇 줄 적어 넣었다.

"바닷물이 잔잔하고, 바람은 불지 않는다. 영상 1도. 카라는 붉은 띠를 매고 있다. 루이제와 나는 가까이 있다."

하리에트를 생각했다. 그녀가 뒤에 바짝 붙어 서서 내가 쓴 글을 읽는 것만 같았다.

4

루이제와 나는 이제부터 낮이 길어지는 것을 축하하기로 했다. 나는 오후에 약을 먹고 부엌 장의자에 누워 쉬었다.

우리가 여름날 밤 어둠 속에서 정원에 앉아 있은 지도 이제 반년이 지났다. 오늘 동지 저녁에는 하리에트가 함께 하지 못하겠지. 갑자기 한 번도 그랬던 적이 없을 만큼 그녀가 그리웠다. 하리에트는 죽었지만 그 어느 때보다도 내 옆에 가까이 있었다. 죽었다고 그녀를 그리워하지 않을 이유는 없지 않은가.

장의자에 계속 누워 있다가 한참 지나서야 면도를 하고 옷을 갈아입으려고 겨우 일어났다. 평소에 거의 입지 않는 양복을 입기로 결정했다. 미숙한 솜씨로 넥타이를 맸다. 거울에 비친 내 얼굴이 나를 놀라게 했다. 늙었구나······. 인상을 찌푸리고 부엌으로 내려갔다. 1년 중 가장 긴 밤의 어둠이 내려앉기 시작했다. 온도계가 영하 2도를 가리켰다. 담요를 하나 들고 사과나무 아래 벤치에 앉았다. 공기는 맑고 서늘했으며, 평소와는 달리 소금 냄새가 났다. 멀리서 들려오던 새소리가 점차 잦아들었다.

벤치에 앉아서 아마 잠이 들었던 모양이다. 내가 깼을 때 주변은 이미 어두워진 뒤였다. 몸이 얼어왔다. 여섯 시였다. 거의 두 시간이나 잤다. 안으로 들어가 보니, 조리대 앞에 있던 루이제가 미소를 지으며 말했다.

"노파처럼 푹 주무시더군요. 그래서 깨우지 않았어요."

"나 노파 맞다. 할머니가 저기 벤치에 앉아 계셨지. 그 분은 부드럽게 속삭이는 자작나무 꿈을 꿀 때를 빼고는 늘 춥다고 하셨어. 내가 아마 할머니로 변하려는 모양이다."

부엌은 따뜻했다. 가스레인지와 오븐이 켜져 있고, 창문에는 김이 서려 있었다.

얼마 지나지 않아 낯선 향기가 부엌에 퍼졌다. 루이제는 김이 나는 냄비의 내용물을 한 숟가락 떠서 나에게 건넸다. 어딘지 모르게 햇볕에 데워진 고목과도 같은 맛이 났다. 새콤달콤하고 약간 쌉싸래한 맛이었다. 유혹적이기도 하고, 낯설기도 했다.

"나는 냄비요리에 세계를 섞어요. 집에서 음식을 먹으면, 우리가 한 번도 가지 않은 곳에 사는 사람들을 만나는 거지요. 동굴에 살면서 피 흘리는 동물을 벽에 새기고 그리던 우리 조상들의 난방용 나무는 오늘날과 똑같은 냄새를 풍겼을 거예요. 그 사람들이 무슨 생각을 했는지는 알 수 없지만 나무 냄새가 어땠는지는 알 수 있어요."

"그러니까 변하는 만물 가운데 영속성을 지닌 것이 있다는 말이구나. 그래, 사과나무 아래 벤치에 여전히 몸을 떨며 앉아 있는 한 노파도 그렇지."

루이제가 요리를 하면서 콧노래를 흥얼거렸다.

"너는 혼자 세계를 여행하잖아. 숲에서는 남자들에게 둘러싸여 있고."

"멋진 남자들은 어디에나 있어요. 하지만 꼭 맞는 짝을 찾기는 어렵지요."

내가 뭔가 말하며 끼어들려고 하자 루이제는 제지하듯이 손을 들어올렸다.

"말하지 마세요. 지금도 말고, 나중에도 말고. 아버지에게 뭔가 알릴 말이 있으면 내가 할 거예요. 물론 살면서 남자들도 만났지요. 하지만 그건 아버지 사람들이 아니라 내 사람들이에요. 모든 것을 나누어야 한다고 생각하지는 않아요. 다른 사람을 너무 깊이 파고 들어가면 우정을 잃을 위험이 있어요."

나는 루이제에게 냄비를 쥐는 헝겊 손잡이를 건넸다. 언제나 부엌에 걸려 있던 손잡이였다. 어릴 때부터 보았던 기억이 났다.

루이제가 큰 냄비를 불에서 내리고 뚜껑을 열었다. 후추와 레몬 냄새가 강하게 진동했다.

"목구멍에서 불이 날 거예요. 먹는 동안 땀이 나지 않는 음식은 제대로 된 요리가 아니에요. 비밀이 없는 음식은 배를 실망으로만 채우지요."

나는 루이제가 냄비를 휘저어 내용물을 섞는 모습을 바라보았다.

"남자들은 때리고 자르고 토막 내지만 여자들은 휘젓지요. 여자들은 젓고, 젓고, 또 저어요."

나는 식사 전에 산책을 하려고 바깥으로 나왔다. 선착장에서 갑자기 가슴 부위가 불이 붙은 듯이 아팠다. 거의 쓰러질 만큼 격렬한 통증이었다.

루이제를 소리쳐 불렀다. 그녀가 왔을 때, 나는 금방이라도 기절할 것만 같았다.

루이제가 얼른 내 옆에 쪼그리고 앉았다.

"무슨 일이에요?"

"심장이야. 혈관 경련."

"설마 돌아가시는 거 아니지요?"

나는 극심한 통증 속에서 고함을 질렀다.

"안 죽어! 내 침대 옆에 파란 알약이 든 통이 있다."

루이제가 서둘러 올라갔다가 돌아와서 약과 물을 건넸다. 나는 루이제의 손을 잡았다. 통증이 점차 가라앉았다. 진땀이 흐르고 온몸이 떨렸다.

"이제 안 아파요?"

"그래, 지나갔다. 위험하지는 않지만 통증이 심해."

"눕는 게 좋겠어요."

"아니, 괜찮다."

우리는 천천히 집으로 올라갔다.

"부엌 장의자에 놓인 방석을 몇 개 가지고 나오렴. 여기 바깥 계단에 잠깐 앉자."

루이제가 방석을 들고 나왔다. 우리는 옆에 바짝 붙어 앉았다. 루이제가 내 어깨에 머리를 기댔다.

"아버지가 돌아가시는 거 싫어요. 아버지와 엄마가 이렇게 짧은 간격으로 돌아가시면 난 견디지 못할 거예요."

"난 살아 있을 거야."

"앙네스와 그녀가 돌보는 여자아이들을 생각하세요."

"글쎄, 그 일이 잘 진행될지 모르겠다."

"여기로 올 거예요."

루이제가 내 손을 꼭 쥐었다. 이제 심장은 조용히 박동했지만, 그 속에는 여전히 통증이 숨어 있었다. 나는 두 번째 경고를 받았다. 앞으로 오래 살 수도 있지만, 나에게도 종말은 존재하는 것이다.

우리의 축제 음식은 실패로 끝났다. 먹기는 했지만 더 이상 함께 앉아 있을 수 없었다. 나는 전화기를 가지고 위층으로 올라갔다. 침실에 전화 플러그를 꽂는 단자함이 있긴 한데 한 번도 사용한 적은 없었다. 할아버지는 돌아가시기 몇 년 전에 할머니처럼 몸이 아파지기 시작하자, 사람을 시켜 그 단자함을 설치했다. 두 사람 모두 너무 많이 아파 1층으로 내려오는 계단이 너무 길다거나 너무 경사가 급하다고 느낄 때를 대비한 것이었다. 나는 앙네스에게 전화를 해야 할지 말지 결정을 내릴 수 없었다. 그러다가 1시가 되었다. 시간에 상관없이 전화를 걸었다. 그녀는 전화벨이 울리자마자 거의 바로 받았다.

"깨웠다면 죄송합니다."

"안 잤어요."

"결정을 내렸는지 그것만 알고 싶습니다."

"아이들과 이야기해 보았어요. 섬 이야기를 꺼내기만 하면 싫다며 소리를 지르고 있어요. 아이들은 도로와 아스팔트와 자동차 없이 산다는 게 무슨 뜻인지 몰라요. 그런 상황을 두려워해요."

"아이들은 아스팔트와 당신 중에서 선택해야 합니다."

"아이들에게는 아마 내가 제일 중요할 거예요."

"여기로 온다는 뜻인가요?"

"한밤중에 그 질문에 대한 대답을 하고 싶지 않군요."

전화가 끊어지는 소리가 들려왔다. 나는 침대에서 팔다리를 쭉 폈다. 직접적으로 말하지는 않았지만, 나는 앙네스가 오리라고 믿었다.

오랫동안 잠이 오지 않았다. 1년 전에는 이렇게 침대에 누워 더 이상 아무 일도 일어나지 않을 거라고 생각했다. 그런데 이제 딸도 생기고 혈관 경련도 일어났다. 인생은 핸들을 돌려 새로운 방향으로 들어섰다.

눈을 뜨니 일곱 시였다.

루이제는 이미 일어나 있었다.

"한 동안 숲으로 가 있어야겠어요. 그런데 아버지를 여기 홀로 두어도 될까요? 돌아가시지 않겠다고 약속할 수 있나요?"

"언제 돌아오지? 너무 오래 떠나 있지 않는다면 아마 살아 있겠지."

"봄에. 하지만 봄까지 내내 숲속에 있지는 않을 거예요. 여행을 하려고요."

"어디로?"

"경찰에서 풀려났을 때, 한 남자를 만났어요. 그 사람은 동굴과 곰팡이가 핀 동굴벽화들에 대해 이야기를 하고 싶어 했지요.

그러다가 다른 이야기도 하게 되었어요."

나는 그 남자가 누구인지 물어보려고 했다.

그러나 루이제는 검지를 입술에 댔다.

"지금은 말하지 않을래요."

다음날 얀손이 루이제를 데리러 왔다. 그가 후진하여 선착장을 떠나며 외쳤다.

"요즘 물을 많이 마셔요! 그런데도 계속 갈증이 나네요!"

"나중에 이야기하세!"

나도 맞고함을 쳤다.

그러고는 집으로 들어가 망원경을 가지고 나와, 배가 안개 속으로 사라질 때까지 눈으로 좇았다.

이제 개와 나밖에 없었다. 내 친구 카라.

"이제 옛날처럼 조용해지겠구나."

개에게 말했다.

"적어도 잠깐 동안은 그럴 거야. 그 뒤에는 집들을 지어야겠지. 여자아이들이 아주 시끄러운 음악을 들을 거야. 소리를 지르거나 저주를 퍼붓고, 이 섬을 증오할 때도 있겠지. 어쨌든 그 아이들은 올 거고, 우리는 거기에 적응해야 해. 야생마 몇 마리가 이곳으로 오는 중이야."

카라는 여전히 붉은 띠를 하고 있었다. 나는 띠를 풀어 바람에 날려 보냈다.

저녁 늦게 텔레비전 앞에 앉았다. 소리를 낮게 줄였다.

내 심장 소리에 귀를 기울였다.

항해일지를 펼쳐 들고, 동지가 이제 지나갔다고 적었다.

그런 다음 항해일지를 치우고, 아무 것도 안 적힌 새 항해일지를 꺼냈다.

내일은 아주 새로운 것을 써야지. 부치기에는 너무 늦어버린 편지를 하리에트에게 쓰든가.

5.

이번 겨울은 얼음이 넓게 얼지 않았다.

육지와 섬들 사이 만 쪽으로만 얼음이 쌓였고, 해안 쪽의 피요르드는 얼지 않았다. 2월 말인데도 살을 에는 듯한 추위와 세찬 북풍이 몰려왔다. 얀손이 하이드로콥터를 사용하지 못했기 때문에 나도 우편이 오는 날 귀를 막을 필요가 없었다.

매서운 추위가 약간 온화한 날씨로 바뀐 다음날, 평생 잊지 못할 일이 일어났다. 그때 나는 얇은 얼음장을 깨고 물속에 들어가 있었는데, 선착장에 엎드린 카라가 새의 뼈로 보이는 물체를 갉고 있는 모습이 눈에 들어왔다. 개가 목구멍을 다칠 위험이 있으므로 나는 그쪽으로 가서 개 주둥이에서 뼈를 꺼냈다.

그러고는 해안의 얼어붙은 해초더미 속으로 그걸 던져버리고, 개에게 집으로 따라 올라오라고 야단을 쳤다.

나중에 옷을 입고 몸이 따뜻해지자 그 뼈가 다시 생각났다. 왜 그랬는지는 지금도 모르겠지만, 찢어진 장화를 발에 꿰고 선착장으로 내려가 뼈를 찾았다. 그 뼛조각은 분명히 새는 아니었다. 선착장에 앉아 이리저리 자세히 살펴보았다. 밍크나 토끼의 한 부분일까?

그러다가 문득 내가 지금 손에 들고 있는 게 무엇인지 깨달았다. 다른 것일 리 없었다. 사라진 내 고양이의 다리 한 쪽이었다. 나는 발 앞에 뼈를 내려놓고, 카라가 어디서 이 뼈를 찾았을까 생각했다. 고양이가 이제 돌아왔다는, 얼어붙은 슬픔이 밀려왔다.

카라를 데리고 섬을 돌았다. 개는 다른 뼛조각을 더 이상 찾지 못했다. 나머지 흔적은 그 어느 곳에도 없었다. 고양이가 마치 나에게 자기 걱정은 하지 않아도 된다고, 찾을 필요 없다고 인사를 하는 듯했다. 고양이는 죽었다. 그것도 이미 오래 전에.

항해일지에 뼈 이야기를 적어 넣었다.

"개, 뼈, 슬픔."

고양이 뼈를 하리에트와 개의 무덤 옆에 묻었다. 우편이 오는 날이라 선착장으로 내려갔다. 얀손의 배는 언제나 그렇듯이 정확한 시간에 통통거리며 다가왔다. 선착장에 배를 댄 얀손은 요즘 피곤하고 계속 갈증이 난다고, 밤에 장딴지에 경련이 일어난다고 말했다.

"당뇨병일 수도 있네. 당뇨병일 때 그런 증상들이 나타나지. 내가 여기서 자네를 진찰할 수는 없네. 진료센터로 가게."

"죽을병인가요?"

그가 걱정스러운 표정으로 물었다.

"꼭 그런 건 아니야. 치료할 수 있네."

나는 이제 우리 모두가 겪듯이 얀손의 튼튼한 갑옷에도 처음으로 흠집이 났다는 사실에 약간 기분이 좋아졌다.

내 대답을 더 기다리던 그가 몸을 숙여 배의 짐칸에서 커다란 소포를 꺼내 나에게 내밀었다.

"난 주문한 게 아무것도 없는데?"

"그거야 저는 모르지요. 어쨌든 선생님에게 온 소포예요. 우편요금을 내실 필요도 없고요."

소포를 받아들었다. 깔끔하고 아름다운 인쇄체로 내 이름이 쓰여 있었다. 발신인은 없었다.

얀손이 후진하여 선착장을 떠났다. 그가 설령 당뇨병이라고 해도 수명은 길 것이다. 어쨌든 나, 그리고 이미 초기 경고를 보낸 내 심장보다는 오래 살아남겠지.

부엌에 앉아 소포를 풀었다. 보라색이 들어간 검은 구두 한 켤레였다. 자코넬리는 마음의 기쁨을 담아 내 발에 존경을 표한다고 쓴 카드를 동봉했다.

양말을 갈아 신고 구두를 신은 다음 부엌을 이리저리 걸어보았다. 자코넬리가 약속했듯이 발에 아주 잘 맞았다. 개가 현관으로 나가는 문지방에 엎드려, 돌아다니는 나를 바라보았다. 나는 방으로 들어가 개미들에게 새 구두를 보여주었다.

이런 기쁨을 마지막으로 느낀 게 언제였는지 기억도 나지 않았다.

남은 겨울 동안 나는 자코넬리의 구두를 신고 매일 부엌을 몇 바퀴씩 돌았다. 바깥으로 신고 나가는 일은 절대 없었고, 벗고 나서는 언제나 상자에 다시 넣었다.

4월 초에 드디어 봄이 찾아왔다. 만에는 여전히 얼음이 남아 있었지만 얼마 지나지 않아 이곳도 녹을 터였다.

어느 날 이른 아침, 나는 개미집을 치우기 시작했다.

치울 때가 되었다. 미룰 수 없었다.

한 삽 한 삽 개미집을 떠내 손수레에 실었다.

갑자기 삽이 쨍그랑 소리를 내는 물체에 부딪쳤다. 소나무 잎과 개미를 치우고 보니, 하리에트가 남긴 빈 술병이었다. 병에 뭔가 들어 있었다. 뚜껑을 열었다. 젊은 시절 우리가 함께 찍은 사진이 돌돌 말린 채 그 안에 들어 있었다.

우리는 물가에 있었다. 어쩌면 리다르페르덴 호수였는지도 모른다. 바람에 하리에트의 머리카락이 날렸다. 나는 카메라를 똑바로 바라보며 미소를 짓고 있었다. 낯선 남자에게 사진을 찍어달라고 부탁했던 기억이 났다.

사진을 돌려보았다. 하리에트는 뒷면에 지도를 하나 그려놓았다. 내 섬이었다. 지도 아래 그녀가 써둔 글이 있었다. "우리 여기까지 왔어."

나는 부엌에 앉아 오랫동안 사진을 들여다보았다.

그런 다음 개미들을 새로운 미래로 날라주는 일을 계속했다. 일은 저녁에 끝났다. 개미집은 자리를 옮겨갔다.

나는 섬을 돌았다. 바다 위로 철새가 대형을 이루며 날아갔다. 하리에트가 한 말이 옳았다. 우리는 여기까지 왔다.

더 가지는 못했다. 그러나 여기까지 왔다.

옮긴이의 말

 의사 프레드리크 벨린은 의료 사고를 저지른 뒤 스스로를 섬에 가두고 지극히 단조로운 삶을 살아간다. 찾아오는 사람은 집배원뿐이다. 살아 있음을 느끼게 하는 유일한 행위는 얼음을 깨고 그 구멍으로 들어가는 것이다. 12년에 걸친 이런 생활은 40년 전의 연인이 갑자기 찾아와, 옛날에 했던 약속을 지키라고 요구하면서 흔들리기 시작한다.
 저자의 전작들 대부분과는 달리, 이 소설은 추리물 형식이 아니고 배경 역시 아프리카가 아니다. 주인공은 죽음을 앞둔 옛 연인과의 재회를 시작으로 벌어지는 일련의 사건들을 통해, '내용이 없는 인생을 살아간다는 사실을 매일 기억하기 위해' 아무런 의미도 없는 기록을 남기던 일상을 떠나 죄책감과 용서,

나이듦과 외로움, 삶과 죽음의 의미를 깊이 생각하게 된다.

여행을 하는 동안 그는 소외된 사람들을 만난다. '자기 시대의 발판은 상실하고 새로운 것들에는 적응하지 못하는 사람들'이다. 타의로 그룹 홈에서 살아야 하는 여자아이들, 소란이 싫어 스스로 고독을 선택한 사람들……. 앙네스의 입을 통해 확인하듯이, 그는 '기준에 맞지 않는 사람들을 깊은 숲 속이나 섬처럼 외딴 곳에 격리' 시키는 환경 속에서 살고 있음을 깨닫는다.

40년 전의 약속을 지키기 위해 마지못해 떠난 여행은, 결과적으로 주인공을 삶으로 돌아오게 하는 출구였다. 출구를 찾지 못하는 동안 주인공은 '추억을 상자 깊숙이 몰아넣고 잠근 뒤에 열쇠를 던져버렸음'에도, 지금까지 살아온 인생을 애도하고 저주하며 잠을 이루지 못했다. 인생에서 일어난 많은 일들을 되돌리고 싶어 했고, '그때 이러저러 했어야 하는데……'로 번민하며 살았다.

'알아내야 해. 내가 왜 살다 가는지 죽기 전에 알아내야 해. 아직 그럴 시간이 남아 있어.' 주인공이 온갖 질문들에 대한 답을 찾았는지는 알 수 없다. 그러나 그는 죽은 옛 연인이 남긴 글이 옳다는 사실을 알게 된다. "더 가지는 못했다. 그러나 여기까지 왔다." 프레드리크가 생각하듯 정말 '죽음이 삶의 은신처는 하나도 남기지 않는 초토화'인지, 하리에트의 경우처럼 구체적인 육체의 통증 앞에서 추상적인 두려움은 사라지는지 알 수 없지만, 우리도 죽음과 고통 등에 대해 쉽게 풀리지 않는 질문들을 던지며 산다. 그러나 각자에게 시간이 얼마나 남아 있든, 어떤 대답을 얻든 상관없이, 우리 역시 '여기' 까지 왔다는 사실 하나는 명백하다.

마지막 장면에서 주인공은 '늘 끌고 다니던' 개미집을 집밖으로 퍼낸다. 그는 자기와 같은 극적인 사건을 겪지 않더라도 평생 끌고 다니던 슬픔이나 불안을 이제 퍼내라고 우리에게 말하고 있는 듯하다. 늙는다는 것은 주변에 아무런 관심도 없고 새로울 것도 없는, 그래서 오늘은 어제와 같고 내일도 오늘과 같으리라는 '도통' 한 상태가 아닐까. 그게 어떤 상황에서든 만족할 수 있는 평온이 아니라면……

몇 달 전 팔레스타인 가자 지구로 가던 국제 구호선의 승선자 중 몇명이 이스라엘 해병특공대의 공격으로 사망하는 사건이 발생했다. 이 작품의 저자 헤닝 만켈도 그 구호선에 탑승한 682명 가운데 한 사람이었다. 그는 오랫동안 늙지 않을 것 같다.

2010년 10월
전은경

이탈리아 구두

첫판 1쇄 펴낸날 2010년 11월 10일
첫판 3쇄 펴낸날 2015년 12월 4일

지은이 | 헤닝 만켈
옮긴이 | 전은경
펴낸이 | 박남희

종이 | 화인페이퍼
인쇄 | 청아문화사
제본 | 정민제본

펴낸곳 | (주)뮤진트리
출판등록 | 2007년 11월 28일 제318-2007-000130호
주소 | 서울시 마포구 토정로 135 (상수동) M빌딩
전화 | 02-2676-7117 팩스 | 02-2676-5261
E-mail | geist6@hanmail.net

ⓒ 뮤진트리, 2010

ISBN 978-89-94015-13-2 03800

* 잘못된 책은 교환해드립니다.